보다, 읽다, 쓰다

보다, 읽다, 사귀다

초판 1쇄 발행 / 2013년 5월 30일

지은이 / 박숙경
펴낸이 / 강일우
책임편집 / 정편집실
펴낸곳 / (주)창비
등록 / 1986년 8월 5일 제85호
주소 / 413-120 경기도 파주시 회동길 184
전화 / 031-955-3333
팩시밀리 / 영업 031-955-3399 편집 031-955-3400
홈페이지 / www.changbikids.com
전자우편 / enfant@changbi.com

ⓒ 박숙경 2013
ISBN 978-89-364-6341-0 03810

보다, 읽다, 사귀다

박숙경 평론집

창비

아동문학 논의를 딱딱하고 어렵게만 할 것인가

아동문학을 읽는 어린이는 많다. 그보다는 적지만 어린이 곁에서 아동문학을 함께 읽는 어른의 수도 상당하다. 아동문학 평론은 아동문학과 관련된 일을 하는 어른들의 지적이고 감성적인 젊음이 유지될 수 있도록 돕는 것을 목표로 한다. 적어도 나는 그렇게 여기며 살아왔다. 하지만 나도 안다. 그동안 내가 쓴 글을 읽은 사람이 극히 제한되어 있다는 것을 말이다. 2003년 『국민일보』에 매주 한 번 '다시 읽는 아동문학'을 연재할 기회가 있었는데 그때는 우연찮게라도 읽는 사람이 많았다. 연재를 시작한 후에, 내가 몇 살이며 무엇을 전공했는지도 잘 모르던 시골 외삼촌한테서까지 전화가 왔으니 말이다. 하지만 그 후로 지금까지 내가 쓴 글을 읽은 사람의 수, 세상에 끼친 영향력은 극히 미미하다.

나는 가장 훌륭한 아동문학 평론을 쓰는 사람은 아니지만, 적어도 국내에서라면 최고로 만만하고 솔직한 아동문학 평론을 쓰는 사람일 것이다. 아동문학 작품 중에는 재미있는 것들이 참 많은데, 그런 아동문학을 다루는 평론이 너무 딱딱하거나 어렵기만 하다면 답답한 일이다. 물론 학문적으로나 비평적으로 꼭 필요하여 압축된 언어와 논리를 구사해야 할 때도 있겠지만, 많은 경우 평상시 쓰는 말로도 아동문학에 대해 충분히 깊고 넓고 재미난 논의를 할 수 있다고 본다. 오늘의 아동문학이 어린이들과 더불어 나아가려면, 읽자마자 눈앞에 선하게 떠오를 만큼 잘 '보이고', 문학만이 제공할 수 있는 '읽는' 재미를 알려 주고, 만화나 애니메이션 못지않게 '사귀고' 싶은 친구들을 선사해 줘야 한다고 생각한다. 그렇게 재미있는 아동문학 작품이 늘어나길 바라는 한편, 그 곁에 있는 평론도 아동문학을 좋아하는 어른 독자들에게 잘 보이고, 잘 읽히고, 즐거이 사귈 만한 벗이 되었으면 하는 바람에서 책 제목을 '보다, 읽다, 사귀다'로 정했다.

나는 원래 문학에는 별 관심 없고, 영화나 만화, 애니메이션을 더 좋아하던 평범한 젊은이였다. 그런데 무슨 팔자였는지 대학교 3학년 때 뒤늦게 한국 문학의 매력에 눈을 떠 버렸다. 무작정 대학원에 진학하고 아동문학을 공부하기 시작했는데, 막상 이곳에 들어오니 한동안 뭐라 딱 꼬집어 말하기 어려운 이질감을 느꼈다. 나에게는 문학이 가장 늦게 찾아온 매체이고, 문학 '도' 재미있을 수 있다는 것을 겨우 느낀 정도였는데, 아동문학을 애호하는 분들을 만나 보니 '문학성'이라든가, 그래도 '문학이라면……' 같은 말을 자주 하는 것이었다. 내가 워낙 문학을 잘 몰라서 문학성이란 것도 잘 모르나 보다 싶다가도, 마음 깊숙한 곳에서는 '문학성'이라는 애매모호한 말을 대체할 만한, 아니 그보다 당장 나 자신부터 기댈 만한 언덕을 찾고 싶었다. 그렇게 몇 년을 낑낑댄 끝에 발견한 것이 바로 '이야기'다. 이야기는 확실히 문학보다 덜 무섭고 덜 부담스러운, 한마디로

6

만만한 개념이었다. 이 책의 첫머리에 실린 「이야기 자체로 말하라」라는 글은 그런 사연에서 나온 것이다. 그 밖의 글들에도 문학보다는 다른 매체와 더 친한, 그러나 뒤늦게 알게 된 문학이라는 친구와도 잘 지내고 싶은 내 마음이 많이 반영되어 있다.

1부에는 주장이 앞서고 작품의 예가 뒤이어 나오는 연역적인 글을 모았고, 2부에는 그와 반대로 작품에서 출발해 아동문학에 대해 근본적 질문을 던지는 귀납적인 글을 모았다. 좀 더 솔직히 말하면 1부에는 주로 원고지 60매 안팎의 주제론을 청탁받아 쓴 글들을, 2부에는 30장 내외로 써 달라는 주문을 받아 쓴 글들을 실었다. 하지만 순전히 자발적으로 쓴 글도 한 편 있는데 2부에 실은 「동화의 자리 넓히기」가 그것이다.

3부에는 이른바 서평에 해당하는 짧은 글을 모았다. 내가 평론을 써 온 16년 동안 그나마 간신히 방법을 깨친 것은 원고지 10매 내외로 한 권의 책을 다루는 서평 쓰기인 것 같다. 짧은 글에서 통시적·공시적으로 좌표를 가늠하고 그 작품의 특징을 최대한 드러내는 일은 힘은 들지만 그만큼 보람 있고 매력 있다. 혹시 이 책이 우연히 손에 들어왔는데 전체를 읽을 엄두는 안 나는 분이 있다면 모쪼록 3부의 글만이라도 몇 편 읽어 주시면 좋겠다.

예나 지금이나 평론을 쓰는 것은 정말 힘들다. 더구나 나는 반골 기질이 강하거나 논리에 승한 사람도 아니어서 모르긴 해도 보통의 평론가들보다 몇 배는 더 느리고 힘들게 글을 쓰는 것 같다. 그럼에도 우연인지 필연인지 이 분야에 지금까지 발을 디디고 머무는 것은, 아동문학에 대해서만큼은 내가 느끼는 것, 생각하는 것을 솔직하게 말할 수 있어서다. 나는 동화, 동시 등을 쓰는 창작자 못지않게 온 마음을 쏟아 평론을 해 왔다. 내가 평범한 독자로서 읽고 감동받았던 평론들은 머리뿐 아니라 가슴까지 후끈 달아오르게 했고, 나 역시 그런 평론과 조금이라도 닮고자 애써 왔다. 누군가 '비평은 직관의 논리화'라고 했는데, 직관을 논리화하는 과정이 나에게는 여전히 마른 수건을 쥐어짜는 것처럼 힘겹다. 그래도 내 마음 깊숙한 곳을 불끈, 발끈, 화끈하게 하는 아동문학이 있어 여전히 나는 이 고생을 하며 서툰 평론을 쓴다.

이 책이 세상에 나오기까지는 많은 분들의 도움이 있었다. 우선, 그동안 나에게 발표할 지면을 마련해 준 분들께 감사를 드린다. 특히 '창비'는 줄곧 나에게 일터이자 학교였다. 나는 일복, 인복, 그중에서도 스승 복이 많은 것 같다. 학부 시절 한국 문학의 매력에 눈뜨게 해 주신 최원식 선생님, 불필요한 비판보다 작품의 의미를 풍성하게 살리는 평론을 하라며 몸소 보여 주신 김병익 선생님을 가까이 모신 것은 마르지 않는 자랑거리다. 아동문학을 공부하면 일자리를 쉽게 구하지 않을까 막연히 생각했던 나를 겨레아동문학연구회에 붙잡아 놓고 평론의 기초부터 훈련시켜 주신 원종찬 선생님도 감사하다. 덕분에 나는 여전히 공부를 못 끝내고 있는 것 같기도 하다. 그리고 대학원 석사 과정 시절 은사이신 최인학 선생님께서 올해 팔순을 맞으셨는데 이 책을 드릴 수 있게 되어 무척 감사하다. 마지막으로, 내가 정확히 무슨 일을 하고 사는지 몰라 궁금해하셨을 부모님께 내가 하는 일의 정체를 늦게나마 알릴 수 있어 다행스럽다.

사람이 마흔 즈음 되면 그때까지 해 오던 일에 회의를 품고, 과연 내가 이 일에 적성이 맞는지 안 맞는지를 고민하게 된다. 그 지점에서 새로운 출발을 선택하는 사람이 있고, 방황 끝에 마음을 다잡고 해 오던 일을 계속하는 사람이 있다. 나도 그런 시기를 겪었고 결국 가던 길을 계속 가 보기로 마음먹었다. 친구 말로는, 그 갈림길에서

후자를 택하는 사람은 비로소 전문가의 길을 걷기 시작하는 거라고
한다. 정말 그럴까? 기왕이면 냉철한 전문가보다는 계속 마음이 뜨
거운 전문가가 되고 싶다.

2013년 5월
박숙경

이야기 자체로 말하라

이야기의 관점에서 본 오늘의 아동문학

1. 문제는 '재미있는 이야기'다

문학이나 영화를 보고 난 뒤 사람들이 가장 많이 입에 올리는 말은 아마 '재미있다'와 '재미없다'일 것이다. 분석 자체를 즐기는 사람이라면 작품 곳곳에서 새로운 스타일이나 코드의 변주를 찾아내며 재미를 얻겠지만, 일반적으로는 작품에 몰입할 수 있었는가 아닌가에 따라 재미의 유무를 판단하기 마련이다. 사람들은 적어도 책을 손에 들고 있는 동안, 영화관에 불이 꺼진 동안만이라도 나 자신보다는 남의 인생에 관여하고, 여기가 아닌 다른 세계의 일원이 되길 원한다. 이 여행의 요체는 바로 '이야기'일 것이다. 작품 속 이야기에 감상자가 얼마나 가깝게 다가갈 수 있는지에 따라 재미와 감동이 결정된다. 작품에 동원된 온갖 요소들도 결국 이야기를 잘 살렸는지 아닌지에 따라 가치가 정해진다. 이야기가 죽으면 공허한 장식에 지나지 않고, 반대로 이야기가 살면 모두 훈장을 달고 자기 자리에서 반짝반짝 빛난다.

이야기는 마치 공기와 같아서 막상 그 본질을 따지고 들면 설명이 궁해지곤 한다. 하지만 아주 어린 아이부터 심각한 평론가까지 재미있는 이야기가 무엇인지는 다들 본능처럼 알아챈다. 장터의 이야기꾼이 한참 이야기를 하다가 중간에 말을 끊으면 듣던 이들은 애가 타서 돈을 던진다. 심지어 결말을 알고 있는 사람들도 돈을 던진다. 이야기는 스스로 뻗어 나가는 흐름 자체에 본질이 있고 가치가 있는 것이다. 그렇다면 결국 평범한 사람들을 유혹하는 것은, 인물과 철학은 없고 사건의 연쇄 고리만 있는 추리소설이나 여타의 대중소설들 아니냐, 진지하고 예술적인 문학은 다른 쪽에서 가치를 추구해야 하지 않느냐는 주장도 있을 수 있다. 그러나 정말 재미있고 가치 있는 이야기는 단지 사건의 연쇄 고리, 줄거리에 불과한 것이 아니다. 미국의 소설가 헨리 제임스는 "사건을 결정하는 것이 인물이 아니라면 무엇인가? 인물을 설명하는 것이 사건이 아니라면 무엇인가?"라고 물은 바 있다. 또한 이야기의 갈림길에서 고민 끝에 내린 판단은 작가의 철학이 아니고 무엇일까?

1990년대 이후 풍성하게 번역된 외국의 이론서와 창작물로부터 자극받아 우리 아동문학의 판도가 이전과 비교하기 힘들 만큼 복잡해진 것은 일단 환영할 일이다. 하지만 정작 중요한 독자인 아이들은 공상동화, 생활동화, 사실동화, 유년동화, 장편판타지 같은 하위 장르 명칭은 알지도 못하고 설사 안다고 하더라도 큰 관심이 없다. 그들이 오로지 관심 있는 것은 형식이야 어떻건 자신들 나이에 이해할 수 있고, 빠져들 수 있는 이야기인 것이다. 그런데 요즘 나오는 우리 창작동화, 소년소설 중에는 읽다가 중간에 덮어 버려도 아쉽지 않은 '문학'과 '책'은 많아도 읽는 내내 가슴 설레게 하는 '이야기'

가 드물다. 세상에 이야기가 사라졌을 리 만무하건만 지금 우리 아동문학에서 이야기가 가뭄에 시달리는 까닭은 무엇일까?

2. 배짱 없는 일상 쇄사 _최근의 생활동화

어디를 가나 똑같은 아파트, 똑같은 교실 풍경, 그 틀 안에서 날마다 반복되는 일상과 고만고만한 경험들. 세상이 바삐 돌아갈수록 '나'는 톱니바퀴 하나, 나사 하나 같은 존재로 떨어지기 십상이다. 그러나 가끔은 세상이 나를 중심으로 돌아가는 순간을 느끼고 싶고, 성공과 패배, 뿌듯함과 반성이 온전히 내 것인 이야기를 갖고 싶다. 대단한 모험을 완수하는 영웅이 되려는 것은 아니다. 하지만 과연 나에게 그런 가능성이 있기는 한 것일까?

대부분의 아이들은 경험 쌓기를 간절히 원하는 한편 어른의 품속에서 안전을 보장받고 싶은 이중 욕망을 지니고 있고, 부모나 교사들 역시 아이들을 성장시켜야 하는 책무와 보호하고자 하는 조바심 사이에서 갈팡질팡할 때가 많다. 하지만 동화작가라면 주인공이 될 아이, 작품을 읽을 아이들을 상대로 좀 더 과감한 게임을 벌여도 무방하다. 이야기는 거짓말이 아니지만 그렇다고 현실 그 자체도 아닌, 일종의 완충재이기 때문이다. 그런데 정작 동화작가가 이야기 자체의 힘과 안전성을 못 믿고 보호자로서의 조바심만 되풀이한다면 이는 이야기의 가면을 쓴 또 다른 일상의 감옥에 불과하다. 최근 몇 년간 쏟아져 나온 순한 얼굴의 '생활동화'들은 이런 혐의에서 자유롭지 못하다. 도시 아이들이 쉽게 공감할 수 있는 실생활의 문제를 다뤘다, 가족과 세상을 따뜻한 시선으로 감쌌다는 일말의 평가도 이제 다시 생각해야 할 만큼 이런 종류의 동화들은 심각한 이야기의 고갈을 불러오고 있다.

김향이의 『내 이름은 나답게』(1999)에서는 교통사고로 주인공의 어머니는 돌아가시고 아버지는 장애인이 되었다. 이 점만 보면 결손 가정이야기로 여기기 쉽다. 하지만 주인공은 조부모와 고모네 식구까지 딸린 대가족의 귀염둥이고, 불행하다면 불행하달 수 있는 사연을 지녔음에도 구김살 없이 밝게 자란다. 정하섭의 『열 살이에요』(2000) 역시 아버지의 자리가 비었지만 어머니, 외할머니, 이모의 사랑 속에서 행복하게 크는 유동이의 자잘한 일상사를 다룬다. 두 작품이 제시하는 밝고 건강한 가족상을 보고 있으면, 불행한 가족 이력이 굴곡진 인생으로 이어지는 이야기는 한참 구식인 데다 현실적이지도 않은 것처럼 느껴진다. 그러나 눈물과 억지 감동을 재촉하는 '구식' 이야기가 한쪽의 극단이라면, 『내 이름은 나답게』와 『열 살이에요』 같은 유형 역시 이야기다운 이야기를 포기한 반대쪽의 극단이다. 작가들은 주인공들이 무언가를 스스로 결정해야 하는 상황을 절대 만들어 주지 않고, 사려 깊은 어른들을 한시도 아이들 곁에서 떼어 놓지 않는다. 사소한 소동은 있어도 세상을 달리 보게 하는 사건은 없고, 식구들끼리 티격태격하고 토라지기는 하지만 이야기에 긴장감을 부여하는 갈등은 없다.

한 가지 소동을 책 한 권으로 부풀리는 저학년 동화들은 사태가 더 심각해서 『내 고추는 천연기념물』, 『오줌 멀리 싸기 시합』, 『딱지, 딱지, 코딱지』, 『나는 싸기 대장의 형님』처럼 제목만 보아도 내용이 거의 다 짐작되는 책들에서 더 이상 궁금한 이야기가 있을 턱이 없다. 또한 이전에는 사실적인 이야기의 공력을 자랑하던 작가들조차 1990년대 이후 일상의 영역으로 넘어오면서 변별점을 잃어버린 점도 문제다. 80년대와 90년대 초에 걸쳐 누구보다 역동적인 농촌 이야기를 썼던 윤기현은 농촌 아이의 일상사를 박제한 『보리타작하는 날』(1999)로 후퇴했고, 황선미는 『나쁜 어린이표』(1999)에서 빛나는 반전을 보이기도 했지만 뒤이은 『초대받은 아이들』(2001), 『들키고 싶은 비밀』(2001), 『꼭 한 가지 소원』(2002)에서는 그저 남들보다 조금 더 맵시 있게 일상 소사를 뽑아냈을 뿐이다. 동물이 주인공인 이야기에서 팽팽한 긴장감을 자랑했던 이상권은 『아름다운 수탉』(2001)에서 우는 아이 달래고 애완동물 뒷바라지하느라 이야기를 추스릴 겨를이 없고, 이금이는 일상을 소재로 삼은 교훈동화를 끊임없이 내놓고 있다. 사실을 이리저리 깎고 붙이는 이야기보다 일상 그 자체를 세밀하게 그리는 것이 오히려 리얼리즘에 가까울 수 있다는 의식이 은연중 퍼지고 있는 것은 아닐까?

가족과 일상은 아이들을 보호하는 완충재가 아니라 그들이 성장하기 위해 깨고 나와야 할 껍질이며 그것은 이야기 안에서 드라마틱하게 재편되어야 한다. 아이들의 성장이 아버지 중심의 완고한 가족 질서를 전복하는 『오이대왕』(크리스티네 뇌스틀링거), 개 한마리 갖고 싶은 소망 하나로 죽음 같은 성장을 경험하게 하는 『아주 작은 개 치키티토』(필리파 피어스) 같은 작품은 벌써부터 우리 아이들의 공감을 얻고 있지만 우리 동화작가들은 좀처럼 그 비밀에 다가서지 못하는 듯하다. 『허클베리 핀의 모험』(마크 트웨인), 『클로디아의 비밀』(E. L. 코닉스버그)처럼 가족이라는 테두리를 벗어나 진정한 자신의 거처를 발견하는 가출 문학의 고전 역시 무엇보다 작가의 용기와 자신감으로부터 출발하는 것이다. 그에 견주면 현재 우리 생활동화는 소심한 작가가 아이들의 성장을 가로막고 있는 형국이 아닐 수 없다.

3. 리얼리즘과 이야기

현실 이야기의 한편에 일상의 변죽만 울리는 '생활동화'들이 있다면 다른 한편에는 아이들에게 시대와 사회의 이면을 보여 주려는 시도들이 있다. 이 분야는 일제 시대부터 시작해 해방 이후에는 이원수라는 큰 산과 그로부터 뻗어 나온 크고 작은 봉우리들이 산맥을 이룬 우리 아동문학의 전통이기도 하다. 그렇기에 이 영역에 선 작가들은 선배들처럼 끊임없이 자기 시대의 인물상과 언어를 개척하고 시간이 흐를수록 변하는 것과 그럼에도 변하지 않는 것 사이의 긴장감을 놓쳐서는 안 될 책임이 있다. 하지만 말이 쉽지, 요즘처럼 전 지구적인 난제들이 우리 일상에 끼어들고 온갖 가치들이 서로 충돌하고 배반하는 속에서 한 개인인 작가에게 시대의 교사 노릇을 해 주기 바라는 것은 무리이다. 그렇기도 하거니와 그런 태도는 이 시대의 진실 한 자락을 붙잡는 데에 별 도움이 될 것 같지도 않다. 오히려 나는 아동문학 작가들이 은연중 그런 부담감을 스스로 떠안을까 봐, 아이들과 작가 사이에 있는 부모와 교사들이 은연중 작가에게 그런 텔레파시를 보낼까 봐 걱정이다. 이런 모종의 합의에는 정작 아이들이 이야기 속에서 스스로 진실을 찾으리라는 중요한 믿음이 결여되어 있기 때문이다.

1980년 광주민주화운동을 다룬 박신식의 『아버지의 눈물』(2001)은 문학과 아이들을 끝까지 믿고 싶은 사람들까지 시험에 빠뜨린다. 이야기로서 아무런 매력이 없고 심지어 모순투성이임에도 불구하고 다루고 있는 소재와 주제에 압도되어 이 작품을 교육의 수단으로 인정하고 만다. 매향리 미군 부대 사격장 문제를 부각시킨 장주식의

『그리운 매화 향기』(2001)도 '이야기로 읽는 역사 교과서' 범주에 해당한다. 역사와 문학은 서로 우위를 다툴 존재가 아니건만, 이 작품 안에서는 역사가 '진실'이고 이야기는 그것을 알기 쉽게 전하는 '허구'라고 보기 때문에 우열이 정해진다. 광주의 비극을 모르는 아이들, 매향리에 미군 사격장이 있다는 것을 모르는 아이들이 읽는다면 잠시 놀라겠지만, 책을 덮으면 다른 것들과 쉽게 바꿀 수 있는 정보 한 조각만 남을 뿐이다. 이럴 바에는 오히려 충실한 르포나 역사책을 읽는 게 낫다.

결국 리얼리즘 아동문학의 전통이 내일까지 살아남느냐 마느냐의 관건은 정보가 될 것이냐, 이야기로 홀로 설 것이냐에 달려 있을 것이다. 정보는 읽는 이가 그저 세상에 이런 일도 있나 보다 하면서 지식의 영역에 쌓아 두는 것이고, 이야기는 읽고 난 뒤 한동안 자신과 분리하지 못하고 경험의 영역에 남겨 두는 것이다. 그렇다면 자의 반 타의 반으로 리얼리즘 아동문학 전통의 2000년대 계승자가 된 김중미, 박기범은 어떠할까.

김중미의 『괭이부리말 아이들』(2000)은 여러 인물의 삶이 겹쳐지면서 오는 감동의 진폭도 컸지만, 그보다는 괭이부리말이라는 공간을 완벽하게 복원한 작가의 성실함이 더욱 놀랍고 감동적이었다. 그런데 최근에 나온 『우리 동네에는 아파트가 없다』(2002)는 여전히 그곳에 대한 정보 제공에 힘을 쏟고 있어 약간의 기우를 낳는다. 네 형제의 일기를 묶어 괭이부리말의 시대 변화를 좇고, 그 동네 아이들이 실제로 쓴 일기와 작가가 쓴 일기가 자연스럽게 이어져 있는 것은 사실에 충실한 형식이기는 하지만, 한편으로는 이야기를 꾸미는 것에 대한 무의식적 반발로도 읽히는 것이다. 작가는 아직도 독자들이 괭이부리말을 속속들이 알려면 멀었고, 자신은 그곳의 삶을 가감

없이 보고할 의무가 있다고 생각했을 수 있다. 하지만 그렇게 쓴 작품은 자칫하면 남의 일처럼 보게 하는 보고와 정보에만 머무를 수도 있다. 이제는 김중미도 1980년대의 '몽실 언니'처럼 그 지역에서 '누군가'의 이야기를 건져 내야 할 시점인 것이다.

한편, 어눌하면서도 바짝 날이 선 1인칭 화법으로 시대의 문제들에 새로운 실감을 불어넣었던 『문제아』(1999)의 박기범은 한동안 후속작이 없다가 단편 「샤하드」(『또야 너구리의 심부름』, 2002)를 내놓았다. 외국인 노동자를 주인공으로 내세운 점도 눈에 띄거니와, 특유의 1인칭 화법으로 낯선 방글라데시 청년의 숨결을 최대한 독자 가까이 끌어온 점은 역시 박기범다웠다. 그러나 이 작품 또한 앞서 말한 김중미의 작품처럼 허구로부터 거리를 두려는 기운이 느껴진다. 샤하드의 독백과 객관적 서술이 교차되는 외양과는 달리 이야기를 긴장감 있게 구성하려는 의도는 거의 보이지 않고, 작품의 제목이기도 한 샤하드는 너무 쉽게 작가로 대치되어 버리는 것이다. 이는 작가의 개성이 이야기와 인물을 덮어 버린 결과일 수도 있지만, 그와 정반대로 남의 인생을 멋대로 상상하고 재구성하고 싶지 않다는 소극성의 산물일 수도 있다. 두 작가 모두 자신이 속한 세계와 작품 사이에 놓인 벽이 너무 얇고, 작품 바깥의 모순을 어찌지 못하는 자신의 왜소함을 괴로워한다. 그러나 이런 상황은 작가를 피곤하게 만들 뿐이다. 작가가 책임져야 할 것은 바깥세상에 산적한 문제들이 아니라, 이야기 속으로 들어온 만큼의 현실 문제이다. 이야기 속에서 등장인물이 그 문제와 싸워 조금이나마 나은 방향으로 한 발짝 나아가면, 그 지점에서 독자는 바깥세상의 문제를 해결할 실마리를 발견하는 것이다. 쳇바퀴처럼 반복되는 아버지의 폭력으로부터 도망치는 어머니와 아들을 그린 김중미의 「희망」*(『또야 너구리의 심부름』)은 그 좋은 예가 된다. 두 작가가 끝까지 대변하고 싶고 대결하고 싶은 우리 사회의 약자와 그늘의 문제는 이렇게 작고 구체적인 이야기로부터 제기되어야만 가능한 한 오래도록 생기를 유지할 수 있고, 독자들이 형식적인 책임감에 함몰되는 것을 막을 수 있다.

현실의 문제가 꼭 전형적인 리얼리즘 소년소설의 영역에서만 다루어져야 하는 것은 아니다. 오히려 90년대 이후 리얼리즘 소설은 불가피하게 스케일을 축소하고 있기 때문에 전체와 본질을 조망하기에 어려운 점이 있다. 이럴 때는 문제의식을 단단히 쥐고 가상의 이야기 공간으로 넘어가는 것이 작가나 독자 모두에게 큰 도움이 된다. 안미란의 『씨앗을 지키는 사람들』(2001)은 이야기의 배경을 20, 30년 후로 옮겨 놓음으로써 작가의 의도와 독자의 호기심을 함께 충족시킨 좋은 예이다. 소비자의 기호에 맞게 유전자 조작된 고기를 주문하고, 자전거를 타면서 이메일을 받는 미래를 자못 신기하게 즐기면서도 정작 독자들이 보는 것은 지금 우리의 현실이다. 즉 이 작품에 제시된 미래는 지금, 여기를 '낯설게 하는' 이야기 장치이며, 작가는 잠시 현시점을 떠남으로써 오히려 더 적극적으로 현실의 문제를 부각시킬 기회를 얻었다고 할 수 있다. 이와 좀 다른 위치에 있는 위기철의 『무기 팔지 마세요!』(2002)는 지극히 현실적인 시공간 안에 발을 디딘 채 이야기꾼의 배짱을 끝까지 밀어붙인 결과이다. 한국의 여자아이가 콩알만 한 비비탄 하나 맞은 사건이 구르고 굴러서 미국의 선거 판도까지 바꿔 놓는다는 이야기는 밖에서 보면 황당하기 이를 데 없지만, 그 안에서 함께 생각하고 행동하다 보면 믿지

---

* 「희망」은 최근 간행된 김중미 청소년소설집 『조커와 나』(창비, 2013)에 「주먹은 거짓말이다」로 개작되어 수록되었다.

않고는 못 배길 진실이 된다. 조선 후기 사람들이 용궁까지 다녀와 왕비가 된 심청을 이웃 마을 처녀 이야기로 받아들이면서 그 안에서 효의 문제를 다시 생각했다면, 지구촌에 살고 있는 요즘 어린이 독자들은 『무기 팔지 마세요!』의 야무진 여자아이들과 어머니들을 옆 동네 주민처럼 여기면서 그 안에서 일상의 폭력, 페미니즘, 자본의 논리, 인터넷 문화, 반전, 평화를 생각한다. '옛이야기'도 옛날 그 당시에는 '지금 이야기'였던 것처럼 『무기 팔지 마세요!』는 '지금 이야기'로서 자기 몫을 훌륭하게 해내고 있는 것이다.

4. 이야기 자체를 찾아서

많은 옛이야기에서 인과응보의 도덕과 삶의 지혜를 얻을 수 있다고 하지만, 그중에는 죽은 노루가 강에 빠져 죽는다는 소리를 귀머거리가 듣고 앉은뱅이가 달려와서 죽은 노루를 건졌더니 온통 거짓말이더라는 식의 우스개도 적지 않다. 말장난의 재미와 발상의 엉뚱함에 피식 웃고 마는 이런 이야기에는 별 내용이나 가르침은 없지만 오히려 그렇기 때문에 더욱 순수한 일탈의 즐거움과 자유를 준다. 싱겁다는 핀잔을 들으면서도 많은 사람들이 이렇게 말도 안 되는 난센스를 즐겨 입에 올리는 이유도 여기에 있을 것이다. 하지만 우리 아동문학의 영역에서 난센스는 거의 불모지대에 가까웠다. 가벼움은 경박함으로, 말대답과 말장난은 바로잡아야 할 나쁜 버릇으로, 엉뚱한 몽상은 쓸데없는 것으로 치부하는 사회 분위기 속에서 난센스가 문학, 그것도 아동문학의 영역에 들어오기란 쉬운 일이 아니었을 것이다.

채인선이 「학교에 간 할머니」(『전봇대 아저씨』, 1997)를 들고 나왔을 때 평자들은 되바라진 신세대 아이의 출현에 주목하거나, 각종 스트레스에 시달리는 도시 아이들의 일상을 읽기도 하고, 할머니가 손녀 대신 학교에 뛰어가는 장면이 판타지의 공식에 부합하는지를 따져보기도 했다. 환호하는 사람이 있는가 하면 불쾌감과 의구심을 감추지 못하는 사람도 있었다. 하지만 그때 우리가 좀 더 눈여겨봐야 했던 것은 능청스러운 난센스의 구사였다. 그동안 채인선을 둘러싼 반응 중 상당 부분은 사실 난센스와 맞닥뜨렸을 때 나올 수 있는 호불호이기도 했던 것이다. 그러나 『전봇대 아저씨』에 실린 「학교에 간 할머니」나 「우리 모두 다른 사람이 되었어요」, 『콩알 뻐꾸기의 일요일』(1998)에 실린 표제작 등은 상식을 깨고 나오는 이야기의 도약은 빛나지만 길이가 너무 짧기 때문에 도약 자체에만 만족해야 했다. 그로부터 2년 뒤에 발표된 「그 도마뱀 친구가 뜨개질을 하게 된 사연」과 「바다에 떨어진 모자」 연작(『그 도마뱀 친구가 뜨개질을 하게 된 사연』, 1999)은 훨씬 여유로운 시공간에서 무료한 도마뱀이 뜨개질을 하고 모자(母子)가 휴가를 즐기는 난센스가 느긋하게 펼쳐진다. 엉뚱하기 짝이 없는 이야기지만 여기에는 분명 많은 독자들로 하여금 기꺼이 이 세계의 옹호자로 나서게 하는 힘이 있다. 비슷한 시기 위기철도 동시와 동화, 옛이야기의 영역을 허물면서 말장난·패러디·난센스의 형식을 마음껏 실험해 본 『쿨쿨 할아버지 잠 깬 날』(1998)과 『신발 속에 사는 악어』(1999)를 내놓았다. 이런 이야기의 특성상 독자들의 지지를 100퍼센트 얻기는 힘들지만 이야기의 존재 방식에 대한 작가의 탐구열과 모험 정신만큼은 적극 평가할 만하다.

좀 더 긴 이야기라면 물려받은 땅을 잘 일구는 것이 좋다. 동서고금의 이야기꾼들이 긴 이야기를 운영하는 방식에 대해 거대한 지혜의 탑을 쌓았다면, 현대의 이야기꾼은 그 위에 자기 시대의 이야기와 지혜 한 뼘을 더해 후대로 물려주는 것이 아닐까. 300년 전 사람에게 배신당한 도깨비가 서울 한복판에 나타나 우여곡절 끝에 작은 생명의 씨앗을 심고 돌아가는 황선미의 『샘마을 몽당깨비』(1999)나, 쥐에게 손톱을 먹여 분신을 만들었다가 정체성의 위기를 겪는 김우경의 『수일이와 수일이』(2001)는 이야기 전통과 현대 작가의 개성이 잘 어우러진 좋은 예이다. 그런데 두 작품은 옛이야기로부터 동기를 얻었다는 공통점이 있지만 이야기를 푸는 과정과 마지막에 도달한 지점에는 상당한 차이가 있다. 상대적으로는 『샘마을 몽당깨비』가 더 이야기성이 강하고 풍부하다는 느낌을 주는데 이는 작가가 여러 곳에서 끌어온 이야기 모티프들이 잘 조합되면서 시너지 효과를 냈기 때문이다. 배신당한 도깨비, 불을 훔친 프로메테우스, 주인에게 버림받은 장난감, 고아원을 도망친 남매, 몇백 년을 산 나무의 영혼, 죽음으로써 재생을 꾀하는 신화, 통과 제의……. 열 손가락이 모자랄 정도의 여러 이야기들이 『샘마을 몽당깨비』라는 이야기 한 편을 만드는 데 들어간다. 그러나 그 모든 이야기들은 뿔뿔이 흩어지지 않고 주인공 도깨비가 자기 문제를 해결하는 과정에 교묘하게 엮여 기둥 이야기를 계속 진전시키는 역할을 한다. 이 이야기를 환경과 생명이라는 주제로 연결할 수도 있지만 사실 그 주제는 주인공이 자기 문제를 해결하는 과정에서 자연스럽게 따라왔을 뿐이다. 이 작품만 보면 작가 황선미는 숙련된 이야기꾼으로서의 면모가 개성보다 돋보이는 편이다. 그렇기 때문에 새로운 충격이 덜하고 어디선가 본 듯하다는 불평이 나올 수도 있지만, 이런 평가는 작가란 무에서 유를 창조하는 사람이라는 신념에서 비롯하는 것이 아닐까? 실제 문학사를 돌아보면 유에서 또 다른 유를 낳은 작가가 훨씬 많고, 한 작가의 일생에 적용하더라도 비슷한 통계가 나올 것이다. 한편, 『수일이와 수일이』는 옛이야기에서 모티프만 가져오고 나머지는 작가 혼자 이루어 낸 결과물이기 때문에 작가의 개성과 가치관이 좀 더 두드러진다. 특히 '길들임'에 대한 작가의 고민이 만만치 않아서 진짜와 가짜의 말싸움만으로도 읽는 재미가 상당한 편이다. 그러나 당돌함으로 치면 거의 피노키오에 가까운 주인공 수일이가 계속 동네를 서성이거나 자기의 분신과 말싸움을 하느라 시간을 소진하는 바람에 이야기의 잠재된 폭발력이 다소 억눌린 것은 아쉬움이 많다.

판타지는 '해리 포터' 시리즈 열풍 이후 우리 동화가 더욱 상대적 결핍감을 느끼는 분야가 되었다. 그렇다면 '해리 포터'가 디지털 세대 아이들을 다시 종이책으로 불러들인 핵심 비결은 무엇일까? '해리 포터'의 매력 중에는 신기한 마법, 학교생활의 공감대, 선과 악의 대결 같은 요소들도 있겠지만, 그것만으로 전 세계 독자들이 밤잠을 설쳤다고 보기는 힘들 것이다. '해리 포터'의 위력은 바로 이야기의 위력이다. 일단 손에 잡으면 마지막 장을 덮을 때까지 긴장을 늦출 수가 없다. 이 긴장은 단지 무슨 일이 생길지 전혀 알 수 없는 상황에서만 생기는 것이 아니다. 극적 긴장은 앞으로 벌어질 일을 알지 못해 궁금한 것과 어느 정도 예상되는 결과 사이에서 야기되는 것이다. 독자는 이야기 속에서 자신의 예상이 맞는 것과 틀리는 것을 동시에 즐기고, 그런 욕구가 만족될수록 더욱더 이야기 속에 빠져들기 마련이다. 따라서 우리 작가들이 '해리 포터'로부터 배워야 할 것은 마법과 신기한 환상 공간만이 아니라 이야기가 끝날 때까지 독자를 잡아 두는 긴장감의 조절인 것이다.

그런데 우리 아동문학에서 본격 판타지를 표방한 박상률의 『구멍속 나라』(1999)나 김진경의 『고양이 학교』(2001~2002, 전 5권)는 신기한 세상을 보여 주는 데에만 너무 골몰한 탓인지 이야기의 긴장감이 상대적으로 덜하다. 하지만 판타지의 신기한 세상은 그 모습을 정물 묘사하여 보여 주기보다는 등장인물들이 자신의 이야기를 진전시키는 가운데 조금씩 드러나게 해야 하는 것이다. 이는 판타지에 으레 동원되기 마련인 수많은 위기와 활극에도 해당된다. 위기와 활극을 관성적으로 책장을 넘기게 하는 보조 수단으로 떨어뜨렸느냐, 전체적인 이야기를 확대 진전시키는 데에 꼭 필요한 요소로 활용했느냐는 성공한 판타지와 한 번 읽고 버리는 판타지를 구별하는 하나의 기준이 될 것이다.

5. 작가, 이야기꾼

가수는 노래할 줄 알아야 하고, 시인은 언어에 대한 감각과 존경심이 있어야 하듯, 동화작가는 이야기꾼으로서의 책임감을 가져야 한다. 그러나 춤만 추고 입만 벙긋거리는 가수가 있고, 글줄을 적당히 행갈이 하며 시인 행세를 하는 사람이 없지 않듯, 우리 아동문학에도 이야기 하나 없는 동화 쓰는 게 가능하다고 생각하는 작가들이 적지 않다. 원래 이야기 없는 동화는 있을 수 없지만 많은 사람들이 그것도 가능하다고 여기는 것은 이야기 없는 '동화책'들이 실제로 쏟아져 나오고 있기 때문이다. 자신의 이야기를 듣는 어린이 청중을 떠올리는 것이 아니라 출판된 책을 조용히 혼자 읽는 어린이 독자 한 명을 떠올리고, 출판계의 흐름을 크게 거스르지 않아야 많은 어린이 독자들과 만날 수 있다고 생각하는 작가들이 상당수 있는 것이다.

그러나 감히 말하건대 책에 너무 연연하는 작가는 이야기꾼이기를 스스로 포기하는 것이다. 물리적인 책은 단지 이야기를 고정하기 위한, 그리고 독자들이 쉽게 손에 넣을 수 있는 수단에 불과하다. 좋은 그림과 편집, 디자인을 고민하는 출판사들의 노고는 높이 사야 하겠지만, 독자 처지에서는 예쁜 책으로 읽건 그렇지 않은 책으로 읽건 그 안에 담긴 이야기가 제일 중요한 것이다. 책이라는 틀에 갇혀 이야기를 잃어버린 작가를 아이들이 묵묵히 따라 주리라 안심하면 이만저만한 오산이 아니다. 아이들은 현실에서는 어리다는 이유로 제약받는 때가 많기 때문에, 현실 너머의 공간에 자신들의 억눌린 에너지를 발산하고 싶은 욕구로 가득 차 있다. 아동문학에서 자신들의 잠재력을 자극하고 실현해 줄 이야기를 찾지 못한다면 대부분의 아이들은 당연히 만화나 영화, 게임 같은 인접 장르로 이야기를 찾아 떠날 것이다. '글'을 가졌다는 권위는 생각만큼 대단한 것이 아니다. 이제 동화와 소년소설은 이야기 세계에서 스스로를 소외시키지 않고 다른 매체와 공존하면서 살아남을 길을 모색해야 한다. 그것은 옛날부터 늘 그 자리에 있었던 이야기의 본질을 회복하는 것이고, '문학'이 아닌 것을 계속 쳐내면서 이야기에 힘을 보태기 위해서라면 무엇이든 편견 없이 끌어와서 왕성하게 소화하는 태도일 것이다.

『창비어린이』, 창간호, 2003년 여름호〉

우리 동화의 웃음, 그 어제와 오늘

1. 웃음은 지성에서 온다

웃기고 웃을 때 우리 안에서는 어떤 일이 벌어질까. 예를 들어, 나는 대학교 2학년 때 교내에서 오토바이에 치인 일을 갖고 한참 우스개로 써먹은 적이 있다. 길 건너에 반가운 선배가 있어서 뛰어가다가 오토바이에 살짝 치였는데, 그 선배가 뛰어와 이리저리 살피고는 오토바이 주인한테 "오토바이는 괜찮나요." 하면서 미안해했던 것이다. 나는 누군가에게 이 이야기를 할 때 당시의 아팠던 기억도, 선배한테 화가 났던 감정도 다 지워 버리고 마치 그 현장을 옆에서 구경했던 사람처럼 말한다. 이때 듣는 사람도 내가 얼마나 아팠는지 걱정하면 웃을 수가 없다. 말하는 쪽, 듣는 쪽 모두 사람의 내면을 들여다보는 일 따위는 잠시 잊어야 푸하, 웃음을 터뜨릴 수 있다. 웃기고 웃으려면 바로 이 '거리'가 핵심이다. 냉정한 거리 확보는 가슴에서 이루어지는 일이 아니다. 머리, 즉 지성이 전면에 나서야 하는 것이다.

경험한 바에 따르면, 번역된 외국 아동문학에는 다양한 유머가 풍성한데, 우리 아동문학은 그렇지 못하다는 느낌을 받는다. 그렇다고 외국 작가들이 더 머리가 좋고 지적인 걸까? 작가라면 누구나 자신의 지성을 활용해 어떤 문제에 깊이 천착하여 이야기를 만들어 낼 것이다. 다만 우리 작가들은 궁극적으로 어린이 독자의 감정에 호소하는 경향이 강하다. 남의 마음을 움직이는 것이 쉽지는 않지만, 그래도 진실한 이야기라면 어린이들의 순수한 마음을 울릴 수 있으리라는 믿음 때문일 것이다. 반면, 아이들을 지적인 대화의 상대로 대하는 작가들은 상대적으로 적은 편이다. 지적인 대화 상대라고 해서 지식이 많아야 함을 뜻하는 것은 아니다. 그것은 함께 놀 수 있는 상대냐 아니냐를 말하는 것이다. '놀아 주는' 것과 '함께 노는' 것은 다르다. 아이들도 의무감으로 놀아 주는 사람과 그렇지 않은 사람을 본능적으로 알아챈다. 짐짓 썰렁하게 어떤 이야기를 던지면, 눈치를 채고 킥킥대는 아이들이 있을 것이라는 믿음이 우리 작가에게는 다소 부족한 편이다.

이것은 작가와 어린이 독자 사이에 관여하는 많은 어른들도 마찬가지이다. 원래 진짜 재미있는 유머는 모든 사람을 웃기기 힘들고, 주파수가 맞는 집단을 향하는 것이다. 그런데 그 웃음에 동참하지 못하고 무언가 마음에 걸린 어른은 그 찜찜함을 곧장 어린이 전체에 대한 걱정으로 확대하곤 한다. 앞서 말한 내 '오토바이 사건'을 듣고, 그러게 왜 길에서 뛰어갔느냐고, 그 선배와는 당장 절교했어야 한다고 대뜸 걱정부터 하는 셈이다. 일상적인 대화라면 그냥 분위기가 썰렁해질 뿐이지만 어린이책에서라면 사정이 다르다. 작가가 모처럼 던진 유머가 아이들에게 닿기도 전에 어른들의 검열에 걸리기 십상인 것이다. 어린이책을 즐겨 읽는 어른치고 스스로 검열자 노릇을 하고 싶어 하는 사람은 그리 많지 않다. 하지만 그런 진심이 있더라도 내가 함께 못 웃는다는 사실에 마냥 관대하기란 쉽지만은 않다.

2. 어린이와 어른이 공유하기 좋았던 웃음

웃음에 야박한 것 아니냐는 비판을 들으면 억울해할 아동문학 작가와 어른들이 많을 것이다. 나도 남들 못지않게 웃음을 좋아하고, 아이들이 문학을 읽으며 많이 웃기를 바란다, 다만 헛되이 웃어서야 곤란하지 않은가, 웃음에도 분명 양질의 것과 그렇지 않은 것이 있다, 이렇게 주장하지 않을까. 비교적 너른 합의를 얻을 수 있는 국내산 양질의 웃음이 그리 많지 않은 것은 아쉽지만 말이다.

방정환의 「만년샤쓰」(1927)는 창남이 때문에 웃는다. 다 떨어진 구두를 새끼로 매어 신고 와서도 기죽는 법 없이 "헛둘, 헛둘." 하며 열심히 뛰고, 체육복이 없을 때 "만년샤쓰도 됩니까?" 하며 맨몸으로 운동장에 나서는 창남이는 우리 아동문학사에 길이 남을 낙천적 인물형이고, '만년샤쓰' 역시 100년은 족히 넘기고도 남을 낙천성의 키워드가 되었다. 워낙에 푸근하고 넉넉한 이야기꾼이었던 방정환의 인품이 그대로 녹아든 결과물이다. 그런데 「만년샤쓰」는 그냥 웃기기만 한 것이 아니라, 창남이 때문에 울기도 하는 이야기이다. 마냥 씩씩하고 낙천적인 줄만 알았는데, 마을에 불이 나자 있던 옷가지를 다 남들에게 주고, 입고 있던 옷과 버선까지 장님 어머니한테 드렸다는 창남이의 일화는 당시 우리 민족이 겪어야 했던 가난과 슬픔을 그대로 보여 준다. 한국전쟁이 끝난 뒤 60~70년대까지도 창남이와 같은 처지에 놓여 있던 어린이들은 적지 않았을 테고, 지금은 약간 신파처럼 보이더라도 '가난에 좌절하지 않고 넉넉하게 웃는 창남이'는 좀처럼 우리 아동문학이 놓치고 싶어 하지 않는 인물형이 되었다. 그냥 까불까불 웃기는 인물형보다는 창남이처럼 눈물도 알고 삶의 깊이도 있고, 거기에 웃음도 잃지 않는 인물형이 아무래도 믿음직스러운 것이 사실이다.

방정환이 넉넉한 인품으로 웃음과 눈물을 감싸 안으려 했다면, 그 다음 세대인 이주홍이 빚어낸 웃음은 훨씬 재기발랄하다. 음악과 미술, 문장에 두루 능하고, 타고난 유머 감각까지 겸비한 이주홍은 만일 지금 태어났다면 잘나가는 영화감독이나 진행자가 되었을지도 모를 일이다. 하지만 불행인지 다행인지 이주홍은 팍팍한 일제 시대에 태어나 카프(KAPF)의 맹원으로 활약하고, 해방 이후에는 부산에 칩거하며 자신의 재주를 아동문학에 풀어 놓았다. 설익은 계급주의 이론에 앙상한 이야기를 덧입히던 카프 시대에도 이주홍은 타고난 기질을 숨기지 못했다. 소작농 아들이 밭을 헤집어 놓은 지주네 돼지를 혼낼 때도 하필이면 '콧구멍'을 겨냥해서 화살을 쏘고(「돼지 콧구멍」, 1930) 영리한 하인은 꾀를 내어 욕심쟁이 주인집 아들 군밤을 날름날름 뺏어 먹는다.(「군밤」, 1934) 「가자미와 복장이」(1977)처럼 흔한 옛이야기도 이주홍의 입을 거치면 말과 행동이 너무 익살맞아 자꾸자꾸 읽고 싶어진다. 옛이야기에 나오는 청개구리를 데려다 독재 정권의 희생자로 재구성한 「청개구리」(1969)도 결론은 음울하지만, 청개구리의 각종 비행을 그린 장면은 감칠맛 나게 우습고 재미나다. 이주홍이 구사하는 웃음을 보면 그 기질이 그야말로 타고난 것이어서 누가 흉내 낸다고 될 일도 아니고, 그 자신도 훈련으로 갈고 닦은 것이 아니라는 생각이 든다. 다만 우리가 감사히 여길 것은, 힘겨운 시대를 통과하면서 얻은 쓰라린 현실 인식을 작가가 특유의 재담 안에 새겨 놓았다는 점이다. 흔히 이주홍의 유머를 쓴 교훈에 사탕을 입힌 당의정에 비유하곤 하는데, 그의 유머는 당의정이라기보다 차라리 초콜릿이다. 어린아이들은 초콜릿을 단맛으로 먹지만, 천천히 음미하는 나이가 되면 뒤끝에 남는 쓴맛을 감지하고 그 미묘함을 즐긴다. 그렇다고 초콜릿을 쓰다고 정의 내린다면 어불성설이다. 이주홍의 고급스러운 익살을 즐기고 덤으로 교훈까지 얻으면 좋은 일이지만, 교훈성 때문에 그의 작품이 가치 있다고 평가한다면 어른들의 구차한 합리화가 아닐까.

이현주의 풍자도 빼놓을 수 없다. 「웃음의 총」, 「알 게 뭐야」(『똘배가 보고 온 달나라』, 1977)로 대표되는 그의 풍자는 마치 신문의 네 칸 만화를 보는 듯한 기승전결이 있다. 그래서 비판의 화살이 다소 복잡한 어른들 세상에 겨누어져도 읽는 아이들은 만화 보듯 유쾌하게 그 문제의식을 접수할 수 있다. 장편 『아기 도깨비와 오토 제국』(1991) 역시 자동화된 현대 문명 전반에 대해 비판이 가해지고 있지만, 도깨비와 로봇을 위시해 명랑만화에서 튀어나온 듯한 인물들이 좌충우돌하는 소동이 먼저 즐겁다. 정치적으로도 올바른 데다가 이야기 자체도 재미있는, 사회 풍자성 동화로 딱 떨어지는 모범 답안이었다. 정치적으로 올바른 풍자동화는, 정치적으로 올바르고자 하는 어른들이 특히 좋아하는 스타일이다. 하지만 이런 어른들에게 풍자동화는 재미·웃음이라기보다 어린이에 대한 배려 정도로 여겨지곤 한다. 있는 그대로 일러 주기 곤란한 사회 모순에 대해 알기 쉬운 이야기로 꾸며 주는 것이 낫지 않느냐는 것인데, 웃음과 재미는 건성건성 다루고 고발에만 마음을 둔 싱거운 이야기들이 이런 식으로 양산되곤 한다. 어른들은 어지간한 이야기들은 재미 '도' 있고 유익하다고 여기지만, 어린이들한테는 재미있는 이야기만이 유익한 이야기라는 것을 간과하기 쉽다. 이것은 미묘하지만 중요한 차이이다.

『몽실 언니』(1984), 『초가집이 있던 마을』(1985) 같은 이야기로 온 국민의 억장을 무너뜨리는 권정생도 누구보다 웃음에 후한 작가이다. 그의 웃음은 가난하고 억눌린 민중의, 민중에 대한, 민중을 위한 해학의 웃음인데, 그 때문인지 보일 듯 말 듯 눈물이 비치곤 한다. 「용원이네 아버지와 순난이네 아버지」(『벙어리 동찬이』, 1985)는 방귀쟁이 아저씨들이 서로 질세라 방귀를 뀌어 대다가, 전쟁 통에는 바로 그 방귀 때문에 죽거나 마을을 떠나는 고초를 겪는다. 「달맞이산 너머로 날아간 고등어」(『달맞이산 너머로 날아간 고등어』, 1985)는 술 취한 아저씨가 자반고등어한테 신세 한탄을 하고, 고등어는 맞장구를 쳐 주다가 자기처럼 속을 시원하게 비우지 못하는 아저씨를 꾸짖으며 하늘로 휙 날아가 버린다. 독자들은 아저씨가 술에 취해 고등어를 길에 떨어뜨렸다는 것을 눈치채면서도 아저씨와 고등어의 대화에 웃고, 아저씨의 때 묻고 슬픈 과거와 현실에 가슴이 짠해진다. 웃고 있어도 눈물이 나는, 이른바 페이소스의 정수이다. 어린이와 어른이 각자 삶의 무게만큼 감동받을 수 있는 이야기인데, 감동을 중시 여기는 우리의 풍조에서는 이렇듯 연민을 동반한 해학이 가장 이상적이라는 생각도 언뜻 든다. 하지만 권정생의 연민 어린 해학은 그 자체로 소중한 세계이지, 다른 작가들이 흉내 내거나 목표로 삼아야 할 점은 아니다. 웃음의 세계는 생각보다 훨씬 다양하고, 또 다양해야 하기 때문이다.

방정환, 이주홍, 이현주, 권정생이 빚어낸 웃음의 세계는 의미를 두는 방향이 조금씩 다를지 몰라도, 어린이와 어른이 비교적 조화롭게 어울리며 공존할 수 있는 영역이라 할 수 있다. 일단 어린이라면 공통으로 갖고 있음직한 동심을 믿고 이야기를 풀어 놓는 세계이고,

이러한 영역은 시대가 바뀐다고 해서 좁아진다거나 없어지는 것이 아니다. 창남이 같은 낙천적인 인물형은 여전히 필요하고, 옛이야기에 젖줄을 대고 있는 익살은 끊임없이 탐구해야 할 영역이며, 풍자성도, 억눌린 자들에 대한 연민도 조금씩 의미 있는 변화를 거듭해 가며 잘 계승하고 지켜야 한다. 그러나 이것만으로는 무언가 부족한 느낌이다. 어린이들은 그냥 균질한 한 덩어리의 어린이일 때도 있지만, 작은 집단으로 묶이는 어린이, 개개인의 어린이일 수도 있기 때문이다. 그리고 최근 들어서는 그렇게 분화된 어린이들을 더욱 의식하지 않을 수 없게 되었다.

3. 취향의 웃음, 도전하는 웃음으로

1990년대 이후 어린이책은 질적·양적으로 이전과 다른 활황을 맞이한다. 이때를 전후하여 어린이책, 특히 국내 창작동화에 관심을 갖기 시작한 어른들도 많을 것이다. 그런 이들에게 방정환, 이주홍, 이현주, 권정생 같은 이들의 작품은 이미 어느 정도 평가가 정리된, 일종의 주어진 정전(正典)이었다. '우리 것'이지 '내 것'이 되기에는 아무래도 거리가 있을 수밖에 없다. 그러나 동시대 작가와 작품은 그렇지 않다. 아직 확정된 평가와 해석이 없기에 내가 의미를 부여하는 데 따라 '내 것'이 될 수 있고, 그 과정에서 '내 생각'이 무엇인지도 확인해 갈 수 있다. 어린이책을 함께 읽는다는 의미가 단지 어린이에게 좋은 책을 골라 주는 데 그치지 않는다면, 어른들도 좀 더 개인적이고 도전적인, 그래서 더욱 즐거운 책 읽기를 하면 좋을 텐데 사정은 별로 그렇지 못하다. 어른들은 개인과 우리, 즐거움과 가르침의 책 읽기 사이에서 자주 망설이거나 정색을 하며 엄숙한 표정을 보이곤 한다.

채인선은 바로 그 첫 번째 길목에 서 있다. 꼭 집어 '아파트'라고 하지는 않았지만 암만해도 도시의 아파트에서 복작대며 살 것 같은 가족, 그들이 수시로 맞닥뜨리는 일상의 갈등은 잔소리꾼 할머니를 학교에 보내 버리고, 온 가족이 뒤죽박죽 자리를 바꾸고, 아이한테 반나절짜리 가출을 감행시키면서 해소된다. 할머니, 엄마, 아빠, 아이들은 단 한마디도 지는 법 없이 다다다다 말싸움을 하는데, 거기에 작가 특유의 에스프리가 녹아 있어 위기로 치닫는 것이 아니라 즐거운 말의 탁구 시합을 보는 것 같다. 육아 에세이 『아이와 함께 행복해지기』(1996)에도 자세히 나와 있지만, 작가는 90년대를 전후해 아파트에 갇혀 버린 가족들의 상황을 정확히 파악하고, 그 갈등을 해소하려면 서로의 말을 들어주고, 처지를 바꿔 생각할 필요가 있다는, 어쩌면 지극히 당연한 주장을 여러 형태로 드러낸 것이다. 이런 생각은 동시대의 부모들에게 두루 공감을 얻을 만한 것이지만, 정작 채인선의 작품을 두고서는 상당한 반작용이 있었던 것도 사실이다. '가볍다'는 것은 칭찬도 되었지만 비판의 빌미가 되기도 했다. 열대 섬의 도마뱀에게 여자아이가 뜨개질을 가르치는 「그 도마뱀 친구가 뜨개질을 하게 된 사연」(『그 도마뱀 친구가 뜨개질을 하게 된 사연』, 1999)에 대해서는 '제국주의자들이 미개인에게 문명을 전파하는 것과 유사하다.'는 평도 있었다.

이런 비판이 틀렸다거나 과민 반응이라고 말하려는 것은 아니다. 흠을 잡으려고 그런 것이 아니라 저절로 그쪽이 연상되어 작품에 빠지기 어려웠다는 토로에 가깝기 때문이다. 다만, 채인선의 이야기에서 해방감과 즐거움을 느낀 독자들이 있는데 이들은 작품을 읽는 사회적·정치적 안목이 부족한 것일까? 당연히 그렇지 않다. 이들은 작가가 함께 놀아 보자는 권유에 선뜻 손을 잡았을 뿐이다. 채인선의 작품 중 유독 유머가 강조된 것에는 '-인 척하기'로 가득 차 있다. 이것은 연극이고 소꿉장난이다. 「그 도마뱀 친구가 뜨개질을 하게 된 사연」의 해빈이는 늘 가르침을 받아야만 하는 어린아이지만 적어도 도마뱀한테는 선생님, 할머니, 엄마 노릇을 하며 짐짓 어른 같은 말을 하고, 이 부조화 속에서 웃음이 생긴다. 「학교에 간 할머니」(『전봇대 아저씨』, 1997)는 말할 것도 없고, 수많은 동물 이야기들도 문득문득 드러나는 지극히 인간적인 태도와 표현 때문에 웃게 만든다. 동물이 인간인 척하는지, 인간이 동물인 척하는지 모호한 지점에 놀이가 있고 웃음이 있다. 채인선의 작품은 발상도 발상이지만 독특한 어조(tone)를 갖고 있다는 점도 중요하다. 싫건 좋건 채인선은 동시대 작가들 중에서 이름을 가리고 읽어도 정체가 파악되는 몇 안 되는 작가이다. 바로 이 점 때문에 이 작가에 대한 기호가 갈리기도 하는데, 이 어조에 대해 반감이 없거나, 혹은 바로 그 점이 좋다면 작가가 내민 손을 쉽게 붙잡고 놀이에 뛰어들 수 있다. 그러나 반대의 경우에는 그러기 힘들기 때문에, 놀자고 웃자고 하는 이야기에 정색을 하기가 십상인 것이다.

채인선 식의 유머와 어조는 독자들에게 이른바 '취향'이란 것을 스스로에게 묻지 않을 수 없는 계기를 제공했다고 볼 수 있다. 이전에는 취향을 중뿔나게 내세우기가 어색했지만, 언제부터인가 한사람의 문화적 취향은 그 사람의 고유한 정체성을 말해 주는 것이 되었다. 어른도 어른이지만 아이들 역시 자신이 정말 좋아하는 것과 그렇지 않은 것을 스스로에게 물어보고 찾을 권리가 있을 것이다. 자신의 취향과 다르다고 해서 아이들에게 권하거나 말거나 할 일이 아니라는 것은 이 때문이다.

　도시적이고 말끔한 어조의 채인선에 대해 독자의 기호가 분명히 갈렸다면, 김기정은 경우가 조금 다르다. 충청도 어디쯤엔가 있다는 산골 마을 지오 주민들이 근대 도시 문명의 상징인 바나나 때문에 자존심을 살짝 구긴 이야기 『바나나가 뭐예유?』(2002, 이하 『바나나』)는 능청스럽고 구수한 충청도 사투리, 옛이야기를 하는 척하면서 슬쩍 지금 이야기로 연결하는 솜씨 등으로 호평을 받기도 했지만, 어른 독자들에게 호감을 얻을 만한 어법을 썼음에도 뜻밖의 지점에서 반격을 받았다. 그 비판의 골자를 거칠게 요약하자면, 풍자의 화살이 가난한 민중에게 향했고, 그 민중들이 거짓말을 하고서는 끝까지 시치미를 떼니 어린이들이 읽고 헷갈릴 여지가 있다는 것이다. 이 비판은 결국 민중의 도덕성, 그리고 아이들은 농담과 농담 아닌 것, 혹은 이야기와 이야기 아닌 것을 어느 선까지 구별할 수 있는가에 대한 문제 제기이기도 했다. 이런 문제는 따로 다루어야 할 만한 주제니 여기서 길게 다루기 어렵지만, 다음과 같은 정도는 언급할 수 있을 것 같다. 『바나나』에 나오는 시골 주민들은 순박하긴 하나 아무 욕망도 없는 천사나 바보는 아니다. 바나나가 세상에서 제일 맛있다는 소문을 들던 차였는데 어느 날 갑자기 바나나가 하늘에서 뚝 떨어진다. 금욕주의자가 아닌 한에야 누구라도 한번쯤 맛보고 싶을 터. 그래서 주민들은 공권력을 속이고 바나나를 뒤로 빼돌린다. 이는 그들의 윤리 의식에 큰 결함이 있다기보다는 그저 진귀한 것을 한번 맛보고 싶은, 생명의 작동 원리에 기초한 거짓말이다. 하지만 먹는 방법을 몰라 주민들은 결국 바나나의 진짜 맛을 보는 데 실패하니, 풍자는 공권력과 주민 모두에게 향한다. 이 모든 소동이 읽는 아이들의 윤리 의식에 문제를 끼칠 것이냐 아니냐의 문제는 어린이

전체로 일반화할 것이 아니라 어린이 개개인에 따라 다르게 다가가야 할 것이다. 어쨌든 작가는 나름의 인간관과 세계관에 근거해『바나나』를 썼고, 그가 던진 농담의 의도에 부합하여 함께 웃은 독자가 상당수 존재한다. 그 농담이 어떤 이에게는 다소 불쾌하게 느껴질수도 있지만, 원래 웃음은 실제든 혹은 상상으로든 다른 사람들과의합의, 일종의 공범 의식 같은 것을 숨기고 있게 마련이다.『바나나』의 농담에 반응한 독자들은 자기 안에 지오 주민들처럼 모순된 욕망이 얽혀 있음을 발견한 것이다. 그리고 '악'이 될지도 모르는 욕망을이야기와 웃음으로 변형하여 해소하는 것은 전혀 나쁜 것이 아니다.

지금 시점에서 보면『바나나』는 일종의 도움닫기처럼 보인다. 왜냐하면 이 작가가 여세를 몰아 우리 근현대사를 아예 다시 써 버린대형 프로젝트『해를 삼킨 아이들』(2004)을 내놓았기 때문이다. 우리가 익히 알고 있는 근현대사는 외세, 전쟁, 분단 모순에 시달리며 슬픔을 삭여야 했던, 아니 사실 슬픔을 느끼기도 전부터 그렇게 학습되었던 것이다. 이에 반해『해를 삼킨 아이들』에서는 우리 근현대사가 백전백승은 아니지만 가끔 이기기도 했고, 엎어지고 상처 입어도 결코 지지는 않았던 역사로 그려진다. 작가는 옛날부터 그 자리에 있었지만 그늘에 가려 보이지 않았던 공간과 가상의 인물들에게21세기의 빛을 비추어 재영토화하고 있는 것이다. 그것은 도시의 역사가 아니라 산골 마을의 역사이고, 기존 이야기의 주연급들이 아닌조연, 단역, 심지어 악역까지 앞으로 당당히 나선 역사이다. 애기장수는 부모에게 죽임을 당한 것이 아니라 나약한 임금한테 산삼을 전한 뒤 낮도깨비가 출몰하는 도시를 한심하게 여기며 돌아왔고, 놀부의 자손임에 틀림없는 곰보는 일본군들이 식수로 사용하는 개울 상류에 똥을 푸짐하게 싸는 생화학전을 벌여 승리를 거둔다. 도시에서는 창씨개명과 '국어 사용'으로 우리말을 뺏길 위기에 처했지만, 여우난골에서는 외려 일본인 선생이 마을 사람들의 기세에 눌려 조선말 노이로제에 걸려 버린다. 무시무시한 군인 대통령이 세워 놓은 권위는 바보가 몰고 온 벌 떼가 영부인 치마 속을 파고들면서 와르르 무너지는데, 벌에 쏘인 탓인지 영부인도 대통령도 제명을 다하지 못하지만, 수십 마리 벌에 쏘이고도 된장을 바른 채 학교에 나타난 바보 허봉달은 군사 독재도 어쩌지 못한 최후의 승자이다. 이야기는 광주 학살을 목격하면서도 정의의 주먹 한 방 날리지 못한 채 눈물 흘리는 로봇 태권브이를 지나고, 가난해도 지레 기죽지 않고 절대 지고는 못 사는 뺑덕어멈의 똑 부러지는 후예 뱅덕이를 지나, 광산촌에서 외롭게 지내던 혼혈아 부자(父子)가 2002년 월드컵의 현장을 찾아 빨간 티셔츠를 입고 펄쩍펄쩍 뛰며 한을 풀어내는 거대한 붉은 물결로 끝을 맺는다. 처음부터 짐작했지만 『해를 삼킨 아이들』은 우리 역사상 최초로 '콤플렉스 없는 세대'라 일컬어진 2002년 '붉은악마' 세대의 정신과 그 맥을 같이하고 있음을 대단원을 통해 작가 스스로 밝힌 셈이다. 우리가 실제로 겪은 것, 알고 있는 것들을 부정하거나 왜곡하지 않으면서도 슬쩍 안다리를 걸어 기존의 역사 체제를 배짱 좋게 넘어뜨리는데 이런 시도는 웃음에 대한 믿음이 있었기에 가능했을 것이다.

4. 웃음에 대해 여유로운 태도를

우리 아동문학에 좀 더 풍성하고 다양한 웃음을 불러들이기 위해서는 작가, 어린이 독자, 그리고 그 사이에 있는 어른 독자가 해야 할 일들이 조금씩 다를 것이다.

우선 작가는 자기 검열 때문에 마땅히 구사해야 할 유머를 억압하지 않는지 늘 자문할 필요가 있다. 그리고 자신이 제일 잘 구사할 수 있는 문체를 찾는 노력만큼, 세상 누구와도 쉽게 교환할 수 없는 자기만의 웃음을 찾는 노력도 게을리하면 안 될 것이다. 우리 동화에서는 개성적이고 성깔 있는 각각의 인물들을 하나의 사건 안에서 끝까지 대립·충돌시키면서 상황을 엉뚱한 지경으로까지 몰고 가는, 어쩌면 전형적일 수도 있는 캐릭터 코미디를 보기가 힘들다. 어지간한 지점에서 금방 타협점을 제시하는 조급증 때문인데, 「순풍 산부인과」나 「똑바로 살아라」 같은 명작 시트콤이 어떤 식으로 웃음을 이끌어 내는지를 잘 살펴보면 그 안에서 우리 생활동화의 고질적 문제인 가족 만세, 순응주의를 깰 열쇠를 발견할지도 모른다. 결국 유머는 인간 안에 다듬어지지 않은 원석으로 존재하기 때문이다. 문제는 그것을 어떤 식으로 끄집어내는가에 있다.

어린이 독자들이야 재미있으면 끝까지 읽고, 그렇지 않으면 중간에 단호하게 책장을 덮는 심판관이니 특별히 주문할 것이 없다. 그저 우선 좋건 나쁘건 가리지 않고 최대한 다양한 웃음의 스펙트럼을 경험하기 바랄 뿐이다.

어린이책을 함께 읽는 어른들은 부디 웃음에 대해 함부로 검열자가 되지 않도록 경계할 일이다. 검열자가 되기로 자처했다면 어쩔 수 없지만, 그러지 않고 아동문학을 자기 발견과 성숙의 장으로 삼는다면 낯선 유머를 만나더라도 당황하거나 노여워하지 말고 누가, 왜 그 웃음에 동조하고 있는가를 냉정히 생각해 보는 것이 좋을 것이다. 설사 끝까지 납득이 안 되더라도 검열하기보다는 어린이들과 함께 그 문제에 대해 이야기할 수 있는 열린 마음을 갖는 것이 가장 이상적인 태도가 아닐까. 거기에 우리 아동문학의 웃음이 어린이와 어른들에게 '지적인' 이야깃거리들을 끊임없이 제공해 준다면야 그야말로 더더욱 이상적일 것이다.

〈『창비어린이』, 2005년 봄호〉

동화작가의 숨겨진 자의식

글 쓰는 아이가 주인공인 동화들

1. 동화작가의 마음이 궁금하다

남이 쓴 문학을 즐겨 읽는 독자 처지에서는 작가라는 직업이 늘 궁금하다. 언제부터 작가가 되기로 마음먹었을까, 언제 자신의 재능을 발견했을까, 분명히 힘든 일일 텐데 계속 글을 쓰는 동력은 어디서 얻는 것일까. 일반문학에서는 소설가가 주인공인 소설, 시인 자신이 곧 시적 화자인 시가 그런 궁금증을 어느 정도 풀어 주곤 한다.

그렇다면 동화는 어떨까? 동화는 그 특성상 어른을 주인공으로 내세우기 어렵다. 그 대신 동화작가 자신과 가장 가깝게 설정할 수 있는 주인공 유형이 바로 '글 쓰는 아이'가 아닐까. 일반문학의 '소설가 소설'처럼 장르화된 것은 아니지만, 가끔 동화작가들도 '글 쓰는 아이'를 주인공으로 삼아 자신에게 처음 다가온 문학에 대한 사랑, 동경, 글쓰기의 설렘, 그것이 자신에게 의미했던 바에 대해 이야기하곤 한다. 작가라면 누구나 한 번쯤 되돌아보고 싶고, 남들에게 털어놓고 싶은 자기 고백 또는 자부심의 발현일 것이다.

　작가 개인으로서는 특별한 경험일 텐데, 이런 유형의 이야기를 여러 편 모아 놓으면 일정한 패턴이 눈에 띈다. 그것은 문학 자체와 관련 있는 것이기도 하지만, 때로는 문학 외적인 것과도 관계가 있다. '글'과 '문학'은 분명 멋진 것이지만, 종종 그것은 '멋져 보이는' 것이기도 하다. 또래의 친구들보다 문학과 글을 먼저 발견한 아이들에게서 발견되는 공통 요소를 통해, 우리는 오늘의 동화작가가 문학에 대해 품고 있는 자의식의 편린도 관찰할 수 있다.

2. 글 쓰는 책벌레_유은실『나의 린드그렌 선생님』

　사자는 원래 풀을 먹지 않지만 어딘가 아프면 스스로 풀을 뜯어 먹는다고 한다. 사람이 책을 읽는 것도 마찬가지 아닐까? 마음 어딘가가 아프고, 무언가 채워지지 않아 허전할 때, 사람은 자기 치유의 방편으로 책을 찾아 읽기 마련이다.

　『나의 린드그렌 선생님』(2005)의 주인공 비읍이도 자기 마음을 달래기 위해 책을 탐독하는 아이다. 다정다감한 아빠는 몇 년 전 세상을 떠났고, 엄마와는 어쩐지 의견이 맞지 않아 자주 티격태격하는 비읍이는 마음이 답답할 때마다 린드그렌 작품을 읽으며 상상에 빠지곤 한다. 상상 속에서라면 삐삐처럼 백만장자가 될 수도 있고, 그 돈으로 아파트 대출금을 갚고, 그전부터 가지고 싶었던 자전거도 살 수 있으니 정말 신난다. 하지만 상상이 끝나면 현실이 더욱 초라해 보여 속이 상한다. 그래서 비읍이는 작가에게 편지를 쓰기로 마음먹는다. 편지를 쓰는 동안 실컷 상상할 수 있는 데다가, 다 쓰고 나서

현실로 돌아와도 이전처럼 쓸쓸하지 않고 오히려 더 기분이 좋아진다는 사실을 발견한 것이다.

왜일까? 그것은 글이 갖는 속성과 관계가 있다. 글쓰기의 즐거움은 뭔가 눈에 보이는 것을 분명하게 남겨 놓을 수 있다는 데 있다. 공상은 그것을 하는 동안에는 즐겁지만 깨고 나면 연기처럼 흩어지고 허망함만 안겨 준다. 하지만 그 공상을 글로 적어 놓으면 그것은 눈에 보이는 '내 것'이 되고, 종이 위에 쓰여 있으니 실존하는 구체적 세계가 된다. 비읍이는 편지를 쓰면서 스웨덴의 린드그렌 선생님을 서울 변두리 자기 방 안으로 불러오는 마법의 시공간을 만들었다. 비읍이는 아직은 어린아이이고, 편지를 읽을 상대는 어린이 독자에게 관대한 동화작가이니 남의 눈을 의식하며 능력 이상으로 잘 쓰려고 애쓰지 않는다. 그저 자기 마음, 자기 생활을 있는 그대로 또박또박 열심히 쓴다. 아니, 작가 선생님께 말하고 들려 드린다. 비읍이의 편지는 책 읽기, 말하기, 글쓰기의 순수한 즐거움만을 모은 결정체이다. 비읍이는 린드그렌 선생님께 편지를 쓰면서 자신도 모르는 사이 문학이라는 멋진 세계로 첫발을 들여놓게 된 것이다.

그러나 글을 쓴다는 것이 달콤하기만 한 것은 결코 아니다. 비읍이는 린드그렌 선생님 덕분에 마음껏 상상하고 글을 쓰는 즐거움을 맛보았지만, 바로 그 린드그렌 선생님 때문에 글쓰기의 쓴맛도 맛본다. 바로 표절의 유혹이다.

학교에서 동화를 쓰는 시간, 비읍이는 글이 안 풀려 끙끙대다가 평소 외우고 있던 린드그렌 동화 『미오, 나의 미오』에서 한 문단을 가져와 몰래 끼워 넣는다. 잘못인 줄 알면서도 린드그렌 선생님처럼 멋진 동화를 쓰고 싶다는 욕심에 일을 저지르고 만 것이다. 결과는 좋았지만 내 것이 아닌 문장이, 그것도 가장 멋진 모습으로 자기 글

한가운데 있는 것을 보고 있자니 비읍이는 뭐라 말할 수 없는 참담함을 느낀다. 너무 좋아해서 외우기까지 한 동화였는데, 이제는 책 표지를 보고 있는 것조차 창피하고 괴롭다.

비읍이의 표절 에피소드는 책 읽기와 글쓰기의 관계에 대해 생각할 거리를 제공해 준다. 비읍이처럼 어린 초등학생뿐 아니라 명망 높은 작가도 곧잘 표절의 유혹에 넘어가곤 한다. 그 이유는 비읍이나 명망 높은 작가나 다를 바가 없는데, 살면서 겪는 직접 경험이 모자라고 그 모자란 부분을 책을 통한 간접 경험으로 과도하게 채우기 때문이다. 비읍이 같은 어린아이는 당연히 살아온 시간이 적기 때문에 직접 경험의 양도 적을 수밖에 없고, 그렇기 때문에 책을 많이 읽어 경험의 세계를 넓히고자 하는 욕구는 아이로서 자연스러운 것이다. 하지만 어른이 되고 작가가 되어서까지도 직접 경험보다 책을 통한 간접 경험이 압도적으로 많다면 당연히 글이 막힐 때 남의 글을 갖다 쓰고 싶은 유혹을 물리치기가 쉽지 않다. 그렇기 때문에 책 이야기만 쓰지 말고 자기 생활도 좀 써 보라는 담임 선생님의 충고와, 비읍이 마음을 누구보다 잘 아는 헌책방 언니의 걱정도 일리가 있는 것이다.

『나의 린드그렌 선생님』의 독특한 매력은 못 말리는 책벌레인 비읍이로부터 나온다. 책을 읽고 상상하는 것을 넘어, 글을 쓰면서 책과 작가에게 한 발 더 가까이 진심으로 다가가는 책벌레는 흔치 않기 때문이다. 다만, 문학과 글쓰기에 대한 작가의 인식은 다소 닫혀 있는 듯 보인다. 예를 들어, 애초부터 TV를 보지 않고 책을 읽는 아이인 비읍이는 TV 드라마만 보는 엄마가 답답하다고 한다. 이런 아이가 없지는 않겠지만 분명 보통 아이는 아닌 것이다. 그만큼 『나의 린드그렌 선생님』은 이미 책벌레라는 소문이 난 아이들에게는 남모를 공감대를 형성하겠지만, 그렇지 않은 아이들에게는 진입 장벽이 있는 셈이다. 나아가 역시 책을 많이 읽는 아이가 글을 잘 쓰고, 그런 아이가 자라서 작가가 된다는 통념을 강화하기도 한다. 물론 이 통념은 어느 정도 진실을 담고 있긴 하지만, 어린이 글쓰기나 혹은 아동문학 전체를 생각해 볼 때 오히려 마이너스로 작용하기 쉽다는 것이 문제다.

3. 좀 더 나은 사람이 되고 싶다 _남찬숙 『받은 편지함』

『받은 편지함』(2005)은 『나의 린드그렌 선생님』처럼 주인공 아이가 동화작가에게 이메일을 보내는 데서부터 이야기가 시작된다. 그러나 앞의 비읍이가 린드그렌에게 압도당했던 것과는 달리, 이 작품에 나오는 동화작가 선생님은 그 실체를 드러내지 않은 채 멀찍이 떨어져 있다. 우리는 그가 어떤 작품을 썼고, 주인공인 순남이가 어떤 이야기에 감명받았는지도 잘 알 수 없다. 오히려 이 작품에서 중요한 것은 동화작가라는 직업 그 자체이다.

순남이는 방세도 제때 내지 못하는 지하 월세방에 산다. 엄마는 오랜 병으로 돌아가셨고, 아빠는 빚에 쪼들려 먼 데까지 일을 나가기 때문에 혼자서 어린 동생까지 돌봐야 하는 처지다. 가난은 좀 창피하거나 불편한 데 그치지 않고 이 아이를 주눅 들게 만든다. 컴퓨터만 해도 그렇다. 같은 반 친구들은 모두 집에 컴퓨터가 있어서 이미 능숙하게 다룰 줄 알지만, 순남이는 학교에 와서야 겨우 이메일 계정을 만들어서 누군가에게 이메일을 보낼 수 있었다. 가난 때문에 점점 남들보다 뒤처지다 보면 번듯한 어른이 되기도 힘들 텐데, 순남이는 계속 이렇게 가난에 발목이 잡힌 채로 살아야 하니, 미래에 대한 꿈 한번 꿔 보는 것도 쉽지 않다.

그런 순남이로 하여금 상상으로나마 어두운 월세방을 벗어나게 해 주는 계기가 바로 동화작가 선생님과 나누는 이메일이다. 빨간 머리 앤이 고아원에 있을 때 자신을 부잣집 딸로 상상하며 견뎠던 것처럼, 순남이도 작가 선생님께 보내는 이메일 편지에서 예쁘고 공부 잘하고 유복한 집에서 부러울 것 없이 사는 친구 혜민이를 가장하여 잠시나마 달콤한 상상을 하며 위안을 찾는다. 순남이가 동화작가 선생님과 메일을 주고받게 된 것은 마치 신데렐라가 파티에 초대받은 것과 같다. 비록 옳지 않은 거짓말이지만, 아무것도 가진 것 없는 순남이에게는 그런 상상의 글쓰기를 해서라도 자기 힘으로 장신구와 드레스, 호박 마차를 마련해야 하는 절박함이 있다. 물론 그 마법은 작가 선생님으로부터 답장이 오면 두 배의 죄책감으로 변하는 것이었지만 말이다. 특기할 만한 것은 순남이가 혜민이인 척하면서도 사실은 자기 이야기를 더 많이 쓰고, 작가 선생님의 답장에서 자신에 대한 걱정과 격려를 읽을 때는 괴로우면서도 어쩐지 복잡 미묘한 감정을 맛본다는 사실이다. 글 뒤에 숨고 싶은 욕구와, 글로 자기를 드러내고 싶은 욕구가 서로 부딪치며 엉겨드는 순간이다. 본의 아닌 거짓말 때문에 심한 마음고생을 했지만, 순남이는 그 소동을 통해 글 쓰는 사람만이 맛볼 수 있는 즐거움과 괴로움을 동시에 경험한 것이다.

순남이는 막연히 동화작가가 되고 싶다고 생각한다. 순남이에게는 어쩐지 동화작가가 멋지고 훌륭한 사람으로 다가온다. 무리한 거짓말을 시작했던 것도 그 직업에 대한 동경심 때문이었을 것이다. 지금보다 좀 더 나은 사람, 훌륭한 사람이 되고 싶다는 순남이의 막연한 바람이 동화작가를 만나는 순간 구체화된 것이다. 사실 이런 설정은 이른바 클래식한 '문학청년', '문학도'를 아동문학 버전으로 바꿔 놓은 것이다. 이것은 어쩌면 가난한 아이가 본능처럼 알아챌 수 있는 문학의 또 다른 일면일 수 있다. 작가 지망생인 혜민이의 말처럼 슬픔과 아픔을 겪은 사람은 그렇지 않은 사람보다 남들을 감동시킬 글을 쓸 가능성이 높다. 지금 자신을 괴롭히는 가난과 외로움이 나중에 작가가 되었을 때 소중한 자산이 될 수 있다는 기대는 순남이로 하여금 지금의 고통을 견딜 수 있게 해 준다. 그리고 예로부터 문학은 가난한 이를 문전 박대하지 않았다. 대학을 나오지 않아도 작가가 되는 데 크게 상관이 없고, 책을 사 보기 어려우면 도서관에서 읽으면 되고, 원고지와 펜만 있으면 글을 쓸 수 있기 때문이다. 순남이는 고등학교를 졸업하고 바로 대학에 가지도 못하고 취직을 해야 할지 모른다. 하지만 아무리 가난해도 계속 책을 읽고 글을 쓰면서 작가에 대한 꿈을 놓지 않을 것이고, 그것은 주인공인 순남이에게도, 작품을 읽는 어린이 독자에게도 희망과 안도감을 안겨 준다.

곤경에 처한 아이가 작가를 꿈꾸며 희망의 끈을 붙잡는다면, 그건 그 나름대로 효용이 없지는 않다. 그러나 이는 어린이들에게 작가에 대한 환상이나 오해를 불러일으킬 가능성이 농후하다. 작가는 무슨 일이 있어도 꼭 전하고 싶은 이야기, 좀처럼 풀리지 않는 고민을 골똘히 파고들어 그것을 문장으로 표현하고, 그렇게 함으로써 세상 사람들과 소통하고 싶은 사람이다. 그러나 순남이가 되고 싶어 하는 작가는 그러한 작가의 근원적 충동과는 거리가 있고, 단지 책을 내고 여러 사람들에게 인정받는 '작가 선생님' 쪽에 가깝다. 세상 사람들에게 들려주고 싶은 이야기가 있어 글을 쓰려는 것이 아니라, 인정받는 작가가 되기 위해서 글을 쓰려고 하고 자신의 가난이 중요한 자산이 될 거라는 식으로 묘하게 주객이 전도된다. 작가의 선의는 이해가 되지만, 진정한 문학에서는 멀어진 문단의 일그러진 모습을 엿보는 것 같다. 『받은 편지함』 역시 작품이 독자에게 주는 감동과는 별개로 글쓰기와 문학, 더 나아가 작가에 대한 속류화된 관념을 보여 준다는 점이 아쉬움으로 남는다.

4. 시는 어디에서 오는가 _이상교 『처음 받은 상장』

앞의 두 작품은 동화에 매료되어 동화를 쓰고 싶어 하는 아이가 주인공이다. 책을 좋아하고 많이 읽는 아이들이니, 주변 어른이나 또래 친구들로부터 똑똑하고 성실하다는 말을 곧잘 들었음직하다. 그 아이들이 문학 중에서도 산문을 선택한 것은 그 아이들의 평소 성정과도 상관이 없지 않다.

그런데 『처음 받은 상장』(2005)의 주인공인 여덟 살 시우는 앞에 나온 아이들과 정반대다. 이 아이는 키가 멀대같이 큰 데다 바싹 말랐고, 행동과 말이 굼뜨고, 학교 공부에도 관심이 없으며, 그냥 들이나 산, 갯벌로 쏘다니는 것만 좋아한다. 지나치게 큰 키 때문에 또래와 잘 섞이지 못하고, 공부를 못하니 학교도 재미없고, 똑똑한 언니와 얌체 같은 동생들 사이에 끼어 집에서도 내내 겉돈다.

이런 아이에게 시가 찾아온다. 자기 생각과 감정을 또박또박 말할 줄 아는 아이였다면 시가 찾아오지 않았을 테고, 또래 친구와 식구들 속에서 잘 어울리는 아이였어도 시는 찾아오지 않았을 것이다. 주변 사람들과 이야기 나누기 바쁜 사람은 하늘을 올려다보지도 않고, 나뭇잎 흔들리는 소리도 듣지 못한다. 생각하고 느끼기도 전에

말부터 줄줄 꺼내는 사람은 자기 마음을 오래오래 곱씹어 보지 못한다. 시우는 시가 대체 무엇인지 미처 알지도 못하지만, 오히려 시는 이 외롭고 굼뜬 아이를 발견해서 그 안에 스며든 것이다.

> 손으로 줄을 단단히 잡고 위로
> 획—
> 하늘나라, 구름나라로 놀러 가는 것 같다.
>
> 고욤나무 비밀 나무에 맨 내 그네
> 나는 혼자 그네를 탄다.
>
> 그네에 앉아 하늘로 획 올라가면
> 고욤나무 이파리는 손뼉을 쳐 준다.
> 혼자서 잘 탄다며 팔랑팔랑 손뼉을 쳐 준다. (『처음 받은 상장』, 110면)

그런데 이렇듯 무리로부터 뚝 떨어져 나왔기에 쓸 수 있었던 시가, 이야기 후반에서는 시우를 다시 무리 속으로 되돌려 놓는 데 큰 도움을 준다는 것은 아이러니하다. 아무것도 잘할 줄 몰라서 무시당하고 외로운 아이였는데, 시만큼은 누구 못지않게 잘 쓴다는 것을 주위 사람들이 알고서 인정해 주기 시작한 것이다. 시를 써서 난생 처음 상장도 받자, 늘 거리감을 느끼던 아버지도 "우리 집안에 정말이지 시인이 났구나!"(112면) 기뻐하며 국어사전을 선물로 사다 준다. 그리고 시우도 정말 시인이 되기로 결심한다.

사실 시 자체의 의미를 생각한다면 이렇게 상장으로 보상을 받고 기뻐하는 결말은 오히려 시심(詩心)을 쫓는 것처럼 느껴지기도 한다. 하지만 시우가 아직 여덟 살 아이인 것을 감안하면, 계속 무리 바깥에서 외롭게 지내는 것보다는 자신감을 얻고 무리 속에 들어가는 것이 중요할 것이다. 다만, 작품 전체로 보면 전반부는 마치 『홍당무』를 연상시킬 만큼 식구들과 소통하지 못해 답답해하는 시우가 인상적인데, 후반부에 가서 상장 하나로 모든 문제 상황이 해소되는 것은 다소 안이하다는 생각이 든다.

아무래도 작가의 자전적 이야기이기 때문에, 못난이였던 자신이 상장을 받은 뒤 '시인'이라는 멋진 꿈을 꾸기 시작했다는 사실은 그냥 그 모습 그대로 남기고픈 소중한 기억일 것이다. 그러나 중요한 것은 역시 '시인'이 아니라 '시'가 아닐까. 이 작품에서는 아이가 자기 느낌을 그대로 솔직히 말하는 '어린이 시'와, 이미 어른이 된 작가가 쓴 '동시'가 혼재된 양상을 보이는 것이 문제가 된다. '어린이 시'는 누가 쓰라고 하지 않아도 자기의 맺힌 마음을 풀기 위해 저절로 튀어나오는 외침 같은 것인데, 그것이 어른들 눈으로 평가를 받고 보상을 받게 되면 '동시'가 되어 버리고 '어린이 시'로서의 생기와 절실함은 거세되어 버린다. 작가는 '어린이 시'와 '동시'에 대해 굳이 구분할 필요를 느끼지 않은 것 같은데, 이에 대한 고민이 좀 더 있었더라면 이야기의 결말은 사뭇 달라졌을 것이다.

5. 조금은 비딱한 눈으로_차보금『까만 옷만 입을 거야』

앞서 언급한 작품들과 달리 『까만 옷만 입을 거야』(2005)의 주인공은 진득하게 책상에 앉아 책을 읽고 글을 쓰는, 전형적인 책벌레나 문학 지망생의 모습을 보여 주지는 않는다. 그렇지만 이 아이의 머릿속에는 거창한 프로젝트가 있다. 그것은 바로 자기를 둘러싼 삶 전체를 자기만 아는 이야기로 바꿔 보는 것이다.

주인공 수림이는 요즘 무척 속이 상해 있다. 첫 번째는 자기가 시험관 아이로 태어났다는 사실을 우연히 알게 된 것, 두 번째는 할아버지가 치매에 걸려 손녀딸도 못 알아보고 집안에는 온통 무거운 공기만 가득하다는 것, 세 번째는 같은 반 친구 민탁이와 싸우다 철봉에 부딪쳐 앞니가 부러진 것이다. 자기 잘못도 아닌 일로 고통을 겪어야 한다는 것에 화가 난 나머지, 수림이는 자기 자신을 둘로 나누어 생각하기로 한다. 우선 이렇게 큰 사건을 세 개나 겪은 자신은 '심각한 아이'이며, 심각한 아이는 심각한 사람답게 까만 옷만 입어야 한다는 결론을 내린다. 연극으로 치면 역할에 맞는 옷을 입는 것이고, 소설로 치면 작가가 주인공에게 비딱한 개성을 부여하는 셈이다.

수림이는 더 이상 남들 때문에 상처받지 않도록 속으로 모든 계획을 세우고, '심각한 나'를 연기하기 시작한다. 심각한 사람은 친구를 사귀어서도 안 된다. 어, 근데 멍청이 같은 말만 해 대는 유리라는 아이와 자꾸 얽히고 말을 섞는 일이 생긴다. 좋아, 그렇다면 이제부터는 바보 같은 유리와 놀아 주는 착한 아이인 척하는 거야. 이런 계획을 세우고는 겉으로는 위선자, 속으로는 위악자가 되는 일종의 이중 인격자 노릇을 한다. 자신이 이렇게 굴어도 세상 사람들은 그 속을 알아채지 못한다는 것이 쏠쏠하게 재미있다. 라디오 방송국에 눈물을 자아내는 가짜 사연을 보내 상품권을 타 내기도 한다. 어린 자기가 봐도 뻔한 가짜 사연에 깜빡 속아 넘어가다니, 어른이고 이 세상이고 엉터리인 게 분명하다. 이런 과정을 통해 수림이는 자기를 괴롭히는 일들로부터 조금씩 거리를 확보한다. 좀 엉뚱하긴 하지만 수림이는 자기만의 전지적 작가 시점으로 자기 자신과 주변 사람들의 삶을 비딱하게 관찰하고 자기 멋대로 움직여 보는 즐거움을 맛보았던 것이다.

하지만 역시 세상일은 자기 생각대로 굴러가지 않아서, 수림이는 마음먹은 대로 자기 자신을 연기한다는 것조차 쉽지 않음을 점점 깨닫는다. 끝까지 무시하며 갖고 놀려고 했던 유리는 특유의 순진무구함으로 수림이의 마음속에 자리를 잡아 버린다. 그리고 끝까지 미워하기로 작정했던 민탁이에게 매몰차게 대해 놓고서는 이것이 정말 자신이 원하는 것이었는지 고민에 빠진다. 시험관에서 만들어진 아이라서 부모님이 자기를 사랑하지 않을 거라는 단정도, 엄마가 누구보다도 애타게 자신의 탄생을 준비했다는 말 앞에서는 꺾이고 만다. 마지막에는 갑자기 이사 간다는 유리 때문에 덜 상처받으려고 미리 이별 연습까지 해 두지만, 사실 길 건너편으로 집을 옮겼을 뿐이라는 얘기를 듣고서 수림이는 오히려 자기 짐작이 맞지 않은 것을 다행스럽게 여긴다. 그리고 이쯤에서 마음에 남아 있던 방어막을 걷어 버린다.

자기가 생각하는 대로 세상 사람들을 파악하고 조정하는 데에는 결국 실패했지만, 그때부터 수림이가 늘 갖고 다니던 '내 멋대로 공책'에는 '존재'라고 하는 어려운 말이 올라온다. '실제로 있는 것'은 있는 그대로 인정하고 받아들이겠다는 다짐이다. 하지만 이것은 아무 의심과 저항 없이 세상을 받아들이는 것이 아니라, 한번 단단히 비뚤어져 본 뒤 얻어 낸 결론이기에 남달리 소중하다. 작품 안에서 수림이가 앞으로 글을 쓰겠다거나 작가가 되겠다고 말한 적은 없지만, 위악자의 눈으로 세상을 한번 겪어 본 것이야말로 좋은 작가 수업이 아닐까. 방송국에 가짜 사연 보내고 받은 백화점 상품권으로 두꺼운 국어사전도 샀으니 본격적인 글쓰기 공부는 이제부터 시작이다. 그때 수림이가 좋은 사전의 기준으로 삼았던 단어는 돌아가신 할아버지를 괴롭히던 '욕창'이었다. 잠깐 동안 제 나름대로 어른들 머리 위에서 놀아 봤던 수림이지만, 아직은 세상에서 배워야 할 말도 많고, 느껴야 할 아픔도 많이 남아 있는 아이라는 사실을 말해 주는 장면일 것이다.

6. 자기 연민의 글쓰기를 넘어

지금까지 읽은 네 편의 동화는 책벌레, 작가 지망생, 꼬마 시인, 조숙한 방외자가 주인공이다. 그중에는 상대적으로 작가 자신이 많이 투영된 이야기도 있지만, 꼭 그렇다고만은 볼 수 없는 이야기도 있다. 하지만 모두 많건 적건 문학이나 글쓰기에 대한 작가의 자의식을 반영하고 있다는 공통점이 있다.

네 작품의 주인공 모두, 책을 읽고 글을 쓰는 '나'는 보통 아이들과 다르다는 것을 강하게 의식하고 있다. 1인칭 화자를 내세운 탓도 있겠지만, 네 작품의 주인공은 모두 자기의 고민을 누구도 알아주지 않는다는 격절감 때문에 책을 찾고, 글을 쓰고, 이야기 세계에 빠져들곤 한다. 물론 이야기의 마지막에서는 모두 외로움을 극복하고 가족이나 친구들 속으로 되돌아가지만, 이야기 전반에 자기 연민이 깊이 어려 있다. 여기에는 아무래도 글을 쓰고 문학을 읽는 것은 외로움이나 결핍을 스스로 이겨 내고 위로받기 위해서가 아니냐는 작가의 반문이 담겨 있는 듯하다. 물론 그 생각에는 나 역시 공감하는 바가 크다.

하지만 어떤 문학 또는 글쓰기는 자기 외로움이나 고민은 조금 뒤로 제쳐 둔 채 자신과 주변 사람들의 삶 자체를 담담히 기록하기도 한다. 『헨쇼 선생님께』(비벌리 클리어리)의 주인공이 쓴 일기와 편지를 보면 새로 전학 간 학교에서 겪는 답답함, 부모의 이혼으로 받는 스트레스가 드러나 있는 것이 아니라, 학교에서 자신이 겪었던 일, 헤어질 수밖에 없었던 아버지와 어머니의 인생 자체가 기록되어 있다. 자기 기분과 마음이 어떻다고 구구절절 말하지 않는 주인공 때문에 독자는 그 아이의 내면에 무슨 변화가 일어났는지 미루어 짐작할 수밖에 없지만, 바로 그 조용한 공감이 이 작품을 읽는 묘미이기도 하다. 『사랑의 학교』(데아미치스)에서 주인공 엔리코가 쓴 일기를 통해 20세기 초반 이탈리아의 학교와 가정 생활을 훤히 들여다볼 수 있지 않았던가. 이는 어쩌면 남성의 글쓰기와 여성의 글쓰기 방향이 달라서 생긴 결과일지도 모르겠다.

'글 쓰는 아이'는 우리 아동문학에 좀 더 등장해도 좋다. 다만, '문학'을 읽고 '글'을 쓴다는 자의식에서 벗어나, 일단 열심히 세상과 부딪치며 살고, 그 경험을 글로써 잘 붙들어 놓으려는 '기록' 정신을 가진 아이와 좀 더 만났으면 좋겠다. 그러기 위해서는 작가 자신부터 무언가 근본적인 변화가 필요할 것이다.

〈『작가들』, 2006년 여름호〉

청소년과 청춘

1. 우리 청소년문학에는 청춘이 모자라다

근래 들어 청소년문학에 대한 관심이 한껏 높아졌다. 출판사들은 앞다투어 청소년문학 시리즈를 내고 있거나 기획 중이고, 아동문학 작가와 일반문학 작가 모두 청소년문학에 도전하고 싶다는 욕심을 숨기지 않는다. 교사, 학부모, 그 밖에 청소년 문제에 관심 많은 어른들도 세상에 이렇게 책이 많은데 우리 청소년들 볼 책이 적어서 큰일이라며 걱정이다. 중고생들이 차분히 책에 빠져들지 못하게 만드는 입시 위주 교육도 비판의 대상이 된다. 이렇게 많은 어른들이 애쓰고 고민한 덕분에 이제 청소년문학의 필요성과 존재 가치에 대해서는 누구도 이의를 달지 않는다. 시장과 창작자, 보호자가 있으니 이제 청소년문학은 무럭무럭 자라기만 하면 될 것 같다.

하지만 정작 독자인 청소년들 사정은 어떤지 모르겠다. 청소년들이 얼마나 청소년문학을 읽고 있는지 딱히 통계 같은 게 있지도 않고, 그렇다고 내가 청소년들과 정기적으로 만나는 직업에 종사하는 것도 아니다. 내가 말할 수 있는 건 독자로서 읽은 몇 권의 국내 청소년문학에 대한 감상뿐인데, 솔직히 그동안 읽은 작품들은 대개 재미가 없었다. 도통 흥분을 느끼지 못했다. 물론 문학에서 얻어야 하는 것이 꼭 흥분이어야 할 이유는 없고, 그건 문학이 주는 감동과 재미 중에서 일부에 불과할지 모른다. 그러나 적어도 청소년기라면 다르다. 흥분은 인생의 양념이 아니라 전부처럼 느껴질 수도 있고, 그 시기에는 당연히 그것을 누려야 할 권리와 책무가 있다. 그런데 우리 청소년문학에는 독자를 흥분시킬 그 무언가가 늘 모자라다. 나는 그 이유 중 하나는 '청춘'의 부재에 있다고 본다. 고등학교 1학년 남자아이를 '청소년'으로 대하는 것과 '청춘'으로 대하는 것에는 어감부터 큰 차이가 있다. '청소년'이라면, 지금 무척 혼란스럽고 여러 가지 문제를 안고 있겠지만 이 시기를 잘 극복하면 너는 훌륭한 어른으로 성장할 수 있어, 하며 격려하는 것 같지 않은가? 하지만 '청춘'이라고 하면 마치 내일이 없는 듯 좌충우돌하며 자신을 불태워 버리는 것이 아름다운 것처럼 느껴진다. 현시점에서 나는 청소년보다 청춘에 더 끌린다. 어른이 되고 나니 더 그렇다.

우연찮게 작년(2005)부터 나는 일본의 청춘물에 푹 빠져서 살고 있다. 워낙 두터운 대중문화 토대 탓인지, 피고 지는 순간을 안타까이 사랑하는 일본 특유의 정서 탓인지는 잘 모르겠지만, 일본은 예부터 청춘물, 학원물에서 다채로운 세계를 일구어 왔다. 그리고 청춘물의 어법은 문학에만 국한되지 않고 만화, 영화, 드라마 따위에 두루 통용되는 것이며, 나 역시 장르를 불문하고 일본의 청춘 코드를 익혔다. 우리 현실과 단순 비교 할 수 없고 또 그럴 필요도 없겠지만, 기왕 경험한 것이니만큼 작년부터 올해까지 나를 매료시킨 일본 청춘물 몇

가지를 소개하고 싶다. 우리 청소년문학이 좀 더 매력적으로 발전할
수 있는 출구를 찾는 데 작은 힌트가 되었으면 하는 바람이다.

2. 죽도록 쌈박질하는 청춘들

여자는 대체로 싸움을 싫어한다. 이러쿵저러쿵 뒷말은 할지 몰라
도, 잠정적 평화를 위해 타협하고 어울려 사는 데 훨씬 익숙하다. 그
반대편에는 남자의 논리가 있다. 자기 영역에 들어온 적한테 으르렁
대고, 싸우고, 그 결과로 위계질서를 잡거나 각자의 영역으로 되돌
아가 잠시 휴전한다. 솔직히 여자로서는 잘 이해가 안 되지만, 남자
들로서는 또 그러지 않고서는 못 배기는 동물적 본능 같은 게 있는
모양이다. 나는 세계의 평화를 위해서라면 여성성이 상대적 우위를
점할 필요가 있다고 생각하지만, 한편으로는 말로만 타협하고 화해
하는 세상이란 얼마나 지루할까 하는 생각도 든다. 몸으로 치고받고
싸우는 것도 어떤 이들한테는 상호 소통 방식이고, 세상을 읽는 방
식일 수도 있다. 그게 정말 남자의 동물적 본능인지, 어렸을 때부터
그렇게 교육받아 온 이데올로기의 영향인지는 모르겠지만 말이다.

재일 교포 작가 가네시로 가즈키(金城一紀)의 『Go』의 주인공은 학
교에서 싸움을 제일 잘하는 소위 '짱'이다. 그리고 작품은 주인공이
어떻게 짱이 되었고, 그 짱의 명성을 어떤 식으로 지켜 가는지를 상
세히 알려 준다. 그중에는 전철이 올 때 철로에 뛰어들어 죽도록 달
리는 '치킨 레이스'도 있고, 짱 자리를 탈환하기 위해 차례차례 찾아
오는 도전자들을 죽기 직전까지 패서 해치우는 일련의 과정도 있다.
그리고 심지어 자신한테 권투를 알려 준 아버지에게도 당당히 주먹

을 내지른다. 같은 작가의 『레볼루션 넘버 3』에서는 "너희들 세상을 바꿔 보고 싶지 않으냐."는 생물 선생님 말에 감전되어 이른바 삼류 똥통학교 남학생들이, 입장이 제한되어 있는 명문 여학교의 축제에 쳐들어갈 계획을 짠다. 깡패 짓을 해서 그저 훼방 놓겠다는 게 아니라 정문으로 당당히 들어가는 혁명을 도모하는 것이다. 물론 이 과정에서 거의 전쟁을 불사하는 육박전이 벌어지지만, 이들의 침입을 인상적으로 본 몇몇 여학생들이 똥통학교 남학생들과 커플이 되면서 혁명은 소기의 성과를 올린다.

이 작가의 작품에서 남학생들이 곧잘 벌이곤 하는 싸움에는 어쩐지 '폭력'이라는 말을 붙이기가 어색하다. '폭력'이라고 하면 음습하고 강자가 약자를 괴롭히는 이미지가 떠오르지만, 이들의 쌈박질은 희한하게도 유쾌하고 당당하다. 그건 독특한 그의 문체나 다소 과장된 인물형과도 관계가 있겠지만, 그보다는 이 쌈박질이 그 나이 또래가 가질 법한 치기의 연장선이고 열정의 발산이라는 합의가 작가와 독자 사이에 있기 때문이다. 중학교 때 성적이 나빠 삼류 고등학교에 가면 늙어 죽을 때까지 삼류를 벗어나지 못하나? 일본 사회에서 재일 조선인, 혼혈은 찍소리 못하고 지내야 하나? 그런 모순 따위에 벌써부터 지고 싶지는 않고, 사회 전체까지는 몰라도 지금 당장 내 눈앞에 있는 변변찮은 장애물 따위는 주먹으로 깨고 나아가겠다는 배짱은 청춘물에 어울리는 그것이다.

물론 피 튀기고 이 부러지는 싸움을 현실과 연결 지으면 마냥 낭만적으로만은 볼 수 없을 것이다. 작년에 개봉한 영화 「박치기」에서는 재일 조선인 학생이 일본인 학생을 상대로 죽을 듯이 싸우는데, 그 결과로 정말 맞아 죽는 희생자마저 나온다. 현실에서는 이런 일은 가능하면 피하거나 사전에 갈등을 완화하는 것이 정답에 가까울지 모른다. 하지만 가네시로 가즈키의 작품이나 「박치기」 같은 이야기는 현실에 있을 법한 일(혹은 정말 있었던 일)을 극적으로 가공한 허구다. 옛날 제임스 딘 출연의 영화 「이유 없는 반항」이 그랬듯, 청춘물의 중요한 한 갈래는 이렇게 무모하리만큼 싸워대는 남자아이들의 이야기다. 그건 때때로 죽음에까지 이르고, 좀처럼 브레이크가 잡히지 않는 폭주 기차와 같다. 위험하고 무모한 것은 분명한데, 이런 청춘물이 안전하고 합리적인 이야기보다 훨씬 매력적이고 힘이 있음은 부정하기 어렵다.

3. 우정이라는 화학 반응에 대해

내 사촌 동생은 고등학교 1학년 때 자퇴를 했다. 다소 극단적인 선택이긴 했지만, 자퇴하고 검정고시를 보면 남들보다 빨리, 좋은 조건으로 대학을 갈 수 있다는 이유에서였다. 사실 우리의 고등학교 시절은 대학을 위해 담보 잡혀 있었다. 하지만 그게 전부가 아니라는 건 그때도 어렴풋이 알았고, 어른이 된 지금에는 더욱 절실히 느껴진다. 대학 따위는 아무것도 아니다, 공부도 생각만큼 중요하지 않다, 자기를 알아줄 동지를 얻는 게 고등학교 시절 제일 중요하다 등은 아무리 강조해도 지나치지 않다. 하지만 우리 청소년문학에서는 우정이 너무 뜨뜻미지근하거나 단순하게 다뤄지는 게 늘 불만이다.

원작 소설(『시모쓰마 이야기』)이 있는 영화 「불량 공주 모모코」는 괴짜 여자아이들이 우정을 쌓는 이야기다. 로코코 풍 드레스를 즐겨 입는 모모코는 드레스만 입을 수 있다면 친구도, 애인도, 가족도 다 필요 없다고 외치는 별난 소녀다. 이런 모모코 앞에 침을 찍찍 뱉고,

박치기를 일삼는 스쿠터 폭주족인 이치코가 나타난다. 우아함이 신조인 모모코에게 이치코는 영 달갑지 않은 불청객이지만, 이치코는 모모코한테 친구를 하자고 덤벼들고, 그때부터 온갖 우여곡절을 겪어 가며 둘은 결국 친구가 된다. 범상치 않은 아이들이 쌓는 우정인지라 그 과정이나 결과도 일반적인 것과는 조금 다르다. 서로에게 많은 것을 의지하고 그 와중에 두 사람의 생각과 모습도 닮아 가는 게 일반적 우정론이라면, 이들의 우정은 무엇보다도 상대방의 세계를 존중하고 지지해 주는 것이기 때문이다. 아마도 죽을 때까지 공주 드레스를 입을 것이 분명한 모모코와, 폭주족 복장을 한 이치코가 나란히 걸어가는 장면만으로도 이 작가가 말하고자 하는 우정이란 어떤 것인지 확실하게 알 수 있다.

역시 원작 소설(『들떼지를 프로듀스』)이 있는 드라마 「노부타를 프로듀스」는 음침하고 인기 없는 여학생을 학교 최고의 '퀸카'로 만들기 위해 고군분투하는 두 남학생과, 그들과 엮인 왕따 여학생의 이야기다. 자신을 잘 연출해서 학교에서 인기를 끄는 슈지는 노부타라는 왕따 여학생의 프로듀서를 자처하지만, 오히려 그 과정에서 변화되는 건 슈지 쪽이다. 모든 것에 어눌한 노부타와, 역시 너무 엉뚱해서 반왕따를 당하는 아키라와 말을 섞고 어울리기 시작하면서 자신이 애써 붙잡고 있던 인기의 허망함을 느끼기 시작한 것이다. 결국 우정이란 남들 이목과는 상관없이 마음 맞는 이에게 자신을 숨김없이 드러내는 것이라는 당연한 사실이 이야기를 통해 조금씩 드러난다. 이 드라마는 영화 「마이 페어 레이디」의 일본판 패러디 청춘물이라 할 수 있는데, 「마이 페어 레이디」에서 오드리 헵번이 완벽한 숙녀로 거듭났던 것과 달리, 노부타는 어눌한 자기 자신을 잃지 않으면서도 남들처럼 친구를 사귈 수 있는 평범한 아이가 된다. 그리고 슈지는 이런 노부타를 남겨 놓고 훌쩍 다른 학교로 전학을 가 버리는데, 그나마 마음을 열었던 친구를 떠나 새 학교에서 다시 자기 자신을 프로듀스하기 시작한다는 마지막 반전도 인상적이다. 이러한 결말은 진정한 우정이라는 신화에 함부로 매몰되지 않은 작가 나름의 인간관, 우정관의 발로일 것이다. 어쩌면 냉소일 수도 있는.

우정이란 함께 도시락 먹고 편하게 어울려 다니는 것 정도로는 좀처럼 해명되지 않는 복잡한 화학 반응이다. 학교가 세계의 전부이다시피 하는 청소년기는, 그것이 진짜 우정이건, 우정을 빙자한 연기이건, 친구의 실체에 대해 알고 싶은 욕구가 강하고 고민이 가장 깊을 시기이다. 이런 아이들에게 인간관계와 우정에 대해 상식적이고 일반적인 이야기만 반복하는 것은 의미가 없다. 무언가 독특하고 매력적이고 감동적이고 함께 고민하게 만드는 우정 이야기가 절실하다. 그런 이야기가 나오기 위해서는 그 작가만의 개성적인 자아관·인간관이 필수적으로 요구된다.

4. 학창 시절의 낭만은 권리다

'아름다운 학창 시절' 운운하면 어쩐지 속이 불편해질 만큼 가식적으로 들린다. 강제로 주입되던 입시 교육, 체벌과 폭언에 시달리던 나날, 야간 자율 학습, 학원이며 과외를 전전하는 와중에 무슨 학창 시절의 추억이란 말인가. 이미 어른이 된 나도 그렇고, 지금 아이들한테도 고등학교는 대개 얼른 탈출하고 싶은 감옥이고, 적어도 10년이 지날 때까지 다시는 돌아가고 싶지 않은 곳이다. 하지만 다시 생각해 보면 학창 시절, 특히 고등학교 시절은 아름다워도 되는 거였다. 아니, 아름다운 추억을 많이 만들어야 마땅했다. 그럼에도 우리는 자의 반 타의 반으로 그 시절을 강탈당하고도 당연한 듯 살아왔다. 이건 옳지 않다. 현실이 따라 주지 않는다면, 이야기(허구)로라도 청춘으로서 당연히 누려야 할 아름다운 낭만을 만들어 줘야 하지 않을까?

온다 리쿠(恩田陸)의『밤의 피크닉』은 바로 학창 시절의 낭만을 한껏 고조시킨 작품이다. 남녀 공학인 북고(北高)에서는 해마다 보행제(步行祭)가 열리는데, 아침 8시에 학교에서 출발하여 다음날 아침 8시까지 학교로 걸어서 돌아오는 행사이다. 재학생들에게는 괴로운 행사지만, 졸업생들에게는 학창 시절 가장 기억에 남는 최고의 추억 만들기 행사이기도 하다. 졸업을 앞둔 아이들은 가장 친한 친구와 길동무를 약속하기도 하고, 연모하는 아이에게 선물을 건네며 고백할 기회를 노리기도 한다. 얼마나 낭만적이고 멋진 행사로 소문이 났는지, 외국에 이민 간 친구의 동생이 몰래 숨어들어 함께 걷는 일까지 생긴다. 힘들면 중간에 포기할 수도 있지만, 아름다운 추억의 완성을 위해 발에 물집이 잡히고 부상을 당해도 완주하기 위해 애쓰는 아이들의 모습을 보면 그야말로 꽃 같은 청춘이란 이런 거라는 생각이 절로 든다. 그리고 왜 우리에게, 지금 아이들에게 이런 낭만이 주어지지 않는가에 대해 불쑥 화마저 치민다. 왜 기껏해야 경주로 수학여행 가던 버스에서 자던 기억밖에 안 나는지 모르겠고, 그나마 극기 훈련 중에 야간 보행을 했지만 군인 같은 조교와 체육 선생님한테 협박당했던 기억뿐이고, 대학 입시에만 전전긍긍하느라 고등학교 3년을 제대로 마무리도 못 한 채 어영부영 헤어졌던 친구들이 생각나 억울하기만 하다.

물론『밤의 피크닉』은 꿈 같은 낭만이고 허구의 이야기다. 하지만 정말 그렇게 되고 싶은, 그렇게 될 수도 있을 것만 같은 허구라는 점은 의미가 깊다. 자신을 옥죄고 있는 학교가 사실 이렇게 낭만적인 공간이 될 수도 있다는 것을 청소년들이 아는 것과 지레 포기하는 것에는 큰 차이가 있다. 청소년들은 학교에서 꿈꿀 권리가 있고, 작가는 그 꿈을 제공해야 할 책임도 있는 것이다. 『밤의 피크닉』처럼 100퍼센트 순도의 낭만물까지는 안 바라더라도, 우리 청소년문학은 소소한 낭만적 장치에 인색할 때가 많다. 상투적일 수도 있지만, 답답한 일이 있을 때 옥상에 올라가서 친구와 함께 하늘을 보거나, 훌쩍 바다 보러 떠나는 일 같은 것도 우리 청소년문학에서는 그리 흔한 게 아니다. 옥상 계단은 대개 막혀 있고, 대책 없이 바다로 떠났다가는 고생하거나 나쁜 사람 만나기 십상인 현실이 낭만적 충동을 가로막는 것이다. 하지만 문학이 이 정도의 낭만을 담아 내는 것조차 인색하다면, 청소년들은 늘 그랬듯 옛날 옛적 공주와 왕자 이야기와 별반 다를 것 없는 학원 로맨스 따위에 기대고 말 것이다.

5. 제대로 된 대리 만족과 낭만을

물론 지금까지 언급한 일본 청춘물은 순수문학보다는 대중물에 가깝다. 그리고 대중물이 독자들한테 제공하는 건 어디까지나 대리 만족과 달콤한 위안에 불과하다는 지적도 할 수 있을 것이다. 많은 이들은 불의를 보면 참고, 싸움질 한번 시원하게 해 본 적이 없을 테고, 동창생은 있어도 나의 뜻을 지지해 줄 동지가 없을 때가 많다. 학교는 낭만적이기는커녕 다시는 돌아가고 싶지 않은 곳이라며 몸서리치는 사람도 많을 테다. 실제로 일본의 청춘물이 그렇게 쓸쓸한 청소년과 어른을 위로해 주는 것도 사실이다. 하지만 삭막한 세상일수록, 사람들이 자신이 원하는 대로 살지 못한다고 느끼는 곳일수록 꿈과 낭만은 더욱 필요하지 않을까? 그나마 꿈도 낭만도 없다면, 그곳을 스스로 벗어날 의지마저 거세되기 때문이다.

청소년문학에 도전하려는 작가들이 어떤 이야기를 쓰고 싶어 하는지 나로서는 알 수 없다. 하지만 혹시 자신이 통과했던 청소년기를 되살리는 정도의 작품을 쓸 생각이라면, 나는 그것보다 오히려 자신이 누리고 싶었던, 누려야 마땅했던 '청춘'에 대한 이야기를 한번 상상해 보라고 권유하고 싶다. 입시와 부모님의 간섭이 없었다면, 학교 선생님이 무섭지 않았다면, 미래 따위는 아랑곳하지 않았다면 우리가 저지를 수 있었던 일들 말이다. 위험천만한 연애도 좋고, 우스꽝스러운 동아리 활동도 좋고, 쌈박질도 좋고, 여행도 좋다. 심지어는, 세상에 복수하겠다며 보란 듯 자살하는 이야기도 좋다. 청소년기를 통과한 어른으로서 조언하는 이야기보다는, 억울해서라도 그동안 누리지 못한 청춘을 제대로 누려 보겠다는 열정으로 쓰는 이야기를 더 많이 만나길 원한다. 작가 자신을 위해서나 읽는 독자를 위해서나, 대리 만족을 주는 제대로 된 청소년용 이야기들은 지금보다 훨씬 더 많아도 된다. 아니, 그래야만 할 것이다.

〈『어린이와 문학』, 2006년 11월호〉

동화와 어른

    동화(童話)라는 단어에는 '아이'와 '이야기'가 들어 있다. 아이를 위한 이야기, 아이에게 주는 이야기가 동화라는 것은 누구나 다 알고 있다. 하지만 그 이야기를 마련하는 사람은 누구인가? 동화는 어린이 스스로 만들어 내는 세계가 아니다. 동화를 짓는 사람은 당연히 어른이고, 사실상 동화에 비용을 지불하는 이도, 친절하게 동화책을 읽어 주고 '좋은' 동화를 골라 아이들에게 권해 주는 이도 어른이다. 언뜻 동화는 아이들만의 세계처럼 보이지만, 사실 그 세계를 만들고 유지하는 것은 어른이고, 아이들은 그곳에 초대된 손님이거나 이주당한 주민인 셈이다.

    흔히 동화는 아이들에게 꿈과 희망을 심어 주고 순수한 동심을 지켜 준다고 말한다. 그런데 이 두 가지 사항은 사실 상반되는 것이다. 꿈과 희망은 앞으로, 미래로 나아가는 것이 전제라면, 순수한 동심은 뒤를 돌아보는 것, 과거의 것을 지키는 것이 전제이기 때문이다. 전자는 『피노키오』나 『소공자』, 『소공녀』처럼 온갖 역경을 극복하고 마침내 성장의 문턱을 넘어서는 주인공의 성장 이야기일 테고, 후자의 경우는 『피터 팬』이나 『어린 왕자』처럼 성장을 거부하는 영원한 아이에 관한 이야기가 된다. 어른들은 아이에게 얼른 자라서 어엿한 어른이 되라고 격려하는 한편, 가능하면 속물스러운 어른이 되지 말고 그냥 아이의 모습과 마음에 머물라고도 한다. 이는 분명 모순이다. 그러나 오히려 이 모순이야말로 어른들이 아이에게 털어놓는 솔직한 심정이고, 어쩌면 동화의 본질이기도 할 것이다.

20세기는 "아동의 세기"라고도 한다. 이는 스웨덴의 여류 사상가 엘렌 케이가 1900년에 낸 유명한 저서 『어린이의 세기』에서 비롯한 말인데, 그녀의 책은 19세기 말을 휩쓴 진화론과 그에 뒤따른 유전학설에 기초를 두고 있다. 인류는 계속 진화할 것이며, 적자생존과 자연 도태가 그 기본 원리다. 그러니 가능한 더 좋은 유전자를 조합해 낳은 아이를, 더 특별한 조건에서 키우면 어제보다 더 나은 미래를 기약할 수 있으리라는 것이 당시 지식인들의 생각이었다. 이렇게 해서 아이들은 가족과 사회의 중심으로 떠올랐다. 낡아 빠진 어른과는 무엇이 달라도 다른 '아이다움'이 중요한 가치가 되고, 어른들은 '아이를 위해서라면' 무엇이든 해 주고 싶어 했다. 이렇듯 새롭게 부상하는 '아이'를 시장이 간과할 리 없었다. 그때부터 '아이'는 시장 경제의 주요 타깃이 되었고, '어린이를 위한다'는 사회적 합의와 상업자본은 곧 손을 잡고 어린이만을 위한 상품을 속속 개발했다. 어린이만을 위한 책, 동화책도 바로 이런 20세기 초반의 분위기 속에서 자리 잡기 시작해 현재까지 이르고 있는 것이다.

열심히 노력한다면 오늘이 내일보다 나을 것이라는 20세기 초의 낙관적 믿음은 피노키오, 알프스 소녀 하이디, 소공녀, 소공자 같은,

각각의 힘겨운 조건 속에서 성장이란 목표를 향해 나아가는 동화의 주인공들을 차례차례 만들어 갔다. 어린이의 성장과 그 모델을 제시하는 것은 마치 동화의 사명과도 같은 것이었다. 그 모델들을 보면서 사회는 건강하고 씩씩하고 몸과 마음이 쑥쑥 자라나는 어린이야말로 '아이답다'고 여기기 시작한다. 마치 패션모델의 몸매와 얼굴이 표준이고, 내 자신과 주변 사람들의 짧은 다리와 잘 생기지 않은 얼굴은 무언가 잘못되고 미달인 것처럼 느끼는 것과 같다. 근대의 어른들은 동화 속에서 이상적인 아이의 모습을 제시했고, 아이들은 그 모습과 가까워지려고 애를 쓰기 시작했다.

하지만 작용이 있으면 반작용도 있는 법. 성장하라고, 발달하라고 종용하는 학교와 가정 앞에서 스스로 성장을 거부하고 영원한 어린이로 남아 끝까지 놀아 보겠다며 선언한 것은 바로 '피터 팬'이었다. 이 작가 역시 어른이지만, 모두가 앞으로 달려 나갈 때 뒤를 돌아보는 소수의 어른이었다. 세상이 아무리 재촉한다고 해도 모든 아이들이 멋지고 씩씩하게 성장하는 것은 아니다. 성장의 경쟁에서 뒤로 밀렸거나 거기에 끼어드는 것 자체를 포기한 사람에게도 하고 싶은 말과 꿈꾸는 세계가 있음을 작가는 이야기로 보여 주었다. 다만, 피터 팬이 사는 세계는 현실이 아니라 '네버랜드'라는, 지상 어디에도 없는 나라라는 것이 흥미롭다. 이 사회가 요구하는 것은 분명 어엿한 어른으로 성장해 갈 아이다. 하지만 그럴 수 없는 아이, 그러고 싶지 않은 아이가 있다면 학교와 가정의 바깥, 즉 제도권 밖으로 나가서 실컷 놀고 꿈꾸는 것 정도는 허락하겠다는 주류 사회의 의식적·암묵적 요구를 작가가 자조하듯 받아들인 것은 아닐까.

동화의 세계가 그저 겉보기처럼 해맑은 아이들이 뛰어놀고 자라는 세계만은 아니고, 그 안에 이 시대와 아이에 대한 어른들의 복잡한 심경이 반영되어 있음을 안다는 건 그리 상쾌한 기분만은 아니다. 그렇다면 동화 속의 아이는 아이 자체가 아니라, 어른의 마음에 비친 아이의 그림자란 말인가? 동화는 아이들의 것이 아니라, 아이를 이해하고 있다고 착각하는 어른(특히 부모)의 것인가? 동화는 근대의 자본주의 시장이 개척한 상품에 불과한 것인가? 동화가 원래 이런 것이라면, 동화를 아이들에게 권하고 읽히는 것도 다 어른의 허망한 욕심일까? 이럴 바에야 동화를 안 쓰고, 안 읽히는 것이 아이들을 돕는 길 아닐까.

하지만 꼭 그렇지만은 않다. 동화가 순수한 어린이들만의 세계는 아니지만, 그렇다고 어른이 일방적으로 아이들을 가두고 관리·감독하는 세계만도 아니기 때문이다. 비록 한계는 있을지언정, 어른이 동화라는 마당 안에서 아이들과 대화하고 싶은 마음만큼은 분명한 선의이고 진심이다. 그리고 아이였던 적이 없는 어른은 한 명도 없다는 사실은 우리에게 유일한 희망이 된다. 동화가 어떻게 태어났고, 지금까지 이 사회의 메커니즘 속에서 어떻게 유지되고 있는가에 대해서는 한번쯤 생각해 볼 필요가 있다. 하지만 그렇다고 해서 동화의 저의를 마냥 의심하고, 그 구조적 모순 때문에 동화가 가진 여러 가능성을 포기해 버린다면, 목욕물 버리려다 아이까지 버리는 우를 범하는 것일 테다.

보통의 어른들에게 부탁하고 싶고, 권하고 싶은 것은 '동화'에 대한 막연한 이미지만 갖고 그것을 함부로 경시하거나, 그와 반대로 파스텔 톤의 환상만 갖지는 말아 달라는 것이다. 가장 바람직한 것은 역시 어른이 직접 좋은 동화를 읽어 보는 것이다. 구체적인 진실은 역시 작품 자체에 있고, 작품을 읽는 자기 자신만의 느낌이기 때문이다. 동화라는 것이 태생적으로 구조적 모순을 갖고 있다고 해도, 읽는 이의 마음을 울리는 이야기와 내 마음에 들어와 살아가는 인물은 분명히 있다. 어른이 되고 난 뒤 동화를 읽을 때의 감상은 과거 어린 시절의 느낌과 어른이 된 지금의 판단이 뒤섞인 것이다. 그래서 때로는 어린이의 기분이 불쑥 튀어나올 때도 있고, 때로는 아이를 키우고 걱정하는 어른의 기분이 앞설 때도 있을 것이다. 그 느낌을 있는 그대로 받아들이면서 한편으로는 자신의 기분을 객관화하여 바라본다면, 어른들 또한 동화 안에서 무언가 중요한 것을 배우고 성장할 수 있을 것이다.

물론 모든 어른이 다 동화를 읽을 필요는 없다. 자기 아이에게 동화를 골라 주고자 한다면, 그 일을 대신해 줄 전문가를 찾는 편이 훨씬 쉽고 간편하다. 그러나 굳이 아이에게 좋은 책을 골라 준다는 이유가 아니어도, 어른들이 훌륭한 이야기와 매력적인 주인공이 있는 동화를 읽는다면, 삶의 즐거움을 위해서도, 인격적 성장을 위해서도, 때로는 삶의 조언을 얻기 위해서도 가치 있는 일이 될 것이다.

평생 신문과 낚시 잡지만 읽어 온 아버지가 요즘 내 책장에 꽂힌 동화에 대해 궁금해하기 시작하셨다. 『몽실 언니』를 빌려 드릴 때는 "국군이나 인민군이 서로 만나면 적이기 때문에 죽이려 하지만 사람으로 만나면 죽일 수 없다."는 작가의 메시지에, 골수 반공주의자인 아버지가 과연 어떻게 반응하실까 궁금했다. 그런데 아버지는 작품과 인물에 완전히 스며든 그 메시지를 아무런 의심 없이, 심지어 감동적으로 받아들이시는 눈치였다. 아마 대부분의 어린이 독자들은 『몽실 언니』를 읽으면서 속 여문 어른으로 한 걸음 더 나아갔을 것이다. 나의 아버지는 『몽실 언니』를 읽는 동안 반공주의라는 이데올로기를 받아들이기 전의 아이로 돌아갔다. 훌륭한 동화는 이렇게 어린이와 어른의 경계에 자리 잡아 철부지 아이에게는 깊은 사려를, 쓸데없는 생각에 사로잡힌 어른에게는 단순한 진실을 설파하는 듯하다. 어른과 아이 사이에서 아슬아슬 줄타기를 하는 것이 동화의 본질이기에 가능한 일 아닐까.

〈『숲』, 2007년 5월호〉

어린이문학을 대하는 어른의 자세

1. 나는 어디에 서 있을까?

2006년은 고학년 대상의 단편동화를 실컷 즐긴 한 해였다. 2005년 가을에 나온 안미란 동화집 『너만의 냄새』까지 포함해 임태희 동화집 『내 꿈은 토끼』, 김남중 동화집 『자존심』, 이현 동화집 『짜장면 불어요!』, 박관희 동화집 『힘을, 보여 주마』, 김옥 동화집 『청소녀 백과사전』은 모두 한 해에 한 권씩만 만났어도 감사할 책들이었는데, 이렇게 한꺼번에 쏟아지니 즐거운 비명을 지를 정도였다. 올해(2007) 출간된 방미진 동화집 『금이 간 거울』과 유은실 동화집 『만국기 소년』도 개성적인 단편의 행진에 박차를 가하고 있으니 더욱 즐거운 일이다.

그런데 이렇게 다양한 단편을 신나게 읽는 한편으로는 어쩐지 미안한 마음이 있었다. 왜냐면 앞의 책들을 읽는 동안 나는 어린이 독자의 존재를 거의 잊고 그저 내 기분에만 충실했기 때문이다. 동화를 읽을 때는 보통 많건 적건 어린이 기분을 상기하는 코드 변환이 필요한데, 지난해에는 그런 것을 별로 의식하지 않았다. 근데 이쯤 되면 어린이문학을 읽는 어른의 고질병인 '나는 재미있게 읽었는데 아이들은 잘 읽을까?' 하는 자의식이 슬슬 고개를 들곤 한다. 물론 어린이라 해도 독서력과 관심은 천차만별이니 이런 책을 반가워하는 아이도 있을지 모른다며 스스로 넘어가지만, 그래도 여전히 나 자신에게나 작가들에게 미심쩍음은 남아 있었다.

올해 초 「2006년 창작동화를 돌아보며」라는 주제로 『어린이와 문학』(2007년 2월호) 좌담에 참석했을 때에도 이 고민이 머리에 남아, '고학년 대상 단편의 일반소설화 경향'이라 대충 이름 붙여 화제로 삼았다. 그때 자리를 함께했던 여을환이 이 논의를 더욱 궁구하여 『창비어린이』(2007년 봄호)에 「'어린이문학다움'에 대하여」란 글을 내놓았다. 그간 내가 품었던 미심쩍음의 정체가 무엇인지 한꺼번에 정리되는 아주 명쾌한 글이었다.

그런데 내 독서는 뜻밖에 엉뚱한 방향으로 튀었다. 여을환이 말하는 '어린이문학다움'에 집중하지 않고 '어린이문학다움'을 힘주어 설파하는 필자를 더 눈여겨보게 된 것이다. 어린이보다, 어린이를 대변하고 있는 어른의 존재가 유독 크게 느껴졌다. 어쩌면 어린이문학의 본질은 어린이가 아니라 어린이문학에 관여하는 어른에게 있는 건 아닐까? 나 역시 동화를 읽는 어른이고, 내 자신이 어린이 독자와 아주 가깝거나, 때로는 거의 동일하다는 상상을 할 때가 많았다. 하지만 여을환 글을 읽다 보니 나의 그런 상상을 재점검해 볼 필요가 있겠다는 생각이 들었다. 「'어린이문학다움'에 대하여」는 '어린이문학다움'에 대해 고전적인 문제 제기를 했다는 점에서도 중요하지만, 나에게는 어린이문학을 읽는 어른의 존재를 환기해 주었다는 점에서 더욱 흥미롭고 유익했다.

2. 이상적 어린이 독자는 대체 어디에 있을까?

어린이문학의 독자는 당연히 어린이다. 그러나 이건 어디까지나 공식적으로 그렇다는 것일 뿐, 어린이문학은 늘 비공식적인 어른 독자를 상대해 왔다. 이 어른들 안에는 부모, 교사, 비평가, 편집자, 도서관 사서 들이 있을 테고, 어린이와 직접 소통하고자 하는 작가들도 이 안에 들어갈 것이다. 이렇게 보면 어린이문학에서 어린이들이 선택할 수 있는 운신의 폭이란 극히 제한적이다. 어른들은 어린이들이 자신의 욕구가 무엇인지 알기도 전에, 그들은 이러저러한 것을 원할 것이라며 책을 대령한다. 때로는 어린이들이 동화에 흠뻑 빠져드는 것을 보고 '아이들은 참으로 이야기에 적극 동참한다.'며 감탄하곤 하지만, 이건 정해진 교통수단을 이용하여 정해진 여행지를 도는 수동적 패키지 투어와 크게 다르지 않다. 어린이들이 좋아하는 어린이문학의 특징이라는 것도 사실은 어린이 스스로 난독(亂讀)하여 찾아낸 것이 아니라 어린이문학에 관여하는 어른들이 미리 마련해 놓은 선택지 중에서 가장 나은 것을 골라 든 것에 불과할 때가 많다.

이렇게까지 말하면 어린이문학을 읽는 어른의 선의가 깡그리 무시되는 기분이 들 것이다. '나는 어른으로서 어린이문학을 읽지 않았다, 오히려 나 자신의 문학적 요구는 억누르고 어린이의 요구를 고려하며 작품을 읽었는데 그게 무슨 소리냐.' 항변할 것이다. 하지만 바로 이 점이 부자연스러운 것이다. 흔히 어린이문학을 읽는 어른들은 자신이 두 가지 잣대를 가졌다는 것을 이상하게 생각하지 않는다. 일반문학을 읽을 때는 비교적 열린 마음으로 이런 생각도 있고 이런 문학도 있겠거니 하지만, 어린이문학을 읽을 때는 그렇지 못하다. 이런 생각을 하는 사람이 한 명이라면 별 문제가 아니지만 이런 어른들의 생각이 모여 '어린이문학관(觀)'이라는 일반론을 형성하면 그때부터는 좀 답답해진다.

　어린이는 복잡한 은유나 기법보다 움직임이 명확한 스토리를 좋아한다, 어린이는 기승전결이 명확하고 미적으로 충족감을 주는 이야기를 좋아한다, 현실을 냉소적으로 가차 없이 드러내기보다는 어린이에게 인간과 세상에 대한 믿음을 심어 주어야 한다, 어린이는 문학을 통해 성장의 계기를 찾는다 등과 같은 명제들은 오랜 기간을 거쳐 어린이문학에 관여하는 어른들이 보편적으로 합의한 좋은 어린이문학의 특성이고 기준이다. 작가보다는 독자인 어린이를 중심에 놓고 발전시킨 어린이문학론의 알파요 오메가다. 여을환이 말하는 '어린이문학다움'도 이에 기반을 두고 있다. 이 기준들에 따르면 안미란의 「사격장의 독구」는 아름답지만 스토리가 아쉬운 작품이 되고, 김종렬의 「엄마 몰래 탈출하기」(『창비어린이』, 2006년 가을호)는 섣부른 열린 결말과 아이들을 부정하는 듯한 태도 때문에 무언가 석연찮은 이야기가 된다. 박관희의 「지독하게 운이 좋은 아이」와 「문간방 갈래머리」, 이현의 「3일간」 같은 작품은 핍박한 현실에서도 열심히 성장하려는 아이의 낙천성을 외면하고 그늘진 모습에만 눈을 돌린 작품으로 평가된다. 여을환이 제기하는 문제는 이렇게 요약된다. 일반적인 어린이는 이런 이야기를 좋아하지 않는다, 혹시 작가는 어른인 자기 자신을 위해, 혹은 일부 평론가나 그에 준하는 어른 독자를 의식하고 글을 쓰지 않았나 하는 것이다.

　그런데 정말 일반적 어린이는 이런 이야기를 좋아하지 않을까?

아니, '일반적 어린이'라는 게 있을까? 각 작품에 대한 평가보다 근본적으로 문제를 제기하고 싶은 것은 과연 실제 어린이들이 그 기준에 합당한 독서를 하고 있는가 하는 것이다. 어린이 독자를 중시하는 어른들은 혹여 어린이문학이 어린이를 소외시키거나 그들로부터 괴리될까 경계하는데, 나는 그들이 믿고 있는 어린이 독자가 현실과 다를 수 있다는 것도 한번 생각해 봤으면 한다.

물론 나는 평소 어린이를 만나는 자리에 있지 않기 때문에 그들이 문학을 읽을 때 보이는 생생한 반응을 잘 모른다. 하지만 일반적 독서 경험에 비춰 보면 어린이의 독서라는 것도 뭐 그리 특별할까 싶다. 우리는 책을 읽을 때, 그 책이 아무리 재미있어 푹 빠지더라도 책을 덮고 난 뒤에는 반 이상 까먹고, 나머지 반은 왜곡하거나 듬성듬성 기억하기 일쑤다. 이 책의 장면과 저 책의 장면이 뒤섞일 때도 다반사고, 작가가 힘주어 전하는 메시지에는 시큰둥하다가 엉뚱한 대목에 가서 괜히 혼자 흥분하고 감동받을 때도 많다. 작가는 자신의 영혼과 숨결 하나하나가 백지 같은 독자의 마음에 새겨지길 기대하며 쓰겠지만, 유감스럽게도 그런 독자는 이 세상에 전무하다시피 하다. 하물며 날마다 새로 태어나고 자유분방하기 이를 데 없는 어린이 독자야 말할 것도 없을 것이다. 유일하게 어린이 독자에 대해 우리가 확신할 수 있는 게 있다면, 어디로 튈지 모르는 그들의 자유분방함이다. 그렇게 보면 스토리가 약해서 아이들이 좋아하지 않는다거나, 아이들의 모습이 부정되는 걸 아이들이 싫어한다는 것, 이렇다 할 결말이 없어 아이들이 충족감을 느끼지 못할 거라는 건 어린이문학을 읽는 일부 어른의 짐작일 뿐, 실제 모든 어린이가 그러리라는 법은 없는 것이다. 물론 그 예상처럼 반응하는 어린이도 있겠지만, 다른 반응도 얼마든지 있을 수 있다.

어린이들이 거부감을 가질 풍자라고 평가받은 김종렬의 작품을 보자. 앞서 거론된 「엄마 몰래 탈출하기」를 비롯해 『노란 두더지』(2004)나 『길모퉁이 행운 돼지』(2006) 같은 그의 작품은 대개 등장인물이 욕망에 휘둘리다 큰코다치는 식의 이야기다. 그런데 그의 작품을 읽고 아이들이 풍자를 강하게 의식할까? 그것을 의식하는 아이도 있겠지만, 가장 일반적 독후감은 '무섭고 우스꽝스럽다.'가 아닐까. 그다음으로는 풍자를 의식하는 아이, 자신의 욕망을 되돌아보는 아이, 열린 마무리가 싫었던 아이, 상상의 여지를 남겨 둔 마무리가 좋았던 아이, 혹은 게임이 동화에 나온다는 사실 자체가 그저 좋았던 아이 등등 여러 가지 반응이 있을 수 있다. 그런데 이 중에서 가장 공통적일 법한 독후감을 외면하고, 어른의 독후감이나 '아이가 비판받는 것 같아 싫다.'라는 일부의 독후감을 일반화하는 것은 문제가 있다. 어린이들의 다양한 독후감을 자의적으로 해석하고, 어린이만큼이나 분방할 수 있는 작가의 창작의지에까지 제한을 가할 수도 있기 때문이다.

아이들이 문학을 통해 성장의 계기를 찾는다는 것 또한 다시 생각해 보고 싶다. 물론 어린이는 끊임없이 성장하는, 진행형 존재다. 하지만 그렇다고 해서 아이들 자신이 진정한 내면적 성장을 바라는지 그렇지 않은지는 전혀 알 수 없는 노릇이다. 그리고 그 성장의 계기를 정말 문학 작품에서 찾는지도 알 수 없다. 성장이라는 것은 어른이 된 뒤에 과거를 떠올리며 재구성하는 것이지 실제로 그 시기를 통과하는 어린이에게는 그다지 와 닿지 않는 말일 수 있다. 그럼에도 어른들은 거의 강박적이다 싶을 만큼 성장을 테마로 한 어린이문학을 요구하고, 작가들 또한 그에 호응하곤 한다. 그리고 차고 넘칠 만큼 성장 이야기가 많음에도, 혹시 믿음직한 성장으로부터 비딱하게 벗어난 이야기가 보이면 어린이문학 주변의 어른들은 불편함을 감추지 못한다.

지난해에 나온 단편 가운데 어두운 것으로 치면 가장 압권인 박관희의 「문간방 갈래머리」를 예로 들어 보자. 이 작품은 어른들조차 함부로 나서지 못하는 친족 성폭행의 딜레마를 다룬다. 성폭행의 대상이 되는 갈래머리 여자아이나, 친구의 고통 앞에서 아무런 도움을 주지 못하는 '나'의 무력감이 독자의 머리에 달라붙어 도통 떨어지지 않는다. 그런데 이 작품을 두고, 이렇게 문제를 드러내 놓고 아무것도 해결하지 않으면 대체 어떻게 하라는 거냐며 비판의 목소리가 높았다. 나 또한 동화나 소년소설에서 자신에게 닥친 문제를 극복하고 1센티미터라도 더 성장하는 주인공을 보는 게 흐뭇하지만, 이 작품을 읽고서는 그런 요구를 하고 싶지 않았다. 혹시 주인공 아이가 활약해서 절대악인 소아 성애자 고모부를 퇴치하고 친구를 구해 낼 수 있다면 당장은 속이 시원했을지 모른다. 하지만 어린이에게도 어른에게도 삶이란 승리와 성취는 적고, 후회와 좌절과 굴욕이 더 많은 게 사실이다. 지금까지 관습적인 어린이문학을 읽어 온 어린이라면 이 상황에 당황했을지 모른다. 작가는 어린이들에게 좀처럼 잊히지 않을 마음의 상처를 새기고 싶었는지도 모른다. 그렇다고 해서 이런 동화 몇 편 때문에 어린이 독자가 좌절하고, 그 좌절감이 미래에 대한 전망마저 어둡게 만들 것이라고는 생각지 않는다. 그건 문학과 삶의 관계를 너무 단선적으로 이해하는 것이다.

어린이문학에 관여하는 어른은 공통된 바람을 갖는다. 내가 권해 준 책에 아이들이 빨려들어 신나게 읽기를, 그 책을 통해 믿음직한 어른으로 성장하기를, 미래에 대한 희망을 잃지 않고 이 세상을 지금보다 더 낫게 만들어 주기를 기대한다. 그러나 그런 바람을 실현해 주는 어린이란 어디까지나 가상의 독자, 이상적인 어린이 독자일 뿐이다. 세상에 슈퍼모델이 있듯 이상적인 어린이 독자도 이 세상에 없지는 않겠으나, 슈퍼모델이란 존재가 그러하듯 어른의 바람을 온전히 실현하는 어린이 독자란 실제의 어린이들에게는 가까이하기에 너무 먼 당신일지 모른다.

3. 어린이와 어른, 어린이문학과 일반문학의 경계는 어디에?

지금 이 시점에서 '어린이문학다움'을 되묻는 것은 지난해에 나온 단편들이 보여 준 변화 때문이었을 것이다. 이는 단지 이전에 다루지 않던 소재를 다뤘다거나 일반소설·영화·만화와 같은 기법이 활용되었다거나 하는 것만을 말하는 것은 아니다. 이들 작품은 어딘지 모르게 어린이를 대하는 태도, 내용을 전개하는 태도가 이전 세대와는 사뭇 다르다는 것을 보여 준 것이다. 우선 돋보이는 것은 자신감이다. 이런 게 어린이문학인지는 잘 모르겠지만 어쨌든 난 내가 하고 싶은 이야기를 아이들 앞에 털어놓을 것이며, 모든 아이를 만족시킬 수는 없겠지만 일부 아이들만 받아들여 줘도 괜찮다는 식이다. 혹자는 『자존심』이나 『짜장면 불어요!』, 『힘을, 보여 주마』 같은 책들이 어린이 독자보다 어른, 특히 일부 비평가의 평가를 염두에 둔 것 아니냐는 말을 하기도 하는데 내 생각은 오히려 반대다. 어른의 비평을 의식했다면 이런 도전은 나오기 힘들었을 것이다. 이들 책의 작가들은 어른들이 동화에 바라는 관습적 요구에 익숙지 않거나, 그걸 알았더라도 별로 신경 쓰고 싶지 않고, 그런 외부의 요구로부터 탈피하고 싶은 욕구가 강했을 것이다. 물론 이 책들은 이름 있는 출판사에서 나왔으니 결과적으로는 주류 어린이문학이 된 셈이지만, 어쨌든 작가들이 원고를 쓸 때만큼은 비주류, 반역의 정서가 강했음은 틀림없다. 비평이 따라오는 것은 그다음이다.

여기서 말하는 비주류, 반역의 정서란 어린이와 어른은 정도의 차이만 있을 뿐이지 본질적으로는 크게 다를 바 없다는 인식이다. 특히 고학년이라면 그 경계는 더욱 희미해질 것이다. 나도 알 건 다 안다는 얼굴을 한 아이들 앞에서 그들의 심성을 배려한 작중 현실과 이야기를 따로 마련한다는 것은 어쩐지 손바닥으로 하늘을 가리는 기분이었을 테다. 그 결과, 작가가 아이들 앞에 자신의 딜레마저 툭 털어놓는 작품이 나오는 것이다. 소녀들의 우정이 산산조각 나는 「3일간」이나, 명분 없는 행운을 독차지하는 속물을 경멸하는 동시에 부러워하는 「지독하게 운이 좋은 아이」, 병영 문화의 어리석음을 고백하는 「자존심」은 바로 이 맥락에서 읽을 수 있다. 무슨 어린이문학이 이러냐는 비판이 있을 수 있으나, 그렇다고 이들 작품에 나오는 문장과 상황이 어린이들의 이해 능력 바깥에 있을 만큼 복잡하거나 불분명한 것은 아니다. 다만, 보통 어른들이 동화에 바라지 않는 것을 이야기할 뿐이다.

여을환은 『청소녀 백과사전』을 "현실의 어린이를 성실하게 관찰하고 있다."(182면)며, 「내 꿈은 토끼」는 "어린이의 충동에서 비롯한 자기충족적이고 본성을 회복하려는 몸짓"이고 "그대로 어린이의 직관에 닿는다."(184면)며 앞선 작품들과는 달리 어린이 독자에 충실하다는 점에서 높이 평가한다. 나 또한 그 작품들을 재미있게 본 독자지만 그 작품들이 그렇게 어린이 중심으로 씌었고 소통되었는가에 대해서는 의구심이 든다. 나는 그 안에 나오는 발랄하고 유쾌한 어린이의 모습과는 별개로, 두 작가가 어른의 요구에도 상당히 부응하고 있다고 보는 것이다.

『청소녀 백과사전』을 재미있게 읽은 것은 내가 잘 모르는 요즘 초등학교 고학년 여자아이들의 일상을 그야말로 '백과사전'급으로 집대성해 놓았기 때문이다. 그런데 내가 만일 그 또래의, 더욱이 조숙한 여자아이라 한다면 '그래서 뭐?' 하는 독후감을 내놓을 것 같다. 이 경우에는 아이로의 코드 변환이 오히려 번거롭거나 작품을 느끼는 데 방해가 되었다. 그냥 어른으로서 즐기고 어른으로서 배울 것이 있었다. 『내 꿈은 토끼』의 표제작은 표면상으로는 단순한 구도이지만 그 밑으로 흐르는 풍자의 내공이 상당한데, 이 이야기는 어린이가 읽는 표면과 어른이 읽어 내는 이면이 서로 다르다. 물론 가장 이상적인 독서는 어린이가 신나게 읽는 가운데, 그 밑에 흐르고 있는 근대 교육의 허점을 발견하고 그에 대해 생각할 거리를 얻는 것일 텐데, 주변 어른의 조언이 없다면 어린이 스스로 거기까지 도달하기는 쉽지 않을 것이다. 하지만 거기까지 가지 않는다고 해도 어린이들은 그 작품을 충분히 즐길 수 있다. 마치 조너선 스위프트의 『걸리버 여행기』가 어른에게는 오싹한 풍자지만 어린이에게는 소인과 거인이 넘쳐 나는 경이와 즐거움의 세계인 것처럼 말이다. 존 버닝햄의 『지각대장 존』을 보고 어린이와 어른이 다른 방향에서 서로 환호하듯, 이 작품도 그렇게 이중 독자를 갖는 것이 옳은 것 같다. 『청소녀 백과사전』과 『내 꿈은 토끼』는 어린이 독자에게는 재미를, 어른 독자에게는 그들이 필요로 하는 요즘 어린이에 대한 정보와 의미를 주는 작품들이다. 어린이 독자만의 놀이터에 그치지 않고 '요즘 어린이'라는 주제를 놓고 대화를 벌이는 장이라 할 수 있는데, 이 경우에는 어른이 어린이 뒤에 숨을 필요 없이 당당히 전면에 나서서 '나는 어른으로서 이 작품을 재미있게 읽었다. 이건 어른들이 읽어도 좋을 어린이문학이다.'라고 말해도 좋을 것이다. 물론 여기서 말하는 어른은 어린이에 대해 궁금해하는, 동화라는 양식에 관심이 많은 이들이다. 이런 어른들은 어린이에게 책을 권하는 것 외에도 어른 동지들을 어린이책 세계로 초대해 대화를 나누고픈 마음을 갖는데, 이는 자연스러운 일이다. 여을환이 칭찬한 김옥, 임태희는 물론이고 앞서 말한 박관희, 이현, 김남중의 작품 역시 어린이문학의 현재에 대해 어른 동지들과 함께 이야기를 나누는 데 좋은 예가 된다. '어떤 어린이'뿐 아니라 '어떤 어른'이 읽느냐에 따라 작품의 평가는 다양하게 나온다. 그래서 대화가 필요하고, 독자의 다양한 반응을 이끌어 낼 작품이 필요한 것이다.

지난해와 올해의 단편을 보면 우리 어린이문학도 자명하던 경계가 흔들리거나 흐려지는, 이른바 '보더리스'(borderless) 시대에 들어선 것 같다. 보더리스는 단지 아이들의 변화로부터만 촉발되는 것은 아니다. 아이들은 조숙해지고 어른들은 성장하고 싶어 하지 않는 경계선에 새로운 어린이문학 또는 그냥 문학이라 이를 만한 것이 자리 잡는다. 이전보다 어린이를 훨씬 희미하게 의식하고 자신의 표현 욕구에 충실한 이야기를 쓰는 작가가 더 늘어날지 모르는데, 이를 특별히 비난할 이유는 어디에도 없다. 원래 어린이문학의 태생 가운데 한 지류는 안데르센이나 오스카 와일드처럼 실제의 어린이는 아랑곳 않고 이야기를 쓰는 작가와, 작가가 자신들의 존재를 의식하거나 말거나 개의치 않고 이야기 자체를 즐기는 어린이의 만남으로 형성되었기 때문이다. 물론 모든 어린이문학 작가들이 보더리스 경향에 동참할 필요는 없고, 또 그렇게 되지도 않을 것이다. 다만 그런 경향을 띠는 작가와 그를 지지하는 독자군이 나타나는 것까지 막을 수는 없다는 것이다. 이런 경향을 두고 이것은 어린이문학이다, 이것은 일반문학이다 갈라내는 것은 별 소득이 없다. 어린이문학을 일반인이 쉽게 범접하지 못할 특수한 영역으로 남겨 놓고 '그들만의 리그'를 유지하는 것은 별로 재미도 없는 일일뿐더러 바람직하지도 않아 보인다. 문학과 어린이는 우리 주변에서 흔히 볼 수 있는데, 그 둘이 결합한 어린이문학은 왜 특별한 보호 구역으로 남아야 하나? 오히려 나는 어린이문학에서 일반문학으로 담을 넘고 일반문학에서 어린이문학으로 담을 넘어 만드는 비무장 지대를 기대한다.

4. 어린이와 문학 사이의 긴장 관계

어린이문학에서 어린이와 문학을 나눌 수 없다. 하지만 그래도 양자택일을 해야 하거나 우선순위를 정해야 한다면 그건 어린이일 것이라고 여을환은 단언했다. 그리고 "나와 다른 태도도 있을 수 있다."(185면)는 말을 덧붙였다. 모든 이에게 이런 신념을 강요할 생각은 없으며, 그저 나는 이 길을 선택했을 뿐이라는 선언으로 들렸다. 이번 기회에 나는 그 생각과 좀 다르다는 걸 확인했지만, 그래도 그가 선 자리를 깊이 존중한다. 이런 생각을 가진 분들이 실제 어린이들과 부대끼며 어린이문학의 이상을 실현하기 위해 얼마나 애쓰는지도 잘 안다. 그리고 이런 신념이나 환상이 있기에 어린이문학은 이 세상에 나왔고, 계속 이 세계에 진입하려는 사람들이 생기고 유지된다. 연애와 결혼이 환상이다, 속박이다 여러 말이 많지만, 그게 없고서야 아이가 태어나지 않고 이 세상이 지속되기 어려운 것과 마찬가지다. 어린이문학에 관여하는 어른들의 일반적 합의는 쉽게 내다버릴 것이 아니며, 막강한 영향력을 가질 것이 틀림없다.

그러나 그런 어른들도 가끔은 자기 객관화와 반성이 필요하다. 어린이와 문학 중에서 문학 카드를 집는 사람들은 아마 주류가 되지는 못할 것이다. 그러나 이런 이들의 의견은 일반 다수의 어른들에게 자기 객관화의 계기를 마련해 준다는 점에서 어린이문학에 기여하는 바가 크다. 일반적 어린이문학이 회피하는 동시대의 문학적 요구를 끊임없이 어린이문학으로 가져오고, 또 어린이문학 중에서 '완성도 높은' 작품을 끌어내어 세상에 소개하는 것도 중요한 일이다. 어린이문학의 가능성을 좀 더 생생하고 다채롭게 만드는 데에는 이런 문학주의자들의 개입과 노력이 필요하다.

자, 그렇다면 나는 어떤 자리에 설까. 사실 나는 어지간하면 조금 비켜서서 어린이와 어른, 어린이와 문학 사이의 긴장관계를 목도하고 싶다. 이번에 새삼 깨달았는데, 나는 어린이문학에 직간접으로 관여하는 어른들이 저마다 무슨 생각을 하고 있는지에 가장 관심이 많은 것 같다. 나 같은 사람이 과연 어린이문학에 어떤 기여를 하게 될지는 알 수 없으나 어린이문학의 창작과 소통, 평가의 숨겨진 주체인 어른에 대해 이리저리 생각해 보는 사람이 있다는 것은 나쁘지 않을 것 같다. 어린이문학을 대하는 어른의 자세, 이것은 어쩌면 평생을 궁구해도 쉽게 해답이 나지 않을 과제일 것이다.

〈『창비어린이』, 2007년 여름호〉

보다, 읽다, 사귀다

대중문화 시대의 아동문학

1. 이야기 공급원으로서의 아동문학

어린이책, 그중에서도 창작 아동문학이 본격적인 호황을 맞은 것은 불과 10여 년 전의 일이다. 1990년대 전반만 하더라도 동화책은 지금처럼 화려하지도 않았고, 유력한 출판사도 손에 꼽을 정도였으며, 시내 대형 서점의 어린이책 코너도 한눈에 들어오는 정도였다. 그러던 것이 90년대 후반에 들어서면서 저학년 동화 영역이 분리되고, 이전 시대와 변별되는 작가군이 등장하고, 학교에서는 논술 고사를 대비한 독서 교육의 중요성이 강조되면서 아동문학 시장은 몸집이 불어나기 시작했다. 이러한 아동문학의 양적·질적 성장은 이른바 386세대의 헌신 속에서 나왔다 해도 과언이 아닐 것이다. 그들은 작가로, 제작자로, 책을 골라 주는 부모나 교사로, 시민 활동가로서 아동문학이라는 새 영역을 찾고, 자신의 성장과 아이들의 성장을 거의 동일시하다시피 하면서 우리 아동문학을 키워 왔다. 최근 들어서는 경제적 불황 심리가 가중되면서 각 가정에서 어린이책을 사들이는 비중이 예전 같지는 않다고 한다. 그래도 아직까지는 학교 도서관이나 지역 도서관 확충에 대한 시민의 목소리가 높고, 지각 있는 어른들이 도와준다면 아이들은 책을 좋아할 것이라는 믿음이 우리 사회에 남아 있는 듯하다.

그러나 책으로 된 아동문학에 대한 '믿음'과 '희망'이 언제까지나 지속되리라고 볼 수는 없다. 사실 대부분의 아이들에게 문자로 된 '이야기' 또는 '책'은 이미 비주류 매체가 되어 버렸음에도 불구하고, 아이들 주변의 어른은 그 현실을 인정하고 싶지 않을 수도 있다. 하지만 좀 더 시간이 흐르면 어린이가 아동문학으로부터 멀어지는 현실은 인정하고 말고의 문제가 아닐 것이다. 그런 때가 오면 과연 우리 아동문학은 지난 호황기에 곳간에 무엇을 쌓아 놓았는가 점검하지 않을 수 없을 것이다. 곳간의 그 무엇은 바로 '이야기'를 말한다. 가까운 일본만 해도 1950년대부터 70년대 초반까지 아동문학의 황금기였으나, 그 이후에는 텔레비전·만화·애니메이션에 압도되어 '이야기계'의 왕좌·다수파로부터 밀려났고 그 사실을 아동문학가도 인정하는 분위기다. 그러나 일본은 이른바 황금기에 아동문학의 주요 고전을 다수 남겼고, 그중 상당수는 지금까지도 사랑받는 스테디셀러로 남아 있다. 시기의 차이는 있겠으나 우리 아동문학도 조만간 짧은 활황기를 마치고 겨울에 들어설 수밖에 없을 텐데, 과연 그 이후까지 가져갈 우리 '이야기'가 무엇인지를 꼽아 보면 마음이 조급해진다.

과연 우리 아동문학은 어린이에게 사랑받고 지지받을 수 있는 이야기를 충분히 생산해 왔을까. 그리고 어린이가 책에서 멀어지는 것이 대세를 이루고, 이야기가 휴지만큼 펑펑 낭비되는 세상에서 아동문학은 어떻게 자신의 존재 의의를 증명해야 할까.

2. 보는 아동문학

평범한 영화 관객인 나조차도 최근 할리우드 영화계의 흥미로운 변화가 눈에 들어온다. 이야깃감이 떨어진 할리우드가 만화와 아동문학으로 열심히 손을 뻗치고 있는 것이다. 각종 맨(Man)류의 영웅물은 비주얼과 캐릭터가 확실하고 아동문학은 역시 스토리가 발군이기 때문에 영화화하기 쉬울 것이다. 영화로 제작된 아동문학으로는 금방 기억나는 것만 해도 '해리 포터' 시리즈, '닥터 수스'의 작품들,『나니아 연대기』,『샬롯의 거미줄』,『찰리와 초콜릿 공장』,『레모니 스니켓의 위험한 대결』,『판의 미로』,『구덩이』,『트리갭의 샘물』 등이 있고, 동화는 아니지만 그림책『슈렉!』이 애니메이션으로 만들어졌고,『괴물들이 사는 나라』도 영화로 만들기로 했다고 한다.

아동문학과는 직접 관련이 없을 수 있으나 가까운 일본의 예도 흥미롭다. 최근 우리 출판계에서는 이른바 '일류(日流)'의 하나인 젊은 이들이 일본 소설에 매료되는 현상을 걱정하는 중이다. 이 '일류'는 단지 소설이나 책에 국한된 것이 아니라 TV 드라마, 영화, 만화, 애니메이션 등 여러 매체에 녹아서 수용된다는 것이 특징이다. 나 또한 2년 전부터 일본의 드라마·영화·소설을 조금씩 즐겨 왔는데, 각각의 매체로 갈라지지 않고 그냥 일본적인 '이야기'를 즐겼을 뿐이라는 느낌을 받는다. 이렇듯 일본의 문학(굳이 말하자면 '대중문학')과 TV 드라마, 영화, 만화 사이의 '미디어 믹스' 경향은 그 역사적 뿌리가 깊어서 각 매체 간에 영향을 주고받은 지 이미 오래 되었고, 이제는 달걀이 먼저인지 닭이 먼저인지 가리기가 어려울 정도다. 아동문학 역시 이와 다르지 않아서 영화화되거나 TV 드라마로 제작된 작품은 일일이 헤아리기 어려울 정도로 많다. 우리나라에 최근 번역된 작품 중에서 사소 요코(笹生陽子)의 『쿨보이』(원제: 천국을 만드는 방법)는 NHK에서 드라마화되었고, 유모토 가즈미(湯本香樹實)의 『여름이 준 선물』(원제: 여름의 정원)은 우리나라에서도 판권을 사서 영화화하기도 했다. 예전에는 문학적으로 깊은 감동을 주거나 작품이 좋아서 영화화하는 것이 순서였지만, 요즘은 거꾸로 문학이 영화와 친연성을 보이기도 한다. 어쨌든 아직 일본은 '문학을 원작으로 하면 투자받기가 좋다.'고 할 정도로, 영화나 TV 드라마의 이야깃감을 문학에서 찾는 경우가 많다. 영화화하면서 원작이 훼손·왜곡되는 것을 걱정하는 목소리도 있지만, 아동문학을 비롯한 문학 전반이 다른 매체의 이야기 공급원으로서 어느 정도 기능을 하고 있는 것만은 사실이다.

물론 베스트셀러 아동문학을 영화화하는 데에는 이미 확보된 독자층에 일정 부분 기대려는 전략이 숨어 있음을 간과할 수 없다. 그러나 그에 앞서 영화계가 아동문학 영역을 기웃거리게 된 이유 중 하나는 그곳에 먹음직한 이야기가 있기 때문일 것이다. 독특한 설정과 인물, 변덕스러운 어린이 독자를 끝까지 붙잡는 이야기는 다른 매체의 흥미를 돋우기에 충분한 것이다.

그렇다면 우리의 경우는 어떨까? 우리는 기껏해야 인구가 5천만도 안 되니 미국의 할리우드나 일본의 영화·드라마 시장만큼의 규모를 갖추기에는 한참 멀었고, 그런 까닭에 다양성 또한 그에 못 미칠지 모른다. 그래서인지 아직까지는 동화를 TV 드라마, 영화, 애니메이션 등으로 만든 예는 많지 않다. 권정생의 『몽실 언니』(1984)는

TV 드라마로 유명하고, 「강아지똥」(1969)도 단편 애니메이션화되었다. 정채봉의 「오세암」(1985)과 위기철의 『아홉 살 인생』(1991)도 뒤이어 떠오르고, 황선미의 『마당을 나온 암탉』(2000)도 현재 애니메이션 영화로 제작 중이다.* 문선이의 『양파의 왕따 일기』(2001)는 EBS TV 드라마로 방영되었다고 들었는데 직접 보지 못한 것이 아쉽다. 최근에는 '청룡 열차를 탄 것처럼 속도감 있고 변화무쌍한 로드 무비형 이야기'로 상찬받은 제1회 세계청소년문학상 수상작인 정유정의 『내 인생의 스프링 캠프』(2007)가 나오자마자 영화감독 두 명에게 제안을 받았다는 소식도 들린다.

내가 만일 영화나 TV 드라마 제작자라 가정하고 우리 동화를 본다면 어떨까? '어린이물'이라는 딱지를 붙인다면 모를까 일반 독자로서는 썩 구미가 당기는 이야기가 아직 많지 않은 것이 사실이다. 편의상 영화나 TV 드라마 제작자를 가정했지만, 사실 요즘 독자들(어린이를 포함)의 대체적 경향도 마찬가지일 것이다. 요즘 독자는 그 누구라도 초반부터 끝까지 흥미진진한 이야기를 원한다. 그런 이야기라면 문학이나 영화나 드라마나 어떤 매체로 접하건 상관없다고 생각한다. 그런데 지난 10년간의 아동문학 중에서 '내가 영화 제작자라면 당장 영화화하겠다.'고 선뜻 떠올릴 만한 작품이 그리 많지 않았다는 것은 그만큼 흥미진진하고 가슴 졸이게 하는, 속도감 있는 이야기가 적었다는 말이기도 하다.

개인적으로는 황선미의 『샘마을 몽당깨비』(1999)와 『마당을 나온 암탉』을 애니메이션으로 만들고 싶었고, 김중미의 『괭이부리말 아이들』(2000)은 TV 드라마로 나오면 좋겠다고 생각한 적이 있다. 위

---

* 『마당을 나온 암탉』은 2011년 애니메이션화되었다.

기철의 『무기 팔지 마세요!』(2002)는 TV 애니메이션 시리즈로, 권정생의 『하느님이 우리 옆집에 살고 있네요』(1994)는 드라마로 보고 싶었다. 김우경의 『수일이와 수일이』(2001), 안미란의 『씨앗을 지키는 사람들』(2001)도 영화나 애니메이션으로 만들어지면 괜찮겠다는 생각을 한 적이 있다.

그런데 판단의 경계가 모호한 작품들이 종종 나온다. 이야기로 보면 끝까지 흥미진진하고 읽는 동안 눈앞에서 영화나 TV 드라마로 곧장 바뀌어 보이는 작품들이다. 이런 작품들은 그야말로 '이야기성'이 빈곤한 동화들 속에서도 돋보이고, 다 읽고 난 뒤에 '아, 재미있다.'는 말을 할 수도 있다. 그런데 앞서 말한 것처럼 '내가 제작자라면 반드시–' 하는 생각에까지 도달하게 하는 작품이냐 하면 꼭 그렇지만은 않은 것이다.

이런 경우는 아동문학이 영화나 TV 드라마 같은 다른 매체의 영향을 의식적으로나 무의식적으로 수용한 예에 해당될 것이다. 지난 몇 년간 우리가 주목해 왔던 작가·작품 중에서도 그러한 예는 쉽게 떠올릴 수 있다. 최나미의 『엄마의 마흔 번째 생일』(2005), 『걱정쟁이 열세 살』(2006)에는 홈드라마에서 익숙한 템포의 회화, 다소 전형적이기도 한 가족 간의 갈등이 작품을 읽는 재미를 북돋운다. 남찬숙의 『받은 편지함』(2005)과 『안녕히 계세요』(2007)는 TV 단막극에 어울리고, 김남중의 『붕어 낚시 삼총사』(2006)는 선 굵은 드라마를 보는 것 같다. 이현의 단편 「3일간」(2006)이나, 박관희의 「다복이가 왔다」(2006), 배봉기의 『겨울날』(2007) 같은 작품은 영화 쪽에서 이미 오래전부터 시도된 다중 시점·화자를 통해 이야기를 전개한다. 정도상의 『돌고래 파치노』(2006)는 첩보 영화와 성장 영화, 청춘물의 문법이 하나로 녹아들어 상당히 멋지고 흥미진진한 영화 한 편이 눈앞에서 펼쳐지는 기분이다.

예로 든 것들은 모두 드라마와 영화를 책보다 더 즐겨 보는 나 같은 독자의 눈에 쏙 들어오는 이야기들이다. 속도감 있게 전개되고, 대사는 귀에 쟁쟁 울리고, 극적 긴장감이 있고, '읽는' 문학이기보다 '보는' 문학이라는 느낌이 강하다. 동시대의 여러 이야기 장르와 섞여 가며 주제나 형식 면에서 시대에 뒤떨어지지 않는 이야기를 우리 어린이 독자들에게 제공하고 있다는 점에서는 그 가치를 높이 살 만하다. 그러나 '아동문학'이라는 일종의 게토에서 벗어나 이야기성만으로 무한 경쟁을 벌여야 한다면 그 독자적 상상력, 인간과 세계에 대한 통찰력을 인정받기란 그리 쉬운 일이 아닐 것이다. 더 나아가 다른 매체들이 '아동문학은 우리가 미처 모르던 이야기의 보고로구나.' 하는 동경과 감탄을 품어 줄지도 의문이다.

문자 언어인 문학, 영상 언어인 영화와 TV 드라마, 이와는 별개로 영상과 문자가 합쳐진 만화는 사실 대립 관계도 경쟁 관계도 아닌, 종목이 각기 다른 경기다. 그러나 세상 사람들에게 이야기를 전한다는 점에서는 필시 공통분모가 생길 수밖에 없고, 또 그 공통분모의 영역에서 다종다양한 미디어 믹스가 일어난다. 이쪽저쪽을 가리고 상호 영향받은 부분을 골라내거나 분해하는 것은 시대에 역행할지도 모른다. 그러나 아동문학 역시 어린이들에게 이야기를 제공하는 주요 매체인 이상, 다른 매체가 만들고 제공하는 이야기에 함몰되지만은 않겠다는 긴장감, 독자인지 관객인지 분간 못 할 이 세상 사람들을 깜짝 놀라게 할 이야기를 내놓겠다는 작가로서의 자존심은 끊임없이 환기되어야 할 것이다.

3. 문자로 읽는 아동문학

시대적 대세는 이미 영상 시대, 또는 멀티미디어 시대로 들어섰다. 따라서 좋건 싫건 문학은 다매체 시대의 이야기 공급원으로서의 기능을 도외시할 수 없게 되었다. 그런 점에서 앞에서는 비교적 다른 매체로 쉽게 치환될 법한 문학 작품을 다뤄 본 것이다.

그러나 영상과 문자는 엄연히 다른 매체이다. 아무리 영상 시대로 접어들었다 하더라도 문자 언어만이 할 수 있는 이야기 영역은 존재한다. 영상이나 만화, 게임 등으로 쉽게 치환되지 않는, 그렇기 때문에 더욱 매력적이고 읽는 보람과 즐거움을 주는 이야기 영역은 분명히 있는 것이다. 그 영역은 영상 매체를 볼 때처럼 수동적이거나 남들과 쉽게 공유하며 내 감동인지 남의 감동인지도 모르는 그런 세계가 아니다. 온전히 작가와 나만이 은밀하게 나눠 가질 수 있는 특별한 경험은 문학에서만 가능한 것이다.

영상이 만드는 이야기는 수용자가 자신의 상상력을 적극 개입시킬 여지가 거의 없는 일종의 기성품이다. 그러나 문자가 만드는 이야기 세계는 독자가 글자 하나하나, 문장 한 줄 한 줄을 놓치지 않고 상상력을 펼치며 자발적으로 이야기를 구축하고 전개해야만 한다. 이 과정을 습득하기까지 일정한 시간과 노력이 필요한 것이다. 이것이야말로 영상이 만드는 이야기와 문자가 만드는 이야기의 근본적 차이점이다.

물론 대부분의 쉽고 명쾌하고 재미있는 이야기들은 문자를 읽고 곧장 머릿속에서 드라마나 영화로 바꾸는 메커니즘이 쉽게 작동한다. 거의 자동일 정도여서 내가 지금 문자를 읽고 있다는 의식은 좀처럼 들지 않는다. 보통 좋은 산문 문장은 읽자마자 투명하게 녹아 버려 곧장 눈앞에 영상이 펼쳐지는 듯하다고 한다. 대개의 경우 이 말은 옳지만 요즘처럼 영상 시대 한복판에서 살아가는 작가와 독자가 많은 경우에는 약간 의심해 보는 것이 좋다. 쉽고 명쾌한 것도 좋지만 때로는 너무 손쉬운 이야기여서 금세 다른 이야기에 묻혀 버리는 경우도 있기 때문이다.

이런 시대에 문자만이 할 수 있는 이야기 영역을 지키고 개척하는 작가들의 존재는 더욱 소중하다. 그리고 아동문학 주변의 어른들은 의미 있는 문학적 도전을 하는 작가·작품을 가려 보고 정말 좋다고 판단된다면 그 세계로 아이들을 초대해야 한다. 대개의 경우 이런 작품들은 '스타일의 과잉', '일반 어린이 독자로부터의 괴리'를 지적받는 경우가 많고, 또 정반대로 '문학성'이 높다는 이유로 일부 평단의 주목을 받아 (결과적으로) 평범한 독자들로부터 더 경원시되는 경우도 없지 않았다. 문자를 보고 상상력을 잘 펼치는 어린이가 꼭 우수하다고 할 수는 없다. 이는 자칫 '책을 읽는 아이는 뛰어나다.'는 속물적 결론으로 이어지기 때문이다. 그러나 문자 언어에 예민하고 즐겁게 반응하는 아이가 있을 수 있고, 또 그런 즐거움과 호기심은 연습해서 익히면 그 맛을 더욱 잘 알 수 있는 것이기도 하다.

한 예로 김기정의 『해를 삼킨 아이들』(2004)이 있다. 작가는 이 작품에서 칡넝쿨처럼 휘감기는 문체로 옛이야기와 역사적 사실, 만화 속 인물까지 자유분방하게 패러디하면서 단선적으로 드라마틱한 이야기와는 무언가 다른, 우리 근대사의 벽화 같은 이야기를 만들어 냈다. 벽화라는 것이 그렇듯 이 작품은 독자가 자신의 상상력, 배경지식이 되는 역사적 사실을 적극적으로 보충해 가며 읽어야 하는 만만치 않은 이야기다. 이 작품이 발표되었을 때 논란의 초점이 되었던 것도 '어린이들이 혼자 읽기 어려워한다.', '작품 바깥의 지식이 없으면 이야기가 해명되지 않는다.'는 것이었다. 아직 이러한 논란이 완전히 해결된 것은 아니다. 그러나 쉽게 읽을 수는 없지만 어딘지 모르게 우스꽝스러운 해학과 매력이 있고, 독특하고, 보통 이야기책과는 다른 독법·속도·호흡을 요구한다는 것만큼은 분명했기 때문에, 그전까지 조용하던 아동문학판에 신선한 질문을 던진 것만은 사실이다. 그리고 아이들과 함께 천천히 읽고 토론하거나 즐겁게 빈틈을 채워 가며 읽었더니 효과가 좋더라는 풍문도 심심찮게 들려오는 것으로 보아 작가의 도전이 헛된 일은 아니었던 것 같다. 토종 해학에 대한 그 도전은 현재 진행형이어서『창비어린이』2006년 봄호에 발표된 단편「두껍 선생님」*과 최근 나온『고얀 놈 혼내 주기』(2006)로 이어지고 있다. 도무지 번역 불가능한 순 토종의 의뭉스러움을 보고 있자면 '내 모국어가 한국어라서 참 좋다.'는 느낌을 종종 받곤 한다.

유은실은 예민한 언어 감각으로 어린이의 복잡한 심리를 잡아내는 단편을 연이어 발표하고 있다.『만국기 소년』(2007)에 실린 단편들은 그야말로 한 줄도 허투루 쓰인 문장이 없고, 적절한 어휘와 문장이 촘촘히 엮여, 모호하지는 않으나 줄거리를 쉽게 간추릴 수 없는 독특한 문학적 경험으로 독자를 이끈다. 평소 습관처럼 휘익 읽어 버린다면 마지막에 가서 '앗, 내가 뭘 놓쳤지?' 싶어 처음으로 되돌아가 다시 읽어야 할 것이다. 꼼꼼히 행간까지 다 찾아 읽어야 비로소 작가가 의도한 것을 온전히 흡수할 수 있다. 아버지의 파산 때

---

* 「두껍 선생님」은 「금두껍의 첫 수업」으로 제목이 바뀌어 김기정 동화집 『금두껍의 첫 수업』(창비, 2010)의 표제작으로 수록되었다.

문에 지하방으로 이사 간 아이가 오랜만에 손님이 온다는 엄마의 말에 즐거움 반 기대 반으로 안절부절못하는 「손님」이나, 낯선 외국 이름과 수도를 줄줄줄 외워 버리는 같은 반 친구의 슬픈 이면을 응시하는 「만국기 소년」은 독특한 스타일이 곧 내용이 되고, 문자로 쓰였으나 단순한 말로는 쉽게 치환되지 않는, 단편문학만이 도달할 수 있는 이미지를 전한다.

최진영의 『땅따먹기』(2006)는 동서고금을 막론하고 유례없을 법한 문학적 시도를 감행한다. 수다쟁이 참새 가족이 아침에 인사를 나누는 장면이 그것이다. 아빠 참새, 엄마 참새, 아기 참새가 각자 몇 장에 걸쳐 말을 쏟아 내는데, 나중에 맞춰 보면 그게 다 절묘하게 맞아떨어진다. 『땅따먹기』는 작품 전체로 보아서는 평가가 들쭉날쭉하고, 너무 수다스러워서 귀를 막고 싶을 지경이었다는 독후감도 없지 않지만, 부분부분 그야말로 문자만이 보여 줄 수 있고 도달할 수 있는 영역을 새로이 열어젖혔다는 점에서는 칭찬을 아끼지 않아도 될 것이다.

영상 언어로 쉽게 전환되지 않고 문자 언어만의 이야기 세계를 구축하는 작품들이 종종 논란의 중심에 서는 것은, 대개 이런 작품들이 독자를 가리기 때문이다. 아동문학은 대부분의 어린이들에게 친절히 열려 있어야 한다는 사회 일반의 합의는 독자를 선택하는 이런 이야기들에 그리 너그럽지 못하다. 그러나 무엇이든 빨리빨리 손쉽고 편한 쪽으로만 향해 가는 세상에서 부러 느림의 가치를 찾는 사람의 존재가 귀하듯, 조금은 애쓰고 긴장하고 노력하여 익히면 더욱 큰 즐거움을 얻을 수 있는 문학의 세계는 소중하다. 문자 언어로 구축된 이야기 세계가 이전보다 영역이 좁아진 것은 사실이지만, 그것이 보여 줄 세계는 아직도 무궁무진하다.

4. 캐릭터를 사귀는 아동문학

우리 아동문학이 활황을 맞은 지 10여 년이 지났지만 그동안 아동문학 주변의 어른이 개입하지 않고 베스트셀러가 된 작품은 거의 없다시피 하다. 황선미, 이금이, 이상권, 채인선, 김중미, 박기범 같은 작가들의 베스트셀러들은 아무래도 어른들이 먼저 읽고 아이들에게 권했는데 아이들도 마침 좋아했다고 보는 편이 옳을 것이다. 그런데 아이들 스스로 찾아내어 정신없이 빠져드는, 어른이 우려할 정도로 인기 있는 아동문학이 우리에게 없었다는 것은, 높은 문학성을 보여 주는 작품이 그간 한 편도 없었다는 것만큼이나 걱정스러운 노릇이다. 어른의 중매가 없으면 아동문학 스스로 아이들의 사랑을 얻지 못하는 것은 끔찍한 일이다. 아동문학 작품 모두가 어린이 일반의 사랑을 받을 수는 없겠지만, 어린이 독자 대중의 전반적 사랑과 지지를 얻는 이야기는 적게나마 꼭 있어야 한다. 일반 문화계도 상업성·대중성으로부터 어느 정도 거리를 두고 자신과의 싸움을 벌이는 순수예술과 문턱이 낮고 친절한 대중예술이 적절히 공존하고 서로 영향을 주고받아야 건강성을 유지하듯, 아동문학에도 '진실'과 '깨달음'을 일러 주는 문학적 이야기와 특별한 목적 없이도 즐겁고 신나게 즐길 만한 오락적 이야기가 공존할 필요가 있다.

그런 점에서 외국 작품이긴 하지만 '해리 포터' 시리즈에 대한 아이들의 반응은 눈여겨볼 만하다. '해리 포터'는 그야말로 세계의 아이들이 스스로 세운 베스트셀러이고, 아이들은 그 세계의 일원이 되기를 갈망했다. 어른의 개입이나 추천 없이 자신들끼리 돌려 보고, 주인공들에 대해 밤이나 낮이나 이야기를 나누고, 1년이 짧다 하면서 이어지는 이야기를 기다린다. '해리 포터'의 인기 비결 중 하나는 역시 캐릭터에 있다고 할 것이다. 신기한 마법만으로, 긴장감을 놓치지 않는 스토리만으로 이만큼 긴 시간 동안 인기를 끌기는 어렵다. '해리 포터' 시리즈의 독자는 흥미진진한 이야기만큼이나 해리, 헤르미온느, 론 같은 캐릭터의 안부를 기다리는 것이다.

물론 진지한 소설에서도 등장인물의 성격이 잘 살아 있는가 아닌가를 두고 '캐릭터'란 말을 쓰긴 한다. 그러나 여기서 말하는 '캐릭터'는 그와는 약간 구별을 해야 한다. 전자가 상대적으로 스토리에 종속되며 스토리 안에서 일정한 역할을 수행하는 '등장인물'이라면, 후자는 이야기가 '캐릭터'로부터 나오는 식이기 때문이다. 소설 속의 캐릭터와 '캐릭터 소설'은 구분해야 한다. 이때의 '캐릭터'란 다분히 일본화된 영어다. 일반적인 근대 소설과 캐릭터 소설의 가장 큰 차이는, 근대 소설이 현실을 모방하는 반면 캐릭터 소설은 허구를 모방한다는 것이다. 이는 현실 속의 인물을 오히려 낯설게 여기고 허구 속 인물을 더 친숙하게 느끼는 현 세태를 반영한다(영화「매트릭스」에서는 인간 배우가 애니메이션의 캐릭터를 연기한다). 이 캐릭터는 현실적 인물 그 자체가 아니라 등장인물의 특정한 성격적 측면을 기호화한 것이다. 시트콤「프렌즈」나「거침없이 하이킥」을 떠올리면 이해가 쉬울 것이다. 미국의 인기 시트콤「프렌즈」가 10시즌을 마지막으로 종영했을 때, 미국인들은 정말 자신의 십년지기 친구를 떠나보낸 듯한 상실감에 시달렸다고 한다. 웃고 즐기는 오락물이되 단순히 웃어 넘기고 소비해 버릴 수만은 없는 찐득한 친근감은 잘 만들어진 캐릭터물이 우리에게 주는 위안이고 즐거움이다.

아동문학 역시 그래야 하지 않을까? 아동문학은 어린이의 친구가 되어야 한다고 입버릇처럼 말하지만, 정작 우리 아동문학은 어린이 독자들이 '허구 속 내 친구'로 느낄 만한 캐릭터를 만드는 데 지독히 인색하거나 형편없이 서툴렀던 것이 사실이다. 근대 아동문학사를 통틀어 봐도 그나마 기억에 남는 건 방정환의 「만년샤쓰」 속 '창남이'와 현덕의 '노마' 연작에 나오는 아이들, 조흔파의 『고교 얄개』의 인물들 정도가 전부이니 더 말할 것도 없다.

사람들은 이야기를 읽으며 자신을 둘러싼 세계에 대해 고민하거나 자기 성찰의 계기를 얻기도 하지만, 일상에 지친 심신을 달래기 위해 오락용으로 읽는 경우가 많다. 어린이 독자 역시 마찬가지일 것이다. 무언가를 배우고 깨닫기 위해서만 아동문학을 읽는다면 아동문학은 또 다른 이름의 족쇄가 될 것이다. 딱히 의미가 있지는 않아도 그냥 순수하게 오락적인 이야기, 자신을 투영하거나 혹은 동경할 만한 캐릭터가 있고 그렇게 그 세계의 일원이 되어 즐기는 가운데 심신의 피로를 덜 수 있는 대중적 아동문학은 우리 아동문학이 꼭 애써서 성취해야 할 분야이다.

지난 10여 년간 우리 아동문학도 나름대로 대중 아동문학 선언을 하고 시리즈를 표방한 작품들이 나오곤 했지만, 여전히 어린이 독자들에게 사랑을 흠뻑 받는 캐릭터는 만들어 내지 못한 형편이다. 김진경의 『고양이 학교』(2001~2002, 전 5권)는 최근 속편 『거울 전쟁』(2003, 전 3권)에 이르기까지 긴 호흡을 이어 오고 있으나, 신화와 역사를 아우르는 방대한 스케일의 무대 설정, 화려한 무협적 판타지에 비해 캐릭터는 빈약한 편이어서, 캐릭터의 매력이 독자를 속편까지 기다리도록 만들었다고 보기는 힘들다. 한정기의 『플루토 비밀결사대』*도

---

* 『플루토 비밀결사대』(비룡소)는 2005년 1권이 출간된 이후, 2011년까지 4권이 출간되었다.

추리소설의 오락성을 전면에 내세운 작품으로 1편에 이어 2편도 상당한 호평을 얻었다. 그러나 정작 추리물임에도 범인 맞추기가 너무 쉽고, 그보다 더 큰 문제는 '비밀결사대'의 캐릭터들이 두루뭉술해서 도무지 구별이 가지 않는다는 것이다. '비밀결사대'가 한자리에서 말하면 누가 누구인지 모를 정도이니, 이런 상태로 이 시리즈가 이어진다면 모처럼 개척된 우리 대중 아동문학이 계속 답보 상태에 머무를 수밖에 없을 것이다.

어떤 어린이 독자가 캐릭터가 살아 있는 시리즈물의 매력을 이렇게 말했다고 한다. "새로운 이야기책을 읽는 것은 모르는 사람들만 있는 방에 들어가는 것 같지만, 친숙한 시리즈라면 내 친구들이 잔뜩 모인 방에 들어가는 것 같아 안심이 된다."고 말이다.

마법을 쓰고 신기한 세상을 보여 주는 것만이 어린이의 흥미를 끄는 것은 아니다. 어린이들이 각자 마음에 드는 캐릭터에 대해 이야기를 나누고 공감하는 것, 그러면서 진짜 현실에서도 마음이 맞는 새 친구를 만드는 것. 이 또한 이야기가 독자에게 줄 수 있는 마법일지 모른다.

5. 문학이 갖는 힘

아이들은 만화와 애니메이션, 인터넷의 세계로 가 버리고 문학을 외면하는 것이 시대적 대세라고 하지만, 그래도 여전히 문학은 멋있고 힘 있는 매체임에 틀림없다. 문자만으로 구축되는, 다른 매체로 치환되지 않는 문학은 인류가 문자를 포기하지 않는 한 영원히 개인의 은밀하고 즐거운 영역으로 남을 것이 분명하다. 그리고 꼭 '문학'

이라는 멋지고 진중한 이름에 매이지 않더라도 글을 써서 이야기를 구현하는 사람은 끊임없이 나올 것이다. 직업적 작가가 된다면 출판사와의 관계 때문에 조금 번거로운 일이 생길지도 모르지만, 그래도 문학만큼 남의 눈치 덜 보고 자본의 개입을 덜 받는 매체도 없기 때문이다. 그만큼 글이란 복잡다단한 이야기의 세상에서 민첩히 대응하기에 좋을 뿐만 아니라 모험을 감행하기에도, 고독한 작가의 길을 걷기에도, 독자들의 전폭적인 애정을 얻는 인물을 만들기에도 환상적인 마법 지팡이다. 이 마법 지팡이를 갖고 무엇을 얻어 내는가는 전적으로 펜을 쥔 작가의 몫이 될 것이다.

〈『어린이와 문학』, 2007년 8월호〉

'해리 포터' 안에서 노는 독자들

1. '해리 포터' 시리즈의 좌표

'해리 포터' 시리즈가 10여 년에 걸친 여정을 마쳤다. 각 권이 이어질 때마다 전 지구의 독서계가 들썩거리고, 속편과 속편 사이에는 영화가 개봉되어 독서 인구 이상의 관객이 영화관으로 향하고, 그러고도 성이 안 차는 독자들은 게임을 하고 관련 상품을 사들이며 '해리 포터'의 마법 세계를 현실로까지 확장해 왔다. 이 시리즈의 등장이 아동문학·일반문학을 통틀어 역사에 길이 남을 사건이 되었다는 것은 이제 기정사실이다. 그러나 10여 년 동안 온 세상을 들었다 놓았다 한 영향력에도 불구하고 '해리 포터' 시리즈가 과연 문학, 아니 범주를 좁혀 아동문학의 고전이 될 것인가에 대해서는 평단의 여론이 그다지 우호적이지 않은 듯하다.

우선 아동문학의 고전이 될 만한지 가늠하기 위해서는 작품 자체의 문학성과 독창성을 평가하고, 문학사에서 종적·횡적으로 어떤 위치에 있는지를 따져 봐야 할 것이다. 이런 일을 하는 사람이 바로 문학평론가일 텐데, 많은 주류 평론가들은 '해리 포터' 시리즈가 판타지, 옛이야기, 학교소설, 스릴러, 고딕소설 등 이런저런 장르소설의 영리한 조합일 뿐 독창성은 거의 없으며, 인물은 스테레오타입이고, 문장은 상투적이고 감상적이라고 비판을 가했다.[1] 자국인 영국만 해도 권위 있는 문학상인 카네기 상, 가디언 상, 휘트브레드 상은 번번이 '해리 포터' 시리즈에 고배를 안겼고, 미국의 저명한 평론가 해럴드 블룸은 '해리 포터' 시리즈에 대해 "완전히 쓰레기다. 소설이나 문학이란 단어를 붙여서도 안 된다. (…) 지금 반짝이는 듯 보이는 대중소설이 100년 뒤에도 생명력을 유지할까?"라고 독설을 퍼붓기도 했다.[2] 성인들까지 '해리 포터' 열풍에 휩싸이는 현상을 두고 일반문학 평론가들이 이처럼 극단적인 비판을 가했다면, 어린이책 쪽에서는 문학에서 떠났던 어린이들을 다시 글의 세계로 불러들였다는 점에서 '해리 포터' 시리즈에 대해 일단 호감을 갖기도 한다. 그러나 아동문학의 여러 고전에 익숙한 아동문학 평론가들에게 '해리 포터' 시리즈는 역시 무언가 석연찮은 작품이다. 아동문학 서평지 『혼북』의 편집장 로저 서튼은 "나는 '해리 포터'에 대해 논평할 것이 없다. 어린이책은 온통 해리뿐이다. 나를 엿 먹인 것은 책 자체나 대형 출판사의 전략이 아니라, 우주를 지배하는 힘이다. 호감은 가지만 문학성은 낮은 이 시리즈가 엄청난 인기를 끌고 뉴스거리가 되고 내가 논평을 해야 하는 이 모든 힘을 만들어 낸 우주적 힘 말이

---

1 '해리 포터' 시리즈에 대한 영미 아동문학·일반문학 비평가들의 비판에 대해서는 앤드루 블레이크 『해리 포터, 청바지를 입은 마법사』(이택광 옮김, 이후, 2002), 97~103면과 영문 위키피디아 http://en.wikipedia.org/wiki/Harry_potter#Literary_criticism 참조.
2 『중앙일보』, 2008년 2월 1일자, 해럴드 블룸과의 전화 인터뷰.

다."라고 말할 정도였다.[3]

그렇다면 베스트셀러라는 시대적 현상을 낳은 '해리 포터' 시리즈는 사회문화 비평 차원에서 다루어지는 것이 적합할까? 하지만 그 영역에서도 별로 좋은 소리는 듣지 못할 것이다. 우리가 지금 경험하는 '해리 포터' 시리즈의 인기는 대자본이 펼친 마케팅 전략과의 결합에도 힘입은 바가 크기 때문에, 그 점을 강조한 비평 안에서 '해리 포터' 시리즈는 마치 대자본의 기획 상품, 마스코트처럼 보인다.[4] 과열된 '해리 포터' 시리즈 팬덤 현상에 대한 냉정한 분석도 있을 수 있지만, 그 안에는 개별 독자가 '해리 포터' 이야기 안에서 무엇을 보고 느끼고 감동받았는지가 잘 드러나지 않기 마련이다.

손향숙은 「해리 포터는 아동문학의 고전으로 남을 것인가」(『창작과비평』, 2005년 겨울호)라는 글에서 '해리 포터' 시리즈에 대해 작품성, 문학사적인 면, 사회문화적인 의미를 골고루 조망한 뒤, '해리 포터 시리즈는 판매량이나 그에 얽힌 각종 에피소드 때문에 문학사에 기록될 것이지만, 그렇다고 해서 루이스 캐럴이나 J. M. 배리의 작품 같은 아동문학의 고전은 될 수 없을 것'이라고 결론 내린 바 있다. 그 야말로 '해리 포터' 시리즈를 '객관적'으로, '균형 잡힌' 시선으로

---

3 Roger Sutton, "Potter's Field", *The Horn Book*, 1999년 9·10월호. 원문은 www.hbook. com/magazine/editorials/sep99.asp에서 볼 수 있다. 그러나 2002년 로저 서튼은 같은 지면에서 자신의 3년 전 주장이 틀렸으며, 문학의 고전이 반드시 완성도 높은 명작(masterpiece)인 것은 아니고 독자와 작가에 의해 새로이 규정될 수 있다는 쪽으로 후퇴했다.

4 '해리 포터' 시리즈의 영화 판권을 구입한 AOL 타임워너의 주도면밀한 마케팅 전략은 전 세계적으로 '해리 포터' 시리즈를 읽지 않으면 최신 유행에서 뒤떨어지는 것 같은 분위기를 조성하는 데 성공하였다. 그러나 '해리 포터' 시리즈는 출판사나 상표권자의 과대광고를 통해서가 아니라 독자들의 입소문 전파를 통해 최초의 충격이 발생했고, 대기업이 결합한 것은 그 뒤였기 때문에 마케팅 전략만으로 '해리 포터' 시리즈의 인기를 해명하는 것은 곤란하다.

조망할 때 최종적으로 내릴 수 있는 선고는 이와 같을 수밖에 없을 것이다. '해리 포터' 시리즈를 재미있게 읽은 사람으로서도 어느 정도는 납득이 된다.

그러나 이쯤 되면 '해리 포터' 시리즈를 '객관적'이고 '냉정한' 비평의 자리에서 구출해 내고 싶다는 생각이 든다. '해리 포터' 시리즈는 비평가의 손에 있을 때 빛이 죽지만, 팬들과 함께 있으면 놀라운 빛을 내기 때문이다. 그 어떤 외부의 비판과 의구심에도 아랑곳하지 않고 절대적으로 '해리 포터' 시리즈의 세계와 인물을 지지하는 독자야말로 우리가 유심히 봐야 할 대상이다. 아동문학이 활황을 맞은 지 10여 년이 지났지만, 어른의 중개 없이 아이들 스스로 만들어 낸 베스트셀러란 거의 없다시피 한 우리 아동문학계도 '해리 포터' 붐에서 중요한 의미를 읽어 내야 할 것이다. 더불어, 몇 년째 앞으로 나아갈 듯하면서도 좀처럼 제자리걸음을 면치 못하는 한국 판타지 아동문학이 여기에서 힌트를 얻을 수 있다면 더는 바랄 것이 없겠다.

2. 판타지와 일상

'해리 포터' 시리즈는 마법과 초자연적 존재가 많이 나오고, 주인공 해리가 절대악에 맞서 싸운다는 영웅 신화적인 설정이 있어 종종 『반지의 제왕』이나 『나니아 연대기』 같은 진중하고 웅장한 하이 판타지와 비교되곤 한다. 하지만 정작 한자리에 놓고 보면 공통점보다 차이점이 훨씬 두드러진다. 앞의 두 작품이 현실 저 너머에 있는 평행 세계의 독자적 역사를 연대기적으로 기록한 것임에 반해 '해리 포터' 시리즈는 시공간적으로 현대 영국을 떠난 적이 없기 때문이다. 그렇게 보면 '해리 포터' 시리즈는 『모래요정과 다섯 아이들』이나 『메리 포핀스』처럼 일상에 마법이 침투하여 흥미로운 상황이 벌어지는 이야기(everyday magic)의 전통을 변형·발전시킨 작품이지, 『반지의 제왕』 같은 하이판타지의 계승자로 보기에는 무리가 있다. 이 계보에 놓고 보면 독자들이 '해리 포터' 시리즈에서 얻은 즐거움의 본질이 무엇인지를 알 수 있다. 그것은 단지 신기한 마법과 괴물이 연속으로 튀어나오는 놀이동산 식의 오락이 아니라, 우리가 평소 살아가는 일상에 신선하고 활기찬 마법을 부여하는 일련의 작동 원리인 것이다.

'해리 포터' 이야기를 읽는다는 것은 단지 신기한 세계를 구경하는 데 그치는 것이 아니라 마법사의 세계라는 또 다른 일상을 사는 것이다. 마법사도 우리처럼 하루 세 끼 식사를 하고, 아이들이라면 마법학교에 다니고, 졸업을 하면 마술 가게를 운영하거나 마법부에 취직해서 경제생활을 하고, 마법 지팡이나 신기한 애완동물을 사러 다이애건 거리에 가고, 먼 곳에 가는 교통수단으로 벽난로에 플루 가루를 뿌리고, 메시지를 전하려면 전화나 이메일 대신 부엉이를 날려 보내거나 소리를 질러 대는 카드를 보내야 한다. 평자에 따라서는 '해리 포터' 시리즈가 지극히 평범하고 상투적인 사물(벽난로, 빗자루, 거울, 부엉이 등)을 마법 아이템으로 삼았다며 상상력의 빈곤을 지적하기도 하지만, 독자들은 바로 그 점에 환호했던 것이다. 판타지라 하더라도 우리의 일상과 자연스럽게 이어질 때 판타지 안의 리얼리티는 더욱 강화되고, 작품을 다 읽은 뒤에도 마음에 그 잔상이 남아 우리의 현실을 달리 보게 한다. 특히 학교가 마법의 공간으로 화하는 것은 어린이들에게 매력적인 일이 아닐 수 없다. 현실에서는 학교가 지긋지긋하게 싫지만, 한편으로 그곳을 가장 잘 알고 있기에 아이들은 학교를 배경으로 한 판타지에 열광한다. 어린이용 판타지를 쓰려면 잘 알지도 못하는 복잡한 다른 세계보다 학교를 배경으로 하라는(특히 마술을 가득 채워서) 영국 판타지 작가의 조언은 이 대목에서 경청할 만하다.[5]

'해리 포터' 시리즈 팬들이 10여 년 동안 거의 이탈하지 않고 그 세계의 일원으로 남을 수 있었던 이유 중 하나는 작품 안에 튼튼하게 구축된 '세계관'이 있기 때문이다. 여기서 말하는 '세계관'은 우리가 일상에서 사용하는 가치관으로서의 '세계관'과는 조금 다른 개념으로, 애니메이션이나 만화, 게임, 주니어소설 장르에서 쓰이는 용어다.[6] 그것은 지금 우리가 사는 현실과 다른 세계 안에서 허구의 인물이 어떻게 살아가고 보고 생각하는지를 구축하는 것, 곧 '허구적 세계'의 일상을 형상화하는 것이다. 앞에서도 언급했듯 '해리 포터' 시리즈의 세계가 가진 큰 매력은 우리의 삶과 매우 닮아 마음이 편한 동시에, 그 안에서 아기자기한 차이를 발견하며 경이로움과 유머를 느낄 수 있다는 데 있다. 마법학교 아이들도 우리처럼 기차를 타면 용돈을 털어 온갖 맛이 나는 젤리빈과 개구리 초콜릿을 사 먹고, 마법사 카드를 모은다. 머글(일반인)계에서 좋은 학용품값이 비싸듯 마법사의 세계에서도 성능 좋은 명품 마법 지팡이와 빗자루는 따로 있다.[7] 해리 포터와 호그와트 동정을 파파라치처럼 쫓는 '예언

---

5 클리프 맥니시, 「작가로서의 나의 삶」, 『한·영 판타지문학 포럼』, 대산문화재단·주한영국문화원, 2003.
6 일본의 서브컬처계에서 쓰는 '세계관'에 대해서는 오쓰카 에이지(大塚英志)의 『캐릭터소설 쓰는 법』(김성민 옮김, 한국출판마케팅연구소, 2005), 211~27면 참조.
7 '해리 포터' 시리즈에 대한 비판 가운데에는 자본주의적 일상을 고스란히 판타지 세계로까지 가져와 반복하며 어린이들에게 무분별한 상품 소비를 부추긴다는 주장이 있다. 이는 경청할 만한 내용을 담고 있지만, 해리의 세계관으로 상황을 경험한다면 그것은 단지 무분별한 상품 소비를 부추기는 것과는 거리가 있다. 물론 해리는 갖고 싶은 물건을 비교적

자일보'와 '이러쿵저러쿵'은 우리가 늘 대하는 연예계 가십 기사를 방불케 하고, 그 밖에도 우리 현실과 닮았으되 마법의 외장을 입혀 놓은 재미난 설정들이 셀 수 없이 많다. '해리 포터' 시리즈의 세계관이 훌륭하다는 것은 신기한 풍경과 물건을 많이 만들어서 이야기 안에 채워 넣었기 때문이 아니라, 그 세계가 존속되는 일상의 흐름과 법칙을 정확히 세우고 그것을 독자들에게 납득시켰기 때문이다.

  그곳의 일상이 제대로 굴러간다면 독자는 작품 속에서 자신이 살아가는 듯한 실감을 얻는다. 좀 더 적극적인 팬들은 이야기를 읽는 것만으로 만족할 수 없어 실제로 그 세계의 일원이 되길 자처한다. 팬픽(fanfic)을 양산하고, 마법사 카드와 지팡이를 사고, 호그와트 교복을 만들어 입고 코스프레를 하는 것 등이 바로 그 예이다. 기성세대 눈으로 보면 이야기와 현실을 구별하지 못하는 한심한 작태일 수도 있지만, 이미 이야기 세계로 이민을 떠난 사람 처지에서 생각해 보면 이른바 단조로운 '현실'에 끌려가듯 사느니 내가 살고 싶은 세상을 스스로 선택한다는 의지의 표현일 수 있다. 그러나 이것은 사회 현상으로서 더 깊이 논의해야 할 영역이겠고, 적어도 '이야기'란 면에서 보자면 그토록 많은 독자들이 오래도록 머물러 살기를 원하는 세계를 만든다는 것은 분명 매력적인 일이 아닐 수 없다. 모든 것이 완벽히 갖춰진 천국이라서 동경하는 것이 아니라, 그곳에서라면

쉽게 얻는 편이지만, 해리의 가장 친한 친구인 론은 형편이 넉넉지 않아 교복을 물려 입고, 애완동물로는 늙은 쥐를 키우고, 작은 걸 하나 살 때도 주머니 사정을 걱정한다. 이런 사정에 대한 공감은 해리의 눈을 통해 독자에게 전달된다. 반면, 아이가 갖고 싶은 것이라면 무엇이든 사 주는 더즐리 일가는 해리의 눈에 흉물스럽게 보인다. 자본주의적 소비에 대한 해리 포터의 '세계관'은 바로 론과 더즐리 일가를 보는 시선의 차이에 있는 것이고, 해리 포터가 견지하는 소비자로서의 태도는 그렇게 위험하거나 그릇된 것이 아니라 오히려 건전한 편이다.

재미있고 의미있는 일상이 가능할 것 같아서 더욱 가고 싶은 곳. '해리 포터' 시리즈는 우리에게 판타지와 일상이 뜻밖에도 단단한 관계를 맺고 있음을 환기해 주는 텍스트가 아닐 수 없다.

3. 유형적이나 개성적인 '캐릭터'

'해리 포터' 시리즈의 등장인물들에 대해서는 비평가와 팬 들의 판단이 극명히 갈린다. 비평가는 '해리 포터' 시리즈의 등장인물이 모두 스테레오타입이며 어디선가 베낀 듯한 상투성을 벗어나지 못한다고 비판하지만, 팬들은 모든 캐릭터가 개성적이며 살아 움직인다고 입을 모은다. 아마도 이 대립은 결코 합의점을 찾지 못할 것이다. 왜냐면 그들은 서로 '캐릭터', 혹은 '등장인물'에 대해 각기 다른 정의와 가치관을 갖고 있기 때문이다.

일반적으로 '소설'이라고 하면 근대문학이 그러하듯 캐릭터와 스토리를 떼어 놓고 생각할 수 없었다. 그러나 최근에는 그 관계에 변화가 생겨서 캐릭터와 이야기는 얼마든지 분리 가능하며, 오히려 캐릭터가 먼저고 이야기는 그 캐릭터로부터 흘러나오는 식의 소설이 등장하고 있다. 특히 각종 서브컬처가 발달한 일본에서는 만화나 애니메이션, 게임 같은 픽션을 글로써 모방하는 '캐릭터소설'이 오래 전부터 있어 왔다.[8] '해리 포터' 시리즈는 일본의 캐릭터소설과 다르지만, 작품이 만들어진 과정과 소비자에게 수용되는 패턴은 같은 것이 흥미롭다.

---

8 오쓰카 에이지, 앞의 책, 24면.

일반적인 근대문학은 현실을 모방한다면, 캐릭터소설은 '허구'를 모방한다는 것이 둘 사이의 가장 결정적인 차이다. 여기서 주목해야 할 것은 캐릭터소설의 대두는 독자들이 소설의 리얼리티를 느끼는 방식이 변하고 있음을 시사한다는 점이다. 온갖 매체가 전하는 픽션의 세계에 사는 현대인들은 현실 그 자체를 모방한 작품을 생경하게 느끼고, 오히려 자신이 익히 알고 있는 '허구'를 효과적으로 모방한 이야기를 더 리얼한 것으로 받아들인다는 것이다. 근대문학에서 등장인물은 이 세상에 오직 그 한 사람밖에 없으리라는 존재감이 최고의 가치였지만, 캐릭터소설의 캐릭터는 기존에 있던 몇 가지 유형을 잘 활용하여 독자들에게 친근함을 전하며 작가 나름의 개성을 담아내는 것으로 충분하다.

오쓰카 에이지는 캐릭터 만드는 공식을 아래와 같이 제시한다.

$$Y = f(x)$$

여기서 Y는 구체적 캐릭터, f는 기존의 허구로부터 뽑아낸 캐릭터의 추상적 특징, x는 추상적인 콘셉트를 더욱 구체화하는 요소다.[9] 이를 '해리 포터' 시리즈의 덤블도어에 적용해 본다면 이러할 것이다.

알버스 덤블도어=은발의 긴 수염과 머리를 지닌 지혜로운 마법사(마법학교 교장, 150살, 아이들을 사랑함, 애완동물은 불사조, 좋아하는 음식은 라즈베리잼, 동성애자 등)

---

9 같은 책, 52면.

실제로 작가가 x에 대입할 수 있는 요소는 무수히 많기 때문에, 캐릭터소설의 캐릭터는 기존의 유형에서 비롯한 것이지만 작가 나름의 개성을 부여할 수 있는 여지도 충분히 있다. 이런 작법으로 만들어진 이야기에 익숙한 독자라면 캐릭터 유형의 공통점과 차이점을 발견하면서 그 캐릭터가 만들어 가는 이야기 전개를 즐기기 마련이다.

캐릭터가 잘 완성되었다면 자연스럽게 캐릭터로부터 이야기가 흘러나온다. 오쓰카 에이지는 '캐릭터를 만들 때 중요한 건 주인공의 외모상·설정상의 개성이 드라마의 얼개와 연결되었느냐 아니냐 하는 점'이라고 말한다.[10] 이 역시 '해리 포터' 시리즈에 적용해 본다면, 해리의 이마에 있는 번개 모양의 상처는 볼드모트라는 악인이 그를 살해하려다 실패해서 생긴 상처이며 볼드모트가 다가올 때마다 그 상처가 아파 온다는 식의 이야기 전개를 가능하게 한다. 이렇게 각 캐릭터마다 유형을 다양하게 마련해 놓고, 뚜렷한 외모적 특성과 성격을 부여한 뒤 그로부터 이야기를 끌어낸다면, 일반 독자들은 작품 안에서 캐릭터가 생생히 살아 움직인다는 느낌을 받을 것이다.

그러나 이는 근대문학의 기준으로 보면 선뜻 용납하기 어려운 요소가 될 수도 있다. 가령 '해리 포터' 시리즈에 등장하는 악역들은 하나같이 돼지처럼 뚱뚱하거나(버논 이모부, 두들리), 말처럼 긴 얼굴을 하고(페투니아 이모), 두꺼비처럼 생겼다(엄브릿지 교수)고 묘사되는 것을 두고 '못생긴 사람에 대한 편견을 강화한다.'는 비판이 있다. '해리 포터' 시리즈가 사람들에게 끼치는 영향력을 생각하면 그러한 걱정도 이해가 되지 않는 것은 아니지만, '해리 포터' 시리즈가 자기 갈 길이 분명한 '이야기'로서의 속성을 강하게 지녔다는 사실을 생

---

10 같은 책, 55~58면 참조.

각하면 악인을 흉하게 묘사한 것은 그리 비난받을 일이 못 된다. 흥부처럼 마른 놀부와 콩쥐처럼 예쁜 팥쥐는 설사 현실에 존재할지 몰라도 이야기에서는 영 제 몫을 할 수 없는 것과 마찬가지다.

'해리 포터' 시리즈는 판타지, 옛이야기, 학교소설, 고딕소설, 스릴러, 연애소설 등 수많은 기존 이야기로부터 모티프를 가져다 영리하게 조합한 결과일 뿐 독창성이 없다는 비판은 끊이지 않았다. 근대문학의 자리에서 독창성이 없다는 것은 사형 선고와도 같다. 그러나 '이야기'의 영역에 놓는다면 작가와 작품에 대한 평가는 얼마든지 달라질 수 있다. 이 세계는 '구슬이 서 말이라도 꿰어야 보배'라는 가치가 통하는 곳이기 때문이다. 조앤 K. 롤링은 이야기를 구상할 때부터 그 단편을 카드로 만들고, 그것을 이러저러하게 재구성하여 전체 7권의 이야기를 엮었다고 한다.[11] 이렇듯 처음에 창작될 때부터 인물과 이야기의 조합이 자유로웠다면, 이 이야기는 세상에 나가서도 독자들이 캐릭터와 스토리를 분리해 낸 뒤 재조합하며 즐기고 소비할 가능성이 높아진다. 영화의 탓도 없지 않겠지만 인터넷에는 '해리 포터' 시리즈의 세계관(설정)과 캐릭터, 아이템을 갖고 재미있게 조합한 게시물이 셀 수 없이 많고, 팬픽 또한 무한 확장되고 있다. 포스트모던한 독자들의 못 말리는 놀이 본능 탓도 있겠지만, 그보다 우선 전제되는 것은 그렇게 놀 수 있는 세계와 캐릭터를 작가가 독자들에게 제공했다는 점일 테다.

독자들이 이야기와 캐릭터를 확장하고 변형할 자유를 맘껏 누린다면 작가인 조앤 K. 롤링의 정체성이 흔들릴까? 아무리 수많은 팬픽이 양산된다 해도 역시 조앤 K. 롤링의 것 이상으로 흥미진진하고

---

11 野上曉, 『ファンタジービジネスのしかけかた』, 講談社, 2003, 106면 참조.

잘 짜여진 '해리 포터' 이야기가 나올 가능성은 거의 없을 것이다. 세상에 온갖 이야기들이 존재한다고 해도 그 재료를 갖고 매력적이기 그지없는 마법사의 생활과 다양한 캐릭터를 창조해 낸 것은 분명 이 작가만이 도달할 수 있는 일종의 경지다. 그런 의미에서 조앤 K. 롤링은 기존에 없던 인물과 이야기를 창조하는 고독한 작가(author)라기보다 늘 있어 온 이야기 재료를 다듬고 재구성하여 새로운 재미와 생명을 불어넣는 이야기꾼(storyteller), 발터 벤야민의 표현을 빌리자면 '영혼이 있는 수공업자'로 평가할 만할 것이다.

4. 우정의 원형

'해리 포터' 시리즈 독자들은 저마다 이야기 속에 자신이 가장 좋아하는 캐릭터가 있을 것이다. 인기 투표를 한다면 헤르미온느와 론이 1, 2위로 뽑히지 않을까? 속편이 나올 때마다 서점에 달려가는 사람들 가운데는 해리보다 두 사람의 안부가 궁금한 이도 있었을 것이다. 이 삼총사는 시리즈를 이어 가며 보통의 친구처럼 서로 싸우고, 선물도 주고받고, 무언가 궁금한 게 생기면 자료를 뒤지며 논의하고, 친구가 악의 세력에게 잡혀가면 구출해 내기도 한다. 가끔은 우정에 시련을 맞아 한동안 말을 안 하기도 하지만 결국 화해한 뒤에는 그런 바보짓은 하지 않는다. 작가는 해리, 론, 헤르미온느가 함께 성장하는 과정을 통해 우정을 찬미하고, 시련을 겪은 뒤 더욱 단단해진 힘을 보여 준다. 이 세 사람은 "소외된 시대에 시리즈의 중심적 매력"이며, "유년기에 처음으로 고독을 느꼈을 어린이 독자들에게 우정이라는 잃어버린 원형을 생각나게" 한다.[12]

옛날에는 자연스럽게 이뤄졌던 일이 현대에 와서는 점점 힘들고 부담스럽게 느껴질 때가 있다. 가령 친구 사귀는 일도 그럴 것이다. 처음에는 말을 어떻게 걸어야 할지, 무엇을 하며 놀아야 할지, 혹시 의견이 틀어지면 어떻게 해야 할지 온통 걱정뿐이다. 생각만 하다 결국 피곤해지면 친구 따위 없으면 어떠랴, 포기할지도 모를 일이다. 하지만『해리 포터와 마법사의 돌』에서 해리와 론이 기차 안에서 만난 장면을 떠올려 보라. 호그와트에 대한 기대감과 불안감을 가진 아이들이 한두 마디 나누다 같이 앉고, 과자를 사서 나눠 먹으며 얘기를 나눈다. 언제부터인지도 모르게 둘은 친구가 되고, 그 뒤 식구들보다 더 많은 시간을 보내며 정을 쌓아 간다. 잠자는 시간 빼고(일이 있으면 잠자는 시간까지) 함께 공부하고, 걷고, 웃고, 떠들고, 투덜거리는 일상을 함께하다가 1년에 한 번씩은 악의 세력에 맞서 죽도록 고생한다. 즐거운 일은 아니지만 그로 인해 해리와 친구들의 일상이 재정비되고 우정을 재확인한다는 점에서 악의 세력과의 싸움은 마치 축제 같은 기능을 하며, 해리 자신으로 보면 최후의 대결을 위해 한 단계 성숙을 확인하는 입사식(initiation rite) 구실도 하는 셈이다. 현실과 매우 닮은 꼴이되 이들의 우정은 이야기 안에서 더욱 완전해지고 손에 잡히는 구체성을 얻는다.

모든 이야기는 무언가 결핍된 주인공이 온갖 역경을 거치면서 그 결핍을 채우거나 실패하는 것으로 귀결된다. 그렇다면 해리 포터에게 처음부터 결핍되어 있는 것은 무엇이고, 그가 갖은 역경 끝에 얻어 낸 것은 무엇일까? 해리에게 결핍되어 있는 것은 잃어버린 가족

---

12 Gail A. Grynbaum, "The Secrets of Harry Potter", *San Fransisco Jung Institute Library Journal*, 19:4(2001), 17~48면(Phillip Nel, 『小說「ハリーポッタ」入門』, 谷口伊兵衛 譯, 而立書房, 2002, 82면에서 재인용).

의 사랑이고, 10여 년의 여정 끝에 얻어 낸 것, 지켜 낸 것은 자신보다 더 자신을 사랑해 주는 친구들, 집보다 더 소중한 학교라는 공동체다. 해리는 절대악인 볼드모트와 맞서야 하는 운명을 타고났지만, 그가 바라는 것은 절대적 권력을 행사할 수 있는 마법이 아니라 소박한 우정과 사랑이다. 근대소설이 공동체로부터 유리된 고독한 개인의 이야기를 다룬다면, '해리 포터' 시리즈는 그와 반대로 외로운 개인이 자신이 진정으로 속하고 싶은 공동체를 찾고 그 세계로 기꺼이 회귀하는 이야기인 것이다. '해리 포터' 시리즈는 우리가 흔히 '문학성'이 높다고 말할 때 떠올리는, 자기반성적이고 이 세계와 인간에 대해 새로운 지평을 열어 보이거나 심오한 진실에 육박해 가는 종류의 작품과는 거리가 있다. 그보다는 오히려 '우정'과 '사랑'과 '용기' 등 기존의 가치에 대해 일정한 도식을 반복·제시한다는 점에서 전형적인 대중소설이라 할 수 있다. 그러나 어린이들은 그 반복을 오히려 매력적으로 여기며, 자기 삶에 필요한 조언으로 받아들이지 않을까? 아동문학을 진지한 '문학'으로서 다루고, 그 위상을 더욱 높이려 하는 전문가들의 노력이 계속되지만, 어린이들은 번번이 전문가가 선뜻 동의하기 어려운 대중적 이야기에 매료되며 그에 힘을 실어 준다. '해리 포터' 시리즈는 지극히 현대적인 의장을 걸쳤으나 그 속성은 고독한 개인인 작가가 고독한 주인공에 대해 이야기하는 근대문학이라기보다, 시끌벅적한 장터에서 청자(聽者)들과 함께 호흡하며 그들이 듣고 싶은 이야기를 들려주고, 마음속 바람을 이뤄 주는 고전적인 이야기 전통에 서 있다. '해리 포터' 시리즈의 유행은 현대 어린이들이 무엇을 간절히 바라고 있었는가를 스스로 증명하는 한편, 과연 현대 아동문학은 그 바람에 적절히 대응하고 있었는지를 자문하게 한다. 나에게 친구란 무엇일까? 친구에게 나는 어떤 존재일까? 우정은? 용기는? 사랑은?——소년들이 마음에 품을 수 있는 이런 관념적 질문에 대해 '해리 포터'는 정확한 형상을 갖고 대답해 준다. 가족이나 사회 안에서 위축되고 무력감을 느끼기 쉬운 소년기에 이만큼 자기 확신을 주는 이야기를 찾기란 어렵다. 어린이와 청소년 들은 마음속 깊은 곳의 갈망에 대해 확실한 답을 얻었기에 '해리 포터' 시리즈를 열렬히 지지했던 것이고, 어른들 또한 본질적으로는 이와 다르지 않았을 것이다.

5. 본격적으로 노는 이야기가 필요하다

'해리 포터' 시리즈가 가진 장점은 많겠지만 앞에서 세 가지만 예로 든 것은 '해리 포터' 시리즈를 핑계 삼아 우리 아동문학에 대한 아쉬움을 말하고 싶어서였다. 그간 우리 아동문학의 판타지가 관념의 형상화에 주로 쏠려 '일상의 마법화, 마법의 일상화'를 등한시한 것, 캐릭터를 살리고 싶다면서 이야기 속에 비슷비슷한 등장인물을 내세워 서로 구별도 안 되게 만든 것이 안타깝고, 현대적 주제의 확장에만 매달리다 아이들 마음속의 근원적 갈망을 해소해 주지 못하는 작가들의 편향된 관심사가 안타깝다. 어떻게 보면 우리 아동문학은 독자를 책으로 끌어당긴 좋은 예가 바로 눈앞에 있는데도 어디론가 멀리 돌아 가고 있다는 느낌을 받는다. 또한, 그간 우리는 아이들이 즐기는 문화(TV, 애니메이션, 만화, 게임, '해리 포터' 등)가 무엇인지 뻔히 보면서도 그로부터 아이들의 요구를 읽으려는 노력을 등한시했던 것은 아닐까? 이른바 '본격문학'의 그물만으로 건져지지 않는 독자의 요구를 잡아내기 위해서라도 현상을 직시할 필요가 있다. 작가로서 품고 있는 이야깃거리와 문제의식을 가능하면 더 흥미진진하고 매력적인 이야기로 만들어 아이들과 함께 즐기려는 노력이 절실하다.

한 가지 덧붙이고 싶은 것은 대중적 아동문학, 또는 '오락'으로서의 아동문학의 필요성이다. 아동문학에 직간접으로 관여하는 어른들과 전문가들은 가능하면 가장 훌륭한 것, '문학성'이 보장된 것을 가려서 어린이들 앞에 놓아 주고 싶어 한다. 그것도 물론 중요한 일이긴 하나, 어린이들이 어른의 사려 깊은 배려 속에 골라진 책 안에서만 사는 것 역시 갑갑한 일임에는 틀림없다. 본격문학을 읽는 것은 '등산'에 가까운 일이고, 비교적 가벼운 대중문학을 읽는 것은 '하이킹'이나 '산책'에 가까울 것이다. 성취감이 높고 자신의 한계점까지 도전하여 극복한다는 점에서는 역시 등산이 우월하겠지만, 전문 산악인이 아닌 다음에야 날마다 등산을 할 수는 없는 노릇이다. 보통 사람들은 하이킹과 산책을 습관처럼 즐기면서 간간이 등산을 하는 정도로도 충분히 건강한 삶을 유지할 수 있다. 어린이 독자의 경우도 마찬가지 아닐까? 그렇게 보면 우리 아동문학에는 '등산'형 본격문학은 많아도, '하이킹'이나 '산책'형 대중 아동문학은 턱없이 모자라다. '해리 포터' 시리즈의 유행을 경험하며 우리 아동문학에서 가장 결핍되어 있다고 느낀 것이 바로 이 점이었다.

문학적 가치가 높다는 이유만으로 책을 집어 드는 사람은 많지 않다. 하물며 아이들은 말할 나위도 없을 것이다. 평범한 독자가 바라는 건 잠시 쉬는 시간이나 저녁 식사를 마치고 난 뒤 잠자리에 들기 전까지 읽을 수 있는 재미난 책, 첫 장을 넘기는 순간 다른 세계로 쑤욱 빠져들어 시간 가는 줄 모르는 이야기다. 마음에 품었던 질문에 대해 답을 발견하거나, 평소 자신의 신념 체계와 공통된 점을 발견한다면 이야기 속에 더욱 깊이 빠져들 것이다. '해리 포터' 시리즈가 훌륭한 것은, 처음에 만만하고 재미있어 보여서 읽었다가 이야기에서 빠져나올 때는 '우아' 하는 기분을 만끽하게 한다는 점이다. 다음 날 현실에 복귀한 뒤에도 문득문득 이야기가 생각난다면, 일반인으로서 그만한 독서의 즐거움과 보람도 없을 것이다. 우리에게 지금절실한 것은 본격적으로 놀 수 있는 이야기다. 본격문학의 자장 안에서만 그것을 구현하는 일은 요원할 것이다.

〈『창비어린이』, 2008년 여름호〉

내가 경험한 '저학년 동화'

1. '저학년 동화'가 답답하다

정확히 언제부터인지는 몰라도 '요즘 재미난 저학년물 보기 어렵다.'는 소리를 입에 달고 산 지가 꽤 오래되었다. 『창비어린이』가 2003년부터 겨울호마다 실시하는 '올해의 어린이책' 설문 조사를 되짚어 봐도 해마다 화제작·문제작은 고학년·청소년 대상으로 몰리고, 저학년 대상 작품은 한두 권을 넘기지 못하고 있다. 창비, 문학동네, 대교, 푸른책들 등 주요 출판사들이 해마다 주최하는 아동문학 공모를 보아도 고학년물이거나 청소년소설에 가까운 작품들이 수상하는 경우가 많다. 일례로, 2008년 제13회를 맞이한 '창비 좋은 어린이책 원고 공모'만 해도 제1회 수상작인 채인선 동화집 『전봇대 아저씨』(1997)만 유일한 저학년 대상 동화였다. 2008년 창비는 이 공모의 창작 부문을 '고학년 대상'과 '저학년 대상'으로 분리했는데 이는 그만큼 저학년 대상의 신선한 이야기를 만나기 힘들었다는 방증이기도 할 것이다.

'올해의 어린이책' 설문 조사도, 각종 공모 심사도 모두 아동문학의 방계 독자인 어른이 참여하기 때문에 아무래도 고학년 대상의 강렬한 작품에 먼저 솔깃해지는 건 어쩔 수 없는 한계일지 모른다. 그런 어른들도 최근의 고학년·청소년문학의 풍성한 성과를 반기면서 한편으로는 근원적인 허기와 불안함을 느끼곤 한다. 인생을 통틀어서 아동문학의 영향이 가장 강하게 미치는 때는 아무래도 취학 전부터 초등학교 1, 2학년까지 정도일 텐데, 그 아이들에게 따끈따끈하고 영양가 있는 이야기를 풍부하게 들려주지 못하는 것은 우리 아동문학의 근본적인 허약함으로도 이어지는 문제다.

누군들 그맘때 아이들과 진심으로 소통하고 나아가 평생을 함께 할 이야기를 쓰고 싶지 않겠는가. 권정생의 「강아지똥」처럼 가슴이 무너지는, 이원수의 「불새의 춤」처럼 비장한, 강소천의 「꽃신을 짓는 사람」처럼 아련한, 안데르센의 「인어공주」처럼 슬프면서 아름다운, 현덕의 '노마' 연작처럼 유쾌하고 건강한, 톨스토이의 우화처럼 지혜로운 이야기. 이는 아마 많은 작가들이 가슴 깊이 품은 궁극의 목표일 것이다. 그러나 이렇게 몇 작품만 단순 열거해도 금방 알 수 있듯, 위와 같은 이야기는 범상한 사람들이 좀처럼 도달하기 어려운 에베레스트 정상처럼 보인다. 하지만 명작 혹은 수작은 평지돌출했다기보다 그 시대 문학 역량의 총량에 작가 개인이 한 뼘을 더 올려놓은 것일 때가 많다. 그렇다면 현재 우리 아동문학, 특히 저학년물에서의 총 역량은 과연 어느 정도나 될까. 몇 년 동안 '저학년 동화'의 작황이 부진했던 것을 단지 작가 개개인의 노력이나 능력이 모자랐던 탓으로 돌리고 싶지는 않다. 그보다는 먼저 우리 아동문학 전체의 분위기를 읽는 데서 원인을 찾아야 하지 않을까 싶다.

2. 무엇이 남고 무엇이 모자랄까

우선 이 글에서 사용할 '저학년 동화'의 범주를 간단하게나마 정리하고 싶다. 출판계가 주도하는 독서의 단계별 분류가 마뜩지 않을 때도 많지만, 아이는 단지 1년 동안에도 큰 변화를 겪기 때문에 아동문학 작가나 출판업계, 책을 권해 주는 어른들은 아무래도 독자 대상을 염두에 두지 않을 수 없다. 그 과정에서 '영유아', '유년', '저학년', '고학년', '청소년' 등의 연령대 분류가 생기기 마련이고, 각 연령대 독자의 특성과 요구에 부합하는 문학의 내용과 형식도 고민하게 된다.

사실 내가 염두에 두는 대상은 사전적 의미의 '유년동화' 대상과 다르지 않다. '유년동화'는 이재철의 『세계아동문학사전』(1989)에도 올라 있는 항목으로, "취학 전의 유아 및 국민학교 1,2학년 어린이를 대상으로 한 동화의 총칭. 이해력이나 문자 사용, 사고의 한계 등에서 제약을 받는 유년기 아동으로서 생활 장면을 해석하는 방법이나 대인간 관계가 고학년 아동보다 수준이 낮은 아동을 대상으로 한다. 유년동화는 취학 전 유아를 위한, 읽어서 듣게 하는 동화인 유아동화와 구별하는 경우도 있다."(256면)라고 설명되어 있다. 이는 일본의 『아동문학사전(兒童文學辭典)』(東京堂出版, 1988)의 정의를 그대로 옮긴 것과 같지만 우리 아동문학 초기 세대들도 이런 정의에 따라 한국 아동문학 전반의 체제를 마련했기 때문에 저항감은 느껴지지 않는다. 다만 요즘은 '유년'이라는 말의 어감이 유치원생 정도의 낮은 연령을 떠올리게 하기 때문에 초등학교 1, 2학년까지 넣으려면 옷이 좀 작아 보인다. 또, 어린아이를 대상으로 한 이야기라고 해서 모두 동화인 것은 아니지만, 고학년물이나 청소년물과 비교할 때는 (소년·아동)소설보다 시적인 산문인 동화의 비중이 상대적으로 높기 때문에 그 특성을 한 번 더 환기할 필요도 있어 보인다. 그래서 이 글에서는 다소 무리가 있더라도 고학년·청소년 대상 문학과 상대되는 개념으로서 '저학년 동화'라는 용어를 쓰기로 했으니, 모쪼록 읽는 분들은 '문자를 깨친 연령으로 10세 이하의 유년을 대상으로 한 창작 이야기'로 받아들여 주었으면 하는 바람이다.

우리가 저학년 동화에 대해 최대공약수로 삼는 상(像)은 어떠한 것일까? 우선 떠오르는 것은 짧은 길이, 분명하고 알기 쉬운 줄거리와 인물, 쉬운 낱말과 문장, 그리고 무엇보다 재미가 있어야 한다는 것 정도다. 그림책에 더 익숙한 아이들에게 우리 말과 글을 익히게 하고, 글만으로도 스토리와 인물의 움직임을 머리에 그리는 법을 익히게 하고, 문학(책) 읽기도 꽤 재미있는 놀이 중 하나임을 알게 하는 것은 저학년 동화에 주어진 최소한의, 동시에 궁극적인 목표일 것이다. 그렇기 때문에 재미를 기대하기 어려운 초등학교 국어 교과서조차도 저학년 대상일 경우에는 가능하면 아이들이 덜 지루하도록 의인동화, 옛이야기, 신기한 공상이야기가 주를 이루고, 생활이야기는 한 학기에 한두 편을 넘기지 않는 것이 보통이다. 다음은 제7차 교육과정에 따른 국어『읽기』1, 2학년 교과서에 수록된 이야기들이다.

1학년 1학기 (6편)
「곰과 여우」(우화), 「심심해서 그랬어요」(생활이야기), 「꿈 속에서」(공상동화), 「괘종시계와 뻐꾸기 시계」(우화), 「송이버섯의 웃음」(의인동화), 「아기 박의 꿈」(옛이야기풍 동화)

1학년 2학기 (9편)

「은혜 갚은 꿩」(옛이야기), 「강아지똥」(의인동화), 「놀부의 제비집 찾기」(옛이야기), 「구멍 난 그릇」(우화), 「굴참나무와 오색딱따구리」(의인동화), 「떡시루 잡기」(옛이야기), 「꼭 하고 말 테야」(생활이야기), 「새 친구」(생활이야기), 「펭귄 가족의 사랑」(의인동화)

2학년 1학기 (11편)

「우리 선생님」(생활이야기), 「새싹의 전화」(공상동화), 「색종이 반지」(생활이야기), 「오른쪽이와 동네 한바퀴」(의인동화), 「해님과 강아지」(우화), 「숙제 로봇의 일기」(공상동화), 「하늘천 하렷다」(옛이야기), 「유석이의 하루」(생활이야기), 「매미합창단」(의인동화), 「개와 돼지」(우화), 「돌돌이와 민들레 꽃씨」(의인동화)

2학년 2학기 (8편)

「농부와 세 아들」(옛이야기), 「내가 한 명 더 있었으면」(공상동화), 「조약돌」(의인동화), 「나이 자랑」(옛이야기), 「독장수 구구」(옛이야기), 「풍년 고드름」(생활이야기), 「여우와 포도밭」(우화), 「메기야 고마워」(의인동화)

위의 교과서 수록작들만 보아도 알 수 있듯 옛이야기를 제외하면 역시 주도적인 이야기 형태는 동물과 사물이 말하고 생각하는 의인동화다. 의인동화는 흔히 당의정 입힌 교훈주의 작품 취급을 받고 실제로 그런 예가 많기도 하지만, 이제 막 이야기를 스스로 읽기 시작하는 어린아이들한테는 줄거리와 인물의 명료함 면에서 이에 대적할 것이 없다. 철수와 영희의 학교생활 이야기와, 토끼와 거북이가 경주를 벌이는 이야기 중 어느 것이 쉽고 재미있는지는 두말할 나위도 없다. 그리고 설사 교훈주의 작품이라 하더라도 다 읽은 뒤 무엇이든 하나라도 배우고 마음에 새길 것이 있는 이야기가 그렇지 않은 이야기보다 훨씬 충만함을 느끼게 한다는 것은 어릴 적 기분만 떠올려 봐도 쉽게 알 수 있다.

그러나 아무리 국어 교과서가 이전보다 나아지고 우리 아동문학의 성과를 나름대로 반영한다고 해도, 요즘 세상에 교과서를 진심으로 재미있게 읽는 아이는 거의 없을 것이다. 일단 어른들이 이 시기 아이들에게 가장 바라는 것은 이야기 한 편, 책 한 권을 처음부터 끝까지 스스로 읽어 내고, 거기서 재미를 느껴 다음 책으로 계속 옮겨 가는 것이다. 따라서 저학년 동화는 무엇보다 쉽고 재미있어야 한다. 그러나 쉽다고 해서 주제와 이야기의 폭이 편협한 것만은 아니며, 재미있다고 해서 마냥 웃기거나 책장이 휙휙 넘어가는 것만을 말하는 것은 아니다. 「강아지똥」은 유치원생도 이해하는 이야기지만 그것이 마주한 주제는 죽음과 부활이다. 간자와 도시코(神澤利子)의 『꼬마 철학자 우후』는 매사 느릿느릿한 곰이 '나는 무엇으로 만들어졌을까?', '곰 한 마리는 쥐 100마리분인가?' 같은 철학적 질문을 던지고 나름의 생활 감각을 총동원해 그 답을 내놓는다. 고학년, 청소년, 심지어 어른들 소설도 어려워하는 주제들이 오히려 어린아이들이 읽는 동화에서는 간단히 해결되는 예가 적지 않다. 마치 그림책 『장갑』(우크라이나 민화)에 나오는 장갑처럼, 어린아이들을 위한 문학은 쓰는 이와 읽는 아이들이 어떻게 공모하는가에 따라 무엇이든 쑥쑥 다 들어가고 무엇이든 너끈히 소화할 가능성이 있다. 이 장갑을 갖고 아이들을 철들게 하면서도, 한편으로는 언제든 책을 펼치면 비논리적인 욕망과 공상 속으로 돌아갈 수 있게 약속하는 것이 저학년 동화가 맡은 즐거운 책임이다.

하지만 이는 어디까지나 저학년 동화가 해낼 수 있는 최대치의 가능성과 이상이 그렇다는 것이다. 심오한 주제를 소화해 내고 놀라운 상상력을 발휘한 작품들만 꼽는다면 안 그래도 넉넉지 않은 우리 저학년 동화는 한 줌도 안 될지 모른다. 일단 필요한 것은 그 질에 만족하건 그렇지 않건 우리 앞에 놓인 이야기들의 존재를 인정하고, 그것들의 속성을 분류하여 요즘 우리 저학년 동화에 넘쳐 나는 것과 모자라는 것을 짐작해 보는 것일 테다. 누구나 자기 편한 대로, 그럼에도 나름의 계통을 세워 집 안의 옷과 책 따위를 정리할 텐데, 나 또한 수많은 저학년 동화를 정리하는 세 가지 상자를 마련하고 있다.

① 어린이 그 자체에 주목하는 이야기: 독자와 비슷한 발달 단계에 있는 어린이를 주인공으로 하여 그들의 생활과 마음을 그리는 이야기. 현실적인 생활 이야기(현덕의 '노마' 연작, 황선미의 『나쁜 어린이표』), 일상의 문제를 공상과 마법으로 푸는 이야기(채인선의 「학교에 간 할머니」), 인간은 아니더라도 어린이의 일반적 속성을 띤 동물과 사물이 등장하는 이야기(권정생의 '또야 너구리' 연작) 등이 포함된다.

② 인간·인생·사회에 대한 이야기: 이 세상을 함께 사는 인간 동지, 혹은 선배로서 어른이 어린이에게 들려주고 싶어 하는 이야기들. 사회 풍자적 우화, 인생과 인간에 대한 상징적 동화, 어린이 눈에 비친 어른들의 세상 이야기.

③ '절대' 동화: 꼭 어린이로 독자가 국한되는 아동문학이라기보다 널리 인간에 호소하고, 동화라는 표현 양식으로밖에 가능하지 않은 이야기들. 권정생의 「무명저고리와 엄마」, 이원수의 「불꽃의 깃발」 같은 작품들.

물론 이 세 가지 분류는 칸이 정확히 나눠지거나 막힌 것이 아니어서 얼마든지 넘나들거나 교집합을 이루는 게 가능하고, 좋은 이야기들은 으레 그러기도 한다. 어린이 본성에 대한 정확한 파악은 자연스레 인간에 대한 이해로 확장되는데, 작가가 이 세계를 어떻게 보는가에 따라 어린이의 문제적인 일상을 잡아내는 데도 큰 차이가 난다. 아무리 중요한 조언이나 심오한 철학도 그 이야기가 어린이의 생활 감각을 벗어나면 단박에 아무 쓸모없는 훈계가 된다. 기존에 있는 명작동화의 외형만 좇다가 그 안에 작가 자신도 없고 어린이도 없는 허깨비로 전락하는 예도 적지 않을 것이다.

　이 분류는 무엇이 더 훌륭하고 우위인지를 따지자는 것이 아니다. 모두 어린이에게 필요한 이야기 영역이고, 작가로서는 개인 성향에 따라, 또 그때그때 자신을 찾아오는 영감에 따라 성실히 대응하는 게 우선이다. 그러나 이 분류에 현재 우리 아동문학 전체를 대입해 보면 문제는 확연히 드러난다. 분류 ①에 해당하는, 그중에서도 요즘 아이들을 가볍게 관찰하거나 거기에 일회성의 가벼운 공상을 덧입힌 이야기가 지난 10여 년간 저학년 동화에서 절대 비중을 차지해 왔기 때문이다. 어린이 관찰과 공상 자체가 무슨 문제가 되겠는가마는, 더 큰 문제는 그 안에 담긴 어린이의 생활·성격·이야기와 공상의 패턴이 점점 비슷비슷하고 개성이 없어져 간다는 데 있다. 이는 점점 인간을 평균화하는 현대 사회에도 근본적 원인이 있다. 개성도, 근성도 없이 관습화되어 가는 저학년용 일상 이야기에 문학다움을 요구하는 것은 피차 머쓱한 일이다. 10여 년 전만 해도 도시 중산층 아이들의 일상을 가감 없이 문학에 담는 시도는 그전 시기 아동문학으로부터의 코페르니쿠스적 전환이었지만, 전환기의 몇몇 작품을 제외하고는 금방 안이한 유형으로 굳어져 작가 정신을 전반적으로 후퇴시키고 저학년 동화의 가능성을 스스로 제한하는 데 일조하고 있는 것이 사실이다.

그에 비해 ① 가운데 의인동화나, ②와 ③에 해당되는 여러 유형의 이야기들은 지난 10여 년간 열세를 면치 못해 왔다. 어린이와 일상의 공감대를 형성하고, 놀이 정신과 상상력을 강조하는 이야기들이 저학년 동화의 주류를 이루다 보니 메시지성이 비교적 명확한 기존의 이야기 양식들이 다소 위축된 것이다. 어린이 편에 서서 그들의 이야기와 욕구에 귀를 기울이는 것은 물론 중요한 일이고, 이는 이전 시기 아동문학에 결여된 부분을 보완하려는 시대의 요구며 발전이었음이 틀림없다. 그러나 핸들을 한 번 꺾은 뒤 반 바퀴를 풀어 주지 않으면 차는 원하는 방향으로 나아가지 않는다. 지금은 과거부터 늘 있어 온 기존의 이야기 양식들을 다시 환기해 보고, 작가 자신의 인생관과 세계관을 아동문학이라는 특정한 표현 양식 속에 어떻게 녹일 것인가를 고민할 시기가 아닐까.

3. 저학년 창작 시리즈에 대해

요즘 내가 저학년 동화에 대해 전반적으로 만족감을 느끼지 못한 데는 이른바 '저학년 문고'라는 책의 형태에도 하나의 이유가 있다. 큼직한 판형, 시원하거나 듬성한 글자 배치, 100면 안팎의 두께, 두어 페이지마다 들어가 있는 올컬러 삽화는 대부분의 출판사들이 약속한 듯 지키고 있는 저학년 문고의 일반적인 형태다. 약 10년 전 이러한 형태의 저학년 문고가 처음 나왔을 때는 우려보다 호감이 조금 더 컸던 것이 사실이다. 아직 그림책과 친한 아이들을 억지로 등 떠

밀어 빽빽한 글책으로 옮기는 것만이 능사가 아니라면, 좋은 그림과 글이 결합한 저학년 문고가 그 징검다리 몫을 해 줄 수도 있겠다고 생각했기 때문이다. 그것은 글보다 영상 미디어에 익숙한 어린 세대와의 타협이기도 했다.

하지만 그로부터 10여 년이 지난 지금 득실을 따져 보면 그러한 형태의 저학년 문고는 양적 비대화와는 별개로 우리 아동문학의 창작 역량을 키우는 데는 그다지 도움이 되지 않았고, 어쩌면 작가와 화가, 출판사 모두 내리고 싶어도 내리지 못하는 기차에 올라탄 상황을 만든 것은 아닐까 싶다. 어린이책 시장의 급성장, 이전 시기 아동문학과 경계를 긋는 작가군의 등장, 독서 교육의 열풍 등은 앞뒤 없이 서로를 견인하며 1990년대 후반부터 2000년대 초반까지 이른바 '아동문학 붐'을 만들어 냈다. 개개인이 저항을 하거나 의문을 가졌더라도 어쩔 수 없는 큰 물결을 타고 아동문학은 본격적인 상품의 시대로 접어든 것이다. 이는 단지 출판사들의 이윤 추구와 과잉 경쟁에만 원인이 있는 것이 아니라 지금보다 좀 더 좋은 것을 추구하기 마련인 편집자와 작가, 독서 운동 관계자, 비슷한 물건이라면 보기에 조금이라도 더 나은 것을 선택하는 소비자 들이 합작한 결과다. 그리고 저학년 문고는 이런 시대의 변화에 가장 빨리, 효과적으로 대응할 수 있는 분야였다.

저학년 문고의 양적인 증가는 한국 사회의 얼짱, 몸짱 열풍과도 비슷한 맥락을 지닌다. 사람을 진득이 사귀며 그 됨됨이를 파악할 만한 시간도, 마음의 여유도 없는 현대인들이 빠른 시간 안에 사람을 평가할 기준을 찾아낸 것이 얼짱, 몸짱이었다. 내 앞에 여러 사람이 있다면 우선 겉모습에 호감 가는 사람을 만나고, 좀 만나 보니 성격도 좋으면 더 좋은 것이고, 그렇지 않으면 헤어지고 또 다른 사람을 만나면 된다. 꼭 이 사람 하나에만, 이 책 하나에만 시간과 공을 들이지 않아도 되는 시절이 도래한 것이다.

이런 분위기에서 '누가 뭐래도 나는 내실이 튼튼하니까!'라는 확고한 자신을 갖고 겉모습에 전혀 신경을 쓰지 않기란 힘든 노릇이다. 누가 먼저 이 기차에서 뛰어내리거나 진행 방향을 바꿀지는 쉽게 말할 성질의 것이 아니다. 다만 책은 상품의 속성을 어느 정도 지닐 수 있어도 100퍼센트 지닐 수는 없는 정신과 문화의 보루이기도 하다. 저학년 문고는 상품화 시대에 휩쓸려 여기까지 왔지만, 앞으로는 그런 대세를 거스를 대안을 만들어 우리 문화 전반을 추동하지 말라는 법도 없다. 이제는 더 나은 것, 더 좋은 것을 끊임없이 추구하고 경쟁하기보다는 서로 자기다움을 잃지 않으면서 상생할 길을 고민할 시점이 되었다고 본다. 아동문학의 상품화 시대를 만드는 데 모두가 일조했고 각자 그 책임을 나누어 져야 하는 것처럼, 그 후의 변화를 만들어 나가는 것 또한 마찬가지일 것이다.*

이번에 도서관에서 그간 나온 저학년 창작 시리즈들을 대충 훑어볼 기회를 가졌는데, 평소 저학년 문고에 대해 막연히 품었던 불만과는 별개로 지난 10년간 내가 읽어 온 저학년 동화의 면면들이 꽤 애틋하게 느껴졌다. '웅진푸른교실'의 『나쁜 어린이표』(황선미, 1999), 『까막눈 삼디기』(원유순, 2000), 『애벌레가 애벌레를 먹어요』(이상권, 2002)에서는 어린이들이 학교생활에서 겪는 갈등을 잘 볼 수 있었고, '사계절 저학년문고'의 『쿨쿨 할아버지 잠 깬 날』(위기철, 1998)과 『내 이름은 나답게』(김향이, 1999)는 내가 한때 비판적으로 보기도

---

* 저학년 문고의 글과 그림의 관계에 대해서는 『어린이와 문학』 2007년 10월호에 실린 김환영의 「삽화의 안과 밖—저학년 동화를 중심으로」와 뒤이은 토론이 진지하고 상세하다. 다만 현재의 저학년 문고라는 틀 너머를 적극 상상하지 못한 점은 아쉬운 부분이다.

했지만 그 덕분에 많은 고민을 하게 하는 계기를 주었고, 비교적 최근에 나온『일기 도서관』(박효미, 2006),『말풍선 거울』(박효미, 2006)과『삥쟁이 왕털이』(김나무, 2008)는 우리 저학년 동화의 현주소를 대표적으로 보여 주었다. 재미마주의 '학급문고'는 단편동화를 책 한 권으로 밀도 있게 꾸린 참신한 기획이 놀라웠다.『내 짝꿍 최영대』(채인선, 1997)와『짜장 짬뽕 탕수육』(김영주, 1999)은 내용도 내용이지만 삽화와 책의 형태를 떼어 놓고는 생각할 수 없는 가장 대표적인 예가 될 것이다. 창비의 '신나는 책읽기'에서는『학교에 간 개돌이』(김옥, 1999)와『그 도마뱀 친구가 뜨개질을 하게 된 사연』(채인선, 1999),『어두운 계단에서 도깨비가』(임정자, 2001),『축구 생각』(김옥, 2004)을 개인적으로 좋아하지만 전체 시리즈를 보면 특별한 색깔은 없는 편이다. 시공주니어의 '네버랜드 꾸러기문고'에서는 역시 화제작인『바나나가 뭐예유?』(김기정, 2002)가 눈에 들어온다. 푸른숲의 '작은나무'에서는『나보다 작은 형』(임정진, 2001),『나는 책이야』(김향이, 2001) 같은 초기 작품들이, 우리교육의 '책동무'에서는 우리 유년문학의 대표 캐릭터 중 하나인 '또야 너구리'가 등장하는『또야 너구리가 기운 바지를 입었어요』(권정생, 2000)를 비롯해 독특하게도 소녀 영웅을 그린『무지무지 힘이 세고, 대단히 똑똑하고, 아주아주 용감한 당글공주』(임정자, 2002), 천진난만한 어린이들의 이면을 포착한『쥐포 반사』(김영주, 2005)가 기억에 남는다. 푸른책들은 유독 교과서 수록작을 많이 보유한 출판사 이미지가 있어서인지 '저학년이 좋아하는 책' 시리즈 초기에는 흑백에 한 가지 컬러만 쓴 삽화로 꾸며 얌전한 모범생 분위기를 냈다. 1, 2학년보다는 3, 4학년에 더 맞겠다 싶은 이야기들이 주를 이루는데, 개인적으로는『밤티 마을 영미네 집』(이금이, 2000)과『마법의 빨간 립스틱』(공지희, 2002),『롤러블레이드를 타는 의

사 선생님』(이상교, 2000)을 이 시기 아동문학사에 남기고 싶다. 같은 출판사에서 '일곱여덟아홉' 시리즈가 나오는데, 이 시리즈는 동화책이라기보다 그림책에 더 가까워 보인다. 문학동네의 '초승달문고'에서는 신화를 저학년 동화로 끌어오려는 김진경의 지속적인 노력이 가장 특징적이고, 최근에는 『전학 간 윤주 전학 온 윤주』(장주식, 2006)에 나온 여자아이들의 우정이 인상에 오래 남았다. 낮은산의 '낮은산 어린이'는 권정생의 유년동화 『비나리 달이네 집』(2001)으로 포문을 연 탓일까, 화려하고 톡톡 튀는 재미를 추구하는 게 일반인 다른 저학년 창작 시리즈에 비해 내용, 삽화, 책 전체의 분위기가 진중하고 가라앉은 분위기를 띠는 것이 이채롭다. 『늑대왕 핫산』(백승남, 2003), 『새끼 개』(박기범, 2003), 『어미 개』(박기범, 2003)처럼 사회적 약자를 다룬 이야기들이 주를 이룬다. 바람의아이들의 '돌개바람'은 책의 외형과 내용 모두 다른 시리즈들과 큰 차별성을 띤다. 두께는 얇지만 기본 판형은 고학년 동화 단행본과 같고, 흑백 삽화가 간간이 섞여 있지만 기본적으로는 글 위주의 책이다. 지나치리만큼 화려한 저학년 문고에 대한 반발인 셈인데, 『우리 집에 온 마고 할미』(유은실, 2005), 『내 꿈은 토끼』(임태희, 2006), 『바빠 가족』(강정연, 2006) 등 책 외형에 걸맞은 독특한 형식의 동화로 눈길을 끌었다. 저학년 대상이라고는 하지만 전체적 느낌으로는 책 읽기를 좋아하는 3학년 정도가 적합해 보인다. 후발 주자인 '청어람주니어 저학년 문고'를 보면 가족, 도깨비, 동물 의인화, 추리, 교실 이야기 등 저학년 동화의 여러 패턴을 골고루 시도한 것이 흥미로운데, 2000년에 다른 출판사에서 나왔다가 다시 출간된 『형이랑 나랑』(이지현, 2006)은 티격태격하는 형제애가 재미있고, 동물 의인동화에 추리를 접목한 『쉿! 쪽지를 조심해』(박덕규, 2007)도 주변 친구들에게 가끔씩 말하는 작품이다.

그냥 선 자리에서 서가를 쓱 훑어보며 눈에 들어오는 대로 적어 본 것이 이 정도다. 이 밖에도 미처 다 읽지 못한 시리즈와 책들이 산처럼 쌓여 있는데, 지난 10년간 저학년 동화의 득실을 촘촘히 정리하고 분석하는 것은 아쉽지만 다음 기회로 미뤄야 할 것 같다.

내가 아는 한, 출판사마다 앞다투어 화려하고 고급스러운 저학년 창작 시리즈를 내는 것은 우리만의 특수하고 다소 기형적인 출판 형태다. 우리가 흔히 쓰는 '문고'라는 말도 서구나 일본과는 사뭇 다른 모습으로 한국에 정착한 것이다. 원래 '문고'는 장정과 판형을 일정하게 해서 특정한 주제 아래 제한된 권수로 완결하는 기획물이거나, 염가 보급을 목적으로 고전 작품이나, 기존 저작물을 휴대하기 쉬운 소형으로 만들어 내는 출판물을 가리킨다. 그런데 우리의 저학년 문고들을 보면 그 어디에도 속하지 않고, 단지 해당되는 것은 장정과 판형이 일정하다는 것뿐이다. '시리즈'라는 것도 일련번호가 붙는다는 것 외에는 각 권마다 최소한의 연속성과 공통점을 찾기도, 출판사마다 개성을 달리한다고 보기도 어렵다. 각기 다른 작가의 창작물이니 당연한 일이다. '문고'도 '시리즈'도 서점 서가에 꽂아 놓는 편의성 외에는 큰 의미를 지니지 못한다.

여기서 내 멋대로 상상해 보는 것은, 정말 사전적 의미의 저학년 동화 '문고본'을 갖고 싶다는 것이다. 이를테면, 한 작가가 작품을 쓰면 먼저 그 책에 맞는 형태로 단행본이 나온다. 그 단행본이 호평을 받고 인기를 얻으면 몇 년 뒤 손바닥만 한 문고본으로 다시 나오는데, 그렇게 어떤 문고에 오른다는 것은 명실상부한 스테디셀러가 되었음을 뜻한다. 어렸을 때 읽은 동화책을 문고본으로 들고 다니며 출퇴근길에 읽는 직장인들이 보인다면 얼마나 멋있을까. 이런 상상이 실현 가능하려면 저학년 동화가 이야기로서의 자생력을 지금보다 훨씬 더 갖춰야 될 터이다.

하나 더 갖고 싶은 것은 '시리즈 동화'다. 저학년 아이들이라고 해서 만만하게 짧은 이야기만 선호한다고 생각하면 오산이다. '무민' 시리즈나 '곰돌이 푸' 시리즈, 현덕의 '노마' 연작, 동화는 아니지만 만화 '도라에몽' 시리즈나 '아기 공룡 둘리' 시리즈가 그랬던 것처럼, 동화 속 공간과 그곳의 친구들이 마음에 든다면 아이들은 가능한 한 오랫동안 그곳에 머물기를 바랄 것이다. 비슷한 예로 김리리의 '이슬비 이야기' 시리즈(전 5권)처럼 캐릭터성이 강한 연작을 들 수 있지만 공책 두께 다섯 권만으로 독자가 자꾸 그곳에 가고 싶어 하도록 만들기에는 역시 힘이 달린다. 권정생의 '또야 너구리'도 우리 아동문학에서 드문 유년동화의 캐릭터로 성장할 가능성이 있었지만 그대로 멈춰 버린 상태다. 송언의 엉뚱한 제자 연작들도 잘 모아 놓으면 한 세계가 될 것 같지만, 지금으로서는 여러 출판사에서 나오는 바람에 그 전체가 보일 듯 말 듯 하는 것이 아쉽다.

4. 앞으로의 10년을 위해

지금까지 내가 생각한, 그동안 읽었던 저학년 동화에 대해 갈피 없이 정리해 보았다. 그동안은 아무리 읽어도 충족감이 좀처럼 들지 않는 저학년 동화에 대해 방향성 없는 불만을 품어 왔지만, 생각해 보면 요즘 같은 세상에 만족스러운 저학년 동화가 턱턱 나와 주기를 바라는 것부터가 욕심이라는 생각이 든다.

그렇다고 포기할 수는 없는 노릇이다. 이러니저러니 해도 지난 10년간의 저학년 동화는 우리에게 유년문학의 전통이 얄팍했음에도 어떻게든 애써서 끌고 온 결과물이다. 기댈 언덕이 없는 데도 여기까지 왔다면, 앞으로의 10년은 지나온 시간을 발판 삼아 더 나아갈 수 있을 것이다. 그러나 지금처럼 책에 담긴 이야기와 정신보다 외형에 눈이 쏠린다면, 그런 세태에 작가도 마음이 느슨해져 버린다면, 독자가 읽기 쉽고 보기 좋은 책 이상을 요구하지 않는다면, 저학년 동화의 행방이 어찌 될지는 아무도 모르는 일이다. 부디 10년 뒤에는, 저학년 동화에서 걸작이 다섯 편밖에 안 나온 것은 문제라는 식으로 말을 해 보고 싶다. 아직까지는 카운트가 0이지만 지금부터 시작해도 늦은 것은 아니다.

〈『창비어린이』, 2009년 봄호〉

어린이의 일상과 동네의 복원

1. 동네가 필요하다

'아이 하나를 키우는 데 마을 전체가 필요하다.'는 아프리카 속담이 있다. 다양한 연령대·직종의 사람들을 만날 수 있고, 집들이 옹기종기 모여 있으며, 담은 낮거나 없고, 공터에서 아이들이 뛰어놀고, 노인들은 골목에 나와 장기를 두거나 나물을 다듬고, 엄마는 집 안팎을 들락거리며 일도 하고 아이들이 잘 노는지 가끔 확인하는 그런 동네가 흐뭇하게 떠오른다. 그러나 그런 상상도 잠깐뿐, 현실로 돌아오면 동네라는 존재가 희미하다. 아이까지 갈 것도 없이 나만 해도 마을이나 동네 같은 개념 안에서 살고 있다는 실감이 거의 나지 않는다. 어느 동에 산다고 하는 것은 행정 구역상의 지역 또는 가까운 전철역 이름을 대는 것과 진배없고, '○○마을'은 대규모 아파트 단지 이름이며, 장 보러 가는 곳은 백화점이나 대형 마트다. 그마저도 나가기 귀찮으면 인터넷 쇼핑을 한다. 인터넷이 보급되던 초기만 해도 '한 달 동안 밖에 나가지 않고 집에서 생존하기'가 꽤 거창한 일이었는데 요즘 같으면 코웃음 칠 일이다. 이런 삶에 딱히 불만이 있지도 않다. 무엇이든 조금만 수고롭다 싶으면 바로바로 편하게 해결해 준 것이 현대 문명이니 금전만 있다면 그야말로 'e편한 세상'이다. 뉴타운 재개발이나 아파트 층간 소음 문제 정도가 동네 사람들과 얽히고설킬 일이 될까. 정도의 차이는 있겠지만 농촌의 생활양식 또한 예전의 그것이라 보기 어렵다. 농촌 사회는 사람이 너무 줄어드는 탓에 예전 같은 인간관계나 삶을 지속하기 어렵다. 본래의 자급자족형 마을이 사라지고 생활 양식도 점점 도시화되어 가는 것이 일반이다. 시대의 대세는 동네의 쇠퇴, 소멸 쪽으로 가는 듯하다.

과연 어쩔 수 없는 세상의 변화일까? 고전적인 의미의 동네라는 것이 요즘 세상에는 별로 필요하지 않고 외려 번거로운 것이니 자연 소멸되어도 아쉬워하지 말아야 할까? 그게 그렇지만도 않다. 도시화는 인간에게 편리함을 주었지만 동시에 강도 높은 스트레스를 주고 인간관계를 단절시켰다. 그럭저럭 살아가는 사람도 하루아침에 벼랑으로 떨어질 것 같은 불안감을 떨치지 못하고, 아차 발을 헛디딘 사람은 그냥 그대로 아웃되어 아예 세상에 없었던 존재가 되어 버린다.

편리하면 행복할 줄 알고 발전 일변도로 달려온 것이 현대 도시 문명이라면, 이제는 정말 행복하기 위해 그 방향을 되물을 필요가 있다. 아무리 익명의 개인·도시가 기세를 부린다 해도 사람인 이상, 일정한 관계 안에서 살아야 하고 또 그래야 행복할 수 있다. 사람 때문에 스트레스를 받기도 하고 가끔 불행하다 느낄 때도 있지만, 그런 사람조차 옆에 없다면 100퍼센트 불행 예약이다. 일차로는 안정된 가족관계가 우선이겠지만, 그것만으로는 채워지지 않는 무언가가 있다. 동네는 단지 자러 들어갔다가 다음 날 일하러 빠져나오는 물리적 공간이 아니다. 그 안에 있으면 마음이 놓이고, 내 자리와 일상이 있는 동네에 사는 사람은 그렇지 못한 사람보다 한 발 더 행복에 다가서 있음은 분명할 것이다.

이것은 어른과 아이를 가리는 문제가 아니다. 근래 생기 있는 아동문학 작품 읽기가 점점 힘들어지는 것은 동네의 쇠퇴와도 어느 정도 관련이 있을 수 있다. 제대로 된 동네가 없어지니 아이들도, 아동문학도 그렇게 되는 것 아니겠느냐며 지레 포기하기에는 무언가 억울하다. 문학은 지금 있는 그대로의 현실을 반영하기도 하지만, 앞으로 그렇게 되었으면 하는 희망, 또는 마땅히 그래야 하는 당위를 현실감 있게 제시하는 것이기도 하다. 우리 아동문학은 현재 어떤 동네를 갖고 있는지, 또 아이들에게 어떤 동네를 되돌려 주어야 할지 생각해 볼 필요가 있다.

2. 문학으로 기억하는 동네

한국에 사는 외국인들은 곧잘 이런 말을 한다. 모국은 10년 만에 다녀와도 별로 변한 게 없는데, 한국은 6개월만 떠났다 돌아와도 모든 게 바뀌어 길을 잃기 일쑤라고. 변화란 좋을 때도 있고 나쁠 때도 있지만 몇 달 만에 길을 못 알아볼 정도로 바뀌는 건 그리 좋은 일이 아니다. 하물며 그 변화의 결과란 십중팔구 대규모 상업 지구이거나, 몇 차선씩 넓힌 도로, 고층 아파트 단지 일색이니 그로 인해 뿌리 뽑힌 삶들은 이루 헤아릴 수가 없다. 지금은 보이지 않지만 그곳에도 한때 동네다운 동네가 있었을 것이다. 형편과 사연은 각기 다르지만 무슨 인연에선지 한데 모여 살며 서로 닮아 가고 동정하던 사람들이 있었을 것이다. 그럼에도 그 위에 새로 지어진 초대형 건물과 인공미를 자랑하는 공원, 새로 깔린 도로는 애초부터 그런 사람들은 그곳에 존재하지 않았다는 듯 시치미를 뗀다. 그나마 그곳에 어떤 골목이 있고, 어떤 사람들이 살았는지 기억하고 기록하는 것은 문학이며, 이는 뻔뻔한 이 세상에 대한 견제구이기도 하다.

한때 우리 아동문학에서 서민 동네, 혹은 달동네 골목길은 너무 흔해 굳이 눈여겨보지 않던 공간이었다. 그런데 눈 깜짝할 사이 동화의 일상적 풍경이 아파트 실내, 학교와 학원 사이의 일직선 보도, 대형마트 등으로 바뀌어 버렸다. 아이들은 아파트 실내에서 엄마와 언쟁을 벌이고, 학교에서 학원으로 공간 이동을 하고, 주말에는 자가용 차를 타고 식구들과 함께 교외로 가며, 대형 마트에서 친구를 만나 게임 소프트웨어를 사러 간다. 이미 변화한 일상 자체에 무슨 좋고 나쁨이 있겠는가마는, 비균질적인 계층의 사람들이 대문을 반쯤 열어 놓고 골목길을 공유하고 살던 시절의 이야기에 여전히 미련이 남는다. 부모의 관리 아래 아파트 단지 안에 있는 학교와 학원을 오가는 아이들은 자가용 차로 고속도로를 달리고 해외 연수를 다녀온다고 한들, 예전에 좁은 골목길이 세계의 전부였던 때의 아이들보다 경험의 폭이 좁을 수밖에 없다. 2000년대 아동문학은 실내에 갇힌 가족이라는 새 영토를 발견했지만, 딱 그만큼 이웃과 동네 안에서 부대끼며 얻을 수 있는 무언가를 잃어버렸다.

지금의 서울 상계동에 들어선 대규모 아파트 단지는 1988년 서울올림픽을 위해 달동네를 잔인하게 허물고 세운 것이다. 지금 그 동네에 사는 아이들이 노경실의 『상계동 아이들』(1991)을 읽으면 어떤 느낌이 들까. 현대 미국인 주류 사회가 원주민(인디언)을 보는 느낌과 비슷할까? 가난한 이들에 대한 막연한 동정심과 연민을 느끼는 아이도 있겠고, 자신이 무심코 살아가는 동네의 과거에 어쩐지 마음이 뒤숭숭한 아이도 있을 것이다. 무엇이든 깨끗하고 새로운 것만 좋다는 '재개발'의 이면에 가난하고 때 묻은 삶들이 수없이 존재한다는 것을 실감하고, 그곳에서 과연 잘 지낼 자신은 없어도 예전 상계동 시장통에서 팔았다는 곤달걀의 맛이 궁금하고, 그래서 그 골목길을 기웃대고 싶다면 더욱 좋은 일이다. 『상계동 아이들』은 만듦새가 다소 거칠고 나중에는 비슷비슷한 유형의 달동네 이야기의 맏형뻘인 작품으로 밀려났지만, 지금 다시 읽어도 가난한 사람을 그냥 가난하다고 대충 뭉뚱그리지 않고 하나하나 구체적으로 호명하고 집안 살림을 낱낱이 보여 준 것은 좀처럼 빛이 바래지 않는다.

　『상계동 아이들』만큼이나 구체적인 지역과 단단히 묶인 작품은 인천의 만석동을 무대로 한 김중미의 『괭이부리말 아이들』(2000)이다. '상계동' 재개발로부터 10년 가까이 지나는 동안 도시 빈민은 더욱 궁지에 몰렸다. 『상계동 아이들』에서만 해도 가족 단위에는 흔들림이 없었지만, 이 작품에서는 가족이 흔들리고 부모로부터 반쯤 버려진 아이들이 나온다. 이 아이들에게 손길을 내미는 것은 바로 그 동네에서 나고 자란 20대 이웃 형과 누나뻘인 학교 선생님이다. 이 작품에서는 만석동이라는 동네도 중요하지만, 그보다는 서로를 필요로 하는 이들이 그곳에 함께 살 '집'을 짓는 과정이 주축을 이룬다. 그리고 그들이 사는 곳이 만석동이지만, 동시에 그들이 곧 진정한 만석동이다. 『상계동 아이들』은 상계동이 달동네였을 때 살던 사람들에 대한 기록이지만 『괭이부리말 아이들』은 단지 과거를 기억하는 것에 머물지 않는다. 하루가 멀다 하고 몰아닥치는 개발 붐은 만석동 원주민의 입지를 망망대해의 작은 섬만큼이나 좁히고 있지만,『괭이부리말 아이들』에 이어지는 김중미 작가의 만석동 보고서 『꽃섬고개 친구들』(2008)과『모여라, 유랑인형극단!』(2009)을 살펴보면 '만석동에 우리가 사는 것이 아니라 우리가 사는 곳이 만석동'이라는 결의로까지 나아가고 있음을 알 수 있다.

이제 만석동은 예전 인천 토박이들이 알던 오랜 빈민촌이 아니라 '만석비치타운'이라는 정거장 이름을 가진 아파트 단지가 되었다. 그러나 아직 그곳에는『괭이부리말 아이들』에 나오는 좁은 이층집이 몇 채나마 악착같이 남아 있고, 마을의 중심이 되는 공부방 건물이 서 있다. 그마저도 언젠가는 없어질지 모르지만 그러면 트럭에 인형극 장비를 싣고 자기들처럼 가난한 사람들이 사는 동네를 찾아다니며 공연을 하면 된다고『모여라, 유랑인형극단!』아이들은 입을 모은다. 서울 봉천동, 가리봉동 등 과거 빈민촌 이미지가 부끄럽다며 전철역과 동네 이름을 바꾸려는 주민들이 나오는 이때에, 그렇다면 아예 원주민 스스로가 자기 동네의 정체성을 갖고 어디든 이동하겠다는 결의에는, 언뜻 말이 안 되는 것 같으면서도 이상하게 납득이 되는 문학적 비장함이 담겨 있다. 동네란 영원히 그곳을 떠날 수 없는 사람들의 마음에 자리 잡는 곳이다.

김남중의『기찻길 옆 동네』(2004) 1권에 나오는 전라북도 이리도 지금은 있기는 있되 없다면 또 없는 동네다. 1977년 사상 초유의 기차역 폭발 사건 이후 익산으로 이름이 바뀌고, 기왕 모두 허물어졌다는 핑계로 급속한 도시 개발이 이루어진 곳이기 때문이다. 광주민주화 운동이라는 거대한 테마에 도전한 2권에 비해 1권은 언뜻 과거 가난한 동네에 대한 아련한 향수처럼 보이기도 한다. 그러나 1권에서 만난 동네 풍경과 구성원들이 없다면 2권의 광주에서 눈물 흘릴 일도 없었을 것이다.『기찻길 옆 동네』의 서사가 그전의 광주 민주화 운동 관련 소설을 통틀어서도 손꼽힐 만큼 구체적 힘이 있고 막연한 관념이나 극단적인 결론으로 치닫지 않았던 것은 바로 동네의 힘이기도 하다.

1980년 광주의 봄을 직접 겪지 않은 사람들, 하물며 어린이들에게 그 아픔을 실감하게 하기란 결코 쉬운 일이 아니다. 80년 광주의 봄 전체를 다루자면 어디서부터 어디까지 이야기해야 할지 막막한데, 하물며 아동문학에서라면 더욱더 그러할 것이다. 그러나 『기찻길 옆 동네』에서처럼 한 동네와 교회, 한 마당을 쓰는 하숙집에서 출발하면 80년 광주는 손에 꼭 쥘 수 있는 크기의 공간이 된다. 그곳은 하느님에게 바보 같은 사랑을 구하는 이 목사의 작은 교회이고, 많이 못 배웠어도 열심히 살아가는 선학이의 부모님과 완도댁 할머니가 자식을 먹여 살리는 한 채의 집이다. 밤마다 청년들이 모여드는 작은 개척 교회, 좁은 마당이 있는 집이 바로 이상적인 공동체. 그것이 확장되어 공적인 치안이 마비되었어도 도둑질이나 매점 매석이 일절 없는 완벽한 시민 공동체 '광주 코뮌'이 가능했던 것은 아닐까.

앞에서 살펴본 동네는 지금은 역사 뒤안에 묻혔거나 혹은 점차 눈앞에서 사라져 가는 곳이라 할 수 있다. 그러나 문학은 언제든 책장을 펼치면 그곳에 살았던 사람들을 불러내 그곳의 생명을 연장시킨다. 물리적·시간적 제약으로 그런 동네에 결코 살아 볼 수 없는 아이들도 이야기를 읽는 동안에는 잠시나마 그곳에 머물 수 있다. 아이들이 그런 마을에 살고 싶다거나 거기로 돌아가고 싶다는 생각은 할 리도 없고, 그럴 필요도 없다. 다만 마음으로나마 한번 그 동네에 살아 보는 것은 지금 내가 사는 곳과 일상의 이면을 응시할 또 다른 눈을 갖게 해 줄 것이다. 당장 내 눈앞에 보이지 않는다고 모르는 척할 수는 없다.

3. 찾아라, 동네가 열린다

다시 내가 사는 동네로 돌아오자. 나만 해도 14년째 같은 동네에서 살고 있지만 내가 주로 다니는 곳은 대형 마트나 백화점, 관공서와 은행, 전철역과 버스 정류장, 가끔 친구와 만나 수다 떠는 식당과 찻집, 술집에다 그곳들을 연결한 길 정도에 불과하다. 다행인지 불행인지 그 선 바깥으로 튕겨 나가 의외의 경험을 한 적은 기억에 없다. 대부분의 사람에게 자기 동네는 지극히 당연한 곳이라 특별히 내가 어디를 가고 있는지, 그곳에서 무엇을 만나게 될지 두근거릴 필요가 없는 곳이다. 가끔 기분 전환으로 비일상적인 경험을 하고 싶다면 시간과 돈을 들여 먼 곳으로 여행을 떠난다. 낯선 여행지에서의 경험은 신기하고 긴장감을 불러일으키기도 하는데, 그런 짧은 경험은 집으로 돌아온 뒤의 일상에 그리 큰 영향을 주지도 않는다. 여행과 일상의 경계는 여전한 것이다.

대부분의 사람이 이런 일상과 비일상의 피곤한 순환을 반복하기 마련인데, 사실 이런 사람들은 여행에서도, 일상생활에서도 하수다. 여행의 고수는 지구 반대편에서도 대한민국의 작은 동네와 별반 다를 것 없는 일상을 찾아내 곧 적응하는 사람이고, 일상생활의 고수는 남들은 무심코 넘기는 동네에서 낯섦과 흥분을 찾아내는 눈과 발을 가진 이다.

아동문학도 무언가 흥분되고 신기한 이야기를 찾아 남보다 더 멀리멀리 떠나고 싶어 하기 일쑤지만, 역발상으로 지극히 가깝고 당연한 곳을 재발견하는 이야기도 그 못지않게 흥미로운 결과를 낳을 수 있다. 그런데 무작정 동네를 뒤지고 다니자니 어쩐지 이상하다. 이런 대목에서 맞춤하게 떠오르는 것이 바로 탐정이다. 어른 사립 탐정은 석연치 않아도 동네 아이들끼리 짐짓 심각한 표정을 하고 몰려다니는 어린 탐정들이 있다면 평소 무심한 얼굴을 하고 있던 동네가 얼마든지 흥미진진하고 극적인 무대로 탈바꿈할 수 있다.

　이 방면에서 선도적인 자리에 선 것은 한정기의 『플루토 비밀결사대』 시리즈다. 현재(2009) 3편까지 나온 이 시리즈는 어린이들에게 지속적으로 사랑받는 대중적 읽을거리가 거의 없는 우리 아동문학에서 그 존재감이 특별하다. 아직까지는 주요 캐릭터의 매력이나 추리 과정에 만족스럽지 않은 점도 있지만, 1편부터 눈여겨본 이 시리즈의 가장 큰 장점은 부산에 단단히 뿌리를 내리고 있다는 지역성, 떼로 몰려다니며 사건 해결을 도모하는 아이들에 대한 향수다. 잘 안 어울릴 것 같은 아이들끼리 패를 꾸리고, 방과 후에 집 앞에 가서 친구를 불러내고, 어른들이 범접하지 못하는 아지트를 꾸미고, 해가 어둑해질 때까지 골목을 누비고 돌아다니며 무슨 일이 생길 때마다 단단히 결속하는 즐거움은 이전에 우리 아동문학이 충분히 제공하지 않았던 것이다. 처음부터 부산의 구체적 지명과 풍경을 짚어 가며 아이들이 돌아다닌 점도 앞으로 이 시리즈가 더욱 재미있어질 가능성을 보여 준다. 가령 야구 도시 부산의 사직구장이 무대로 등장한다면 얼마나 신날 것이며, 거기에 롯데자이언츠 선수가 등장해 도움을 주기라도 한다면 얼마나 다른 지역 독자들의 부러움을 살 것인가. 어쩌면 이 시리즈에 더욱 필요한 것은 실시간으로 그 지역의 기쁨과 슬픔, 문제 등을 재바르게 이야기에 짜 넣고 독자와 쌍방향 소통하는 기자 정신일지 모른다. 다른 곳에서는 볼 수 없는 부산만의 지형지물과 특유의 공기를 백분 활용하고 그로부터 에센스를 뽑아낸다면 베를린의 '에밀과 탐정들'(에리히 캐스트너, 『에밀과 탐정들』)이

부럽지 않은 부산의 '플루토 비밀결사대'가 되는 것이 그저 꿈은 아니다.

이 밖에도 정은숙의 『봉봉 초콜릿의 비밀』(2008)은 실제 지명은 아니지만 어디라도 있을 법한 변두리 동네의 대명사 격인 '다행동'을 무대로 유괴범, 다이아몬드 절도범의 행방을 쫓는다. 수사 과정은 어설프지만 그 과정에서 황실주얼리, 별난슈퍼, 독일안경원, 세방한방병원 등 우리 동네에도 있을 법한 가게와 공간이 사건의 무대로 재조명받는 것이 재미있고, 만일 우리 동네라면 어땠을까 하는 호기심도 품게 된다. 이런 호기심은 독자에게까지 옮겨 와 일상을 무심히 흘려보내던 둔한 감각을 즐겁게 단련시킨다.

지극히 평범한 동네를 무대로 지극히 소소한 사건(강아지 실종, 공갈 편지, 주차 소동 등)을 해결하는 고재현의 『귀신 잡는 방구 탐정』(2009)은 추리소설 특유의 긴장감과 흥분을 주기보다는 이웃과 친구를 보는 눈을 변화시키는 동화다. 잃어버린 강아지를 찾는 과정은 엄마와 이웃집 아줌마의 숨겨진 심경을 알게 하고, 그전에는 전혀 나와 관계없다고 여겼던 동네 보육원과의 인연을 새로이 엮어 준다. 공갈 편지 사건은 왕따 가해자를 거꾸로 괴롭힘받는 처지로 돌려 놓고, 주차 소동은 이웃의 말 못 할 사정을 이해하게 도와 동네 애물단지인 담장을 없애게 하는 화해로운 결말로 나아간다. 보통 사건이라 하면 피하고 싶었던 일, 당하지 않으면 좋았을 일이라 여기지만, 이 이야기들은 오히려 사건이 있어 다행인 경우다. 사건은 그 자체로 이야기의 흥미를 자아내는 요소이기도 하다. 하지만 더 재미있고 의미 있는 것은 그 사건을 계기로 드러난 일상의 이면을 목격하고 난제를 해결해 가는 과정에 있다.

초점 없는 눈으로 바라보면 동네는 자신의 이야기를 들려주지 않는다. 아주 작은 것이라도 평범한 주인공을 자극해 움직이지 않을 수 없게 한다면, 굳이 그 주인공을 먼 곳에 데려가지 않아도 동네는 자신의 이야기를 들려줄 것이다. 아무리 평범하고 심심해 죽겠는 동네라도 다 할 말은 있는 법이다.

4. 가까운 곳부터 장악하자

어른들은 대개 지금 내가 사는 여기가 불만족스럽고 예전보다 나빠졌다고 여긴다. 옛날에는 골목과 공터가 있어서 아이들이 해 질 녘까지 놀았는데, 학원도 별로 안 다녀서 놀 시간이 지금보다 많았는데, 지금보다는 녹지도 많았는데……. 그러나 이런 건 과거와 현재를 늘 비교하고 걱정을 앞세우는 어른의 습관성 병이다. 어린이는 좋건 나쁘건 그저 현재를 살아간다. 어른들의 한탄이 어린이에게 내면화되면 어린이도 자기 주변을 한심스럽고 답답하게 보겠지만, 그렇지 않다면 어린이는 모든 생명체가 그렇듯 환경에 적응하고 그 안에서 자신들만의 숨구멍과 공간을 만들어 낼 것이다. 문제는 어른들이 이런 아이들의 생명력을 믿고 응원해 줄 수 있는가다.

가령, 사토 마키코(佐藤眞紀子)의 『처음 자전거를 훔친 날』에 실린 「처음 가진 '우리들의 집'」이라는 동화를 보면 어른들 몰래 동네 빈집에 숨어들어 아지트를 꾸민 다섯 친구가 나온다. 만약 우리의 경우, 그런 빈집이 있다 하면 당장 담배를 피우거나 본드를 마시는 비행 청소년을 떠올릴 테고 아마 현실적으로도 그럴 가능성이 훨씬 클 것이다. 그러나 현실이 그러리라는 것을 잠시 접어 두고 일단 작품 안에서나마 아이들을 믿기로 하면 그 안에서는 어른들이, 그리고 아이들이 꿈꾸는 또 다른 세상이 펼쳐진다. 좋아하는 만화책을 가져다 읽고, 라디오를 가져와 음악을 듣고, 카드놀이를 하고, 요리를 해서 나눠 먹기도 하면서 빈집에서의 시간을 각자, 그리고 함께 맘껏 즐긴다. 이들도 우리 아이들처럼 정해진 시간표대로 학교와 학원을 오가야 하고 휴대전화로 관리되고 있지만 모처럼 발견한 틈새를 놓치지 않고 그 안에서 자신들만의 시간과 공간을 만든 것이다.

아무리 빡빡한 시간표와 경로대로 움직이는 현대 도시라 해도 결코 틈새가 없는 것은 아니다. 대범하게 뉴욕 메트로폴리탄 미술관을 거점으로 삼은 E. L. 코닉스버그의 『클로디아의 비밀』 또한 마찬가지였다. 유토피아와 파라다이스는 꼭 판타지를 통과해 도달하는 곳이 아니라 이렇듯 찾고자 하는 의지에 따라 가까운 데서 발견할 수도 있는 곳이다. 일상의 어딘가에서 자신이 살아갈 수 있고 숨 쉴 수 있는 시간과 공간을 발견하도록 응원해 주는 것이야말로 현대 아동문학의 긴급하고도 절실한 과제다.

한 개인이 객관적인 현실을 당장 바꾸기란 불가능에 가깝지만, 문학에서는 주인공이 어떤 세계관으로 세상을 대하고 살아가느냐에 따라 작중 현실이 오만 가지 색깔로 변화할 수 있다. 못 말리는 수다쟁이면서 낭만주의자였던 『빨간 머리 앤』의 앤이 특유의 과장된 몸짓과 언어로 평범한 시골 마을에 오색찬란한 낭만의 색채를 덧입혔던 것, 『톰 소여의 모험』에서 톰의 눈에는 세상이 온통 짓궂은 장난거리로 가득 차 있던 것을 떠올려 보면 금방 이해가 될 것이다. 그들이 살던 시절은 자연과 인간이 공존하고 마을공동체가 남아 있던 때인데 어떻게 지금과 비교 가능하느냐는 반문도 나오겠지만, 앤과 톰을 오늘의 대한민국 어느 동네 한복판에 데려다 놓아도 그들은 자기 세계관으로 세상을 해석하고 살아 나갈 것이 틀림없다.

동서고금을 막론하고 세대를 이어 가며 사랑받는 아동문학 작품은 주인공과 스토리의 매력은 물론, 그보다 앞서 어느 곳과도 바꿀 수 없이 선명한 장소에 대한 기억을 담고 있다. 생전 그곳에 가 보지 않았어도 책장만 펼치면 마치 그곳을 매일 걷고 그곳에서 사는 듯한 기분을 느끼게 하는 것이야말로 문학으로 맛보는 즐거움과 보람이다. 우리 아동문학도 일단은 등장인물로 하여금, 나아가서는 독자로 하여금 오감을 통째로 활용하여 가까운 동네를 장악하게 할 필요가 있다. 그러다 보면 우리가 내내 소원하는 매력적인 주인공과 스토리 또한 고구마 뿌리처럼 덩달아 따라오게 될지도 모를 일이다.

〈『창비어린이』, 2009년 겨울호〉

다르기에 동경한다

아동문학과 만화

1. 성 안의 삶, 성 밖의 삶

마크 트웨인의 유명한 소설 『왕자와 거지』가 있다. 모두가 익히 알 듯 호화롭고 편안한 궁전에 살지만 바깥세상이 궁금한 왕자, 자유롭 지만 생활이 영 고달파 한 번쯤은 왕자처럼 살아 보고 싶어 하는 거 지가 서로 자리를 바꾸며 벌어지는 소동을 다룬 이야기다. 너무나 달 랐기에 상대방의 삶을 동경하던 두 사람이었지만, 막상 자리를 바꾸 자 고생이 이만저만이 아니고 자신이 그때까지 살아온 정체성을 쉽 게 버릴 수 있는 것도 아니었다. 우여곡절 끝에 궁전에 돌아온 왕자 는 궁 바깥의 삶을 교훈 삼아 백성에게 선정을 베풀고, 자신을 옥죄 던 궁궐 질서로부터 간신히 해방된 거지는 자유의 참맛을 만끽한다.

어린이책, 혹은 어린이 교육의 장에서 아동문학과 만화는 어쩌면 이 '왕자와 거지'와 비슷할지 모르겠다. 궁전의 왕자까지는 아니어 도 아동문학은 교육 제도 안에서 매우 존중받고 보호받는 대상이다.

입시 병폐 때문에 문학의 위상이 예전만 못하다고는 하나 여전히 동화책을 열심히 읽는 '책벌레'는 학부모에게나 교사에게나 흐뭇한 어린이상이다. 어른들은 창의력을 키우기 위해서라도 교과서 외에 동화책을 읽으라 권하고, 이런저런 권장 도서 목록에도 늘 신경을 쓴다. 아동문학은 어른들이 '교육', '공부'라 생각하는 것의 연장선 위에 놓여 있다. 왕자까지는 아니지만 성 안에 사는 부르주아급은 충분히 되는 것이다. 반면 만화는 어떠한가? 요즘은 예전보다 위상이 나아졌다고는 하나 여전히 만화는 부모와 교사들이 아동문학만큼 안심하고 적극 권하는 분야는 아니다. 『마법천자문』이나 『Why?』 같은 학습만화 시리즈, 『먼나라 이웃나라』 시리즈 같은 역사·인문만화는 남들도 다 본다니까 덩달아 사 주거나, 진지한 작가주의 창작 만화 몇 종을 권장 도서에 올리고 '어린이들에게 권할 만한 좋은 만화도 얼마든지 있다.'는 양보적 태도를 취하는 정도일 것이다. 그러나 설사 몇몇 만화책이 권장 도서 목록에 오르더라도 여전히 만화는 어른들이 가능하면 어린이로부터 멀리 떼어 놓고 싶어 하는 '나쁜 친구', '시간 낭비'에 가까운 성 밖의 존재이다. 어린이날이면 만화책을 모아 놓고 분서갱유하고, 툭하면 불량만화니 뭐니 하면서 만화가들을 범죄자 취급하고, 미성년자 보호법으로 만화를 옥죄고 재판에 회부하고, 학교 앞에서 만화를 볼 수도 없게 만드는, '교육'이라는 미명하에 만화에 가해진 폭력은 새삼 언급할 필요도 없을 것이다. 그나마 과거에 비해 식자들 사이에서 만화의 위상이 한결 높아진 것은 사실이나, 언제고 꼬투리 잡을 일이 터지면 금방 눈 흘김을 당하고 다시 분서갱유의 나락으로 떨어질 수 있는 것이 만화의 불안한 현재다.

과연 만화는 어린이들과 맘 편히 데이트를 할 수 있긴 한 것일까?

이것이 바로 '만화의 교육적 가치'에 대한 논의의 시작이고 끝일 것이다. 적어도 어린이를 대상으로 하는 만화라면 어른들의 막연한 걱정처럼 반교육적이지도 않고, 저속하거나 폭력 일변도도 아니며, 현대의 다양한 매체 독해력을 갖추는 데 일익을 담당하며, 21세기가 요구하는 창의력 개발에도 큰 도움이 된다고 적극적으로 자신의 가치를 웅변할 수도 있다. 한발 더 나아가 부모와 교사가 어린이와 함께 좋은 만화를 가려 읽고 토론하고 함께 즐기고 공부하는 사회 문화를 만들고, 국가적으로도 교육 현장에 만화의 장점을 적극 도입하고 지원할 필요가 있음을 역설하기도 한다. 가령, 한창완의 『만화에 빠진 아이, 만화로 가르쳐라』(2008)는 만화에 대해 괜한 경계심과 불안을 갖고 있는 부모와 교사를 상대로 만화의 장점과 교육적인 활용 방법을 조목조목 짚어 주는 훌륭한 안내서이다. 나로서는 이 책 이상으로 '만화의 교육적 가치'에 대해 언급할 지식도 자신도 없다. 그러나 아동문학과 관련된 일을 하는 사람 처지에서 느끼는 무언가는 있다. 아동문학은 아이들과 언제든 당당히 데이트를 할 수 있는 자격을 부여받았다. 부모도, 학교도 아이들과 아동문학의 만남을 늘 권한다. 그런데 문제는 아이들이 우리(아동문학)를 별로 좋아하지 않는다는 것이다. 만화는 우리와 반대의 처지일 것이다. 아이들은 매력을 느끼고 다가오지만 만화로서는 보호자의 경계심이 신경 쓰여 왠지 자기변호를 해야 할 것 같은. 아동문학 하는 처지에서는 아이들을 끌어당기는 만화의 매력이 부럽고, 만화 관계자들은 어른의 믿음을 받는 아동문학의 처지가 부럽다. 아동문학이나 만화나 아이들과 친구가 되고 싶다는 점에서는 공통된다. 아이들이 자기에게 맞는 친구를 고르고, 그와 사귀고 우정이라는 결실을 맺는 과정은 그 어떤 고등 수학과도 비교할 수 없는 소중한 배움이고 그 자체가 진정한 교육이 된다. 가능하면 한 명보다야 이런저런 개성의 소유자들을 두루 사귀는 것이 좋듯, 어린이들도 성 안의 친구인 아동문학과, 성 밖의 친구인 만화와 두루 놀았을 때 인간과 세상을 보는 눈이 한결 더 깊고 넓어질 터이다. 그리고 아동문학과 만화끼리도 서로 사귀는 친구가 된다면 둘은 상대방을 비추는 거울이 되어 자신의 정체성과 가치를 재발견할지 모른다. 아동문학과 만화는 적대적이거나 라이벌 관계가 되어서는 안 되고 서로 다른 개성을 가졌기에 더욱 잘 지낼 수도 있는 사이가 되는 것이 바람직하다.

2. 아동문학의 '어린이상'과 만화의 '영웅'

한때는 아동문학이 소년에게 '꿈', '희망', 가슴 두근거리는 '모험'을 풍성하게 선사하던 때가 있었다. 어른, 특히 성인 남성이라면 아동문학에 대한 막연한 기억으로 『보물섬』, 『로빈슨 크루소』, 『걸리버 여행기』, 『피터 팬』, 『피노키오』, 『톰 소여의 모험』 따위를 꼽을지도 모른다. 근데 이 작품들은 서구 아동문학이 막 부흥하던 초창기의 산물이고, 『피노키오』나 『톰 소여의 모험』 정도를 제외하면 딱히 어린이를 대상으로 쓴 문학이 아니었다. 오늘날처럼 전문적인 아동문학가가 쓴 작품이 아니라 엄연히 일반소설로 발표된 것이었지만 그 안의 흥미진진한 상상력과 모험의 요소가 어린이, 특히 소년의 근본적 욕구와 맞닿아 어린이들이 어른으로부터 '뺏어 온' 이야기들이었다. 그러나 이런 고전적 모험물들이 아동문학 세계에서 여전히 흔들림 없는 정전으로 자리 잡아 현재까지 그 전통을 이어 가고 있느냐 하면 꼭 그렇지만은 않다. 물론 예나 지금이나 소년들이 꿈과 희망, 모험을 쫓는다는 사실에는 크게 변함이 없지만, 적어도 현대 아동문학의 주류가 그러한 소년의 욕구를 적극 실현해 주고 있다고는 보기 어렵다. 19세기 말 20세기 초, 서구의 팽창적 제국주의 이데올로기의 산물인 몇몇 작품이 제국주의의 피해자인 비서구권 나라에서까지 왜 '고전'이 되어야 하는지에 대한 의문이 제기되고, 또 서구에서도 자신의 과거에 대한 반성과 비판을 거듭하면서 소년들이 애호하던 모험물은 진지하고 심각한 아동문학가들의 관심에서 점차 밀려나게 된다. 적어도 그 시대에 가장 옳고 진실하다고 믿는 가치를 어린이들에게 주겠다는 교육적 사명감, 그 가치를 '문학'으로 실현한다는 예술가로서의 자긍심이 아동문학가들에게 자리 잡은 이상, 단지 어린이들의 일차원적 기호와 욕구에 맞춰 이야기를 짓는다는 것은 가끔 생업을 위해 손대는 가욋일은 될지 몰라도 가치 있는 아동문학을 창조하는 일이라 할 수는 없다.

그렇다고 아동문학이 어린이를 놓아 버렸을 리는 없다. 아동문학은 아동문학대로 늘 어린이를 찾아 헤매고, 수많은 어린이를 주인공으로 등장시켜 왔다. 그러나 이런 주인공들은 누구나 이름만 대면 아는 '로빈슨 크루소', '피노키오', '톰 소여'만큼의 힘은 좀처럼 갖지 못한다. 이를 단지 유명세 탓으로만 보아야 할까? 아동문학가는 나름의 방식으로 어린이들의 진정한 모습을 그리려 애쓴다. 진정한 어린이 모습, 즉 어린이상에 관심을 갖는 것이다. 어린이상은 작가의 마음속에 있기도 하고, 현실의 어린이에 대한 작가의 관찰 속에 있기도 하다. 티 없이 맑고 순진무구한 어린이상, 어른이 망친 세상에서도 굴하지 않고 올바르게 살아가며 내일을 기약하는 어린이상은 사뭇 다르더라도 어른들이 어린이에게 갖는 기대의 반영이란 면에서 어느 정도 공통점이 있다. 어린이에게 괜한 염원을 품기보다 어린이 특유의 언어와 행동거지를 면밀히 관찰함으로써 그들의 정체에 다가가려 애쓰는 아동문학도 있다. 아동문학 안에서는 작가의 성향과 신념에 따라 어린이상에 대한 접근과 해석이 제각각이고 큰 차이가 있는 듯 보인다. 그러나 아동문학 바깥에서 보면, 무슨 주의, 무슨 주의 아동문학이 서로 다르고 대립하는 것 같아도 모두 어린이는 어른에 비해 약자이며 보호받아야 할 존재임을 전제하고 있다는 점은 공통된다는 것을 알게 된다. 동화 속의 순진무구하고 여린 천사 같은 인물은 말할 것도 없거니와, '몽실 언니'처럼 어른보다 몇 배 더 속 깊고 성숙한 인물 또한 어린이를 어린이답게 보호해 주지 못한 현실에 대한 비판의 산물이다. 지극히 어린이다운 행동거지에 주목하는 것 또한 어린이에 대한 어른의 한없는 배려와 애정임은 물론이다. 어쩌면 아동문학은 약자일 수밖에 없는 어린이의 대변자 노릇을 자처하고 있는지 모른다. 그래서 아동문학은 그 선의에도 불구하고, 자칫하면 어린이들이 그들 자신을 실제보다 더 약하고 상처 입기 쉬운 존재로 인식하게 만들 여지도 있다.

아동문학이 오늘처럼 일반문학으로부터 또는 어른도 즐기는 이야기로부터 완전히 떨어져 나오지 않았던 시절의 문학, 가령 『보물섬』이 이데올로기적으로 편향되고 그릇된 면을 갖고 있다고 해도 여전히 어린이, 특히 소년들에게 호소력을 갖는 것은 어린이임에도 '불구하고' 어른 못지않게, 어른 이상으로 무언가를 해낼 수 있다는 자신감을 불러일으키기 때문이다. 적어도 그 세계에서는 어린이 취급을 당하지 않고 얼마든지 약자가 아닌 강자로서 살아 나갈 수 있는 것이다. 어린이가 사회적으로나 신체적·정신적으로 어른보다 약자인 것은 사실이다. 그렇기 때문에 어린이의 마음속에는 강자가 되고 싶은, 혹은 강자를 이기고 싶은 강렬한 욕망이 생겨난다. 이건 사실을 넘어서는 또 다른 진실이 된다. 근대 초엽 서구의 모험문학, 가까운 일본의 경우 태평양 전쟁 시기 『소년구락부』 같은 군국주의 성향의 잡지에 실려 당대 소년들 사이에서 유행했던 대중적 소년소설은 그러한 자아 확장 욕구를 적중시켰던 예이다. 이런 작품 세계는 제국주의가 종료되고 전쟁이 끝나면서 일단 진지한 아동문학의 자리에서는 비판받고 자취를 감추지만, 강물의 흐름을 한쪽에서 막으면 다른 쪽으로 트이듯 그 장르와 테마, 인물 설정 등은 그대로 만화로 이어지기도 했다.[1]

　기본적으로 아동문학은 어린이상에 관심을 갖고, 만화는 영웅을 즐겨 그린다. 영웅이라고는 하나 그 세계는 결코 단일하지 않다. 우선은 각종 '-맨'으로 대표되는 슈퍼 히어로가 있고, 평균치보다 지력과 능력이 달리지만 그렇기에 더 매력적인 안티 히어로로, 사회로부터 떨어져 나온 아나키적 영웅인 아웃사이더형도 있다. 당장 이 세 가지 유형을 어떻게 섞고 배치하는가에 따라 만화는 수없이 다양하고 새로운 동시에 지극히 낯익은 방식으로 읽는 이의 마음을 사로잡는 주인공을 만들어 낼 수 있었다. 잘나고 힘센 영웅이건, 못난 영웅이건, 영웅을 만들어 내고 그 영웅에게 마음을 의탁한 것은 권력과 힘을 가진 강자가 아니라 약자, 힘없는 민중이었다. 신화와 옛이야기가 수없이 만들어 냈던 영웅 이야기의 원형이 현재까지도 살아남아 그 생명을 지속하는 곳은 아동문학이 아니라 만화 쪽이다. 이는 만화가 태생적으로, 그리고 앞으로도 줄곧 약자의 예술이고 문화일 수밖에 없는 체질이기에 당연한 결과이다.

---

1 竹内オサム, 「少年小説からマンガへ」, 『マンガと兒童文學のあいだ』, 大日本圖書, 1989 참조.

만화는 어린이를 보호한다는 미명으로, 어린이보다 경험이 많다는 이유로 툭하면 어린이를 억압하는 어른들을 보란 듯이 왜소하게 만들고 조롱하고, 어른이 쩔쩔매는 일을 거리낌 없이 해치우며 어린이 독자들에게 속 시원한 해방감을 안겨 준다. 일반적인 아동문학은 문장을 사이에 두고 등장인물을 객관적으로 관찰하게 하지만, 일반적인 만화는 읽는 이를 주인공과 동일시하게 하는 여러 검증된 방식을 구사한다. 두려움 없이 자아가 확장되고, 상식적으로는 불가능할 것 같은 일을 만화 안에서만이라도 얼마든 해낼 수 있다. 못나면 못난 대로, 외톨이면 외톨이인 대로, 그 누구도 아닌 나 자신이 중심이 되어 세계를 바꾸는 감동과 기쁨은 문학보다는 만화가 몇 발이나 앞선다. 아동문학도 공룡 둘리 같은 되바라진 악동형 주인공을 갖고 싶고, 『미래 소년 코난』이나 『원피스』 같은 모험 만화를 내심 부러워하지만, 그러려면 단지 스토리나 캐릭터의 모방이 아닌, 어린이와 어른의 자리를 확 뒤집어 버리는 어린이관의 혁명이 전제되어야 한다. 그것은 곧 두려움 없는 어린이관이다. 문학의 세계에서 통속적 영웅주의는 경계할 대상이 되곤 하지만, 만화에서 영웅적 인물형은 어린이들이 생명체로서 뻗어 나가고자 하는 근원적 욕구, 에너지와 긴밀히 닿아 있다. 만화에 비해 확실히 어린이들의 자발적 지지를 받기 어려운 아동문학으로서는 단지 남의 영역이라 치부할 것이 아니라 바로 나의 문제로 내내 고민해야 할 과제가 아닐 수 없다.

3. 문학과 낙서

앞서 아동문학과 만화를 왕자와 거지에 비유하기도 했지만, 문학과 만화는 태생과 체질이 완전히 다르다. 그건 바로 '문학'과 '낙서'의 차이다.

재미없는 수업 시간이 지겨워서, 고리타분하고 강압적인 선생님이 싫어서 공책 한구석에 선생님을 고릴라나 괴물로 그리면 어엿한 만화가 된다. 만화의 본질은 바로 낙서 정신이다. 낙서는 일단 즐겁고, 누구에게 보여 줄 것도 아니니 그리고 싶은 것을 마음대로 그릴 수 있다. 데즈카 오사무(手塚治虫)가 단언했듯, 생략, 과장, 변형, 이 세 가지는 유아 그림의 특징이고, 만화의 특징이며, 만화의 모든 요소인 것이다.[2] 만화는 낙서이기 때문에 상식을 벗어나도, 아니 상식을 벗어나는 것이 당연하고, 그 표현이 재미있기만 하다면 아무리 황당하게 그려도 상관없다는 면죄부를 받는다. 그래서 데즈카 오사무는 더 나아가 "만화를 그리려는 사람은 힘닿는 한 거짓말, 공포, 엉터리에 철저하기 바란다. 특히 그림은 만화 윤리 위원회나 경찰청에서 당장 제재가 들어올 정도로 도가 지나쳐도 좋으니 황당하게 그리라."[3]고 만화가 지망생들에게 조언하고, 자신의 작품을 두고 이러쿵저러쿵하는 아동문학가를 향해 "(이런) 비판은 무시해도 좋다. 어차피 만화의 본질을 알지 못하는 사람은 만화의 자유분방한 재미도 이해하지 못하기 마련이다."[4]라고 일갈한다.

예전보다 나아졌다고는 해도 여전히 아이들에게 만화를 그린다는 것, 만화를 읽는다는 것은 불법적 스릴과 닿아 있다. 교육적으로 홀

---

2 데즈카 오사무 『만화 그리기 ABC』, 손상익 옮김, 아름드리 1997, 19~21면.
3 같은 책, 33면.
4 같은 책, 234면. 물론 이런 주장을 하는 데즈카 오사무도 만화가 아무리 자유분방하다 해도 사람들의 기본 인권만은 저버려서는 안 되기 때문에 전쟁이나 재해의 희생자를 조롱하거나, 특정 직업을 멸시하는 짓, 어떤 민족이나 국민, 대중을 바보로 그리는 것은 안 된다고 못 박았다.

륭하다는 평판이 있는 만화가 아니라면 어른들은 아이들에게 만화를 사 줄 리 없기 때문에, 아이들은 자기들이 정말 읽고 싶은 만화가 있으면 용돈을 모아 사서 읽거나 빌려 보면서 스스로 욕구를 채운다. 만화는 아이들에게 "비밀스러운 공간이"고, "장난과 가상의 폭력이 존재하는 세계"다. 그 속에서 아이들은 어른들의 힘과 권위로부터 자유로울 수 있었고 어린이다운 환상을 펼칠 수 있었다. 운동장에서 아이들은 만화에 대해 잡담을 하며 자연스럽게 자신들만의 문화를 형성하고 강화한다.[5]

이 모든 만화의 속성을 거꾸로 하면 아동문학이 될 것이다. '문학'은 상당한 시간과 고민, 노력을 들여 학식과 경험, 지혜, 문장력 등을 선취한 사람이 그만 못한 사람을 대상으로 가치를 설파하는 것에 가깝다. 하물며 어른에 비해 경험이 한없이 모자란 어린이를 대상으로 하는 아동문학이라면 어린이를 '위해' 지어서, 어린이 '에게' 주는 시혜물의 속성을 띤다. 어린이가 아동문학을 읽는 것은 불법적 스릴과는 아무 상관도 없고, 학교와 부모는 동화책을 제공하며 독서를 권하거나 때로는 거기서 더 나아가 성적과 숙제를 이유로 책 읽기를 강요한다. 아이들이 운동장에서 아동문학에 관한 잡담을 나누거나, 스스로 자신의 흥미에 맞는 아동문학을 찾아내길 바라는 것은 어디까지나 아동문학가들의 이루어지기 힘든 꿈일 뿐, 대개 아동문학이란 부모나 교사가 지켜보는 공적인 영역에서 어린이들과 만날 때가 많다. 아동문학 작가들 중에 아이들을 함부로 내려다보거나, 그들이 일방적으로 가르침을 받아 마땅한 존재라고 여기는 이는 아마 거의 없을 것이다. 하지만 작가 개인이 자신은 어린이를 동등한 존재로

5 로저 새빈, 『만화의 역사』, 김한영 옮김, 글논그림밭, 2002, 28면.

대하고 있다고 아무리 굳게 믿어도, 역시 태생적으로 아래로부터의
발상인 만화와 비교하면 아동문학은 위에서 아래로 향하는 발상이
라 할 수 있다.

아동문학과 만화는 공식적인 자리, 또 비공식적인 자리에서 이야
기의 속성을 갖고 어린이와 만나는 대표적 예술 장르다. 상대적으로
아동문학이 한 인간으로서, 동시에 사회의 구성원으로서 어떻게 살
아가야 할 것인가에 대해 상식과 모럴을 세우는 쪽에 서 있다면, 만
화는 그 상식, 모럴, 금기 따위를 흔들고 깨는 쪽에 서 있다.(물론 어
디까지나 상대적일 뿐, 개별 작품에 따라서는 반대의 예도 얼마든지
있을 수 있다.) 어린이가 제대로 자라려면 이 두 가지 축이 유기적으
로 맞물려 돌아가야만 한다. 문학이 과거를 배우고 오늘을 살아가게
하는 힘이 된다면, 만화는 그 질서를 유쾌하게 뒤흔들어 내일의 새
로운 가치를 만드는 원동력이 되기 때문이다. 아동문학도 그 안에서
고루한 어린이관, 시대에 맞지 않는 고정관념이나 금기 등에 대한
도전과 자기 갱신을 이어 가지만, 기존의 권위나 금기를 깨는 속도
와 강도는 아무래도 만화를 쫓아갈 수 없다. 가령 일본에서는 60년
대 말 폭력, 엽기, 과도한 노출, 노골적 성 묘사가 난무하는 학교를
그린 나가이 고(永井豪)의 만화『파렴치학원』이 어린이들 사이에서
폭발적인 인기와 화제를 불러일으킨 적이 있다. 대다수 어른들은 경
악하며 진화에 나서기 바빴지만, 이 문제를 아동문학의 영역으로 가
져와 진지하게 고민하는 아동문학가도 없지 않았다. 현대 아동문학
이 '성', '가출', '자살', '이혼' 같은 아동문학의 금기를 하나둘씩 넘
어서며 새 지평을 열어 간 데에는, 어린이의 솔직한 욕망을 거침없
이 내보인 이런 만화들이 고민의 단초를 마련해 주었다고 인정하는
것이 현재의 중평이다. 아직까지 한국에서는『파렴치학원』만큼 어

른들을 경악시키며 논란의 중심에 선 소년(어린이) 만화가 있었던 것 같지 않다. 아동문학을 하는 처지에서는 그런 계기가 온다면 과연 내 자신이 어떤 태도를 취하게 될지 궁금해지곤 한다. 문학만으로는 어린이와 세상의 변화를 따라가는 속도가 너무 느린 것 같고, 이럴 때 어린이들의 열광적 응원을 받지만 어른들을 깜짝 놀라게 하고 걱정하게 만드는 만화가 등장해 변혁의 시간을 앞당겨 주어도 좋겠다는 막연한 기대도 품어 본다. 하긴 만화에 괜한 기대를 걸 것도 없이『톰 소여의 모험』만 해도 출판 당시에는 어른들로부터 혹평을 받고 판매 금지당했던 이른바 '악서'였다. 기성의 틀을 깨고 어린이의 본성에 입각한 이야기를 하고자 하는 소망이 아동문학의 DNA에 새겨져 있지 않은 것은 아니다. 아동문학이 그러한 초심을 계속 환기하는 데에는 스스로의 고민이 우선이지만, 동시대를 살아가는 만화라는 괴짜 친구의 자극도 분명 큰 도움이 된다.

만화와 아동문학은 근본적으로 체질이 달라서 같은 길을 같은 속도로 걸어야 할 이유는 없다. 과거 아동문학은 만화를 이류 예술, 저속한 문화로 취급하고 어린이를 나쁜 유혹에 빠뜨린다며 흘겨보기도 했지만, 이제는 어린이를 위한 이야기 문화 안에서 각자의 영역을 존중하고 공존해야 함을 하루가 다르게 실감하고 있다. 문학과 낙서의 차이는 언뜻 그 간극을 좁힐 수 없는 것처럼 보이지만, 실제 창작 영역에서는 얼마든지 경계의 넘나듦이 가능하고, 또 두 분야를 동시에 접하고 즐기는 아이들은 글로 된 문학이건, 그림으로 된 만화이건 자신들을 이해하고 즐겁게 해 주는 세계라면 매체의 차이는 아랑곳하지 않고 환영할 것이다. 책으로부터 멀어진 아이들을 다시 문학의 세계로 불러들였다고 하는 '해리 포터' 시리즈만 해도 기존 문학의 성과뿐 아니라 동시대 만화나 게임의 장점과 매력까지 한껏 흡수한 결과물이었기에 어린이들의 열정적 지지를 끌어낼 수 있었다. 문학과 만화는 서로 다르다 해도 어린이의 즐거움, 그들의 온전한 성장을 위해서라면 언제든 따로 또 함께 할 수 있고, 그래야만 한다.

4. 아동문학과 만화의 염문을 기대하며

새삼 정색하고 주문하지 않아도 이미 아동문학 안에서 만화의 자취를 발견하고, 만화 안에서 어지간한 아동문학보다 더 문학다운 면모를 찾는 일이 드물지 않게 되었다. 폐품 더미에서 오세영의 만화「부자의 그림일기」를 발견한 아이가 만화 속 주인공과 닮은 자신의 처지를 중첩시키며 감동적인 독후감 숙제를 완성하는 박기범의 동화「독후감 숙제」(『문제아』, 1999), 남들의 숨은 생각이 말풍선이 되어 나타난다는 지극히 만화적인 발상에 기댄 박효미의 『말풍선 거울』(2006)은 만화와 떼어 놓으면 아예 존재하지 않았을 이야기다. 김리리의 '이슬비 이야기' 시리즈(2003~2007)는 페이지를 상하로 이등분하여 반은 글로 된 동화, 반은 만화를 실어 호응을 얻었고, 콧수염이 멋진 담임 선생님과 엉뚱한 제자들이 등장하는 송언의 연작들은 내용도 내용이지만 만화 캐릭터를 적극 차용한 삽화의 도움도 있어, 1970년대 어린이 명랑만화 전통의 일부가 아동문학으로 흘러온 듯한 느낌이 든다. 김려령의 청소년소설 『완득이』(2008)는 아웃사이더형 주인공에 다소 과장되었지만 유머러스하기 그지없는 주변 인물들이 어우러져 독자들로부터 '만화 같은 소설'이라는 호평을 이끌어 냈고, 더불어 만화가 변기현이 그린 일러스트 표지는 청소년 독자들이 만화처럼 부담 없이 소설에 접근하게 하는 데 일익을 담당했다. 최근에는 한정기의 『플루토 비밀결사대』(2005~2009), 정은숙의 『봉봉 초콜릿의 비밀』(2008), 고재현의 『귀신 잡는 방구 탐정』(2009) 처럼 제목만 보아도 마치 만화 같은 기대를 품게 하는 어린이 추리·탐정물이 이어지고 있는데, 앞으로도 이런 계열의 이야기는 기존의 문학보다 장르만화로부터 캐릭터 설정이나 스토리의 법칙을 적극 배우고 끌어올 것이 틀림없다. 문학의 괜한 권위 의식은 벗어던지고, 매력적인 캐릭터와 스토리로 어린이·청소년 독자들과 직접 대면하고자 하는 아동문학 작가들이 점점 늘어나고 있다.

최근 한국 창작 어린이만화에 대해 말하기가 조심스럽지만, 가령 김홍모의 『소년탐구생활』(2006)이나, 어린이 만화로 단순 규정지을 수 없지만 어린이들에게 꼭 권하고 싶은 최호철의 『태일이』(전 5권, 2007~2009), 위기철 소설을 원작으로 한 이희재의 『아홉 살 인생』(2004) 같은 만화는 그 묵직한 감흥이 우리가 진중한 문학에 기대하고 느끼는 그것에 가깝다. 앞서 언급한 바 있지만 재미있고 웃기는 만화를 보듯 가볍고 경쾌한 속도감이 느껴지는 만화적인 아동문학들과 비교된다. 문학이라고 꼭 무겁기만 하고, 만화라고 꼭 가볍기만 한 것인가. 작가가 어떤 생각과 정서를 갖고 어떤 이야기를 하고 싶은가에 따라, 또 어떻게 독자와 만나 무엇을 하고 싶은가에 따라 '만화' 같은 문학, 또 '문학' 같은 만화는 얼마든 나올 수 있을 것이다. 문학만 읽는 독자, 만화만 읽는 독자가 특별한 경계심과 편견없이 다른 매체로 자연스레 손을 뻗어 즐거움과 감동, 배움을 얻는다면 그 또한 행복하고 바람직한 일이다. 지금도 그 접점이 없지 않지만 앞으로 더 많은 아동문학과 만화가 어린이를 사이에 놓고 따로 또 함께 얽히고 서로 영향을 주고받으며 공존하길 기대해 본다.

시간이 흐를수록 만화에 대한 어른들의 인식이 조금씩 나아지긴

할 테지만 그래도 여전히 대다수 어른들 눈에 만화란 아동문학에 비해 무언가 미심쩍은 악동처럼 보일 것이다. 어린이의 보호자를 자처하는 어른들을 만화가 직접 나서 바꾸기란 너무 지난한 과정이고 들인 노력에 비해 성과도 그저 그럴 수 있다. 그러니 만화는 지금껏 그래왔듯 앞으로도 창작자와 어린이가 공식적인 비평의 눈을 피해 유희하기 가장 좋은, 마지막까지 자유로운 매체와 공간으로 남아 있는 게 좋지 않을까 싶다. 그리고 아마도 그렇게 될 것이다. 그렇다면 아동문학은 종종 그곳에 놀러 가고 싶다. 모쪼록 그때는 반갑게 맞아주시길.

〈『만화비평』, 창간호, 2009년 12월호〉

유년문학, 대세를 거스르자

1. 유년문학의 애매모호한 자리

『창비어린이』는 2009년 봄호에 '저학년 동화가 서야 할 자리'라는 특집을 마련한 적이 있다. 고학년물이나 청소년소설 쪽에서는 크건 작건 화제작들이 이어지는데 저학년 대상 아동문학에서는 왜 이렇다 할 화젯거리가 생기지 않을까 하는 궁금증과 우려에서 마련된 기획이었다. 그때 「내가 경험한 '저학년 동화'」라는 글을 쓰면서 나는 '저학년 동화'라는 말을 쓰는 데 스스로 저항감이 없지 않아 서두부터 이런저런 변명을 했다. 요약하면 이렇다. 내가 '저학년 동화'로 다루고자 하는 대상은 사전적 의미에서 '유년동화'와 다르지 않지만 요즘은 '유년'이란 말의 어감이 유치원생 정도의 낮은 연령을 떠올리게 하기 때문에 초등학교 1·2학년까지 넣으려면 옷이 작아 보인다, 그러니 다소 무리가 있더라도 고학년·청소년 대상 문학과 상대되는 개념으로 '저학년 동화'를 쓰려고 한다, 그러니 읽는 분들은

'문자를 깨친 연령으로 10세 이하 유년 대상의 창작 이야기'로 받아들여 달라 전제를 달았던 것이다. 그런데 역시 '저학년 동화'라는 말에 사로잡히다 보니 당시 내 머릿속에는 주로 초등학교 저학년 아이들이 있었고, 그보다 어린 아이들은 그다지 염두에 두지 않게 되었다. 집, 유치원, 어린이집에서 하루를 보내는 아이들에게 아동문학이 어떤 의미인지에 대해서는 거의 생각하지 않았던 것이다.

왜 그랬을까? 그맘때 아이들의 삶에서 글로 된 아동문학의 비중이 작으리라 지레짐작한 까닭이 큰 것 같다. 글로 된 아동문학은 초등학교 들어가서 읽기 시작해도 늦지 않다, 더군다나 요즘 세상에 좋고 재미난 그림책이 얼마나 많은가, 너무 어릴 때부터 책이니 공부니 하기보다 편안한 분위기에서 좋은 그림책을 충분히 보는 것만으로도 유년 시절 독서는 충분하다, 그렇게 익힌 감성과 이야기에 대한 호기심은 초등학교에 들어간 뒤 자연스럽게 글자 위주의 동화로 넘어가리라. 이것이 내가 대충 그려 본 유아에서 초등학교로 이어지는 책 읽기의 단계였다. 그런데 '자연스럽게'가 결국 문제였다. 지금은 내가 유년 시절을 보낸 1980년대와는 비교할 수 없을 만큼 매체 환경이 변했다. 아이 스스로 '자연스럽게' 책을 읽고 이야기를 즐기게 되리라고 장담하기 어려울 만큼. 그렇다면 부모는 책을 읽히기 위해 아이를 붙잡아 앉혀 놓고 다섯 수레의 책을 읽으라고 강권하거나 책을 잘 읽게 해 준다는 전문가나 학원에 아이를 맡겨야 하는가? 아동문학 작가가 자신에게 찾아온 영감, 아이에게 전하고 싶은 것, 함께 이야기하고 싶은 것이 있어 이야기를 쓴다 한들 아이들이 글로 된 이야기에 점점 시큰둥하거나 어색해한다면 나중에는 누구를 향해 발신해야 하는가?

요즘 아이들이 보고 즐기고 배우는 매체 중에서 책, 그것도 문학은, 주류는커녕 열세에 몰렸음을 인정하지 않을 수 없다. 그러나 세상이 복잡해질수록 책 그리고 문학은 인간 스스로 살 길을 더듬어 찾아가는 데 꼭 필요한 지도가 된다. 그 지도를 읽는 방법을 익히는 첫 관문에 바로 유년문학이 자리한다. 좋은 그림책만으로는 만날 수 없는, 글로 된 책 속의 재미있고 가슴 두근거리는 이야기 세계로 어린아이들을 안내하고, 그러한 세계를 아이들에게 제공하는 것은 부모, 교사, 아동문학 작가, 책과 관련된 모든 어른들이 각자의 영역에서 동시에 일궈야 할 공동의 과제이다. 물론 시대적 여건은 유년문학, 그중에서도 국내 창작 유년문학이 자기 자리를 잡아 가기에 불리한 상황이다. 그러나 세상이 내일 멸망해도 오늘 한 그루의 사과나무를 심겠다고 한 사람이 있었는데, 우리 유년문학이 처한 현실이 그 정도는 아닌 듯하다. 우선 지금 우리 자신과 아이들의 자리를 점검해 보고, 그 안에서 창작 유년문학을 어떻게 잘 가꿀지 하나씩 생각해 보는 것부터 시작하자. 그 일은 우리 아이들을 위해 책임을 지는 것이기도 하지만, 우리 아동문학의 빈자리를 더욱 재미있고 풍요롭게 채워 가는 것이기도 하다.

『창비어린이』 2009년 봄호 '저학년 동화' 특집에서 독자의 중심축을 초등 2학년으로 잡고 그 반경에 초등 3학년과 입학 직전 유치원생까지 넣었다면, 이번(『창비어린이』, 2011년 봄호) '유년문학' 특집에서는 중심축을 5·6세로 잡고 반경을 4세와 초등 1·2학년으로 잡아 보려 한다. 사실 중심축이건 반경이건 저학년 동화에 비해 아주 살짝 앞으로 옮긴 셈이다. 젖먹이나 책을 장난감으로 대하는 영아는 제외하고, 기승전결이 있는 이야기를 따라가고 즐길 준비가 된 아이들을 '유년동화'의 주된 대상으로 본 것이다. 이 글에서는 '유년동화'보다는 '유년문학'이란 말을 주로 쓰고 경우에 따라 '(유년 대상) 동화책', '유년동화'란 말을 섞어 쓸 것이다. '문학'을 군이 앞세우는 것은 아무래도 '동화'라고 하면 상대적으로 짧은 이야기가 연상되기 때문이기도 하지만, 그보다 더 큰 까닭은 바로 지금 태어나고 자랄 아이들이 '글'로 된 매체인 문학과 어떻게 더불어 살지를 함께 생각해 보고 싶어서이다.

2. 보는 것과 읽는 것의 전환점

옛말에 '애 볼래 밭 맬래, 하면 밭 맨다.'는 말이 있다. 아이를 먹이고 씻기고 입히고 다치지 않게 돌보는 것만으로 보호자는 기진맥진하기 마련이다. 세상이 하루가 다르게 진보하면서 가사와 육아를 보조하는 기술, 기계, 정보 들이 쏟아져 나오지만 현대로 올수록 자녀를 양육하는 것은 점점 더 어렵고 힘든 일이 되어 간다. 몸이 힘든 건 둘째 치고 정신적으로 피로하고 스스로 잘하고 있는 건지 혼란스러워하는 부모가 점점 늘고 있는 것이 현실이다.

주변에서 보고 듣기에 요즘 유아부터 취학 전 아이들을 키우는 일반적인 모습은 대충 이렇지 않을까 싶다. 아이를 전업주부인 엄마나 아빠가 집에서 키우거나, 맞벌이 부부가 육아 시설에 맡겼다가 저녁에 데려오거나, 조부모가 함께 살거나 또는 다른 집에서 맡아 주며 두 집을 오가는 식. 형태는 조금씩 달라도 일단 현관문을 걸어 잠그고 그 안에서 어른이 아이를 돌본다는 점은 비슷한데, 그러다 보면 마치 보조 유모, 보조 교사처럼 유아 교육용 비디오나 텔레비전을 켜 놓게 된다. 어른과 아이가 몇 시간씩 나눌 공통 화제가 있는 것도 아니고, 텔레비전에서 무언가 흥미를 잡아 끄는 애니메이션이나 광고가 나오면 아이가 집중하고 조용해지니 어른도 일말의 의구심 또는 죄책감이 없지 않지만 좀처럼 텔레비전을 끄기 어렵다. 젖 먹을 때부터 곁눈질로 텔레비전을 보기 시작한 아이는 보행기를 타고 보는 단계를 지나 걷고 손에 리모컨을 쥐면서부터는 아예 채널 선택권을 장악하고 만다. 컴퓨터, 게임기 그리고 스마트폰이니 태블릿 PC니 하는 최신 기기를 갖고 노는 것도 순식간이다.

1980년대에 "문자 문화에서 영상 문화로 미디어의 중심이 이동할 때 어린이는 소멸한다."는 미국의 사회학자 닐 포스트먼의 발언은 단지 어린이가 무차별적인 대중매체에 노출되며 너무 빨리 조숙해진다는 경고에 그치는 것이 아니라, 어른과 아이의 관계가 역전되는 것을 예언한 것이기도 하다. 부모는 아이들의 생활 물자와 보호처를 제공한다는 점에서는 일말의 권위를 갖고 제재를 가할 수 있지만, 이전 세대로부터 물려받았거나 자기 세대가 구축한 문화, 가치관, 지식 등을 아래 세대에 물려주기에는 이미 무력감을 느끼고 있는지 모른다. 문자나 생활 경험 위주였던 시대에는 어른이 우위를 차지하고 아이들을 가르치는 것이 당연시되었지만, 요즘에는 어린이가 어른보다 세상 돌아가는 시스템을 훨씬 잘 알고 새로운 일을 척척 해내는 데 반해 어른들은 시대에 뒤처지거나 따라가기를 포기하는 형국이 되어 가고 있다. 집에서 텔레비전을 치워 버리고 아이에게 컴퓨터와 게임기, 스마트폰 따위의 사용을 통제하는 것도 한 개인이나 가정이 할 수 있는 의미 있는 노력이겠지만, '무엇무엇을 하지 말자.'나 '무언가로부터 아이를 지키자.'는 것보다 중요한 것은 지금의 기성세대가 아이들과 함께할 수 있는 것, 나눌 수 있는 것이 무엇인지, 무엇이 우리에게 남아 있는지 돌아보는 일이다.

이런 시대에 그림책은 사막의 오아시스와도 같다. 부모나 양육자가 유아 때부터 아이를 안고 그림책을 함께 즐기는 것이 단지 아이가 책과 친해지는 첫 단계라서 중요한 것만은 아니다. 그림책을 매개로 어른과 아이가 즐겁게 의사소통을 하고, 자신의 감정과 욕구의 표현, 상대방의 의사를 읽는 방법 따위를 아이가 몸에 익히게 되는 것이다. 예전에는 대가족이나 열린 마을 공동체, 자연 속에서 자연스레 보고 듣고 배웠던 것들을 현대 도시 생활에서는 바로 그림책을 통해 경험할 수 있게 된다. 그리고 그림책은 양육자와 아이가 함께 공유할 시간과 세계도 마련해 줄 수 있다. 그림책 읽어 주는 문화는 이제 가정은 물론이고 '북스타트 운동'이나 크고 작은 도서관 활동 따위를 통해 우리 사회 전반에 어느 정도 안착되었고 누구도 그 중요성과 즐거움을 의심하지 않는다. 초등학생이 된 이후에도 볼 수 있는 그림책이 많고, 보여 주고 싶은 그림책도 많다. 아이에게 그림책을 골라 주고 함께 읽다가 아이보다 더 그림책에 매료된 어른들도 적지 않다. 이제 그림책은 단지 글자를 모르는 아이가 어른과 한때 즐기다 때가 되면 안녕을 고하는 단계의 책에 한정되는 것은 아니다.

그림책의 세계가 이렇게 훌륭하고 풍요로운데 굳이 성장 단계를 고려하여 유년문학을 마련해야 하는지 의문을 가질 수 있다. 특별한 장애가 없으면 어차피 아이는 글을 배우게 되어 있고 그러면 자기 흥미와 관심사에 따라 저학년, 고학년 대상의 책으로 손을 뻗는 것이 자연스럽다는 것이다. 아이의 나이에 맞춰 이 책이 맞다, 저 책이 더 맞다 들이미는 것은 상업적인 출판과 독서·논술 사업의 논리에 포섭되기 십상일 뿐 아이의 자발적이고 내적인 성장과는 거리가 멀다는 의견에도 원칙적으로 동의한다. 그러나 그림책과 글로 된 이야기책 사이에는 생각보다 훨씬 더 넓고 깊은 간극이 있고, 어른 자신의 기억으로는 이 차이가 아무것도 아닌 것 같지만, 어린 세대가 살아가는 세상에서는 '보는 것'에서 (이야기를) '읽는 것'으로 옮겨 가는 것은 실로 엄청난 의미을 갖는 전환이다. 이미 요즘 세상에서 유년의 자연스러운 책 읽기 경험은 눈앞에 펼쳐지는 이미지들을 보고 그 빈 공간을 약간의 상상으로 채우는 것이지, 글자로 된 문장을 읽으며 실제로 보이지 않는 세상을 보고 이야기를 좇아가고 그 안에서 희로애락을 맛보는 것이 아니게 되어 버렸다. 친근한 어른의 품에서 그림책을 보는 것은 글자를 깨쳐서 자기 혼자 책장을 넘기기 시작하는 것과는 엄연히 다르다. 아이 스스로 글자 너머 세계까지 날아갈 수 있는 날갯짓을 익혀야 하는 것이다. 그렇기 때문에 지금까지 그냥 보던 것과는 달리, 스스로 읽고 이야기를 상상하고 즐기는 방법을 친근하고도 즐겁게 안내해 줄 유년문학이 꼭 필요하다. 단지 연령별 성장 단계를 의식해서 그 나이에 맞춤한 크기의 기성복을 만들어 입히자는 것이 아니다. 어쩌면 유년문학은 기술의 진보 때문에 손에서 놓쳐 버린 것 같았던 아이들을 다시 불러와 만날 수 있는 장이 될지도 모른다. 앞선 것들을 낡았거나 느리다며 뭐든 새것으로 갈아엎는 지금의 문화는 인간을 행복하게 하지 못한다. 작가는 작가대로, 책과 아이를 이어 주는 중개자인 부모는 부모 나름대로 어린 세대에게 전하고 싶은 것, 부디 이것만은 잃지 않았으면 하는 것들을 간직하고 있다. 그건 일방적인 설교나 몇 마디 교훈으로 전해질 수 없고 또 지금이 그렇게 할 수 있는 시대도 아니다. 글과 이야기의 세계로 유년의 아이들을 초대하고, 아이들이 그곳에서 기른 '읽는 힘'으로 생을 스스로 일궈 갈 수 있게 하기 위해서 유년문학이 존재하는 것이 아닐까.

3. 최근 창작 유년문학의 형세

그림 위주의 책에서 글로 된 이야기로 넘어가는 단계의 중요성을 역설했지만 과연 최근 우리 창작물에서 이 지점에 해당할 만한 작품이 어떤 것인지 골라내는 것부터 막막하다. 일단 몇 년간 읽어 온 저학년 대상의 작품 중 유년의 아이들도 공유할 만하다 싶은 것부터 가려 보기로 했다. 내가 적용한 분류법은 정말 조악하지만 이렇다. 취학 전의 아이가 봤을 때 '이건 나보다 더 위인 언니 오빠 들에 대한 이야기'라고 생각할 만한 것들은 제외했다. 초등학교 저학년 아이들이 교실이나 가정에서 맞닥뜨린 구체적 현실과 고민을 다룬 것을 제외하고 나니 얼마간의 책들이 손에 쥐어졌다. 물론 이 작품들만으로 현재 우리 창작 유년동화의 현황을 파악하기에는 너무 제한적이고 빈곤하다. 그러나 일부라도 한자리에 모아 놓고 보니 현재 우리가 유년동화에 대해 어떤 상을 갖고 있는지, 그 경향이 들쭉날쭉하게나마 보이는 듯하다.

먼저 그림책과 글 책의 경계에 서 있는 것들이 눈에 띈다. 선안나의 『내 얼룩무늬 못 봤니?』(2007)는 부모와 아이 모두 만족시킬 만하다. 너무 신나게 놀다가 급물살에 휩쓸려 얼룩무늬를 잃어버린 아기호랑이가 우여곡절 끝에 다시 얼룩무늬를 찾고, 그것을 엄마 호랑이가 다시 튼튼하게 꿰매 준다는 이야기는 그야말로 똑 떨어지는 유년동화의 모범이다. 아이가 집 바깥에서 당황스러운 상황을 만나지만 그 난관을 유머러스하게 해결해 주고 엄마의 돌봄까지 잊지 않은 마무리는 아이에게 낙천성과 안정감을 준다. 이영득의 『할머니 집에서』(2006)는 도시 아이들에게 낯선 농경 문화의 푸근함을 아기자기

한 그림과 함께 보여 준다. 다만, 그림책의 꼴도 아니고 글도 꽤 많지만 유년동화로서 이 책이 갖는 매력과 장점의 상당 부분은 그림에 기댄다. 위기철의 『우리 아빠, 숲의 거인』(2010)은 그림책과 만화책, 동화책을 동시에 구현한다. 한때는 숲 속의 거인이었던 아빠가 야성을 거세당하고 왜소해졌다가 가족의 사랑으로 다시 정체성을 회복한다는 내용은 유년부터 어른까지 읽어도 각자 재미와 의미를 얻을 수 있는 이야기다. 책의 꼴은 만화와 그림책의 중간적 형태라, 스토리는 글에서 비롯된 것이 분명하나 아이들이 보기에 글은 보조이고 주로 만화적인 그림을 좇으며 내용을 이해할 것이다. 줄거리만 뽑아 봐도 재미있지만 그림 없이 이 책들이 존재하리라는 건 상상하기 어렵다. 읽는 책이기보다 보는 책에 가까운 것이다. 이 책들은 완성도가 높지만, 글만으로 어린아이의 상상력을 자극하고 스스로 이야기가 작동하게 하는 것과는 다소 거리가 있다.

아이가 문장을 더듬더듬 읽기 시작하면 어른들은 도서관이나 서점에서 아이 스스로 보고 싶은 책을 골라 보라는 권한을 주곤 한다. 그러면 그맘때의 아이들은 십중팔구 그림이 마음에 드는 책을 집어들 것이다. 매사 균형이 필요한 것은 여기서도 마찬가지다. 아이가 스스로 골라 드는 책도 읽게 하면서, 한편으로는 어른이 먼저 읽어 보거나 책에 대한 정보를 미리 얻어 아이에게 들려주고 싶은, 들려줄 만한 이야기책을 찾아보는 노력도 해야 하는 것이다. 초등 저학년물로 나온 책 중에는 유년의 아이들이 즐길 만한 것들이 적지 않다. 주인공들은 초등학생이지만 학교보다 동네에서 노는 시간이 훨씬 많고 그걸로 내용이 거의 다 채워져 있는 안미란의 『내일 또 만나』(2010), 지네에게 물려 몸져누운 할머니를 대신해 두부를 만들 콩을 찾아 개미나라로 모험을 떠나는 배유안의 『콩 하나면 되겠니?』(2010), 초등학교가 주된 무대지만 쥐들끼리 영역 다툼을 하고 새 질서를 찾아 가는 권영품의 『꼬리 잘린 생쥐』(2010), 떡 대신 이야기를 내놓으라 고 조르는 호랑이를 데리고 동네를 돌아다니는 임어진의 『이야기 하 나 주면 안 잡아먹지』(2010), 아이를 잡아먹는 유괴범들이 아이에게 된통 당하고 반성하는 김기정의 『도톨 꾀기 작전』(2009) 같은 작품에 서 놀이, 동물 의인화, 옛이야기 등의 이야깃감은 유년 쪽으로도 열 려 있다. 채인선의 『시카고에 간 김파리』(2008)에 실린 「글 쓰는 오리 밍구」나 김기정의 『금두껍의 첫 수업』(2010)의 2부에 있는 단편들은 유년의 아이들이 혼자 읽어 낼 만한 문장은 아니지만 그 설정과 줄 거리가 흥미롭다. 안데르센 동화를 책으로 읽은 사람은 적지만 대부 분 누군가로부터 그 이야기를 듣고 아는 것처럼, 어른이 먼저 읽고 내용을 소화한 뒤 들려준다면 유년의 아이들도 즐길 만한 동화가 될 법하다. 애니메이션뿐만 아니라 동화에도 어린아이들이 친구로 여 길 캐릭터가 있기를 바라 왔는데 최근 나온 이반디의 『꼬마 너구리 삼총사』(2010)도 반갑다. 다만, 맘먹고 유년동화 캐릭터 만들기에 전 력을 쏟았는데 문학적인 느긋함보다 다소 분주하게 달려가는 느낌 이 앞서서 이야기와 캐릭터가 기대보다 단순 명징하게 떠오르지 않 는 아쉬움이 있다. 많은 아이들에게 사랑과 지지를 받을 유년동화 캐릭터는 어린이책 작가들이 쉼 없이 도전해야 할 영역이다.

저학년 동화 중에서 유년의 아이들도 공유할 만한 이야기가 적 지 않다는 건 다행이지만, 사실 정도의 차이일 뿐 저학년 대상 동화 책들도 만만치 않게, 때로는 과도할 만큼 삽화의 개입이 많다. 그리 고 혼자 숙독할 때는 책장이 잘 넘어가지만 막상 어른이 읽어 준다 고 했을 때 마지막까지 아이와 어른이 함께 재미의 끈을 놓지 않을 자신이 없는 작품도 많다. 결국 유년문학의 성패는 주인공과 이야기

속 무대가 살아 있는가 아닌가의 문제로 돌아간다. 글을 읽는 (혹은 듣는) 아이가 자신을 투영하거나 온 마음을 다해 응원하는 주인공이 있으면 작품 속의 세계는 단지 관광하는 곳이 아니라 내가 살아가는 곳이 된다. 살아간다는 것은 그 안에서 의식주가 해결되며, 지속적으로 관계 맺고 살아갈 가족과 친구와 이웃이 있고, 내가 할 일이 있고 내 자리가 있는 것이다. 이것은 문장으로 길고 세세하게 묘사한다고 해서 만들어지는 세계가 아니다. 뭐든지 당연한 것은 구구절절 설명할 필요가 없고, 그저 인상적인 한두 문장으로 드러내도 독자는 그걸 실마리 삼아 수많은 삶의 양태를 상상으로 즐겁게 채우기 마련이다. 그러나 현재 우리 창작 유년문학을 주인공과 삶의 지속성 기준으로 보면 막상 손에 잡히는 것이 거의 없다. 유년의 아이들은 대체 어떤 존재인지 궁금해하고, 유년 대상의 이야기를 긴 인생의 과업으로 삼는 작가가 최소 한두 명쯤 출현했다면 얼마나 많이 의지가 되었을까. 어른들의 삶과 사고방식에 점점 편입되는 높은 연령의 어린이와 청소년에 비해, 낮은 연령의 아이들은 아무리 파고들어도 그 정체를 알기 어려우리만큼 경이롭고 신기한 존재다. 이런 유년의 아이들을 탐구하여 인간 그 자체에 한 발 더 다가서고, 그들에게 주는 첫 이야기가 어떤 것이어야 할지를 평생 궁구하겠다는 작가를 기대하는 건, 난세에 철인이나 아기장수를 기다리는 마음과 비슷한 것일까.

두 해 전(2009) 저학년 동화를 다룰 때도 출판계가 주도하는 저학년 문고 시리즈가 창작자의 창작욕을 의식적·무의식적으로 제한할 가능성이 있음을 말한 적이 있다.(「내가 경험한 ‘저학년 동화’」, 『창비어린이』, 2009년 봄호) 이 경향은 최근 유년 대상 동화책 쪽으로 내려오고 있다. 물론 그전에도 단행본으로 나온 유년동화책의 외형과 내용을 보면 글자를 깨친 아이가 스스로 읽어 낼 정도의 길이, 아이의 경험 치나 발달 단계를 고려한 내용, 집중력이 유지되는 한도 내의 분량, 글의 양에 부담 느끼지 않을 만큼 넉넉한 삽화 등 대략적인 정도의 합의가 있긴 했다. 그러나 대표적인 어린이책 출판사들이 단계별 독서를 적극 지향하며 유년동화 시리즈를 내놓기 시작하면 대략적이고 암묵적이던 합의가 그야말로 고정관념이 되어 버릴 위험이 있다. 가령 비룡소는 그전까지 주로 번역서 위주의 책들을 독서 레벨에 따라 나누어 출간해 왔는데 최근에는 그 안에 창작동화도 포함하고 있다. 유년에 해당할 만한 독서 레벨 1단계는 '책을 혼자 읽기 시작하는 아이들을 위한 동화', 2단계는 '책 읽기의 즐거움을 느끼게 하는 동화'다. 해와나무가 내는 '노랑잎' 시리즈는 나이를 명시하지는 않으나 책 두께가 매우 얇은 것이 공통점이고 '혼자 힘으로 책 읽기를 시작하는 어린이에게 좋아요'라며 시리즈를 소개한다. 출판사들은 이전부터 갖고 있었던 원고 중에서 유년동화에 적합하다 싶은 것을 골라 시리즈를 기획하고 그에 맞는 책꼴을 궁리해 냈을 것이다. '그림책에서 읽기 책으로 넘어가는 단계에 있는 7·8세 어린이들에게 스스로 책을 읽는 기쁨과 만족감을 주'기 위한 사계절의 '웃는 코끼리'만 해도 시리즈를 구성하는 책꼴에 대한 우려와는 별개로, 작품의 내용만 봤을 때 박효미의 『학교 가는 길을 개척할 거야』(2010)와 김양미의 『여름이와 가을이』(2010)에 대해서 나는 어린이의 일상을 보는 신선한 시각이 있음을 눈여겨보기도 했다.(「작지만 중요한 변별점」, 『어린이와 문학』, 2010년 12월호) 그러나 이렇게 분량이 적고 길이가 짧고 그림이 많은 제한적인 그릇에는 어린이 일상의 한 단면만을 그린 동화와, 재치 있는 아이디어는 있으나 그냥 그뿐인 이야기밖에 담지 못할 가능성이 크다.

정말 유년의 아이들은 책 한 권을 스스로 읽어 내는 데서 성취감을 느낄까? 성취감을 더 느끼는 것은 아이가 혼자서 책을 읽는 것을 흐뭇하게 보는 부모 쪽이 아닐까? 아이와 함께 그림책을 보는 것은 행복하기도 하지만 품과 시간이 드는 일이다. 이제 아이가 혼자 책을 보게 되었으니 그 수고에서 해방되었다고 느낄지도 모른다. 그러나 기실 아이는 글로 된 이야기책을 마음으로 상상하며 읽기보다 책을 눈으로 보는 데 더욱 길들여지고, 최근 어린이책 문화는 자신도 모르는 사이 이런 경향을 더욱 부채질하고 있다. 근래 출간되는 유년동화 시리즈를 보면 실내 생활에 적합한 작은 애완견을 선호하는 요즘의 세태가 연상된다. 유년의 아이들이 가진 사고와 마음의 능력치, 그들이 이해하고 즐길 수 있는 이야기의 가능성은 절대 요만한 것이 아니다.

4. 역발상이 필요하다

이 시대에는 어른은 물론이고 어린이마저도 자신들이 바라는 것이 곧장 주어지지 않는 상황을 참기 어려워한다. 어린이를 둘러싼 미디어 환경이 짧은 시간 안에 이야기를 제공하고 소비하도록 '보는' 문화가 되는 것은 대세일 수밖에 없고, 책도 덩달아 그 물결에 휘말리고 있는 것이 현실이다. 그러나 인스턴트 음식 문화의 한계와 위험을 인지하고 그 대안으로 오랜 시간 공들여 숙성시킨 음식이 인간을 살린다는 슬로푸드 운동이 나왔듯, 태아 때부터 온갖 새로운 미디어의 세례 속에 자라나는 유년기 아이들에게는 단편적이고 찰나적인 현대의 문화에 반기를 드는 이야기가 필요하다. 그들을 처음부터 긴 이야기로 초대하면 안 되는 걸까? 물론 유년의 아이들은 아직 글자와 문장을 읽을 능력이 없거나 모자라기 때문에 길고 두꺼운 이야기책을 대뜸 안겨 주기는 어렵다. 그러나 그림책을 안고 읽어 주는 시기를 조금 더 연장해서 주변의 어른들이 긴 이야기책을 조금씩 나누어 읽어 주거나, 아니면 미리 읽고 내용을 기억해서 아이에게 들려준다면 아이들은 설령 글자를 몰라도 이미 이야기책을 읽고 있는 것과 같다. 이야기를 읽는다는 것은 등장인물을 마음속에 그리고, 앞으로 어떻게 펼쳐질지 모르는 여정을 그들과 함께하는 것이다. 그러면서 아이들은 책을 읽어 주는 어른과는 물론이고 책 속의 등장인물과도 지속적이고 안정되게 관계 맺는 법을 익히고, 눈으로 쓱 보는 그림보다 자신의 머리와 마음속에 한없이 펼쳐지는 세계가 얼마나 더 재미있는지를 익히게 될 것이다. 학습을 목적으로 삼아 읽어 주자는 것이 아니다. 어른과 어린이가 함께 행복해질 수 있는 일상의 습관을 만들어 보자는 것이다. 이는 지극히 이상론일지 모르나 불가능한 일은 아니고, 그 속도와 한계의 끝을 알 수 없는 영상 미디어 세계 속에서 글로 된 이야기책이 자기 존재감을 잃지 않고 아이와 함께할 수 있는 유일한 길일지도 모른다.

이 지점에서 위기철의 『우리 아빠, 숲의 거인』이 생각난다. 원래 아빠는 숲의 거인이었는데 인간 세상의 기준에 맞춰 직업을 전전하고 아파트에 갇히다 보니 인형만큼 작아지는 신세가 되어 버린다. 어쩌면 우리 유년문학도 영상 매체, 전자 매체 위주의 대세에 휩쓸리고 얇은 책에 갇혀 스스로 왜소해진 거인은 아닐까? 왜 우리에게는 서구의 '피터 래빗'이나 '곰돌이 푸' 시리즈, 일본의 이누이 도미코(いぬいとみこ)의 『길고 긴 펭귄 이야기』(국내에는 『루루와 키키』로 번역됨)처럼 몇십 년, 혹은 100여 년 넘게 사랑받는 유년문학이 없을까 고

민했는데, 그 고민 끝에 지금 당장 할 수 있는 일을 한 가지 제안하고 싶다. 그것은 대세를 거스르는 역발상이다. 짧고 고만고만한 단편만 가꾸지 말고, 장편 유년문학의 씨를 뿌리고 물을 주어 길러 보자는 것이다. 그것이 세대를 건너 오래 사랑받는 작품이 될지 안 될지는 알 수 없지만, 적어도 지금의 어린 독자가 '오래' 그 이야기 안에 머물고 싶어 한다면 그건 분명 의미 있는 첫걸음이다. 유년문학은 '사랑스럽고, 단순하고, 알기 쉽고, 흐뭇하고, 짧은' 이야기라는 고정된 시각을 벗어던지지 못하면 우리 아동문학의 이야기성은 그 뿌리부터 빈약해질 수밖에 없다. 아이 스스로 읽고 싶어 안달하기 전까지 어른이 읽어 주거나 소화해서 이야기해 주는 것이 유년문학이 아이와 만나는 이상적인 모습이라면, 그 이야기는 어른이 읽어도 재미있고 가슴을 울리는 것이어야 한다. 그래야 어른도 신이 나서 아이에게 이야기를 들려줄 수 있고 그 느낌이 온전히 아이에게 전해질 것이기 때문이다. 정말 재미있는 동화는 어린이와 한 방향을 보고 나아갈 때 나온다고 한다. 어린이들이 갖고 놀 장난감을 만드는 것이 아니라 그들과 함께할 집, 동네, 세계를 한 단계씩 구축한다는 긴 계획을 가진 창작자가 하나둘씩 등장해야 한다. 그리고 유년의 아이들이 글로 된 이야기를 읽는 힘을 몸에 익혀 평생 책을 읽는 독자로 성장하는 것은 책의 미래, 출판의 미래와도 직결된다. 요즘 같은 출판 판도에서는 겁나는 역주행일지 모르나 정말 자신 있는 이야기가 있다면 삽화를 과감히 절제하는 시도도 반길 만하다. 아니 필요하다. 인쇄 기술에 한계가 있었던 과거로 단순 회귀하자는 것이 아니다. 작아도 이야기의 핵심을 잡아낸 흑백 삽화는 어린 독자의 상상력을 더욱 풍부하게 만들고 결과적으로 그 자체로 더 큰 힘을 갖게 된다는 믿음·용기가 필요하다. 여기에 보태어 아이가 한글을 알더라도 어른들이 하루에 얼마간 시간과 마음을 내서 아이와 함께 긴 이야기를 나누고 즐기는 문화가 자리 잡길 바란다. 이 모든 요소가 선순환을 이룰 때 우리 창작 유년문학은 온전한 자기 세계를 만들고 크고 단단하게 성장할 수 있을 것이다.

뭐든 보기만 하고 생각은 덜 하거나 아예 하지 않는 것, 돈 주고 사다 안겨 주는 것, 클릭하면 당장 필요한 정보가 나오는 것이 대세인 시대를 정면으로 거스르는 용기와 에너지가 지금 우리 창작 유년문학에 절실하다.

〈『창비어린이』, 2011년 봄호〉

재미있는 권정생이 우리 옆집에 살고 있네요

1. 어떤 '권정생'을 이을 것인가

한국 지도의 척추에 백두 대간이 자리하듯 아동문학에도 그에 못지않은 리얼리즘의 산맥이 있다. 굳이 리얼리즘이라는 용어를 붙이지 않더라도 양지보다는 음지, 부자보다는 가난한 이들, 권력을 이용해 남을 억누르는 사람보다는 약자 편에 서서 이야기를 짓고, 그것을 어린이들과 공유하려는 정신은 우리 아동문학의 장구한 전통이자 뿌리다. 방정환에서 시작되어 일제 시대, 6·25 전쟁, 냉전과 분단 체제를 거치며 형성된 이 산맥에서 권정생은 현재 우리가 실감할 수 있는 가장 우뚝하고도 거대한 산이다. 그런데 산이라는 것이 과연 어디서부터 시작해서 어디에서 끝나는지 정확히 알기 어렵고, 이쪽에서 보는 산의 모습과 저쪽에서 보는 산의 모습이 다른 것처럼, 권정생이라는 큰 산을 현재의 우리가 어떻게 보고 또 그 맥을 이어갈지에 대해서는 사람마다 생각이 다르고 의견도 분분할 것이다. 마치 기독교에서 하느님이 한 분, 예수님도 한 분, 성경도 딱 하나이되 그것을 어떻게 해석하는가에 따라 여러 종파가 나뉘듯 권정생을 해석하고 그의 정신과 문학을 잇는 방식 또한 다양할 것이다. 아니, 마땅히 그렇게 되어야 한다.

그런데 권정생은 살아생전에도 별반 다르지 않았지만 세상을 떠난 후에 더욱더 숭고한 위인으로 자리 잡는 것은 아닌지 지금 시점에서 한번 생각해 봤으면 한다. 한국 아동문학을 조금이라도 아는 이들에게 '권정생'이란 이름은 그저 먹먹하기만 하다. 상상하기 어려운 가난과 병마와의 싸움, 오물덩이처럼 뒹굴던 체험이 민들레꽃으로 부활하는 '강아지똥'의 사연, 억장 무너지는 우리 근현대사를 절름발이로 걸어 온 '몽실 언니', 눈을 감기 직전까지 허리 잘린 조국을 제 몸처럼 아파하고, 미국의 전쟁놀이를 막으려면 자동차부터 없애고 아파트에서 나와야 한다고 일갈한 그 앞에서 부끄럽지 않았던 이는 아마 드물 것이다. 권정생의 삶과 문학을 사랑하고 존경하는 일은 필연적으로 평범하게 죄를 짓고 사는 우리들의 죄책감을 동반한다. 물론 이 죄책감은 우리가 더 심하게 타락하지 않고 방향을 잃지 않는 데 꼭 필요한 것이지만, 이렇게 무겁고 어려운 마음만으로 권정생의 뜻, 우리 리얼리즘 아동문학의 명맥을 미래까지 이어갈 수는 없다.

그래서 오늘은 권정생이라는 큰 산의 여러 면모 중에서 가장 친숙하고 어쩌면 만만하기까지 한 '재미있는 권정생'을 불러내고자 한다. 「강아지똥」(1969)과 『몽실 언니』(1984)의 권정생은 '가까이하기에 너무 먼 당신'이었다면, 재미있는 권정생은 바로 우리 옆집에 살고 있는 권정생이다. 만만하고 재미있는 권정생을 불러내는 일은 단지 그를 우리와 동급으로 끌어내리고자 함이 아니라, 깜깜한 구덩이에 빠져 울고 있는 오늘의 리얼리즘 아동문학을 구해 낼 힘을 얻고자 함이다. 권정생 문학 가운데에서 다소 옆으로 비켜난 듯 보이는 『하느님이 우리 옆집에 살고 있네요』(1994)에서 과연 아동문학의 현재, 나아가 미래에 대해 어떤 힌트를 얻을 수 있을까. 성경 말씀대로 "구하라, 그럼 얻을 것이다."

2. 권정생의 시트콤 『하느님이 우리 옆집에 살고 있네요』

『하느님이 우리 옆집에 살고 있네요』는 기독교 월간지 『새가정』에 두 해 넘게 연재되다가 1994년에 출간되었다. 권정생이 쓴 머리글을 보면, 연재 당시 "하느님을 욕되게 한다는 독자들의 꾸지람을 여러 번 들었"고, 1994년 책으로 펴낼 때도 이 점을 걱정했으나 출판사 식구들의 격려로 큰마음 먹고 걱정 없이 책을 내기로 했다는 말이 있다. 1994년이면 지금과 거의 같은 시대로 느껴질 만큼 개방적이었을 것 같지만, 역시 '하느님'과 '예수님'은 어느 시대에나 함부로 다룰 수 없는 성역이었던 모양이다.

하물며 권정생이 빚어낸 하느님상(像)은 지금 봐도 파격적일 만큼 웃기고 만만한, 정말 딱 이웃에 사는 무능한 할아버지 그 이상도 이하도 아니니 일부 독자들의 노여움도 이해할 만하다. 하늘 위에 사는 하느님은 만물을 관장하고 이 세상을 몽땅 거둬들일 수 있는 전지전능한 존재지만, 세상 사람들이 걱정되어 땅에 내려오자마자 지상에서 30년쯤 산 적이 있는 아들 예수님보다 훨씬 세상 물정에 어둡고 철없는 노인네가 되어 버린다. 돈도 뭣도 없이 "통으로 짠 하얀 옷 한 벌씩만 입은 채"(13면) 하늘나라를 떠난 하느님과 예수님 부자는 원래 예루살렘에 갈 작정이었지만 "하늘을 떠날 때 사람들과 똑같이 아무 힘도 없고 어떤 기적을 일으키지도 않으려 했기 때문에"(13면) 바람이 부는 대로 날아가다가 아시아 끄트머리에 있는 대한민국으로 온다. 전지전능을 스스로 포기한 하느님이 세상에 내려오자마자 해야 했던 일은, 불쌍한 사람을 위해 세상을 뚝딱 바꾸는 일이 아니라 추락하다가 엉덩이로 깨뜨린 수박을 변상하고, 입을 옷을 구하고, 서울 갈 차비를 구하는 것이었다. '밥과 돈이 하늘에서 그냥 떨어지는 줄 아느냐?'는 민중의 가장 기본적인 상식을 하느님은 첫날부터 몸소 체험한다. 수박밭이 망가져서 우는 농민 앞에서 안절부절못하며 그 앞에서 회개하고, 툭하면 눈물을 질질 짜는 하느님은 작품이 끝날 때까지 일관된, 권정생이 창조한 캐릭터다. 전지전능한 하느님을 땅으로 불러온 뒤, 180도 반전시켜 만들어 낸 이 캐릭터는 더 말할 나위도 없이 권정생의 종교관·세계관·인생관을 단순 명료하게 구현한다. 권정생은 평생 독실한 기독교인이었지만 그의 하느님은 교회에만, 하늘 위에만 머물며 사람들의 소원을 들은 척 만 척 하는 이가 아니라, 세상 사람들이 걱정된 나머지 땅에 내려올 수도 있고 하늘을 원망하는 농부 앞에서 진심으로 회개하는, 사람들의 섬김을 받기보다 도리어 사람들을 섬기는 하느님이었다. 섬긴다는 것도 특별한 것은 아니다. 그저 세상 사람들과 함께 살며, 그들과 희로애락을 함께하는 것이다. 늙고 철없는 하느님과 젊고 열심히 일하는 노동자 아들 예수, 그리고 그들의 정체를 모르는 가난한 이웃들이 투닥투닥 살아가는 이야기. 요즘처럼 시트콤이 흔하지 않았던 시절에 권정생의 시트콤을 매달 기대하며 읽었을 당시 『새가정』의 어린이 독자들이 부럽기 그지없다.

세상살이에 대해 영 철부지인 하느님의 하루하루는 당사자에게는 힘겹지만 읽는 사람들한테는 배꼽을 쥘 만한 에피소드로 가득하다. 명색이 하느님인데 이웃 할머니 손에 이끌려 용한 점쟁이에게 가서 점을 보고, 300만 원은 족히 드는 굿을 해야 한다는 점쟁이 말에 고민하다 아들에게 "내가 호강하려고 널 두 번 팔 수는 없"(45면)다며 한숨 쉬는 하느님, 예수님 믿으면 천당 간다는 전도사 말에 이끌려 교회에 갔다가 기가 팍 죽어서 돌아온 하느님, 날품팔이를 하다가 월급 받는 청소부로 취직한 예수 앞에서 "아멘, 감사합니다. 할렐루야!"(55면)를 외치는 하느님은 불측한 말씀이나 귀엽기까지 하다. 어쩌다 같이 살게 된 과천댁 할머니가 전쟁 통에 고향 잃고 남편과 자식 잃은 넋두리를 하며 "그까짓 하느님이 있는지 없는지도 모르지만, 있다면 이 섧고 원통한 일을 그냥 보고만 있지는 않을 게 아니겠소?"(108면)라는 말 앞에서 식은땀을 흘리고, 세상이 이토록 살기 힘든 것이라면 아예 끝장을 내면 어떻겠느냐며 아들 예수에게 상담하다, "열 살 아래 어린이들만 살려 주고 모두 싹 쓸어 없애 버릴까?", "그렇담 열한 살, 열두 살, 열세 살짜리는 너무 억울하지 않겠냐?" (131~32면) 하며 고민하는 장면에서는 조용한 혁명가였던 권정생의 일면을 엿볼 수 있기도 하다. 그러나 하느님은 최후의 심판을 하여 세상을 끝장낼 힘을 갖고 있음에도 그 힘을 함부로 쓸 수 없고, 세상살이는 영 서툴기만 하다. 고달픈 하느님이, 세상에 있어 봤자 아무한테 도움도 안 된다며 아들 예수에게 다시 하늘에 올라가자고 하지만 통일이 될 때까지만이라도 참고 세상에 머물자는 아들의 말을 듣고 언덕에 올라가 "대체 통일이 언제 되려는지, 나도 어떻게 했으면 좋을지 모르겠구나."(202면) 하며 중얼거리는 마지막 장면은 읽는 이에게도 복잡 미묘한 페이소스를 느끼게 한다. '아니, 하느님이 모르면 대체 누가 아나요?'라며 따지고 싶기도 하고, '하긴 이건 하느님인들 알 수 없지.'라며 반쯤은 체념하고 싶기도 하다. 어쩌면『몽실 언니』에서 본 듯한 '이건 모두 제 팔자'라는 말과도 이어진다. 묵묵히 자신의 길을 걸어가야 한다는 지극히 한국적이고도 민중적인, 그리고 권정생적인 결론일 수도 있겠다.

하느님이 예수님과 함께 땅에 내려왔다는 최초의 설정은 판타지이지만, 그 뒤에는 지극히 서민적이고 현실적인 삶 속에서 하느님의 상식과 민중의 상식이 충돌하기도 하고 화해하기도 하는 이 연작들은『몽실 언니』같은 대하드라마의 반대편에 있는 아기자기한 소품으로 보이기도 한다. 그러나 이는 그 어느 작품 못지않게 권정생의 삶과 철학이 굳건하게 뒤를 받쳐 주는 이야기이다. 다만 권정생의 다른 작품들과 구별되는 점이 있다면, 하느님조차 어쩌지 못하는 세상살이를 관조하며 어쨌든 사람이 살아갈 이유와 원동력을 웃음과 눈물 속에서 찾는 유연함이다. 세상은 가까이에서 보면 비극이고, 멀찍이 보면 희극이라 했다. 하늘에서 인간 세상으로 무작정 내려온 하느님이 어린아이보다 철없고 서툴게 세상을 사는 걸 보면, 그 어떤 곤경에 처한 사람이라도 '하느님이 나보다 더 힘들게 세상을 사는구나.' 하며 잠시 위안을 얻고 웃을 수 있을 것이다. 그 위안과 웃음은 일회성으로 사라지는 것이 아니라, 자신이 세상에서 가장 낮고 불행하다 여기는 이들의 자존심을 높이고 '그럼에도 불구하고' 이 세상을 살아갈 이유를 말이나 문장이 아닌, 마음으로 느끼게 한다. 권정생의 하느님은 '적어도 통일이 될 때까지' 세상에서 살기로 했으니, '적어도 ~할 때까지 살아야겠다.'는 다짐은 각자의 몫으로 남을 것이다.

권정생이 남긴 작품이나 에세이를 보면 그는 누구보다 세상의 불의에 노여워했고, 이렇게 전쟁과 악이 횡행할 바에야 세상이 확 다

망해 버리는 게 낫다는 식의 혁명가적·아나키스트적인 발언도 했다는 걸 알 수 있는데, 이러한 면모가『하느님이 우리 옆집에 살고 있네요』에서도 드러난다. 그러나 동전의 이면처럼 권정생에게는 '(그럼에도 불구하고) 산 사람은 어쨌든 살아가기 마련'이라는, 시골 할머니들과 같은 인생관이 있고 그것은 평화를 갈구하는 기독교 정신과 아무런 위화감 없이 하나로 어울린다. 권정생이 관념적인 혁명가, 아나키스트와 다른 점이 바로 여기에 있다. 권정생은 자기 자신을 한때 '오물덩이'라 칭할 만큼 세상의 가장 낮은 곳에 머물기도 했지만, 그가 끝까지 가졌던 믿음은 '하느님과 예수님은 가난하고 낮은 이들과 함께한다.'는 것이었다. 즉 하느님과 예수님은 열심히 일하지만 가난하고 낮은 이들의 절대적인 '빽'이라는 신념이다. 그 신념이 있는 한 권정생은 때로 분노하고 한탄했지만, 결국에는 그런 이들이 부자나 권력을 가진 이들보다 도덕적으로 우월하며, 정의는 그들 편이고, 가난한 이들이 서로 걱정하며 돕고 살아가는 곳이 바로 천국이라는 큰 틀의 믿음 속에서 살아갔다. 그런 자신감이 있기에 권정생은 하느님을 철부지에 가난뱅이 할아버지로 만들어도 떳떳했고, 그런 하느님이 철거민촌이나 산동네 같은 곳, 그러니까 '우리 옆집에' 산다는 것을 자랑했던 것이다.

3. 리얼리즘 아동문학이 맞닥뜨린 위기

지금 우리 아동문학에서『하느님이 우리 옆집에 살고 있네요』의 의미를 환기해 보자고 하는 데에는 이유가 있다. 그것은 최근 몇 년 동안 리얼리스트적 태도로 현대 어린이들과 그들을 둘러싼 상황의

악화를 진지하게 그려 온 작가들이 공통적으로 어떤 막다른 길에서 출구를 찾지 못하고 있다는 느낌을 받았기 때문이다.

요 근래 자주 하고 듣는 말 가운데 '아동문학(혹은 동화)의 소설화 경향'이라는 말이 있다. '동화'라 쉽게 불리기 어려운 작품, 특히 고학년 대상의 작품에서 이런 경향이 흔히 눈에 띈다. 이 이야기들은 현실의 문제를 다루며 가혹한 상황에 처한 아이들의 심리를 세밀하게 파고든다. 처음에는 여러 논란이 있기는 했으나 아동문학과 일반문학 사이의 경계가 자연스레 흐려지는 '보더리스' 경향은 작가들의 당연한 사회적·문학적 대응이고, 그런 경향의 작품이 안이한 동정심, 우연성에 기대는 아동문학에 현실성을 보완하고 일침을 가하는 몫을 해 주리라는 기대가 있었다. 그런데 최근 젊고 유능한 작가군이 내놓는 지극히 '현실적'이고 '가슴 아픈' 작품들을 한자리에 모아 놓고 보면 과연 긍정적인 기능만 있을까 하는 회의가 든다.

오늘의 문제적 작가군, 이 시대 아동문학을 책임지는 작가군에 속하는 이들 중 이 문제에서 자유로운 사람은 거의 없는 편이다. 객관적으로나 심리적으로 궁지에 몰린 사회적 약자에 대해 어른 대상의 소설만큼 집요하게 파고드는 경향은, 상대적으로 높은 연령의 어린이를 대상으로 리얼리즘적인 아동소설을 쓰는 작가들이 공통적으로 겪고 있는 증후군처럼 보인다. 단적인 예로 최근 『동화 없는 동화책』(2011)이라는 도발적인 책 제목을 택한 김남중이 있다. 같은 작가의 단편집 『미소의 여왕』(2010)도 포함하여, 작가는 말 그대로 '동화(따위)가 대답을 줄 수 없는 이 세상'을 강도 높게 질타한다. 검은 기름으로 뒤덮여 더 이상 고향에서 살아갈 수 없는 이들, 달마다 교실에서 뽑는 '미소의 여왕'이 되고 싶지만 미소가 '썩소'가 되리만큼 가난한 이들을 옥죄는 현실을 대하다 보면 참으로 갑갑하기 이를 데 없다. 동화작가라고 해서 무조건 희망적인 답을 찾을 수도 없고, 거짓말이나 사탕발림 결말은 절대 보여 주고 싶지 않다는 작가의 고집마저 보인다. 이현 역시 청소년소설 단편집 『영두의 우연한 현실』(2009)에 실린 작품들에서 아무리 발버둥 쳐도 출구가 보이지 않는 이들을 그린 바 있다. 딜레마와 아이러니를 즐겨 다루지만 '열린 결말'인지 '놔 버린 결말'인지, 끝을 영 보여 주지 않는 김종렬의 작품들도 마찬가지다. 이런 경향은 독자에게 강한 인상을 주어야 하는 단편에서 더 많이 보이지만, 가난하고 궁지에 몰린 어린이를 그린 장편에서도 드러난다. 이은정의 『소나기밥 공주』(2009)는 보호자가 없고 집에 먹을 것도 없어서 하루의 유일한 식사인 학교 급식을 소나기밥으로 먹느라 만성 위염에 시달리는 아이를 그린다. 자신도 모르게 집주인 아주머니의 장바구니를 훔친 뒤 양심의 가책에 시달리며 먹고 토하기를 반복하는 아이의 이야기인 이 작품은 치밀한 심리 묘사와 인물의 상황을 그리는 데 집중한다. 이야기의 끝에 가서는 주인공이 궁지에서 간신히 벗어나지만, 그 다행스러운 결말은 앞서 보여 준 가난의 묘사에 견주어 다소 밀도와 설득력이 떨어진다. 분명히 오늘날의 가난, 혹은 다른 여러 곤경에 처한 아이들의 현실은 과거와 다르고 더 열악해졌다(혹은 그렇게 보인다). 예전에는 골목이 있고, 집마다 문이 조금씩 열려 있어 서로의 사정을 들여다볼 수 있었으며 누구네 집이 가난하고 어떤 문제가 있는지 동네 사람들, 교실 친구들이 어느 정도 알고 있되, 그런 사실에 (상대적으로) 개의치 않고 함께 놀 수 있었다. 그런데 요즘의 가난하고 힘없는 이들은 무리에서 고립되어 과거보다 더 괴롭고 열악한 상황에 놓이게 되었다. 『소나기밥 공주』의 주인공 아이는 자기 처지가 남의 눈에 띄면 강제로 보육 시설에 들어가게 될까 봐 두려워 문을 꼭꼭 걸어 잠그고 산다. 혹시 그 상태에서 죽은 채 발견된다면 방송이나 신문에 나올 것이다. 실제로 그런 일은 드물지 않게 벌어지고 있다. 아동문학 작가라면 이런 뉴스를 접할 때마다 가슴이 저리고, 죽음을 목전에 둔 아이의 심경이 자신의 몸에 빙의한 듯 괴로워할 것이다. 그 아이를 구하지 못한 자신과 이 세상에 대해 피를 토하는 심경으로 글을 쓰는 것도 당연하다.

하지만 요즈음의 미디어가 사회적 약자가 처한 상황을 부각하는 방식을 보면, 사람들이 가난하고 소외된 이들의 아픔에 공감하게 하기보다는 공포를 느끼게 하거나 부정적인 인상만 마음속에 각인하게 한다. 아무리 열심히 일해도 빈곤에서 벗어나지 못한다거나, 가난은 곧 불행이라는 공식이 생기고, 그 이미지가 어린이들에게 그대로 심어지는 악순환의 고리가 생길 가능성도 적지 않다. 어쩌면 우리 아동문학 작가들도 텔레비전이나 신문 등 미디어에서 정보를 얻고, 그 영향권에서 자유롭지 못한 것은 아닐까 염려된다.

그래서 지금 『하느님이 우리 옆집에 살고 있네요』 같은 작품을 환기해 볼 필요가 있다는 것이다. 당시의 가난은 지금과 그래도 다르지 않나, 그나마 다들 못살던 때니까 훨씬 낫지 않나, 하고 생각할 수도 있다. 하지만 그때도 부모가 방문을 잠근 채 나갔다가 방 안에 갇혀 있던 아이들이 화재로 목숨을 잃은 일이 있었다. 가난한 이들이 고통받는 일은 언제 어느 때나 있었다. 그나마 좀 다른 점이 있다면 오늘날의 미디어가 가난한 이들의 공포를 조금 더 선정적으로 다룬다고나 할까. 권정생 또한 불에 타 죽은 삼 형제 보도를 보고 괴로워했지만, 그 슬픔에만 빠져 있지 않고 『하느님이 우리 옆집에 살고 있네요』처럼 가난한 이들의 일상 속으로 쑤욱 들어가 그 안에서 울고 웃고 행복에 가까이 다가가는 시트콤 같은 이야기를 쓰기도 했다. 하느님과 예수님이 지상으로 내려와 예수가 노동자가 되고, 자기 밥값도 제대로 못 하는 늙은 하느님이 툭하면 눈물을 짠다고 해서 리얼리즘이 아닌 것은 아니다. 도리어 웃음의 힘으로 리얼리즘의 생명력을 더 굳건하고 건강하게 유지하도록 만든다. 그리고 누군가의 앞에서 신세 한탄을 하며 펑펑 울거나, 엉뚱한 일로 함께 웃을 수 있다면 그것은 공포의 악순환에서 벗어날 수 있는 가장 유효한 처방전이기도 하다. 실제로 가난하고 소외된 이들이 읽더라도, 그렇게 될까 봐 두려워하는 이들이 읽더라도 말이다.

필자 개인적으로는 불행히도 어렸을 때 권정생의 작품을 만날 기회가 없었다. 그러나 그와 유사하다면 유사한 톨스토이의 「바보 이반」과 「사람에게는 땅이 얼마나 필요한가」의 영향을 강하게 받았고, 중고생 때는 당시 베스트셀러였던 '돈 카밀로와 패포네' 시리즈를 몇 번이고 되풀이해 읽었다. 그때는 그냥 재미있어서 읽었지만, 되돌아보면 그런 책들을 읽었기 때문에 어린 시절의 나는 가난이 무서운 것이라는 생각을 갖지는 않았다. 예수님은 가난하지만 열심히 일하는 자 앞에만 나타나고, 과한 욕심은 화를 부르니 자기에게 필요한 것만 갖고 살면 행복하고, 맨날 육탄전도 마다하지 않고 싸우지만 결국 이웃으로서 늘 화해하고 친구가 되는 이탈리아 어떤 마을 사람들의 이야기를 읽으며, 어른이 되어 세상을 살아가는 건 그렇게 어렵지 않을 것 같다는 막연한 긍정을 품곤 했다. 물론 부모님은 '성적이 이 모양이면 대체 뭐가 되려고 그러냐.'며 혼을 내곤 했지만, 혼나고 울어도 그때뿐이지 장기적으로는 그렇게 큰 걱정이 들지 않았다. 그런데 오히려 미래에 대해 불안과 공포가 심해진 것은 최근 몇 년간의 일이다. 나 또한 아차 하면 혼자 무리에서 밀려나 빈곤과 소외의 늪에 빠지는 것은 아닌가 하는 공포에 젖어 들고, '세상 사는 게 점점 힘들다.', '정말 무서운 세상이다.', '이런 세상에서 아이가 자라는 건 정말 힘든 일이다.', '대체 이 난국을 어찌할지 답이 없다.' 는 말을 입버릇처럼 달고 사는 보통의 어른이 되었고, 어린 시절의 낙관성을 잃어버리고 말았다. 어린이 독자를 핑계 삼을 것도 없이 당장 나부터 이 현대병에서 벗어나고 싶다. 가난＝불행, 노동＝괴로움이라는 프레임 밖으로 우리를 끄집어낼 이야기가 필요하다. 미디어에서 확대 재생산하는 '팩트'가 아닌, 우리 가슴속에서 '진실'이라고 느끼는 삶의 모습이 담긴 이야기를 간절히 원한다. 그리고 그 이야기 속의 동네로, 이웃으로, 친구로, 즉 이상적인 공동체의 일원으로 편입되길 바란다. 비록 시작은 허구고 상상이더라도, 그것이 많은 사람들의 마음에 자리 잡고 공통된 바람이 된다면 그 상상은 정말 현실화되기도 한다. 이것은 바로 한동안 아동문학, 크게는 한국문학이 잃어버렸던 변혁의 의지와 정신이 아닐까. 그것의 회복이 간절하다.

4. '소설(小說)' 아닌 '대설(大說)'의 정신

권정생에게는, 그리고 권정생의 시대에는 확실한 '백'이 있었다. 그것은 하느님, 예수님을 위시한 기독교 정신이라 해도 좋고, 사회주의, 아나키즘, 민족주의, 그 밖에 무슨 무슨 주의라고 해도 좋다. 일제 시대에는 독립을, 독재 시대에는 민주주의를, 노동자가 탄압받는 시대에는 노동 해방을, 제국주의의 억압 앞에서는 자주를 외치며, 지금은 좀 어색한 문구일지 몰라도 '민중이 주인 되는' 그날까지 사회적 약자 자신을 지탱해 주고, 사회적 약자를 위해 한 몸 바치는 사람들을 정신적으로 버티게 해 주는 이데올로기, 혹은 신념이 있었다.

그러나 사회주의 국가의 붕괴 이후 신자유주의가 득세하고, 무슨 무슨 이데올로기들의 허상이 벗겨지면서부터 이 부조리한 사회를 뿌리째 바꿔 버리리라는 변혁의 의지가 꺾은 것이 사실이다. 아동문학 역시 마찬가지다. 아니, 아무리 두들기고 발버둥 쳐 봐도 이 세상은 바뀔 것 같지 않다는 패배감·절망감이 먹구름처럼 더 심하게 몰려들고 있는 형국이다. 하지만 다른 분야는 몰라도, 적어도 아동문학만큼은 변혁의 의지를 잃어서는 안 된다. 그렇다고 한때 사회주의자들이 꿈꾸었던 것처럼 세상이 180도 바뀔 수 있도록 아이들을 미래의 혁명가로 단련시키자는 것은 아니다. 다만 아동문학 작가들은 어린이 독자들을 만날 때 지금보다 좀 더 호연지기를 품어야 할 필요가 있다. 일본의 원로 아동문학가 후루타 다루히(古田足日)는, 아동문학은 그 본질이 '소설'이라기보다 오히려 '대설'이라고 할 만한 특질을 갖고 있다고 말한 바 있다. 소설이 원래 주변의 소소한 일을 허구의 세계에 의탁해 말하는 '작은 이야기'인 데 반해, 몸과 마음이 성장 과정에 있는 어린이를 대상으로 하는 아동문학은 그 틀을 넘어 커다란 상황에 발을 딛고 인생이란 무엇인가, 인간은 어떻게 살아야 하는가 같은 인생의 원리나 인간의 원형을 허구의 세계에서 추구한다는 것이다. 그리고 그 중심에는 희망이라는 나침반이 있고, 희망은 어린이들이 갖는 최대의 특권이며, 아동문학이 이상주의 또는 향일성(向日性)을 갖는 것은 그 때문이라 했다.(『砂田弘評論集成』, てらいんく, 2003, 254면 참조) 권정생 또한 '대설'의 태도로 어린이들을 만나 왔고, 그렇기 때문에 언뜻 보면 재미있고 웃기지만 속에는 강한 심지가 있는 『하느님이 우리 옆집에 살고 있네요』 같은 작품도 남길 수 있었던 것이다. 대설이면서도 문턱이 낮고 누구에게나 열려 있는,

함께 울고 웃으며 공동의 이상향을 그릴 수 있는 이야기를 이 시대에 바라는 것은 무리인가? 당장 내일이라도 세상을 바꿀 것처럼 스피커 소리가 요란한 선거철 한가운데에서 권정생의 정신을 어떻게 오늘의 아이, 내일의 아이로까지 이어 갈 것인가를 함께 고민해 보고 싶다.

〈『창비어린이』, 2012년 여름호〉

동화의 자리 넓히기
채인선 『전봇대 아저씨』

1

1980년대에 우리를 뿌듯하게 해 주던 동화작가들의 소식이 뜸하다. 권정생, 윤기현, 이현주 같은 작가들이 1990년을 넘어서고부터는 좀처럼 작품을 써내지 못하고 있다. 아직도 아이들은 지긋지긋한 고민거리를 곁에다 두고 사는데, 끝내 아이들 편이라는 작가들은 이들을 위한 이야기를 써 주지 못한다. 세상이 변하고 아이들도 바뀌었는데 이런 변화된 시대상을 작품 속에 반영해야 된다는 부담감에서 자유롭지 못한 탓인 듯싶다. 그렇다고 새로운 동화작가가 그 자리를 채워 준 것도 아니다. 해마다 등단하는 사람들은 많았지만, 우리가 자랑스럽게 아이들한테 주고 싶은 작품들을 들고 나오지 못하는 형편이 계속 이어지지 않았던가.

물론 우리 아동문학이 이렇게 허덕이는 사이에 기획이 돋보이는 어린이책들이 많이 나오기는 했다. 대부분 신기하고 학습에 도움이 되는 정보들을 맛있게 요리해서 담아 주는 책들이다. 하지만 결국 이런 책들은 머리로 들어가 지식으로 저장되는 게 목적이어서, 정작 아이들 마음을 풀어 주면서 아이를 사람답게 만드는 일은 문학이 해 줄 몫이다. 그것도 지금 여기서 나오는 신선한 문학을 아이들한테 충분히 제공해 주어야 할 텐데, 요즘 아이들은 외국에서 들여온 문학이나 예전에 저장해 두었던 우리 아동문학을 읽고 있다. 먹을거리나 읽을거리나 지금 그 형편이 별반 다르지 않다.

지난해(1996) 창작과비평사에서 '좋은 어린이책 원고 공모'를 벌인 것은 이런 아동문학의 침체를 벗어나 보려는 하나의 시도였다. 그래서 올해 4월 책으로 묶여 나온 그 첫 회 수상작인 채인선 동화집 『전봇대 아저씨』는 그 출발부터 어깨가 무거울 수밖에 없는 것이다. 하지만 책이 나온 지 벌써 6개월이 넘어가는 지금까지도 작가는 외로워 보인다. '창비'라는 든든한 출판사의 응원을 받으며 당당하게 나섰고, 유명한 평론가들이 여기저기에 문제작이라고 평을 써 주는데도 그런 느낌이 든다. 함께 이 어려움을 헤쳐 나갈 아동문학 식구들이 정작 이 작가 앞에서 머뭇거리고 있기 때문이다. 예전과 사뭇 다른 방향에서 치고 나오는 이 작가의 손을 잡아야 할지, 아니면 그래도 이건 아닌 것 같다면서 또 다른 작품을 기다려야 할지 망설이고 있는 것이다. 이제 제2회 '좋은 어린이책 원고'를 공모한다는 소식이 들린다. 그저 횟수만 쌓여 가는 상으로 만들지 않기 위해서라도 채인선의 동화들을 제대로 자리 잡아 주고, 필요하다면 우리도 새로이 자세를 가다듬을 필요가 있지 않을까.

2

채인선의 작품집을 읽기에 앞서 도시 아이들의 평균치 삶을 돌아 볼 필요가 있다.

젊은 부모들은 대개 고등학교 이상은 나왔겠고, 배운 만큼 원하는 것이 많을 것이다. 편리하다는 이유로 아파트에서 살려고 하고, 자가용은 도시에서 사는 데 필수라고 생각한다. 아이를 여럿 낳지도 않고, 또 그 아이와 함께 있을 시간이 별로 없기 때문에 대부분 아이가 바라는 것을 들어주려고 한다. 도시 어른들이 살아가는 이런 방식들은 그대로 아이들한테 이어질 수밖에 없다. 학교와 학원과 집을 반복하여 오가는 아이들은, 조금이라도 시간이 나면 부모들이 안겨 준 장난감, 컴퓨터 따위를 조물락거리면서 논다. 예전의 아이들은 스스로 놀잇감을 만들었다지만 지금은 그러지 않는다. 아이들은 텔레비전에, 인형에, 조립식 장난감에 이미 익숙해져 있다.

누가 이런 상황을 부정할 수 있을까. 하지만 참 이상하게도 어른들은 이런 '요즘 아이들'의 진짜 모습을 보려 하지 않는다. 자기들은 도시를 떠날 수 없으면서도, 가벼운 도시의 삶이 아이들을 망친다고 걱정부터 앞세운다. 걱정 자체가 나쁜 것은 아니지만, 그 걱정이 아이들을 보지 못하고 믿지 못하는 데까지 나아가면 분명 문제가 있다. 부모와 선생님, 그리고 멀리는 동화작가까지 아이를 보지도, 믿지도 못한다면 도대체 아이들을 위해 무엇 하나라도 할 수 있을까. 멀찍이 서서 아이를 재어 보려는 자세보다는 아이들만큼 키를 낮추고 이야기를 들어 주는 게 무엇보다 필요할 텐데, 어른들은 좀처럼 그러지를 못한다.

채인선은 바로 이런 일을 하고 있다. 지극한 보살핌을 받는 듯하지만 결코 어른들의 믿음은 받지 못하는 도시 아이들의 이야기를 들어 주는 역할 말이다. 그저 고개를 끄덕이며 들어 주었을 뿐인데, 아이들은 별별 이야기를 다 털어놓는다.

학교생활을 자세히 물어보기보다는 이러쿵저러쿵 미리 잔소리부터 하는 어른들 때문에 속이 상하는 아이가 있었다. 작가는 이 아이를 위해서 잔소리꾼 어른을 학교에 대신 보내 버리고 아이가 하는 일까지 어른에게 고스란히 시켰다. 생각보다 녹록지 않은 하루를 보낸 어른은 결국 앓아누웠다. 날마다 그 고생을 하는 아이는 멀쩡한데 말이다.(「학교에 간 할머니」) 어떤 아이는 엄마가 자꾸 사람들을 믿지 말라고 해서 마음이 안 좋다고 했다. 자기도 그런 엄마 마음을 알지만, 어쩔 수 없을 때가 있지 않겠느냐고 물으면서 말이다. 작가 또한 엄마인지라 여기서는 조금 망설일 수밖에 없었다. 정말 세상이 성폭력이다, 유괴다 해서 무서운 게 사실이니, "너희 엄마가 틀렸어. 그래도 사람을 믿어야지."라며 말하기가 힘들었다. 그 대신 이야기 안에서 마음 좋은 할머니 한 분을 도와 드리게 했더니, 아이는 넉넉하게 어른들 마음을 이해해 주었다.(「처음 본 사람이 말을 걸면」) 저쪽에서 어떤 남자아이가 일어섰다. 자기는 밥상머리에서 혼쭐이 난 적이 있는데, 그때 식구들이 모두 다 자기를 따돌리는 것만 같아서 눈물이 났다는 이야기를 한다. 그땐 정말 집을 나가고 싶었다는 심정까지 기억해 냈다. 작가는 "정말? 진짜 그랬으면 어땠을까?" 하면서 남자 아이를 주인공으로 하는 이야기를 지어 주었다. 바깥이 얼마나 무서운 곳인 줄 아느냐는 훈계는 잠깐 목 안에 감추었다. 이미 아이는 그런 소리를 너무 많이 들어서 지겨워할 것이므로 지금 얘기해 주어 봐야 소용이 없다는 걸 작가는 안다. 이야기 안에서 하고 싶은 대로 하게 놔뒀더니 아이는 스스로 식구들을 그리워하고, 서러운 마음을 풀어 버렸다.(「다시는 집에 들어가지 않을 거예요」) 언니 오빠들 사이에 낀 일곱 살짜리 여자아이도 쫑알거리기 시작했다. 엄마 아빠 모두 밖에서 일을 하기 때문에 할머니가 자기를 봐 준단다. 그런데 가끔씩 엄마 아빠가 큰소리로 싸우기도 하고, 할머니는 엄마를 미워하는 것 같기도 해서 어쩔 줄 모르겠다는 얘기다. 작가는 아이가 앞뒤 없이 해 대는 이야기를 모두 듣고 정리해서 아이가 주인공인 이야기 하나를 선물로 주었다.(「식탁 밑 이야기」) 결국 심통 난 아이들은 잠시 이야기 속 여행을 갔다 오더니 기분이 훨씬 좋아졌다.

이야기 속 아이들은 결국 책 밖에서 사는 아이들의 대표격이다. 그러니 이 책을 읽는 아이들은 온전히 이해받는다는 사실 하나만으로도 가슴이 후련해질 수밖에 없다. 하지만 이 작가가 주는 선물은 자기들 이야기를 들어 준다는 사실에만 멈추는 것이 아니다. 아무리 자기들을 이해해 준다고 하더라도 재미가 없으면 아이들은 별로 가까이 다가오지 않는 법이고, 그게 바로 아이다움이기도 하다. 채인선은 바로 그 재미를 준다. 전자오락, 저질 만화 따위에 빠져서 글의 세계로 좀처럼 돌아오지 못하는 아이들 앞으로 초대장을 보내는 것이다.

선미는 이불 속에 얼굴을 묻고 엉엉 울었어요. 아무리 달래도 선미가 안 듣길래 할머니는 선미 대신 학교에 가기로 마음먹었어요. (…)
할머니는 얼른 선미 옷을 꿰어 입고 하얀 스타킹을 신었습니다. 가방을 둘러메고 신주머니를 잘 챙긴 다음, 현관을 나서는데 선미가 방에서 빠끔히 고개를 내밀고 소리칩니다.
"신주머니 챙겼어요? 가다 또 돌아오지 말고."

"공부 잘해요. 선생님한테 야단맞았다는 말 들으면 이 선미는 화가 난다고요." (「학교에 간 할머니」, 58면)

분명 있을 수 없는 일인데도 읽는 아이들은 자기도 모르게 엉뚱한 곳으로 발이 빠져든다. 설명 투의 글이었다면 의심이 그 사이를 가로막아서 들어갈 수 없었을 것이다.

그렇다고 정신없이 휘몰아치는 문체만 계속되는 것은 아니다. 답답한 집안 분위기를 낼 때에는 읽는 아이들을 역시 그 장소에 갖다 놓는 글의 힘을 발휘한다.

할머니와 나는 천천히 밥을 먹었습니다. 그 사이라도 엄마나 아빠가 오지 않을까 해서였지요. 밖에서 발걸음 소리나 차 소리가 들리면 할머니는 수저를 아주 천천히 내려놓으십니다. 그러다가 그 소리가 우리 집을 그대로 지나쳐 가면 급하게 수저를 들어 입으로 가져가시는 것입니다. 나는 보통 이럴 때 딴청을 하지만 할머니는 딴청 하실 줄을 모릅니다. (「식탁 밑 이야기」, 101~102면)

이런 것들이 바로 글의 맛이 아닐까. 글이 글로 읽히는 것이 아니라 사실이 되어 자기를 감싸는 느낌. 아이들에게 이런 글의 맛을 알게 해 주는 것은 그들에게 커다란 새 세상을 선물하는 것과 다름이 없다.

3

　채인선은 요즘 아이들 생활의 한복판에 서서 그네들을 이해해 주고, 글 안에서 한바탕 놀 수 있도록 해 줘야 한다는 의견을 이론이 아니라 작품으로 내놓았다. 어쩌면 특별한 의견이 아닐지도 모른다. 그는 자기 아이들을 키우면서 아이들이 좋아하는 동화가 없는 것 같아 스스로 동화를 지어 주다 보니 어느새 작가가 되었다고 했다. 이런 사정을 듣다 보면 그저 아이들과 한없이 가까워지고자 하는 한 엄마가 보일 뿐이다. 무언가 삶의 진리를 전해 주어야 한다는 작가로서의 욕심은 저만치 물러나 있고, 자신의 에세이집 제목('아이와 함께 행복해지기')처럼 아이와 함께 행복해지고 싶은 욕심밖에 보이지 않는다.

　바로 그 점이 한계일까. 채인선 동화에 진한 감동이 없다는 비판은 계속 따라다닐 성싶다. 특히 『몽실 언니』로 억장이 무너져 본 사람이라면 『전봇대 아저씨』에 나오는 아이들을 못마땅해할 수도 있다. 고생도 모르고, 고민도 얄팍해 보이는 아이들. 어른들의 잔소리가 싫고, 그림자 따위나 갖고 유난스럽게 굴고, 식구끼리 티격태격한 얘기를 곰 인형한테 이르는 아이들이 작품의 주인공이니 말이다. 이런 아이들의 가벼운 삶에 흐뭇해하면 힘겹게 살았던 '몽실이'한테 미안한 생각이 들지도 모른다. 하지만 몽실이는 그 모습 그대로 가슴속에 남겨 두고, 이제는 우리 곁에서 살고 있는 아이들을 바라볼 필요가 있지 않을까. 멀쩡히 굴러가고 있는 도시와 그 안에서 살아야 하는 아이들 형편을 더 이상 부정만 할 수 없으니 말이다. 아이들 눈과 귀를 막을 수 없는 형편이라면 오히려 그들에게 자신이 사는 처지를 똑바로 쳐다보게 하고 그 안에서도 씩씩하게 가슴 펴고 살아갈 힘을 주는 게 옳으리라는 생각이 든다.

지금 아동문학의 한끝이 막혔기에 채인선은 그 옆길을 텄다. 이런 시도는 아동문학의 자리를 넓혀 주는 것이지 결코 좁히는 것이 아니다. 세상에는 아직 가 보지 못한 곳이 많고, 하지 못한 이야기들도 많지 않은가. 미처 몰랐던 곳까지 가 보겠다는 마음가짐으로 신발 끈을 단단히 조여 매는 작가들을 보고 싶다. 그리고 자유롭고 힘차게 노는 아이처럼 동화도 거칠 것이 없고 활발한 모습이면 좋겠다.

〈『한국글쓰기교육연구회 회보』, 1997년 11월호〉

이 시대의 아이들 속으로

위기철『쿨쿨 할아버지 잠 깬 날』
이미옥『가만 있어도 웃는 눈』
박기범『문제아』

1

낡은 밑천에 기대어 기성관념을 재생산해 내는 문학적 행태는 동화라고 예외일 수 없다. 관습적인 동화작가가 자신 있어 하는 것들은 정해져 있다. 가난, 농촌, 과거에 대한 향수, 가족간의 화목, 감동적인 결말, 희망과 격려, 고정된 성격의 인물, 문어체 대사……. 하지만 좀처럼 손을 못 대는 분야들도 있다. 중산층 정서와 문화, 도시의 면면들, 요즘 아이들의 구체적 행동·말투·사고방식, 자기 개성대로 움직이는 주인공 등이 그러하다. 그런데 이 시대 아이들과 함께하려는 동화작가들은 관습적인 동화작가들이 피해 가는 것들을 골라서 도전한다. 잘 알고 자신 있어서 그러는 것이 아니다. 끊임없이 변하는 세태를 좇으려면 당연히 힘이 들고, 가 보지 않은 길이 불안하기는 매한가지이다. 그래도 아이들과 함께 끝까지 살아남아 숨 쉬려면 계속 움직이고 뛰어야 하는 것이다.

근래의 아동문학에서 위기철의『쿨쿨 할아버지 잠 깬 날』(1998) 그리고 제3회 '창비 좋은 어린이책 원고 공모' 공동 대상 작품인 이미옥의『가만 있어도 웃는 눈』(1999)과 박기범의『문제아』(1999)가 날렵한 행보를 보여 주고 있어 주목할 만하다. 문제작 없음을 예사로 여기는 아동문학계의 관성을 깨뜨리기 위해서 꼭 필요한 존재들이 아닐 수 없다.

2

2년 전(1997)에 나온 채인선의『전봇대 아저씨』는 90년대 동화의 기점다운 데가 있었다. 단순히 대도시 중산층 아이들 얘기를 했다는 것뿐만 아니라 감수성과 감각, 발상 자체가 이전 동화와 일정한 단절을 이루었던 것이다. 낯선 형식과 내용 때문에 '가볍다'는 정서적 거부감도 만만치 않았지만, 이미 경계를 넘어선 90년대 동화를 되돌릴 수는 없었다. 그때부터는 80년대의 경직성에서 벗어난 여러 장점들을 맞아들이고, 그로써 회복되는 아이들 세계를 기다리는 일만 남은 듯했다. 하지만 채인선은 한동안 홀로 90년대 동화작가였고, 이렇다 할 새 작가와 작품 소식은 들리지 않았다. 조금씩 불안하기조차 했다.

그런데 때마침 위기철 동화집『쿨쿨 할아버지 잠 깬 날』이 나왔다. 상식을 깨는 상상력, 교훈조의 딱딱함과 동심주의의 간지러움을 모두 피한 경쾌한 말투는 어찌 보면 채인선을 닮은 듯도 했지만, 작가 나름으로 90년대 아이들의 세계를 정당하게 소화한 결과였기에 오히려 반가웠다. 게다가 독자들의 반응이 좋아서, 구체적으로는 아이들이 앉은 자리에서 예닐곱 번을 읽더라는 얘기까지 들려왔다. 기획부터 '저학년 문고'라고 뚜렷하게 울타리를 친 데다가, 작가가 유년 동화의 스타일을 정확히 꿰뚫은 덕분이다.

표제작 「쿨쿨 할아버지 잠 깬 날」은 이 동화집이 지닌 가능성 중에서 최고치라 할 만하다. 겨우내 승강기에서 자다가 봄이 되어 깨어난 쿨쿨 할아버지가 아파트에 초록빛 자연을 가져온다는 발상이 판타지로 멋지게 성공한 것이다. 쿨쿨 할아버지가 주차장에 씨를 뿌려 새싹을 틔우고, 하수구를 맑은 개울로 만들고, 찻길을 숲으로 만드는 과정들을 하나씩 쫓아가다 보면 어느새 작가의 유쾌한 백일몽에 어우러진다. 특히 저학년 아이들이 줄거리를 놓치지 않게 비슷한 장면을 차례로 쌓아 가면서도, 끝까지 재미있게 읽도록 밀고 당기는 솜씨가 볼 만하다.

그러나 사람들은 쿨쿨 할아버지한테 아파트 색깔을 어떻게 바꾸느냐고 물어보지 않았어요. 쿨쿨 할아버지가 하는 일은 언제나 신기한 일뿐이고, 그런 일을 미리 알아 버리면 하나도 재미가 없기 때문이지요. 쿨쿨 할아버지는 아파트 건물 밑에 빨강 씨앗을 심었어요. 그리고 물뿌리개로 물을 주었어요.

빨강 씨앗을 심었으니까, 빨간 새싹이 나왔을까요? 아니에요. 빨강 씨앗을 심어도 새싹은 어디까지나 초록색이지요. (「쿨쿨 할아버지 잠 깬 날」, 76~77면)

특히 과거의 농촌 언저리에서만 서성이던 생태 철학을 과감하게 도시 한복판으로 끌어낸 점이 돋보인다. 도시를 인간답게 만드는 것—어쩌면 이 작품의 꿈 같은 얘기에 넘어간 다음 세대들이 이를 실현할지도 모르는 일 아닌가. 성공한 판타지는 현실에 없는 것을 창조할 의욕을 갖게 하는 법이다. 꼭 그렇게까지 되지 않더라도, 주위의 사물에 무감하기 쉬운 아파트 아이들에게 생명의 기운을 지핀 것만으로도 이 작품은 충분히 아름답고 힘이 있다. 작가는 자칫 거대 담론이 되기 쉬운 주제를 아이들의 생활 언어로 번역하는 데 발군의 실력을 보여 주었다.

그렇지만 표제작이 속한 2부에 비해 '꽃담이'가 주인공으로 등장하는 1부의 연작들은 잘 읽고 나서도 헛헛한 점이 있었다. 도시 아이들 생활 장면에 상상력을 결합한 점은 높이 사지만, 도대체 이런 장면은 어떻게 받아들여야 하는지.

> 그때 아빠가 또 꽃담이를 불렀어요.
> "꽃담아, 학교에 갈 시간이야."
> 꽃담이는 또 중얼거렸어요.
> "아이, 귀찮아. 내가 하나 더 있었으면 좋겠어."
> 그러자 꽃담이가 또 하나 생겼어요. 꽃담이는 새로 생긴 꽃담이한테 말했어요.
> "네가 나 대신 학교에 다녀와. 나는 텔레비전을 더 보고 싶어."
> "응, 알겠어." (「내가 하나 더 있었으면」, 42~43면)

어느 정도의 공감은 얻어 낼 수 있겠지만, 생활 속의 자기 모습을 재인식할 수 있게 도와주지는 못한다. 아니, 그런 생각을 잠시 포기한 듯하다. 아이가 조금이라도 현실과 갈등을 일으키려고 하면, 작가는 냉큼 아이 손을 들어 준다. 이로써 현실과의 긴장 관계는 싹 해소되고, 최소한의 교육적 배려마저 사라졌다. 유년동화니까, 요즘 아이들의 일상이 기껏 이 정도일 테니까, 그들을 동화로 다시 불러들여야 하니까……. 1부의 연작들은 이렇게 하나씩 포기하면서 얻은 결과이다. 하지만 동화는 시가 아닌 이상 산문적 현실을 완전히 떠날 수 없고, 현실과의 마찰 계수를 계산하지 않은 진공 상태는 일상이라 할 수 없다. 또 어른들 사회에서 이런저런 갈등을 빼놓는다고 바로 유년 세계가 되지도 않는다. 하나씩 포기할수록 주인공 아이는 가벼운 불만과 투정만을 되풀이하고, 작품은 더욱 앙상해질 뿐이다. 도시 아이들 일상으로 눈은 돌렸지만 마음과 몸은 아직 따라오지 못한 탓이다.

도시 아이들의 일상을 주도면밀하게 살피면서, 그 한 귀퉁이를 야무지게 깨뜨리는 것. 이것은 90년대 동화의 중요한 임무 중 하나이고, 위기철 특유의 정돈된 스타일과 재치가 위력을 발휘할 분야이기도 하다. 상식을 깨는 재치로 일상이라는 기계를 한바탕 뒤집어 놓고 시치미를 뚝 떼려면 보통 이상의 실력이 필요한 것이다. 단, 작가의 몸과 마음이 아이들과 바싹 붙어야 함은 기본이다. 그렇지 않으면 공허한 스타일과 관념의 세련된 구사만 남을 위험도 얼마든지 있기 때문이다.

3

이미옥 장편동화 『가만 있어도 웃는 눈』은 아버지의 실직으로 위기를 맞은 중산층 가정의 이야기라 딱히 새로울 것이 있을까 싶었는데, 다 읽고 나니 정신이 바짝 들면서 반가운 마음이 앞선다.

최근 기성 작가들의 'IMF형 동화'들을 읽고 많이 실망했던 것이 사실이다. 아버지의 사업 실패, 도시 변두리 서민의 삶, 상대적 빈곤 감에 허덕이는 아이들……. 그럴듯하게 구색은 갖췄지만, 레퍼토리는 한참 구식이었다. 선악 대결의 이분법적 구도, 행복한 결말로 가기 위한 통속성과 감상주의, 초점이 모이지 않는 세태주의 따위에 모두 발목이 잡혀 있었던 것이다. 현실보다 작품이 훨씬 궁상맞고 호들갑스러워서 민망할 정도였다.

하지만 이미옥은 똑같은 일을 앞에 두고도 아주 담담하다. 유리병 속에서 손을 빼려면 가득 쥐었던 사탕을 놓아야 하듯이, 놓치지 말아야 할 것과 놓아 줄 것을 명확히 아는 탓이다. 여기서 그가 놓치지 않으려 한 것은 자기 세대와 새로운 사회의 가치 쪽으로 열려 있는 믿음이다.

은행원이던 아빠는 실직한 김에 평소 꿈꾸던 양치기 공부를 하겠다며 뉴질랜드로 떠나고, 남은 가족들은 생활의 변화를 맞게 된다. 이사는 그 시작이었다. 작가는 17층 고층 아파트에서 다세대 지하방으로 떨어진 아이의 심리를 섬세하게 잡아낸다.

강변아파트에서 살 때는 베란다에 서면 늘 '걸리버 여행기'의 소인국으로 간 기분이었다. 내 발바닥 저 아래 개미만 한 사람들이 운동을 하느라 한강변을 열심히 뛰어다녔고, 나무들도 성냥개비만큼 작아 보였다. (…) 하지만 오늘 아침 눈을 떠 보니 감쪽같이 거인의 나라로 와 있었다. 창밖으로 지나가는 신발들을 쳐다보고 있으니까 내 몸이 아주아주 작아진 기분이었다. 당장에 나를 짓밟기라도 할 듯한 커다란 신발들이 부산하게 움직이고 있었다. (33~34면)

이렇듯 성의 있는 묘사는 계속 이어져 작품의 진실함을 보장해 준다. 조금 지난할지는 몰라도 아이들이 보고 느끼는 것을 전부 보여 줌으로써, 독자들로 하여금 이들의 미련을 인정하도록, 새 동네에 적응하는 속도가 더디다고 재촉하지 않도록 해 주는 것이다. 그 사이 엄마가 직장을 잃고, 신용카드 사용을 정지당하고, 자가용을 팔고, 아빠의 수술 소식까지 날아들지만 작가는 이런 변화들을 사건으로 기록하지 않는다. 다만 처음에는 당혹스러워해도 차차 적응해 가는 아이의 심리 변화를 면밀히 쫓아갈 뿐이다. 조금 힘들고 가끔 슬프지만 어쨌든 그곳에도 부산한 생활이 있음을 확인하는 과정, 이것이 이 작품의 처음이고 끝이다.

오히려 줄거리랄 것이 없어서 다행스럽다. 요즘처럼 누군가에게 화풀이하기 쉬운 때는 아예 특별한 갈등과 줄거리를 만들지 않는 것도 한 방법이다. 그 대신 푸근히 스며드는 생활의 감동들 때문에 별로 헛헛하지 않다. 주인공 아이들도 우리가 보지 않는 밤중에 자랐는지 마지막에 보면 한결 듬직한데, 작가가 작품 속의 시간을 느긋하면서도 알차게 운영한 덕분이다.

무엇보다 이 작품을 지탱하는 가장 큰 힘은 바로 신세대 부모들의 생기에서 나온다. 실직을 오히려 새로운 전기로 받아들이는 사고방식, 아이들을 친구처럼 동등하게 대하면서 새롭게 가족 관계를 구성하는 태도, 좋은 경험이 될 거라며 어려움 앞에서 웃을 수 있는 자세 등은 이전 세대들에서 찾기 어려웠던 건강함이다. 물론 카드 대금 연체에 쩔쩔매고, 자동차가 없어 기가 죽고, 아직 완전히 부모로부터 독립하지 못한 모습도 가감없이 드러나는데, 이 때문에 신세대 중산층의 모습이 더욱 입체적으로 완성되었다. 더불어 이런 부모 밑에서 자라는 아이들의 실체까지 뚜렷이 떠올랐음은 물론이다.

하지만 아이들의 성장은 집 안에서만 이루어진 감이 있다. 주인공 아이들이 동네에서 만나는 사람들은 너무나 긍정적인 인물들이어서 도리어 맥이 빠지고, 그곳의 친구들하고 가끔씩 밖에서 놀지만 어쩐지 생기가 돌지 않는다. 주인공 아이들은 집 밖으로 한 발짝 나갔다가, 다시 집 안으로 두 발짝 들어오는 형국이다. 좀 힘들더라도 새로운 책을 읽는 셈 치자는 엄마의 말에서, 아이들은 곧 중산층으로 복귀하리라는 기대를 품는 것이 아닐까? 중산층 부모야 어쩔 수 없지만 '어린 중산층'은 만들지 말도록 경계할 일이다.

통속성과 값싼 감상 없이 제대로 그려 낸 중산층 아이의 경제적 위기—이 사실 하나만으로도 이 작품의 가치는 충분하다. 다만 민감한 사회 문제를 건드린 만큼, 현실을 뚫어 보는 더 날카로운 통찰력이 따라 주었더라면 좋을 뻔했다. 기존의 IMF형 동화들과 차별성이 분명히 있긴 하지만, 궁극적으로 이 경제 위기를 감내해야 할 역경으로 여기는 점에서는 별반 차이가 없는 것이다. 그렇다고 사회학·경제학 용어로 아이들에게 이 사태의 본질을 설명해 줄 일은 아니지만, 사회 구조적 문제에 대한 인식을 놓치지 않았다면 읽는 아이들에게 더 큰 의미로 다가가지 않았을까. 그러기 위해서는 좀 더 투철한 산문정신과 문제적 주인공이 필요했는데, 이 작품은 맑은 동화적 감성이 승하고 주인공도 평균치 심성을 지닌 아이라 처음부터 한계가 있었던 것 같다. 장편동화라기보다는 소년소설로 위치를 정확히 잡고, 그에 맞는 작가적 태도를 견지했더라면 더욱 뚜렷한 성과를 거뒀을 것이다. 생활의 한끝을 단단히 붙잡으면서도 사회 구조적 문제를 늘 염두에 두고, 거기에 중산층의 허위의식까지도 놓치지 않는 그런 소년소설을 다음 목표로 삼으면 어떨지? 이 작가라면 그런 멋진 목표를 이룰 수 있을 것 같다.

4

하지만 잠깐 숨을 돌리고 뒤를 돌아보면 다시 가슴이 답답해진다. 경제적 빈곤, 노동, 통일, 교육…… 섣불리 80년대 해법을 들이댔다가 상처만 입을 문제들이 여전히 남아 있는 탓이다. 제대로 건드리지 못할 바에는 아예 피해 가는 게 상책이라는 유혹에도 솔깃할 법하다.

그러나 제3회 '창비 좋은 어린이책 원고 공모'는 이미옥의 장편동화와 함께 박기범의 동화집 『문제아』를 선택함으로써 남아 있는 시대적 과제들을 단단히 붙들 수 있었다. 그는 80년대를 지나온 어른들에게 낯익은 사회 문제들을 얘기하고 있지만, 신기할 정도로 새로웠다. 시대의 실감을 잃어 가던 사회 문제들이 그의 눈과 입을 거치면 갓 태어난 듯이 생생했던 것이다. 이런 점에서 박기범은 일제 시대부터 부단히 이어 온 현실주의 아동문학의 90년대 계승자라 할 만하다.

나는 문제아다. 선생님이 문제아라니까 나는 문제아다. 처음에는 그 말이 듣기 싫어서 눈에 불이 났다. 지금은 상관없다. (…) 어떤 때는 그 말을 들으니까 더 편하다. 문제아라고 아예 봐주는 것도 많다. 웬만한 일로는 혼나지도 않는다. 그냥 포기한 셈 치니까. (「문제아」, 72면)

메소드(method) 연기라는 것이 있다. 자신의 내적 감정에 집중함으로써 아예 그 인물이 되어 버리는 연기 방법인데, 이렇게 하면 자기가 연기하는 인물도 내면을 가진 입체적 인간으로 보인다고 한다.

박기범은 이를테면 메소드 작가다. 자신이 직접 인물 속으로 뛰어들어서 행동하고, 말하고, 느낀다. 작가가 아이들의 입말을 모국어로 사용하고, 무릎을 꿇지 않고서도 아이들과 눈높이를 맞추고 있기 때문에 이 변신은 더욱 완벽하다. 그렇다고 아이로 변신하는 것만이 능사는 아니다. 아이다움을 잃지 않으면서도 현실의 이면을 항상 신경 써야 하는 동화작가의 딜레마가 기다리는 것이다.

박기범은 서민층 동네에서 자란 경험과, 학생 운동을 하며 얻은 신념으로 교묘하게 무게중심을 잡는다. "아니, 끝방에 웬 여시 같은 년이 이사 오더니 지가 아주 주인 행세까지 하려고 드네."(「독후감 숙제」, 42면)라며 욕을 입에 달고 사는 엄마가 있고, 정리 해고 통지서 때문에 "우체부 아저씨가 와서 불러도 내다보지 말라고 했다. 집에 아무도 없는 척하라고도 했다."(「아빠와 큰아빠」, 28면)며 영문을 모르는 아이도 있다. 하지만 바로 그 맞은편에는 "아빠는 슬프다. 하지만 아빠는 떳떳하다."(「손가락 무덤」, 22면)는 깨달음과, "이 동네 땅 주인들이랑 나라에서는 우리 생각을 하나도 안 했다."(「끝방 아저씨」, 123면)는 매서운 비판의 눈길이 있다. 이렇듯 자칫 흩어질 수 있는 단편적 경험들을 묶어 세우는 것은 작가의 신념이고, 작가가 함부로 치기를 부리지 않도록 단속하는 것은 삶의 때 묻은 경험들이다. 그 속에서 사는 사람들의 숨기운을 붙잡는 한, 촌스러운 현실주의는 없다.

하지만 이 정도까지는 어쩌면 평범한 현실주의 동화에 불과할지도 모르겠다.

「독후감 숙제」는 한 번도 시도되지 않은 방식으로 가난을 재조명한다. 이 작품의 씨앗 역할을 하는 것은 만화가 오세영의 「부자의 그림일기」인데, 이 만화 역시 사실적인 그림 체와 아이의 엉성한 그림일기를 배치시키면서 도시 빈민의 문제를 새롭게 파고든 수작으로 평가받았다. 그러나 독후감 숙제를 할 책이 없어 폐품 더미를 뒤지던 아이가 이 만화가 실린 책을 줍게 되고, 만화 속 아이와 자기를 혼동할 정도로 값진 독서 체험을 한다는 설정은 동화작가 박기범이 감행한 새 도전이었다. 작가는 아예 만화를 과감하게 작품 속에 끼워넣음으로써 아이가 받은 느낌을 독자에게까지 연결한다. 관습적 형식에 얽매이지 않기에 가능한 도전이었고, 이렇게 낯선 형식에 의해 작품의 뜻은 온전히 구원받을 수 있었다.

요즘 아이들에게 소값 파동과 분단 같은 시대의 아픔은 텔레비전 뉴스거리밖에 되지 않는다. 하지만 그런 텔레비전 뉴스 앞에서 선잠이 들어 버린 아이가 꿈에서 송아지로 변한다면? 「송아지의 꿈」은 이런 발상에서 출발한다. 작가는 독자들조차 이런 체험이 가능하도록 정교한 꿈의 세계로 안내한다. 의식이 반쯤 살아서 끊임없이 저항을 하고, 초점을 오락가락 옮기고, 전혀 이성적이지 않은 꿈의 논리를 좇도록 끝까지 밀어붙이는 것이다.

생각해 보니까 나는 요즘에 정말 소를 많이 보았다. 어느 날은 하루 종일 소 떼 행진을 봤고, 또 아까는 뉴스에서 겁에 질린 송아지를 본 거다. 실제로 가까이에서는 한 번도 못 봤는데. 그런 데다가 내 별명은 소새끼이기까지 하고, 지금은 송아지가 됐다. 어유, 참. 어느 쪽으로 생각해 봐도 어떻게든지 이상하게 다 연결이 되고 있다. (「송아지의 꿈」, 144면)

소설로 치면 '의식의 흐름'에 해당되는 기묘한 서술이 진지한 주제 의식과 단단하게 맞물리는 순간이다. 그러나 보통 꿈속의 사건들이 현실과 수평으로 진행되다가 꿈이 깬 뒤에 뻔한 교훈만을 남기는 몽유록(夢遊錄)계 동화와는 뚜렷한 차이가 있다. 주인공 아이는 송아지로 변해 허우적댔던 꿈보다 여전히 모순덩어리로 남아 있는 현실을 더욱 두려워하고, 이미 꿈속에서까지 함께 헤맸던 독자들에게도 이 느낌은 그대로 옮아 오기 때문이다. 역시 문학의 본령은 문제를 해결하는 데 있는 것이 아니라, 제대로 환기하는 데 있음을 확인하는 일례이다.

하지만 작가가 쓰는 1인칭의 효과가 너무 강력한 탓에 괜한 걱정을 하게 된다. 가난한 '우리들끼리' 모여 살아야 좋다는 식의 표현이 여러 번 나오고, 부자들을 그릴 때 간혹 날을 세우는 경향이 있는데, 자칫 읽는 이의 마음이 베일 정도의 증오가 되지 않도록 경계할 필요가 있다. 한편으로는 사실이지만 꼭 그렇지만은 않다는 여지를 남겨 두어야 책 밖의 현실이 좀 여유로워지지 않겠는가. 부디 세상에 대한 너그러운 슬픔의 힘을 믿어 보길 바란다.

5

하마터면 90년대 아이들을 동화 안팎에서 모두 잃어버리는 줄 알았는데, 그래도 몇몇 작가들 덕분에 정당한 90년대 동화를 꾸려 갈 수 있게 되었다. 요즘 아이들 하나하나에게 마음과 글을 열어 두었더니, 정말 아이들이 스스럼없이 작품 속에 들어와 살기 시작한 것이다. 이렇게 확보된 작품 속 아이들과 책 밖의 아이들을 만나게만 해 주면 서로 친구가 되는 것은 금방일 테다. 동시대를 사는 여러 친구들과 충분히 만나야 시대와 공간을 넘어서는 이해력도 얻게 마련이다. 그러니 검증된 외국 명작이나 우리 아동문학의 정전들만 아이들에게 권하는 어른들이 있다면 생각을 바꿀 일이다. 동화도 먹을거리와 같아서 수입품이나 저장 식품만으로는 영양실조에 걸리기 쉽다. 지금 여기서 나오는 신선한 문학을 섭취하는 게 필요하다. 단, 이상한 약을 쳐서 겉만 반드르르하게 만들어 놓은 것에 어른들이 먼저 속지 말아야 함은 물론이다.

〈『창작과비평』, 1999년 여름호〉

쓰레기로 메운 갯벌, 깡통과 떠나는 여행

김중미『괭이부리말 아이들』
이상희『깡통』

1

이제 우리도 제법 살 만해졌다고는 하지만, 가난은 불과 한 세대 전까지만 해도 공기처럼 우리 주위를 떠도는 존재였다. 70년대생인 내 또래들만 하더라도 어렸을 적 자기 집이 가난했거나, 아니면 가난한 친구가 늘 주변에 있었던 기억 때문에 어느 정도 가난의 정서를 공유하고 있다. 그래서인지 가난이라는 테마는 늘 우리 아동문학과 함께했다. 작가들은 아이들의 몸과 마음을 위협하는 가난에 대해 분노를 터뜨리기도 하고, 가난 속에서 참된 삶의 의미를 찾자며 그들을 설득하기도 하고, 가난한 그들의 바람을 꿈에서나마 들어주기도 했다. 성공을 했건 실패를 했건 작품으로 가난과 대결 한번 벌여 보지 않은 아동문학 작가는 아마 거의 없을 것이다.

그런데 이제는 사정이 많이 달라졌다. 어른들은 아파트 평수에 맞춰 이사를 가고, 아이들은 부러 참견하지 않아도 같은 아파트 단지에서 친구를 찾는다. 이렇게 서로만 쳐다보며 남들도 최소한 우리만큼 살겠거니 느끼는 가운데, 그 '우리만큼'의 테두리 바깥에 사는 이들의 설 자리는 점점 좁아져만 간다. 예전보다 그 수가 적어졌다고는 해도 이 땅에 가난의 위협이 사라졌을 리 만무하다. 아직도 많은 작가들은 습관처럼 가난을 이야기한다. 그러나 대개는 2000년인 척하는 1960~70년대의 가난이고, 자신은 중산층 아이를 키우면서 작품 속 아이는 가난한 게 당연한 듯한 모순에 빠져 있기 일쑤이다. 최근의 경제 불황은 이른바 'IMF형 동화'의 양산을 불러왔지만, 그중에서 제대로 된 성과를 뽑아 내기 어려웠던 것이 그런 사실을 증명한다. 많은 작가들이 90년대 이후의 가난이 어떤 모습인지를 몰랐던 것이고, '왜 지금 하필 가난인가?'에 대해 깊이 자문하지 않았던 까닭이다.

김중미의 소년소설 『괭이부리말 아이들』(2000)과 이상희의 동화 『깡통』(2000)은 각각 전형적인 리얼리즘의 방법과 다소 환상적인 동화의 어법으로 가난이라는, 오래되었지만 낡아서는 안 될 테마에 도전하고 있다. 『괭이부리말 아이들』은 땅 한 뼘 갖지 못한 이들이 굴껍질과 쓰레기로 갯벌을 메워 마을을 이뤘다는 빈민 지역을 샅샅이 보여 주고, 『깡통』은 전생에 가난한 시인이었던 깡통이 고아 소년과 인연을 맺고 여행을 떠난다는 설정에서 출발한다. 과연 이 두 작품은 우리에게 '왜 지금 하필 가난인가?'를 설득력 있게 말해 줄 수 있을까?

2

　『괭이부리말 아이들』의 밑그림이 되어 주는 괭이부리말은 인천에서도 가장 오래된 빈민 지역이다. 원래는 '쥐섬'과 짝을 이뤄 '괭이부리'라 이름 붙여진 바닷가였지만 지금은 공장 지대로 변해, 인천 토박이가 아니면 그저 '만석동'으로 아는 곳이다. 괭이부리말에는 한국 근현대사에 한 번씩 큰 변동이 있을 때마다 힘없는 사람들이 꾸역꾸역 밀려들어 왔다. 개항 직후에는 외국인에게 삶의 자리를 빼앗긴 철거민, 일제 시대에는 공장에 일자리를 찾으러 온 노동자, 한국전쟁 뒤에는 피난민, 70년대 수출 드라이브 시대에는 이농민들이 괭이부리말에서 남루한 삶을 꾸려 왔던 것이다.

　하지만 이제 괭이부리말에 밀려드는 건 사람이 아니라 도시에서 흘러 넘친 아파트와 빌라다. 조금이라도 돈을 모은 사람들은 이미 괭이부리말을 떠났고, 집보다 먹고사는 게 급한 사람들은 재개발업자에게 판잣집을 팔고 떠나는데 이도 저도 아닌 채 괭이부리말을 못 떠난 이들은 점점 고립되어 간다. 경제적으로 점점 조여들기만 하는 이곳의 부모들은 아이들을 제대로 돌볼 힘이 없다. 술주정꾼 아버지 때문에 집 나간 어머니가 한둘이 아니고, 돈 벌어 오겠다며 나가서 돌아오지 않는 부모도 부지기수다. 그나마 아버지 어머니가 다 있어도 아버지가 날마다 애를 패면 있으나 마나다. 숙자·숙희 쌍둥이 자매, 동수·동준이 형제, 그리고 명환이와 가출한 여동생은 각자 사정은 조금씩 다르지만 이렇듯 금 가고 무너진 생활 속에서 하루하루 불안하게 살아간다. 이 아이들이 자라면서 몸에 익히는 건 포기와 체념, 배고픔, 어른들에 대한 분노다. 그나마 어린 아이들은 같이 밥도 먹고 텔레비전도 보면서 덜 외로워하려고 애써 보지만, 이미 세상 막막한 걸 알아 버린 형들은 본드에 취해 살고 언니들은 가출해서 연락을 끊고 산다. 공장에 취직했다는 전화를 믿어 보지만 이들이 더 나쁜 곳에 있어도 어떻게 해 볼 도리가 없다.

여기까지는 텔레비전 시사 프로그램이 가끔 다뤄 주는 소재고, 「나쁜 영화」가 등급 외 판정까지 불사해 가며 적나라하게 보여 준 이야기이기도 하다. 하지만 작가는 이 아이들을 수수방관하거나 욕보일 수도 없었다. 그것은 바로 작가 김중미가 이 괭이부리말에서 10여 년간 공부방을 꾸려 가며 동네 아이들의 반부모 노릇을 해 온 까닭이다. 그런 작가가 작품 속의 아이들을 위해 내건 승부수는 영호와 명희라는 인물이다. 괭이부리말 출신인 영호는 홀어머니 밑에서 착실하게 자라 성실한 노동자가 된 청년이고, 명희는 악착같은 어머니 덕분에 괭이부리말에서 벗어나 학교 선생이 된 영호의 초등학교 동창생이다. 어른들도 도망갈 만큼 힘든 생계 문제를 아이들끼리 해결하라고 놔둘 수는 없기에 우선 작가는 영호라는 외부 조력자에게 힘을 빌린다. 하지만 영호는 영웅도 성자도 아니고, 그저 어머니를 암으로 잃고 외로워하는 청년일 뿐이다. 영호는 작가가 강요하지 않아도 사람의 온기에 끌려 아이들을 거둘 수밖에 없는 인물이다. 하지만 작가가 끝까지 붙들고 있는 명희에게는 독자들이 쉽게 수긍하기 힘든 면이 있다. 그것은 바로 명희가 기껏 벗어난 괭이부리말로 다시 돌아오는, 등장인물 중에서 가장 힘든 선택을 하기 때문일 것이다. 물론 작품에서 명희의 정신적 성장을 소홀히 다룬 것은 아니지만, 아무리 그의 정신적 성장이 자세히 그려졌어도 그 자리에서 독자들을 설득해 내기란 불가능에 가깝다. 사람들은 자신의 몸에 한번 새겨진 안락함의 기억이 얼마나 질긴지 너무 잘 알고 대부분 그 기억에 맞서 싸울 생각조차 하지 못하기 때문이다. 그러나 독자들이 이 이야기가 작가 자신의 체험에 뿌리내리고 있음을 알면 함부로 부정하지는 못할 것이다. 대학생 자원봉사자로 괭이부리말에 발을 들여놓은 학생들이 그대로 마을에 눌러앉아 가정을 꾸리고 그곳에서 아이를 키운다는 사실, 그리고 아직껏 그 선택을 후회하지 않고 그곳에서 함께 행복해지려고 애쓰고 있다는 사실을 알면 말이다. 물론 그동안 자의건 타의건 간에 괭이부리말에 등을 돌리고 중산층행 기차를 탄 친구들이 없었겠는가. 그리고 '작품을 위해서'라면 명희 역시 그 중산층행 기차를 태워 보내는 게 나았을 테고, 그랬으면 더 '리얼'하다는 평가를 얻었을지 모른다. 하지만 마지막 순간에 작가는 작품 안이 아닌 작품 밖의 진짜 괭이부리말에 눈을 돌렸고, 귀중한 사람을 하나라도 놓치고 싶지 않은 절박함에 매달렸던 것이다.

지극히 아동문학답다고 할 수 있는 이 작품의 결말은 '흠'이라고 할 수는 없지만, '한계'라는 지적은 피해 가기 힘들 것 같다. 본드에 취해 살던 동수와 명환이가 건강한 노동자로 다시 태어나는 결말 또한 실제 그렇게 될 확률이 높지 않아서, 자칫하면 '작위적'으로 볼 가능성이 없지 않다. 과연 아동문학이라는 테두리가 더 커 나갈 수 있는 작품의 발목을 잡은 것인지, 아니면 그 테두리 안에 있었기에 끝까지 포기하지 않고 악착같이 희망의 빛을 찾아낸 것인지는 쉽게 판단할 수 있는 일이 아니다. 다만 개인적으로 작가에게 품어 보는 바람이라면, 같은 괭이부리말을 두고 시각과 방법을 달리해서 청소년문학에 도전했으면 하는 것이다. 그곳은 아동문학보다 훨씬 더 비바람이 불고 목적지가 보이지 않는 황무지일 테지만 그래도 이 작가라면 도덕적인 설교와 무책임한 사실 보고 차원을 넘어서는 그 무언가를 손에 쥐여 줄 것만 같다.

『괭이부리말 아이들』을 읽으며 절로 눈앞에 펼쳐지는 미니 시리즈 드라마를 연상한 사람이 한두 명은 아닐 것이다. 분명히 실제 모델이 있음직한 인물들과, 때묻은 일상들이 불러일으키는 감동, 게다가 군더더기 하나 없이 담백한 문장 덕분이다. 정말 이 작품을 드라마로 만들 방송국은 없을까. 대사도 덧붙일 필요 없고 콘티를 짤 필요도 없이 그냥 그대로 옮기기만 하면 될 텐데 말이다.『괭이부리말 아이들』이 아무리 도시 빈민 아이들을 진실하게 그렸어도, 많은 도시 빈민 아이들은 책을 접하기가 어려운 게 사실 아닌가. 작품 초반에 동준이가 외로움을 견디기 위해 텔레비전을 밤새 틀어 놓고 잤던 것을 떠올리면, 왠지 가만히 있어서 안 될 것 같은 조바심마저 든다. 그래서 나는 방송국 홈페이지 게시판에라도 이 책 이야기를 쓸 작정이다. 이 작품을 읽고 이런 바보 같은 생각을 한 번이라도 하신 분이 있다면 부디 동참해 주시라.

3

『괭이부리말 아이들』을 처음 만났을 때는 우리 아동문학의 리얼리즘 전통이 또 이렇듯 이어지는구나 싶어서 마냥 뿌듯했다. 하지만 이런 뿌듯함만으로 채워지지 않는 빈 자리가 우리 아동문학에 아직 남아 있다. 그것은 좀 더 '동화'다운 이야기에 대한 동경일 터이다. 성냥팔이 소녀가 언 몸을 녹이려 성냥을 긋고, 성냥불 속에서 크리스마스 트리와 맛있는 요리, 돌아가신 할머니를 보는 그 이야기. 다음 날 행복한 얼굴로 얼어 죽은 성냥팔이 소녀 때문에 슬프고 아름다워서 힘들기조차 했던 기억. 제아무리 칼날을 세운 합리적 이성이 덤비더라도 끄떡없을 이 '동화적' 힘이야말로 우리 아동문학이 계속 고민하고 도전해야 할 영역이 아닐 수 없다.

그런 면에서 이상희의 『깡통』에는 확실히 우리 눈길을 잡아 놓는 요소가 있다. "그는 죽어서 깡통이 되었다."는 첫 문장부터 매력적인 '동화적' 시도로 읽히는 것이다.

무능력한 직장인이자 생기 없는 가장, 그리고 인정받지 못한 시인이었던 '그'는 물난리로 식구를 모두 잃고 이리저리 떠돌다가 외롭게 죽음을 맞이한다. 그는 복숭아를 담은 깡통으로 다시 태어나고, 자기를 쓰레기장에서 주워 온 고아 소년과 인연을 맺는다. 그때부터 둘은 여행을 시작한다. 깡통은 전생에 짐스럽게만 여겼던 식구들을 떠올리며 아이를 돌봐 주고, 아이는 깡통을 '아저씨'라 부르며 그에게 자신의 모든 것을 기댄다. 하지만 점점 추운 겨울이 다가와 깡통은 전생에 잠시 신세를 졌던 수도원에 아이를 보내는데 그 와중에 아이는 깡통을 잃어버린다. 시간이 흘러 아이는 귀밑머리가 희끗희끗한 어른이 되지만 깡통 '아저씨'를 찾기 위해 보이는 족족 깡통을 주워 모으는 생활을 한다. 결국 깡통 아저씨 찾기를 포기할 즈음, 아이(이미 어른이 된)는 아저씨가 늘 입에 올리던 무꽃을 떠올리고 그 무꽃을 피워 그동안 모아 놓은 깡통들에 꽂아 놓자 깡통 아저씨의 영혼이 대답을 하더라는 것. 작품은 이렇게 끝을 맺는다.

이 작품의 줄거리를 간추린다는 것은 부질없는 일이다. 작가는 오히려 내용의 일관된 흐름을 저지하려는 듯이 보인다. 깡통의 과거는 아이와 함께 여행을 하는 도중에 수시로 끼어들고, 깡통은 아이와 이야기하는 도중에도 하염없는 상념에 젖어든다. 나중에 홀쩍 어른이 되어 버린 아이 또한 시도 때도 없이 엄습해 오는 과거 때문에 현재를 제대로 살아가지 못한다. 월간 『에세이』에 한 편씩 발표한 작품을 모은 거라서 구성 자체를 포기한 걸까? 줄거리 간추리기보다 더 부질없는 일은 이 작품을 '동화'로 여기고 꾸역꾸역 읽으며 이 작품이 '가난'에 대한 동화적 지평을 조금이나마 넓혀 줄지도 모른다는 섣부른 기대를 한 것이다. 작가가 무슨 소리냐고, 난 분명히 '동화'를 썼고 '가난'을 이야기했다고 주장하더라도 이건 어쩔 수 없는 일이다. 이른바 '어른을 위한 동화'라는 『깡통』은 작가의 선의에도 불구하고 가난에 대한 대책 없는 낭만성을 부모로 삼은 기형아가 되고 말았다.

사실 '어른을 위한 동화'는 속물스러운 세상사에 지친 어른들을 위로하고, 현실과 비판적 거리를 유지하면서 일반소설이 미처 다루지 못한 것을 이야기하겠다는 야심에서 시작된다. 하지만 대부분의 경우 그 위로는 말랑말랑한 위안이 되어 버리고, 애초부터 현실과 거리를 두고 하는 발언은 그럭저럭 옳은 것 같으면서도 안전하기 그지없는 이불 속 활개로 떨어지곤 한다. 물론 우리는 '어른을 위한 동화'의 이상(理想)으로 꼽는 『어린 왕자』, 『모모』, 『나의 라임 오렌지나무』 같은 작품들이 얼마나 소중한지를 알고 있다. 그 때문에 쉽사리 어른을 위한 동화라는 말을 100퍼센트 부정하지는 못한다. 이들 작가들은 굳이 어린이를 위해 썼다고 말하지는 않았지만 그렇다고 어른만을 위해 쓴 것은 더욱 아니었다. 그 작품들은 모두 아이들에게도 얼마든지 열려 있으며 그들은 자기가 감당할 만큼의 무게만 덜어서 가져갈 따름이다. 또한 그 작품들은 어른들 마음 속에서 먼지를 뒤집어쓰고 있는 동심과 직관에 호소하기 때문에 끝까지 독자를 설득할 에너지를 잃지 않는다.

하지만 '어른을 위한 동화'로 기획된 대개의 작품들은 마치 대단한 '철학'처럼 보이는 경구를 읊조리곤 한다. 그러나 그 경구라는 것은 대개 공허하고 감동은커녕 낯간지럽기까지 하다. 안타깝게도 『깡통』은 그 전형적인 예가 되었다.

> "그렇게 생각하지 말고 이렇게 생각해 보는 거야. 뭔가 담겨 있으면 새로운 걸 담을 수 없잖아…… 비어 있다는 건 좋은 거라고."
> "야호! 우리에게 집이 없다는 것도. 갈 곳이 정해져 있지 않다는 것도, 그러고 보면 좋은 거네!"
> "그럼. 길이 다 정해져 있으면 그대로 따라가야 하거든. 새로운 길을 가 보기가 힘들지. 우리는 아무것도 정해지지 않은 길을 우리 스스로 만들어서 가고 있는 거야. 하얀 백지에다 첫 글자를 쓸 때처럼 말야. 그 대신 용기를 많이 내야 하지." (71~72면)

어떡하겠나. 많은 어른 독자와 작가들이 동화라 하면 서로 이런 포즈를 취해 주는 거라 믿고 있는걸. 우리 아동문학에는 튼튼한 리얼리즘 전통만 있는 게 아니라, 한편에는 이렇듯 허망한 오해를 키워 온 과오도 있었던 것이다. 작가 한 사람만 비판한다고 될 일은 아닌 듯하다.

단지 작가가 이 작품의 상상력을 빌려 왔다고 두 번이나 고백한 이성복의 시 「모래내·1978년」이 작품 속에서는 정작 시로서의 생기를 거세당한 것이 안쓰러울 따름이다. 그리고 책 표지에서 깡통을 쥔 채 웃고 있는 아이의 그림은 작가의 무리한 요구에 영문도 모르고 연기한 아역 배우를 보는 듯 애처롭다.

4

나는 원래 작품을 읽기 전에 기본 정보만 갖고 이런저런 기대를 해 보는 편이다. 『괭이부리말 아이들』을 두고는 쓰레기로 갯벌을 메운 사람들의 자식이 절대 무너지지 않으리라 생각했다. 결과적으로 작가는 그 기대를 저버리지 않았지만, 그렇다고 그들의 건재를 자랑함으로써 우리를 안심시키지도 않았다. 아무리 감동적으로 결말을 맺었더라도, 사실 괭이부리말 자체는 달라진 것이 아무것도 없고 작가 역시 그곳을 위협하는 요소들이 여전하다는 것을 숨기지 않았다. 하지만 그 마을의 앞 세대가 갯벌과 시궁창을 마다 않고 그 위에 집을 지은 것처럼, 남은 이들도 한 뼘만 한 희망이 있으면 어떻게든 살아갈 이유를 찾으리라는 것. 이것이 내 얕은 기대에 대한 작가의 대답이었다.

『깡통』을 두고는 가난에 대한 정서적 울림과 여행에서 으레 얻어질 법한 아이의 성장을 기대했지만, 오로지 작가가 충실히 구현한 것은 '어른을 위한 동화'라는 명패뿐이었다.

어쨌든 두 작품을 읽고 내린 결론은, 다른 모든 것과 마찬가지로 아동문학에서의 가난 역시 '전문가'가 손을 대야 한다는 사실이다. 그 길만이 가난한 이들을 욕되게 하지 않으면서 독자인 우리를 천박함에서 구원해 줄 것이다.

〈『황해문화』, 2001년 봄호〉

문제작과 '문제'작

남찬숙『괴상한 녀석』
정하섭『열 살이에요』

1

올해(2001)로 아동문학을 공부한 지 5년째 접어든다. 물론 우리 아동문학 전반을 알기에 턱없이 짧지만, 맘먹고 공부하면 남들 앞에서 3시간 이상 떠들 수 있는 작가를 한 명쯤 가질 수 있는 시간이었다. 그런데 나에겐 마땅히 그런 작가가 없다. 가끔씩 맡겨지는 강의 주제도 대개 '오늘의 동화'다. 이런 종류의 강의는 여러 번 해도 축적되는 것이 별로 없기 때문에, 나도 방정환, 현덕, 이원수, 권정생 등 '클래식'한 작가들과 연분을 맺을 걸 그랬나, 이런 한심한 생각을 할 때도 있다.

하지만 이렇게 된 것은 결국 내 기질 탓이다. 작가들에게 경외감을 품으면서도, 늘 '요즘은 뭐 재미있는 책 없나?' 하며 신간 쪽을 기웃거리고, 한구석에서 와글거리는 소리가 들리면 좋은 구경났나 싶어 얼른 달려가는 게 평소 내 모습이기 때문이다. 물론 대부분은 시시한 남 일에 그치고 말지만, 아주 가끔씩은 꼭 내 일처럼 생각되어 절박해질 때가 있다. 단순히 '난 좋은데 왜 저 사람은 싫어하지?'가 아니라, 그 작가와 작품이 인정받지 못하면 내 자신이 무너지는 것처럼 느껴질 때가 있는 것이다. 그 작가와 작품이 이대로 묻혀 버리면 우리 아동문학이 한동안 멈출까 봐 안절부절못하기도 한다. 가끔은 내가 보기에 문제가 많은 작품이 아무 의구심 없이 좋게 받아들여지고 있는 현실에 발끈할 때도 있다. 조용히 잘 살고 있는 독자를 이런 식으로 충동하는 작품, 나는 이것을 문제작이라 생각한다. 나의 인생관·시대관·문학관을 총동원하여 지지하고 싶거나, 아니면 내 이름을 걸고 반대 의견을 내놓도록 만드는 그런 작품 말이다. 물론 시간이 흐르면 작품의 문학사적 좌표가 정해지겠지만, 나는 그런 무기력한 안전보다 적절한 때를 놓치지 않고 자기를 던질 때 느끼는 즐거움이 더 크다고 본다. 사정이 이러하니 내가 늘 '오늘의 동화' 담당으로 맴도는 것도 당연한 노릇이다.

그런 의미에서 남찬숙의 『괴상한 녀석』(2000)은 나에게 2001년 상반기의 문제작이다. 한계는 있지만 지금보다 훨씬 더 적극적인 평가를 받아야 할 작품이라는 것이 현재의 내 판단이기 때문이다. 함께 다룰 정하섭의 『열 살이에요』(2000)는 말 그대로 문제가 많다는 뜻에서 '문제'작인데, 최근의 생활동화가 빠지기 쉬운 편향의 한 예로써 살펴보겠다.

2

『괴상한 녀석』에 관해서는 이미 윤경희가 「'찬이'가 준 재미와

'석이'가 준 아쉬움」(『동화 읽는 어른』, 2001년 5월호)에서 언급한 바 있다. 그 글의 제목처럼 『괴상한 녀석』을 읽는 방향은 '찬이'와 '석이'로 갈리고 그에 따라 줄거리도 다르다. 책의 첫 장을 넘기기 전에 자기에게 어떤 암시를 주었느냐에 따라 평가가 달리 나오게 되어 있다. 첫 번째 암시는, 제목 그대로 '괴상한 녀석'이 궁금해서 읽어 보는 것, 그리고 이 작품이 왕따 문제를 다뤘다는 정보에 기대어 읽어 보는 것이다. 두 번째 암시는, '제4회 창비 좋은 어린이책 원고 공모' 심사평에서 언급한 대로 "냉철하고 끈덕지게 문제상황을 지켜 보는 힘"이 궁금해서 읽는 것인데, 이건 내 경우에 해당된다. 첫 번째 암시는 자연스럽게 석이로 연결되고, 두 번째 암시는 처음부터 끝까지 찬이의 눈만 빌린다.

석이를 중심에 놓고 읽으면 공부를 못 쫓아간다는 이유로 가족에게 무시당하고 학교에서도 왕따를 당해 결국 조기 유학을 떠날 수밖에 없는 아이의 이야기가 된다. 이 방향으로 읽으면 독자도 찬이나 찬이 엄마처럼 석이를 천재 혹은 비범한 괴짜로 봤다가 뒤통수를 얻어맞는 셈이 되니 초반부터 실망하지 않을 수 없다. 그 실망의 내용은 다르겠지만, 찬이 엄마가 느끼는 실망의 본질과 멀리 떨어진 것은 아니다. 찬이 엄마는 '바보'인 석이로부터 찬이를 떼어 놓으려고 야비한 언행을 서슴지 않고, 양심적인 독자들은 이제 대 놓고 왕따당할 일만 남은 석이 때문에 안절부절못할 수밖에 없다. 아직 작품은 반 넘게 남아 있는데 야비한 찬이 엄마와 비겁한 석이 엄마 때문에 속만 상하고, 계속 궁지에 몰리는 석이 때문에 마음이 지쳐 버린다. 석이와 석이 부모의 내밀하고 진지한 고민이 보인다면 그나마 위안이 될 텐데, 그런 희망은 끝까지 보이지 않고 결국 석이는 철저히 짓밟히고 만다. 이렇게 되면 독자들은 왕따의 희생양인 석이와 그 부모를 그 지경으로 내몬 작가를 의심하고, 그들의 썩어 들어가는 속내를 제대로 들여다보지 못했다며 비판하게 되는 것이다. 이런 점 때문에 어린이도서연구회 쪽에서도 고민이 있었던 것으로 보인다. 주제 면에서 교육 현실과 어른들의 잘못된 시각을 예리하게 짚었기 때문에 평가 점수인 '올챙이'*를 세 마리 줄 수도 있었지만, 인물 성격에서 많은 문제가 드러나기 때문에 결국 두 마리로 결정되었다는 사정을 윤경희의 글을 보고 알았다.

석이의 처지에서 이 작품을 읽었을 때 그런 평가가 나올 수 있음은 충분히 예상된다. 나 또한 그 점을 이 작품의 한계로 받아들인다. 그러나 이 작품의 진정한 가치는 전혀 다른 곳에 있다고 생각된다. 작가는 왕따 문제를 다루고 있지만, 결코 관습적인 방법으로 접근하지 않았다는 사실이다. 그럼에도 많은 독자들은 이 작품을 '주제면에서 교육 문제를 다뤘다.'는 관습적인 방법으로 읽어 버리고 작품의 개성을 지워 버린다. 이 작품의 결정적인 매력은 소심한 서술자인 찬이에게 있는데, 왕따 문제에 대한 해답에 목이 마른 독자들은 미처 찬이의 존재를 돌아볼 여유가 없었던 것이다. 이 작품이 문제작으로 평가받아야 하는 이유는, 최근의 사회적 이슈인 왕따 문제를 다룬 데 있는 것이 아니라 지금까지 없던 새로운 어법과 인물형을 내놓은 데 있다.

석이를 중심에 놓고 작품을 보면 인물 성격에 일관성이 없다는 어린이도서연구회의 평가가 옳지만, 찬이를 중심에 놓고 작품을 보면 평가는 정반대가 된다. 작가는 거의 지독하다고 할 만큼 찬이의 소

* 어린이도서연구회에서는 회보에 신간을 소개할 때 평가 점수에 따라 '별점'으로 올챙이 1마리에서 5마리까지 표시한 적이 있다.

심한 성격을 마지막까지 밀어붙임으로써 작품 전체에 독특한 질감을 표현하는 데 성공했다. 사실 이 작품은 바로 찬이의 내면으로부터 시작해서 거기에서 끝을 맺는다고 해도 과언이 아니다. 작품의 열쇠를 쥐고 있는 석이를 비롯해, 찬이 엄마, 아빠, 석이의 부모, 악역을 맡은 경태와 그 엄마, 윤곽이 흐릿한 선생님까지 우리는 찬이의 내면에 비친 모습만으로 그들을 알 수 있을 뿐이다. 그런데 찬이의 내면은 울퉁불퉁한 거울이기 때문에 때로는 아주 리얼하게, 때로는 과장되고 비뚤어지게, 때로는 어렴풋하게 비치는데, 그 모습을 현실 자체로 받아들이는 데에서 오해가 생긴 것이 아닐까? 또한 말수 적은 아이의 내면에 얽혀 있는 감정을 잘 그리고, 자기변명으로 얕게 묻어 둔 진실이 무서운 죄책감이 되어 자신을 공격할 때의 괴로움을 잘 그린 것은 이전의 관습적인 작품들에서 결코 볼 수 없는 이 작품만의 장점이기도 하다. 학급에서 왕따를 당하는 아이는 한두 명 정도일 것이고, 이런 친구를 티 나게 괴롭히는 아이들은 열 명이 채 안 될 것이다. 정도의 차이는 있겠지만, 나머지 아이들은 침묵함으로써 동조하는 세력이 되는데, 이런 단순한 계산만으로도 『괴상한 녀석』은 왕따 문제의 지평을 넓힌 셈이 된다. 그리고 왕따 문제가 단순히 교실 안에서 벌어지는 일이 아니라 가정에서부터 몰래 원격 조정되는 측면도 있음을 지적한 것은, 교육 문제에 관한 작가의 고민이 관습적 독자들보다 한 발 더 나아갔음을 보여 주는 증거이다. 어쩌면 작가가 작품을 쓰기 시작했을 때에는 교육 문제에 대한 뚜렷한 확신과 인식이 없었을 수도 있다. 그러나 작가는 찬이의 생각과 어법을 놓치지 않음으로써 처음 의도했던 것보다 문제의 본질에 좀 더 다가갈 수 있었던 것으로 보인다. 그래서 이 작품을 읽고 실망했다는 분들께 부디 찬이에게 주목하면서 다시 한 번 읽어 보라 권하고 싶다. 처음부터 고개를 빳빳이 드는 기준들을 잠시 내려놓고 찬이의 시선과 생각에 기대 보고, 그리고 이도 저도 못 하는 복잡한 상황을 곁에서 판단하지 말고 그 속에서 경험하길 바란다. 작가가 찬이의 눈과 입을 빌린 까닭은 사태를 바라보지 말고 경험하라는 데에 있기 때문이다.

『괴상한 녀석』이 민감한 사회적 이슈를 다루는 데 그쳤다면 굳이 이 작가의 다음 작품을 기대할 이유는 없다. 하지만 처음부터 짱짱한 장편으로, 그것도 인물 성격 하나만으로 승부를 건 이 작가의 역량을 보건대, 다음 작품은 분명히 기대하고도 남음이 있다. 약간 불안한 출발을 보이긴 했지만 그 가능성을 확인해 주고 다음 작품을 기다리게 만든 작가. 이런 작가야말로 지난한 신간 읽기의 최대 보람이다.

3

『괴상한 녀석』이 너무 개성적인 외모 때문에 인정을 못 받았다면, 정하섭의 『열 살이에요』는 마냥 순한 얼굴 때문에 별 탈 없이 인정받는 셈이 되었다. 일회성 면접 심사의 폐해가 아닐 수 없는데, 이는 단순히 『열 살이에요』 작품 하나에만 머무를 문제는 아니다. 믿음직한 작가마저 홀려 내는 최근 생활동화의 그릇된 경향이 걱정이고, 그렇기 때문에 더욱더 '행복한 가정' 이데올로기에 대한 고민 자체를 중지시키는 결과를 낳았다는 것이 문제인 것이다.

작품 전반에 흐르는 작가의 선의를 의심할 수는 없다. 아버지가 안 계시지만 남부러울 것 없이 사랑이 넘치는 유동이네를 그림으로써, 이른바 결손 가정에 대한 새로운 상을 제시하려는 작가의 의지가 돋보인다. 아들을 사랑하는 엄마, 조카를 사랑하는 이모, 손자를 사랑하는 할머니까지 유동이는 그야말로 가족의 넘치는 사랑 속에 푹 빠져 살아간다. 아이가 성장하는 데 가족의 사랑이 필수 조건임을 모르는 사람이 어디 있을까. 하지만 인간이 산소 없이 살 수 없다 해서 실제로 100퍼센트 순수한 산소 속에서만 살지 않듯이, 아이에게 가족의 사랑이 필수라고 해도 무조건적으로 퍼부어지는 사랑은 외려 아이의 사회적 성숙을 방해한다. 예컨대 작품 첫 장면은 유동이가 떡국을 먹으며 자신이 드디어 10대가 되었음을 계속 강조하면서 시작되는데, 정말 유동이가 이런 식으로 자기 나이를 요란스럽게 강조하지 않는다면 이 아이는 정말 나이를 먹을 수 없겠다는 생각이 든다. 이 작품에서 시간은 달력의 날짜와 다를 바가 없어서 그냥 흘러갈 뿐이다. 그저 때가 되면 나이는 먹게 되어 있고, 자연스레 엄마의 뽀뽀를 어색하게 여길 때가 찾아오게 마련이고, 다락방에 혼자 올라가 고독을 즐길 때도 온다는 식이다. 거친 사회로부터 아이를 지키고, 가족의 테두리 안에서 최대한의 행복을 만들어야 한다는 것이 작가의 가족관일까? 물론 세상에 이런 가족이 없지 않겠지만, 투철한 작가라면 누구도 믿어 의심치 않는 '가족 사랑'의 실체에 대한 비판의 시선을 거두지 않았을 것이다. 그렇잖아도 폐쇄적인 가족주의가 사회적 문제로까지 대두되고 있는 마당에 작가마저 그 현상에 덩달아 춤을 출 필요는 없는 것이다.

어쩌면 이 작가는 뚜렷한 사건과 해결 과정을 다룰 경우 어지간해서 통속적 결말을 피하기 어렵다는 걸 눈치챈 것이 아닐까? 이 작품은 정말 불가사의하게도 아무런 사건 없이 장편 분량을 채워 나간다. 가끔 이모에게 회초리를 맞는다든가, 강아지가 이불에 오줌을

싼다든가, 물장난을 치다가 욕실 전등을 깨는 소동은 있어도 '사건' 은 없다. 또 강아지를 데리고 잤다가 어른에게 꾸지람을 듣기도 하고, 버스 안에서 뽀뽀를 피했다가 엄마에게 서운함을 사기도 하지만, 이 역시 '갈등'으로 이어지지는 않는다. '사건'과 '갈등'이 없으니 작가가 무리하게 나서서 해결할 일도 없고 뻔한 거짓말을 해야 할 위험에 빠지지도 않는다. 그러나 사고 한 번 내지 않고 작품이 마지막까지 무사히 전개되었다고 해서 평균치 이상의 합격점을 줄 수는 없는 일이다.

이렇듯 안전제일의 가족 만세를 외치는 작품은 '작가 정신의 부재'를 보여 준다고 할 수 있다. 그러나 요즘은 이런 당위마저 제대로 힘을 받지 못하는 형국이다. 작가도, 이 책을 아이에게 건네줄 부모도 아마 대부분은 유동이네처럼 행복한 가족을 꾸리고 싶어 할 테고, 유동이 엄마처럼 자식과 진짜 친구가 되려 애쓸 것이 뻔하기에. 마음과 손은 행복한 가정을 가꾸는 데에 가 있으면서 머리와 입으로는 허약한 중산층 가족주의라고 삿대질하는 이가 있다면 그건 또 다른 형태의 왜곡이 될 터이다. 『열 살이에요』는 분명 작품으로서 실패했다고 결론 내릴 수 있지만, 그 실패의 원인을 한 마디로 잘라 말하기는 어렵다. 장편동화에서 작은 일상들을 어떻게 조직해야 할 것인지, 현대 사회에서 이상적인 가족상은 어떤 것인지에 대해 각자, 그리고 함께 고민하지 않는다면 작가와 독자들은 이 실패를 거울로 삼지 않을 것이다.

4

내가 쏟아지는 신간들 속을 헤집고 다니는 것은 바로 문제작을 만나 보고 싶은 의지가 있어서이다. 그러나 정작 문제작을 만났을 때는 기쁘기도 하면서 한편으로는 불안해지곤 한다. 대개 문제작들은 사랑을 받을 만한 요소도 있지만, 동시에 밉상인 구석도 꼭 하나 이상 갖고 있기 때문이다. 이미 좋고 싫음을 결정한 이들을 설득하기란 보통 일이 아니지 않은가. 게다가 남을 설득할 만큼 내가 그 작품에 대해 확신을 갖고 있는가 하면 꼭 그렇지도 않다. 하지만 100퍼센트 확신이 찾아올 때까지 기다리는 동안, 우리 곁에서는 수많은 가능성들이 태어나고 또 사라져 간다. 어린이도서연구회 식으로 말하자면, 올챙이 다섯 마리를 줄 작품을 기다리는 동안에도 올챙이 두 마리와 세 마리를 받은 작품들에서 문제작을 가려내고 좀 더 생산적인 토론을 게을리하지 않았으면 하는 바람이다. 『괴상한 녀석』의 경우는 주제는 좋지만 여하튼 문제가 많다고 몰아붙이기에는 상당히 복잡한 가능성을 숨기고 있고, 『열 살이에요』의 경우는 일상을 따뜻하게 다뤘다는 주례사로 들어 넘기기에는 심각한 문제를 안고 있기 때문이다.

〈『동화 읽는 어른』, 2001년 6월호〉

새봄이 오는 문학 축제를 꿈꾸며

2002년 신춘문예 당선 동화들

1

예전에 본 드라마에 이런 얘기가 있었다. 한 시골 마을에 갑자기 신문 기자들이 들이닥쳐 40대 중반쯤 되는 동네 아저씨를 취재해 간다. 평범하기 이를 데 없는 아저씨에게 기자가 찾아오다니, 마을 사람들은 그 내막을 짐작하느라 바쁘지만 정작 본인은 입을 꼭 다문다. 결국 나중에 밝혀진 것은, 그 아저씨가 거의 스무 해 동안 신춘문예에 응모했다는 사실이었다. 그 해 역시 낙방했지만 심사 위원이 이름을 외울 정도로 수십 번 응모해 온 정성이 기삿거리가 되었던 것이다.

대부분 사람들이 신춘문예에 대해 갖고 있는 인상은 그 아저씨의 순정과 멀지 않을 것이다. 해마다 연말이 되면 전국에 독감처럼 퍼진다는 '신춘문예병'이며, 당선 소감부터 먼저 써야지 작품이 잘 나간다는 문학청년의 치기며, 1년간 써 온 원고 뭉치를 몽땅 응모한 뒤

깨끗이 낙방하고 빈손으로 새해를 맞는 누구누구의 선배며 후배며, 1년의 360일을 꿈이고 뭐고 다 잊고 사는 사람들에게는 연말연시에 잠시 이런 일화와 마주하는 것도 소소한 기쁨이고 왠지 모를 설렘이다.

그러나 신춘문예라는 제도 자체는 별로 낭만적이지 않다. 그 제도가 폐쇄적인 문단 정치를 유지·강화시킬 명분과 연결되어 있기 때문에 권위로부터 자유로워야 할 문학이 권위 안에 묶여 있다는 비판은 끊임없이 있어 왔다. '작가'라는 직함을 얻기 위해 문학을 포기한 응모자들은 '신춘문예 고시반'에 등록을 하고, 심사 위원의 성향을 미리 파악하여 그가 좋아할 만한 주제·문장을 갖춘 글을 1년 내내 고치고 또 고치기 일쑤다. 문학의 진실도 없고, 순정도 없고, 도전을 빙자한 치기조차 없이 고분고분한 '신춘문예용' 작품들이 해마다 본선에 오른다. 그중 상당수는 당선되자마자 거의 은퇴 상태가 되기도 한다는 풍문이 나돈다. 하지만 90년대 이후 일반문학계는 판도 자체가 권위에 불복종하는 방향으로 급속히 변화해 갔다. 이제는 신문·잡지와 같은 기존 제도권의 등단 절차 따위는 처음부터 아랑곳하지 않는 젊은 작가들도 상당수이고, 신춘문예 당선만으로는 출판이나 원고 청탁을 보장받을 수 없는 현실 앞에서 아예 신춘문예 폐지론까지 나오는 모양이다.

그렇다면 아동문학 쪽은 어떨까. 최근 몇 년간 유례없는 어린이책 출판 호황을 맞아 전성기라면 전성기를 누리고 있는 아동문학판이건만, 각 신문사의 신춘문예 당선작들을 보면 뭔가 어긋나도 단단히 어긋나 있다는 생각이 든다. 어린이 독서운동 시민단체가 기꺼이 권하는 작품, 서점에서 좋은 반응을 보이는 작품, 학교에서 아이들이 서로 빌려 가려 다투는 작품 들이 어떠한 것인지 모두 뻔히 알고 있는 이 마당에 신춘문예 홀로 거슬러 올라가고 있는 것처럼 보인다. 모두 뻔히 알고 있다는 내 생각이 틀린 것일까? 어쩌면 기성 '아동문학 문단'은 지레짐작했던 것보다 훨씬 견고하고, 그 안으로 진입하려는 사람들도 많고, 그들끼리는 같은 신념으로 똘똘 뭉쳐 있는지도 모를 일이다. 문제는 그들이 지어낸 이야기들은 그 안에서 돌고 돈다는 데 있다. 정작 동화라는 것은 아이들을 향해 열린 이야기여야 하는데 말이다.

2

마침 작년(2001) 『동화 읽는 어른』 3월호에 신춘문예 당선 동화를 다룬 글이 실려 있어 읽어 보았다. 그런데 당선작들은 내용이나 경향이 천편일률이었다. 아마 그 앞 해의 당선작을 보더라도 양상은 비슷했을 것이다.

이번에 읽어 본 당선작 가운데에는 단순한 교훈주의 동화는 한 편도 없었다. 최근 교훈주의 동화에 대한 비판이 많았던 데다가, 신춘문예라 하면 좀 더 '예술적'이고 '문장'이 좋아야 한다는 의견이 있기 때문이 아닐까 싶다. 그런데 바로 그 '예술'과 '문장' 때문에 동화가 이야기로서의 자기 정체성을 포기하는 일이 종종 생긴다.

「할아버지의 오동나무」(『대한매일』, 김은수 글)는 뭔가 사연이 있어 보이는 할아버지가 강변의 오두막집에서 친손주도 아닌 아이를 기르는 풍경을 담고 있다. 작품 사이사이에 한두 줄씩 할아버지가 아이를 키우게 된 과정, 그리고 할아버지가 원래 가야금을 만드는 장인이었다는 사실이 어렴풋하게 드러난다. 이 할아버지는 보통 사람이 아니라 "영영 시들지 않는 소리 꽃을 피우는 가야금"을 만드는 게 꿈인 장인이고, 이 할아버지가 퉁기는 가야금 소리는 "다리를 길게 모은 두루미가 날갯짓도 못 해 보곤 사라지듯 뚝 그"치는 소리이다. 이렇게 해서 이 동화는 아무런 이야깃거리를 담고 있지 못함에도 이른바 '예술'로서의 외피를 입게 된 것이다.

「보리암 스님」(『한국일보』, 봉현주 글)은 이에 비하면 약간 이야깃거리가 있다. 병든 할아버지를 모시는 아이와 그 아이를 돌봐 주려고 일부러 심술을 부리는 큰스님이 맞물리면서 헐겁지만은 않은 이야기 짜임새를 보여준다. 그렇다고 이런 이야기에 굳이 스님이 나오는 이유는 무엇인가. '동자승', '큰스님' 운운하며 정채봉의 「오세암」 분위기를 답습하는 이런 유의 이야기는 신춘문예 동화의 단골 레퍼토리이다. 그걸 아는지 모르는지 심사 위원은 "올 당선작의 경우도 특정 종교가 소재 혹은 그 배경이 되었다."고 망설이면서도 문장력이 돋보인다는 이유로 이 작품을 당선작으로 뽑았다. 같은 신문사의 지난해 신춘문예 동화 당선작도 산골 절의 동자승과 큰스님의 선문답 '예술' 동화였고, 올해 다른 신문사의 본선에 오른 작품 중에도 동자승 이야기가 있었는데 이쯤 되면 신춘문예 동화들이 '불교 콤플렉스'를 갖고 있다 해도 과언이 아닐 듯싶다.

「고인돌과 다람이」(『광주일보』, 김인숙 글)는 이른바 환상동화의 모양새를 하고 있기는 한데, 몇 번을 읽어도 줄거리 파악하기가 쉽지 않다. 고인돌을 기울어뜨린다고 의심받아 사람들에게 잡힐 뻔한 다람쥐가 마법 구슬을 얻어 위기를 모면하는 줄거리이니 저학년이 읽기에 적합한 작품이다. 그래서 문장이 간결하고 명확해야 하는데 문장마다 수식어가 주렁주렁 매달려 있어 이야기가 도무지 앞으로 나아가지를 못한다. 마법 구슬이 나오면 '환상 산물의 전형'이고, 고인돌이 나오면 '전통 정신의 환기'인가. 작품보다 심사평이 더욱 의문투성이다.

「바람이 된 햇살」(『국제신문』, 석영희 글) 역시 줄거리 파악이 영 쉽지 않은 작품인데, 결국은 햇살·바람·새싹·희생이라는 몇 가지 상투적 키워드가 조합된 것에 불과하다.

「사랑으로 피는 꽃」(『대전일보』, 오경문 글)은 겨울 논에 홀로 남은 아기별꽃이 무리에서 떨어진 제비에게 자신의 잎을 모이로 내준다는 이야기로, 오스카 와일드의 「행복한 왕자」와 권정생의 「강아지똥」이 조립되어 있음을 금세 알아챌 수 있다. 그런데 심사 위원은 도리어 그 점을 높이 사서 '기성 작가 못지않다.'고 칭찬을 하니 더욱 영문을 모를 일이다.

이런 작품들 속에서 「비둘기 아줌마」(『조선일보』, 조태봉 글)는 무리하게 예술인 척하지 않은 것만으로도 한숨을 돌릴 수 있었다. 하지만 성수대교 붕괴로 딸을 잃고, 성수대교 부근의 비둘기에게 밥을 주며 외로움을 달래는 이 아주머니 이야기는 예전에 텔레비전에서 보았던 실화이다. 아마 극적인 효과를 위해 성수대교 붕괴 부분만 살짝 끼워 넣은 것으로 보이는데, 이미 잘 알려진 이야기를 그대로 옮길 뿐 어떤 재해석도 시도하지 않은 이런 작품에서 신인으로서의 패기와 도전을 찾아보기란 거의 불가능하다.

3

이렇듯 어설픈 예술 흉내를 방조하고 기존 이야기에 슬쩍 편승하는 안이함을 묵인하며 서로들 허우적대고 있는 가운데, 두 편의 작품이 단연 눈에 띄었다. 한 작품은 좀 익숙한 유형의 이야기였지만 그냥 밀쳐놓을 수 없는 생활의 진실함이 잔잔히 배어 나와 반가웠다. 또 한 편은 아마 모르긴 해도 2002년이 다 지날 즈음 '올해의 동화'를 꼽을 때 다섯 손가락 안에 남아 있을 것이 분명할 만큼 개성 넘치는 작품이었다.

「엄마 없는 날에도」(『매일신문』, 차정옥 글)는 가구 공장에서 해고당한 아버지가 엄마와 이불 장사를 나간 이틀 동안 아이가 겪는 학교 생활의 곤란함, 외로움, 자기를 예뻐해 준 외국인 노동자 아저씨와의 추억 등을 한자리에 엮어 내고 있다. 한정된 지면에 따돌림, 가족애, 빈부, 외국인 노동자 문제 등 각종 사회 문제를 담아내느라 약간 버거워하는 느낌도 없지 않지만, 각각의 에피소드에 담겨 있는 진실만은 의심할 여지가 없었다. 특히 취재에 의한 것인지, 작가 자신의 경험에 의한 것인지 알 수 없지만 외국인 산재 노동자의 체온이 아프게 전해지는 삽화는 이 짧은 신춘문예 동화 안에 묶어 두기 아까울 정도다. 기회가 닿는다면 이 삽화를 따로 떼어 내어 온전한 이야기 한 편으로 재구성하면 좋겠다. 분명 요즘 어린이들에게 귀한 이야기가 되리라 믿는다.

「이사」(『문화일보』, 윤수민 글)는 어미 고양이를 화자로 삼은 이야기인데, 앞의 서너 줄을 다 읽기도 전에 독자로 하여금 고양이의 눈과 생각으로 인간 세상을 보게 만든다. 고양이의 이야기라서 그런가, 이야기 전개도 마치 고양이의 몸놀림처럼 유연하고 날렵하며 도도하기 그지없다. 그런데 이 도도한 어미 고양이가 잠깐 실수로 새끼 한 마리를 사람에게 빼앗기고, 그 새끼를 돌려받기 위해 그 집 주변을 배회하며 안절부절못하는 지경에 처한다. 어쩌면 그렇게 인간이라는 짐승은 자기 멋대로 생각하고 행동하는지, 돌려 달라는 새끼는 안 돌려주고 우유를 먹이지 않나, 제일 나이 많은 노인네만 밖으로 내몰지를 않나 갈수록 태산이다. 결국 우여곡절 끝에 어미는 새끼를 되찾지만 이미 사람의 손을 탄 새끼는 불안에 떤다. 그래서 어미 고양이는 다른 곳으로 이사 갈 것을 결심한다. 이렇게 털끝 하나까지 촘촘히 짜인 단편소설을 본 지 오랜 것 같고, 게다가 시종 냉정함을 유지하면서 독자들 마음을 쥐었다 놨다 하는 문체를 우리 동화에서 본 기억이 없다.

　　그 '엄마'란 사람은 커다란 빗자루를 들고 있었다. 그 사람의 허리는 구부정했고 온 얼굴이 주름투성이였다. 몸을 움직일 때마다 온 팔다리를 부들부들 떨었다. 말소리도 또박또박하지 않고 낮고 쉰 소리가 났다. 나는 그런 종류의 사람을 이미 알고 있었다. 사람이 오래 살아 늙으면 그렇게 된다. 우리들은 늙으면 이 탐스러운 털이 빠져 조금 볼품 없이 될 뿐이지만, 사람은 털이 부족하므로 늙으면 주름지고 거뭇거뭇해진 살갗이 그대로 다 드러나는 것이다. (…)

　　노인과 눈이 딱 마주쳤다. 빗자루를 든 노인은 늙은 짐승처럼 나를 찬찬히 노려보았다. 나는 온몸의 털을 부풀리고 꼬리를 세웠다. 내가 얼마나 큰지 보여 주기 위해서였다. 여차하면 도망갈 수도 있지만, 구석에 남아 있는 새끼 때문에 어쩔 수 없었다. 노인이 청소하느라 열어 놓은 창으로 바람이 불어 들어 먼지가 입 안에 들어왔다. 나도 모르게 캬룩 기침소리를 냈다.

　　"이눔의 괭이 시키가 어딜 으르렁거려? 너 여기다 무슨 짓을 해 놨지?"
　　속이 뜨끔하였다. 역시 노인은 오래 산 짐승답게 아는 것이 많았다.

지금껏 우리 동화의 기본 정서는 끈끈한 정과 충직함으로 대변되는 개(강아지) 쪽에 있었지, 이렇게 인간을 다소 눈 아래로 내려보며 끝까지 독립성을 잃지 않는 고양이 쪽에 있지는 않았다. 그러나 이러한 고양이 영역으로의 확장은 낯설기보다는 새롭고 매력적이다. 고양이의 시선과 말투는 언뜻 차갑기 그지없지만 그 안에서도 여지없이 인간의 쓸쓸한 뒷모습과 어미를 잃어버린 새끼 앞에서 눈물을 삼키는 모정의 안타까움은 충분히 포착된다. 그리고 그 사이사이에서 반짝거리는 유머도 기막히다.

대상에 자신을 밀어 넣는 집중력, 정확하고 밀도 있는 문장력, 이야기를 속도감 있게 전개시키는 능력, 거기에 맵게 치고 빠지는 유머 감각까지 갖춘 이런 작가를 신춘문예라는 제도 속에서 건져 올린 것을 보면 쉽사리 신춘문예 폐기론을 들먹거릴 일이 아니다. 관건은 어린이의 변화, 사회의 변화로부터 스스로를 유리시켜 온 기성 아동문학 문단과 그들의 영향권 안에서 눈치만 늘어 가는 일부 동화작가 지망생 사이의 악순환을 끊는 일일 것이다.

4

이번에 읽은 당선작 중에서 여섯 편은 신춘문예의 전형적인 폐해를 보였지만, 두 편은 신춘문예가 아직은 존재해도 되는 증거를 보여 주었다. 분단과 독재 시대를 거치며 기형적으로 형성된 기성 아동문단의 그늘이 21세기에 들어서까지 상당 부분 드리우는 것 같아 마음이 좀 답답한 것은 사실이다. 지금 시대착오적인 신춘문예 당선작들을 보며 어이없어하고 답답해하는 것은, 어쩌면 그 폐해의 끄트머리를 본 것일 수 있다. 비록 이 제도 자체에 많은 문제점이 내포되어 있지만, 이미 반세기를 넘어선 오랜 역사성과 높은 지명도를 지니고 있고, 연말연시에 걸쳐 있어 축제성을 띠고 있다는 점만은 틀림없다. 시대의 요구에 부응하는 제도적 보완이 마련된다면 신춘문예는 문자 그대로 새봄을 부르는 문학의 축제로서의 제 몫을 해낼 수 있을 것이다. 축제만 제대로 마련되면 이야기꾼은 절로 모이게 마련이다.

〈『어린이문학』, 2002년 2월호〉

변용, 차용, 남용

황선미 『샘마을 몽당깨비』
안미란 『씨앗을 지키는 사람들』
김진경 『고양이 학교』

1

중고등학교 시절 외국 노래, 외국 영화 좋아하기로 둘째가라면 서러울 나였는데, 요즘 즐기는 노래와 영화의 70퍼센트 이상은 우리나라 것이다. 한국 사람은 나이가 들수록 한식 위주로 식성이 바뀐다더니, 대중문화 중에서도 점점 한국적인 것을 선호하게 된 것일까. 하지만 달라진 건 내 쪽이라기보다 좋건 나쁘건 1990년대 이후 급성장한 우리 대중문화 시장의 판도이다. 이 정도로도 만족할 수 없는 이들은 여전히 외국에 눈을 돌리겠지만, 나 정도의 입맛이라면 최근 한국 대중문화 속에서 보고 즐기고 생각하는 데 큰 아쉬움은 없다. 물론 문화 상품의 국적 운운이 바로 민족적 정체성 운운으로 이어지는 것은 아니지만, 서구 문화에 대해 쓸데없는 우월감이나 열등감을 예전보다 덜 가져도 된다는 것은 분명해 보인다.

그렇다면 한국 영화 못지않게 폭발적으로 시장 규모가 커졌다는 어린이책은 과연 어떨까? 책 디자인이나 일러스트 면에서는 괄목상대할 만큼 때를 벗었고 심지어 최근에는 너무 호화스럽다고 걱정하는 수준에 이르렀다. 90년대 중반 이후 채인선의 『전봇대 아저씨』(1997), 김옥의 『학교에 간 개돌이』(1999), 임정자의 『어두운 계단에서 도깨비가』(2001) 등 우리 실정에 맞는 공상동화를 선보이면서 환영받았고, 일제 시대부터 이어지는 리얼리즘 전통의 소년소설은 박기범의 『문제아』(1999), 김중미의 『괭이부리말 아이들』(2000)이 뒤를 이었으며, 너무 고만고만한 것이 한계이지만 일상생활을 잘 포착해서 아이들과 공감대를 형성한 사실동화(생활동화)도 넘칠 만큼 나왔다. 외국 번역물이 물밀듯이 쏟아지는 가운데 이 정도의 성과를 낼 수 있었던 데에는 우리 아동문학 작가와 편집자들의 공로가 크다. 그런데 문제는 장편 판타지이다. 희대의 수작인 황선미의 『마당을 나온 암탉』(2000)을 넓게 보아 이 방면의 성과로 볼 수도 있지만, 이 작품은 홀로 우뚝한 정신 그 자체이기 때문에 여기에서 우리 장편 판타지의 현재와 미래를 가늠해 보기는 어렵다. 『마당을 나온 암탉』을 제외하면, 우리 장편 판타지는 아직 외국의 그것에 필적할 만한 양과 질을 확보하지 못했다는 것이 중평이다. 작가들이 장편 판타지를 부담스러워하는 탓인지 일단 작품 수가 너무 적다. 또한 어쩌다 장편 판타지로 나오는 국내 창작물을 보면 이미 서구의 유명 작품들을 섭렵하고 '해리 포터' 시리즈를 실시간으로 읽는 요즘 아이들 수준을 몰라도 너무 모른다는 것이다.

소도 비빌 언덕이 있어야 한다는데, 아무것도 없고 아무것도 모르는 상태에서 장편 판타지가 그냥 나와 주는 것은 아니다. 그런 의미에서 황선미의 『샘마을 몽당깨비』(1999), 안미란의 『씨앗을 지키는 사람들』(2001), 김진경의 『고양이 학교』(2001~2002, 전 5권)는 주목해 볼 필요가 있다. 세 작품 모두 기존의 어떤 것들로부터 이야기를 출발시키고 있기 때문이다. 그것은 옛이야기이기도 하고, 특정 장르의 문법이기도 하고, 출처를 헤아리기 어려운 혼성 모방이기도 하다. 빌려 왔다는 것 자체가 흠이 될 수는 없다. 문제는 무엇을, 왜, 어떻게 빌려 왔는지에 대해 작가 자신에게나 독자에게 설득력 있게 답할 수 있는가 없는가이다.

2

황선미는 우리 아동문학에서 보기 드물게 장편 체질을 타고난 작가이다. 그것도 전형적인 소년소설보다 공상적인 이야기에 발군의 실력을 보여 주고 있기에 그의 존재는 더욱 소중하다. 그런데 이 작가는 자유롭고 독특한 상상력만으로 공상 이야기를 쓰는 것은 아니다. 『마당을 나온 암탉』만 보더라도 '자유를 찾아 닭장을 뛰쳐나온 암탉'이라는 영감은 최소한 열 명 이상의 작가에게 찾아왔을 법하지 않은가. 하지만 똑같은 영감이 열 명, 백 명에게 찾아오더라도 황선미만큼의 소설적 체력과 질긴 정신력, 근육질의 산문 문장이 없으면 『마당을 나온 암탉』처럼 위용 있는 장편은 절대 나오지 않는다. 장편 판타지인 『샘마을 몽당깨비』 역시 놀라운 상상만으로 쓰인 작품이라고 할 수는 없다. 이야기를 출발시킬 때에는 '요즘 세상에 도깨비가 나타난다면 어떨까?' 하는 간단한 상상, 또는 발상이 필요했겠지만 그다음부터는 상상을 현실로 만들기 위한 산문적 고투의 연속이었다. 적어도 황선미에게 상상력은 날개라기보다는 흙 속으로 단단히 뻗어 가는 나무뿌리의 형상이다.

도깨비를 속여 큰 부자가 되었다는 김 서방, 혹은 아무개 영감님의 이야기가 있다. 『샘마을 몽당깨비』는 이 옛날 이야기를 비판하며 새로 쓴 일종의 후일담이다. 지극히 사람 중심적이었던 옛이야기가 『샘마을 몽당깨비』에서는 철저한 도깨비의 이야기로 변모한다. 작품의 줄거리 시간은 자그만치 300년을 헤아린다. 몽당깨비는 효심 깊은 버들이를 사랑했지만 버들이는 점점 물질의 노예가 되어 몽당깨비를 배신한다. 버들이는 도깨비 샘물을 차지하고 부자가 되었지만, 몽당깨비는 천년 동안 은행나무 뿌리에 묶이는 천벌을 받고 그 사이 산 속의 도깨비와 짐승들은 점점 자취를 감추게 되었다는 것이다. 그러나 실제 작품에서 운영되는 시간은 그리 긴 것이 아니어서, 300년 뒤인 어느 날 몽당깨비가 도시 개발로 은행나무가 뽑혀 세상에 나온 뒤 옛날에는 억울하기만 했던 자신의 과오를 마음 깊이 깨닫고 샘물을 원래대로 되돌리기까지의 두어 달에 불과하다. 버들이가 저지른 과오는 그 후손인 아름이가 대신 갚는데, 뿌리째 파내 공원에 옮겨 심은 은행나무에 아픈 몸으로 날마다 샘물을 길어다 주었던 것이다. 버들이에 대한 몽당깨비의 사랑은 아름이에게 이어지고, 옛날 버들이와는 달리 모든 것에 생명이 있음을 느끼는 아름이의 사랑은 은행나무를 살리고 나아가 이 세상이 구원받을 수 있는 단초를 마련한다. 옛날에는 물질로밖에 표현할 줄 몰라 서로를 파멸로 이끌었던 몽당깨비의 서툰 사랑이, 300년이 흐른 뒤 이 세상을 구원하는 한 가닥 희망이 되었던 것이다.

장편 판타지라 하면 서구적이고 낯선 것만을 떠올리기 십상이지만 『샘마을 몽당깨비』는 지극히 낯익은 것으로부터 새로운 가치를 이끌어 내는 데 성공하고 있다. 작품 안에는 옛이야기, 신화, 추리소설, 영화 같은 장면 전환 등이 곳곳에 자리 잡고 있지만, 그 모든 요소들은 서로 조화롭게 융합되어 있어 각각을 따로 뽑아낼 수가 없다. 처음에는 이야기가 그저 제 힘대로 굴러가는 듯도 하지만 뒤로 갈수록 모든 것들이 딱딱 아귀가 맞아 간다. 앞의 과정이 뒤의 결론에 영향을 주는 것은 물론이지만, 한편으로는 작가가 대단원을 계속 염두에 두면서 끝까지 카드를 내놓지 않고 이런저런 사건을 마련했다는 것을 뒤늦게야 알아챌 수 있다. 작가는 모르는 척하면서도 사실은 다 알고 있었다.

탄탄한 구성도 구성이지만 이 작품에서 가장 놀라운 것은 독자의 마음 한구석을 내주도록 만드는 인물들이다. 주인공인 몽당깨비는 도깨비를 속여 잇속을 챙겼다는 옛이야기에 그저 낄낄댔던 인간들을 반성하게 만든다. 사람에게 배신당하고도 버들이를 못 잊어 샘골 기와집을 서성이는 몽당깨비의 모습은 좀처럼 잊히지 않는다. 마냥 아이같이 천방지축이면서도 언뜻언뜻 인생의 희로애락을 비추는 이 도깨비는 장편 하나를 너끈히 이끄는 것은 물론이고 이야기 그대로 700년을 기다려 주고 싶은 캐릭터이다. 이 밖에도 약간 얌체이지만 주인에게 버려진 슬픔을 안고 있는 인형 미미, 몽당깨비를 매섭게 비난하지만 그에 대한 믿음을 버리지 않는 도깨비불 파랑이, 착한 보름이와 아름이 남매, 모든 사정을 눈치챘지만 서두르지 않고 뒤로 물러날 줄 아는 김 노인도 모두 제 몫을 단단히 하는 인물들이다. 잠깐 등장하는 전파상 주인이나 병원 의사도 제자리에 어울리게 말하고 행동한다. 장편 작가로서의 황선미의 역량은 역시 인물을 다루는 데에서 가장 빛난다.

『샘마을 몽당깨비』에는 우리 옛이야기뿐만 아니라 서구의 신화도 절묘하게 결합되어 있음을 간과할 수 없다. 사람에게 도깨비 샘물을 가져다 줌으로써 천년의 형벌을 받는 몽당깨비는 신에게서 불을 훔쳐 인간에게 가져다 줌으로써 영원한 형벌을 받고 만 프로메테우스에 해당된다. 그러나 인간에게 가져다 준 불은 이 세계를 야만과 문명으로 이분화하게 했다면, 몽당깨비가 우리에게 가져다 준 물은 사람과 자연이 함께 어우러져 살아야 한다는 것을 일깨워 주었다. 그러나 작품은 몽당깨비가 위대한 영웅이 되어 세상을 구원하는 것으로 끝나지 않는다. 우여곡절 끝에 자기 잘못을 뒤늦게나마 바로잡은 몽당깨비는 나머지 700년의 형벌을 채우기 위해 스스로 은행나무 뿌리로 찾아 들어간 것이다. 결국 몽당깨비의 부활을 위해 인간들이 700년 동안 어떻게든 세상을 지켜야 한다는 숙제를 안겨 준 셈인데, 이는 길이 끝나는 곳에서 여행이 시작된다는 근대 소설의 운명을 아동문학다운 어법으로 제시한 것이기도 하다.

3

과연 사람들은 몽당깨비가 은행나무 뿌리로 되돌아간 뒤 이 세상을 제대로 지킬 수 있을까? 좋은 이야기가 전해 주는 꿈은 소중한 것이지만 현실로 눈을 돌렸을 때에는 그 구체적인 방법이 여전히 묘연하다. 그렇게 계속 정신을 못 차린 채 20여 년을 보낸다면 아마도 지금 아이들은 안미란의 『씨앗을 지키는 사람들』이 보여 주는 세상과 직면하게 될 것이다. 일반소설과 공상과학영화에서 심심찮게 보아 온 디스토피아가 드디어 우리 아동문학에 등장한 것이다.

작품은 지금 아이들이 30~40대의 어른이 될 때쯤의 미래를 배경으로 삼고 있다. 아이들은 자전거에 달린 모니터로 전자우편을 확인하고, 부모 세대는 다양한 필요성에 맞춰 유전자 조작된 닭고기를 텔레비전에서 주문하는 등 과학 문명에 기반을 둔 일상의 편리함은 우리 예상을 크게 벗어나지 않을 만큼 진전되어 있다. 그러나 이렇듯 발전한 과학 문명을 밑에서 지탱해 주는 것은 원시 시대만도 못한 약육강식의 논리이다. '21세기 콜럼버스사' 같은 대규모 다국적 기업은 농산물의 유전자 정보를 밝혀 특허를 신청해 놓고 자신이 생명의 주인인 양 행세하고, 빈부 차이를 내버려 둔 채 발전한 미래 사회는 가난한 이들에게 음식 아닌 합성 화학물을 먹이면서 '배고픔 없는 사회'를 자랑한다. 무조건 죽음을 두려워하는 유전자 공학은 돼지 심장과 간을 붙여서라도 생명을 연장시킬 수만 있다면 좋은 것 아니냐고 반문하고, 컴퓨터 관리 체제에 모든 걸 내맡긴 인간은 정작 컴퓨터가 손을 놓았을 때는 갓난아이처럼 제힘으로 할 수 있는 것이 아무것도 없다. 이런 가운데 박물관 원예사인 진희 아버지는 지적재산권이 걸려 있는 쑥갓꽃을 몰래 피우려는 모험을 기도하다가 다국적 기업과 정치인의 모략으로 감옥에 가게 된다. 그때까지 진희 아버지의 행동을 못마땅하게 여기던 진희 어머니는 뒤늦게 남편의 뜻을 헤아리고 뜻 맞는 사람들을 모아 '씨앗을 지키는 사람들'이라는 모임을 만들고 그들과 함께 옛날 그대로의 작은 농장을 꾸민다. 모든 것을 다 가진 것처럼 보이는 미래의 사람들이 그 모든 것을 버리고 다시 처음으로 돌아가는 것이다.

사실 이 이야기는 상상이 아니라 지금 현실과 거의 유사하다. 작가는 어린 독자들이 지금 현실을 바로 들여다보기를 바라는 것이다. 그러나 현실을 있는 그대로 그린다고 해서 모순이 분명히 드러나는 것은 아니기에, 작가는 미래를 배경으로 한 공상과학소설의 형식을 빌려 현재를 고발하고 있는 것이다. 어린이책을 엿보는 어른 독자들이 이 작품을 읽는다면 『1984년』이나 영화 「블레이드 러너」처럼 비극적일수록 더욱 큰 힘을 발휘하는 디스토피아를 너무 쉽사리 희망과 맞바꾸는 결말에 실망할지도 모른다. 공상과학소설 처지에서는 억울한 일이겠지만, 이 작가는 장르 자체의 저력에 대해서는 그다지 깊은 관심을 두고 있지 않은 듯하다. 문학이 보여 줄 수 있는 최선의 결과는 작가가 원래 의도한 바를 스스로 넘어 버리는 것이지만, 작가의 원래 의도를 충실하게 표현하는 것도 나름대로 사회적 의의를 갖는다 할 수 있는데『씨앗을 지키는 사람』은 바로 그런 예가 될 것이다. 제목에서부터 분명히 드러나듯 작가의 원래 의도는 올바른 정보를 가려낼 능력을 잃어버린 현대인, 특히 아이들에게 진보적인 가치관과 정보를 효과적으로 전달하려는 데 있었다. 어른들보다 열 배는 더 빠르고 가볍게 과학 문명에 몸을 싣는 아이들을 공략하기 위해 눈치 보지 않고 공상과학소설의 외피를 빌린 적극성은 높이 평가할 점이다. 최근 몇 년 동안 무수히 쏟아진 이른바 환경동화, 생태동화들이 극히 일부를 제외하고는 대개 작가의 어린 시절 기억한 끄트머리를 부풀리며 시골 풀밭을 전전하는 이야기였음을 생각한다면, 현단계 우리 아동문학에서 이 작품의 효용적인 가치는 결코 작지 않다.

그러나 문학의 힘을 그렇게 쉽사리 포기할 수 있는 것은 아니다. 작가 또한 평범한 이야기에서 벗어나고자 공상과학소설을 끌어들이고, 각 장마다 시점을 이동시키는 모던한 서술 방식을 취하는 등 이야기 어법을 쇄신하는 데 상당한 노력을 기울이고 있다. 하지만 작가의 철학과 인간 내면에 대한 탐구 정신은 상대적으로 취약함이 금방 드러나는데, 처음부터 끝까지 확정적인 인물의 선악 구도가 그러하고, 인물과 사건만으로 독자들이 이해하지 못할까 봐 수시로 가치판단을 내려 주는 작가의 개입이 그러하다. 현재 시점에서 진보적인 진영에 속하고 그에 걸맞은 사회의식을 내세우는 것만으로 어느 정도 리얼리즘이 실현된다고 믿는 구태의연함이 첨단의 패션을 보인 이 작품에도 알게 모르게 배어 있는 것이다. 형식의 일신이 내용과 정신의 일신으로까지 이어지지 못한『씨앗을 지키는 사람들』은 어쩌면 양에서 질로 전화하지 못한 채 한참을 머뭇거리고 있는 우리 아동문학의 현주소인지도 모르겠다.

4

'해리 포터' 시리즈의 전 세계적 유행은 우리에게 장편 판타지의 결핍을 한층 절실히 느끼게 만든 계기가 되었다. 디지털 세대의 아이들을 종이책으로 다시 불러들인 이 판타지물은 비판하기에 앞서 면밀히 공부하고 장점이 있으면 적극적으로 취해야 할 대상이었다. 그 와중에 발빠른 누군가가 '해리 포터' 시리즈와 비슷한 판타지물을 내놓겠구나 싶었는데, 과연 김진경은『고양이 학교』로 그 짐작을 현실화했다.

『고양이 학교』는 '해리 포터' 시리즈의 성공 이후 더욱 관심이 높아진 환상물의 규칙을 충실하게 따르고 있다. 선의 세계를 수호할 운명을 지닌 고양이 버들이, 그와 대척점에 놓여 있는 악의 세력 그림자 고양이 집단, 마술이 통용되는 세계인 고양이 학교, 도우미 요정 산삼 메산이, 악과 대적할 만한 고양이로 선택된 수정 고양이반 학생들을 시기하는 야생 고양이반 학생 등의 상황 설정은 '해리 포터' 시리즈의 주요 서사 장치들을 금세 고양이판으로 바꿔 놓았을 뿐이라는 생각을 갖게 한다. 그러나 마지막 권까지 이야기가 진행될

수록 『고양이 학교』는 '해리 포터' 시리즈 모방작의 범주를 벗어난다. 불행하게도 이는 좋은 의미에서 자신만의 개성을 찾았다는 것이 아니라, 그 모방의 대상이 단지 '해리 포터'에만 머물지 않았음을 뜻한다. 『고양이 학교』를 『호비트의 모험』, 『끝없는 이야기』, 『어스시의 마법사』 같은 고전 판타지와 나란히 세우면 공통되는 요소가 쉽게 추출된다. 마법·예언·지혜를 가진 노인, 단 한 명의 후계자, 동전의 양면처럼 붙어 있는 선과 악, 빛과 어둠, 긴 여행, 거역할 수 없는 운명 등이 그러하다. 문제는 이런 키워드들만 갖춘다고 바로 본격 판타지가 되는 것은 아니라는 점이다.

우선 이 작품의 가장 큰 문제는 장편 판타지와 동화에 대한 오해에서 비롯된다. 초등학생들이 '해리 포터'를 열심히 읽었다, 그러므로 '해리 포터'는 소설이 아니라 동화다, 동화는 촘촘한 소설 문장과는 달리 '-했습니다', '-했어요' 같은 친절한 경어체를 써야 한다는 오해가 바로 그것이다. '해리 포터'를 비롯해 모든 장편 판타지는 아무리 비현실 세계를 다룬다 하더라도 그 세계를 현실적으로 수긍이 되게 써야 하고, 그렇기 때문에 일반소설에 통용되는 규율을 대부분 공유한다. 그런데 초등학생용 과잉 친절의 결과물인 경어체 어미는 이 작품이 소설로 나아가는 길을 애초부터 봉쇄하고 있다. 1편에서는 작가가 앞으로 쑥 나서서 아이들에게 이야기를 들려주는 태도를 취하고 있으니 그렇다손 치더라도, 뒤에 가면 객관적 서술 끝에 어색하게 경어체 어미가 매달리는 형국이 되고 만다.

또한 머뭇거리는 독자를 설득해 몇 시간 이상을 판타지 공간에 들여보내려면 작가가 치밀하게 작품 속 시공간을 계산해야 함은 기본이다. 그러나 『고양이 학교』에 계속 등장하는 고양이 학교나 죽음의 땅, 그림자 영역 같은 비현실 공간은 어디가 어디로 연결된 것인지,

어떤 모양으로 이루어진 것인지 도무지 파악하기가 힘들다. 수없이 많은 고양이들도 역할과 성격과 이름이 합치되지 않아 읽는 내내 헷갈리는데, 이런 문제는 화려한 삽화의 도움을 얻어도 좀처럼 해소되지 않는다. 오히려 알아채기 쉬운 것은 이 작품 속에 수없이 많은 이야기들이 녹지 않은 채 떠돌아다닌다는 것이다. 고양이 마법 학교라는 설정이 곧장 '해리 포터'를 떠올리게 하는 것도 그렇지만, 고양이들이 모래에 빨려 들어가 땅속에서 선생 고양이를 구해 오는 장면에서는 일본 애니메이션 「바람계곡의 나우시카」가 떠오르고, 사람들이 태양의 길을 믿지 않아서 점점 어떻게 된다는 설정에서는 현실 세계 사람들의 불신으로 점점 상상 세계가 없어지는 미하일 엔데의 『끝없는 이야기』가 떠오른다. 심지어 역사서 『고양이 대학살』은 아예 요약되어 있다시피 하다. 그 밖에도 미처 출처를 헤아릴 수 없는 이야기와 이미지 조각들이 작품 전체에 즐비하게 늘어서 있다.

이쯤 되면 작가가 과연 무엇을 위해서 이 작품을 썼는지에 대해 질문하지 않을 수 없다. 인간이 지구상의 많은 동물을 멸종시켰고 환경을 오염시킨 주범임을 고발하기 위해 이 작품을 쓴 것인가. 그러나 짐짓 심각해 보이는 이 주제 의식조차 여기저기에서 빌려 온 다른 이야기와 그림 조각처럼 장식적인 기능 외에는 아무런 역할도 수행하지 못하고 있다. 기업가가 자본을 끌어모으는 것은 공장을 돌려 무엇인가를 만들어 내기 위함이고, 작가가 다른 이야기로부터 소재와 모티프를 빌려 오는 것은 그로부터 플러스알파의 새 이야기를 낳기 위함이다. 그러나 주식 투자는 아무리 많은 자본을 끌어들여 주가를 올려 놓더라도 사회 전체로 볼 때는 제로섬 게임에 불과하다. 단순화의 위험을 무릅쓰고 말하자면 『고양이 학교』는 우리 아동 문학에 처음으로 등장한 주식 투자형 모델이라 할 수 있다. 아이들이 이 작품을 재미나게 읽더라는 임상 결과까지 부정할 수는 없겠지만, 그것은 서너 페이지 이상의 집중력을 요하지 않는 무협지의 재미와 그다지 멀리 떨어진 것이 아니다. 안방과 교실에 갇혀 버린 생활동화들의 범람 속에서 『고양이 학교』는 그 스케일과 화려함이 유달리 돋보인다 하더라도 작품에 대한 긍정적 평가로 이어지기는 힘들 것이다.

5

세 작품을 다소 난삽하게 검토했지만, 이제 이 글의 원점으로 돌아가야 할 것 같다. 우리에게 장편 판타지의 전통이 빈약하다면 우선 '비빌 언덕'부터 찾아야 하지 않겠느냐는 것, 그리고 최근 주요작인 『샘마을 몽당깨비』, 『씨앗을 지키는 사람들』, 『고양이 학교』가 우연찮게도 모두 그 작업에 골몰하고 있으니 그 성과와 한계를 따져 보자는 것이 이 글의 출발점이었다.

잘 빌려 오는 것은 단지 긴 이야기에만 절실한 문제가 아니다. 예로부터 동양의 시학에서는 짧은 한시 한 편을 두고도 '용사(用事)'라 하여 옛글이나 사실을 인용하고 활용하는 데 논란이 분분했다. 그 논란의 와중에도 대체로 다음의 세 가지 원칙에는 모두 동의했다고 한다. 첫째, 용사를 위한 용사를 해서는 안 된다. 작품의 구체적인 상황과 관련되지 않거나 현학하는 자세로 용사를 사용한다면 죽은 시체를 쌓아 놓는 데 지나지 않을 것이라 경고했다. 둘째, 억지로 용사를 하여서는 안 된다. 누에가 뽕잎을 먹되 토해 내는 것은 비단실이지 뽕잎이 아니라는 말을 늘 마음에 새겨야 한다는 것이다. 셋째, 용사를 융화시켜 매끄럽게 해야 한다. 인용한 옛글과 상황이 전체 작품의 예술 형상과 유기적으로 결합되어야 하며, 이는 물 속에 소금을 넣어 그 물을 마셔 봐야 비로소 짠맛을 알게 되는 상태라는 것이다.(이병한 편저, 『중국 고전 시학의 이해』, 문학과지성사, 1992, 80면 참조)

　　어떤가? 우리 장편 판타지의 발전을 위해서도 매우 유용한 충고가 아닐까.

〈『작가들』, 2002년 상반기〉

'보는' 이야기와 '하는' 이야기

백승남 『늑대왕 핫산』
위기철 『무기 팔지 마세요!』

1

가끔 검열관 노릇을 안 하는 것은 아니지만 대개 나는 아이들처럼 재미있는 이야기가 고파서 동화를 읽는다. 내가 주로 동화에 기대하는 재미란 물 오른 가지가 사방으로 쭉쭉 뻗는 생기 같은 것이다. 아이라면 당연히 갖고 있는 성장의 에너지, 그 에너지를 품어 주고 때로는 그 에너지를 발산하게 하는 이야기. 그래서 19세기 제국주의 냄새가 거슬려도 『보물섬』, 『로빈슨 크루소』 같은 모험 이야기에 아이들이 여전히 환호하는 것은 이해가 된다. 아이들의 에너지가 그런 이야기를 요구하고, 그 이야기들은 아이들의 생장점을 끊임없이 자극하기 때문이다. 제자리에 가만히 있어서는 자기 안에 얼마만큼의 힘과 가능성이 있는지 파악할 수가 없다. 작품 속 아이의 잠재력을 최대한 끌어내서 그것이 자기 자신과 세상을 얼마나 바꿀 수 있는지 경험하게 해 주는 것은 이 시대 동화작가들의 중요한 책무 중 하나이다. 학교, 학원, 집을 전전하며 어른의 관리를 벗어나지 못하는 도시 아이들이라면 그 필요성은 더욱 절실하다.

지금 우리 동화는 이러한 필요와 요구에 충분히 부응하고 있을까? 사정은 그리 좋지 못하다. 명목상 아이를 주인공으로 내세웠더라도 실제로는 이야기의 주도권을 어른이 쥐고 있고, 사건다운 사건, 갈등다운 갈등은 의식적으로 피하는 기색이 짙다. 올해(2003) 상반기에 나온 백승남의 『늑대왕 핫산』은 이러한 경향의 한 예이다. 작품으로서는 딱히 흠잡을 데 없지만, 정작 이야기 속에서 아이는 아무것도 하지 않고 그저 바라보기만 하는 존재이다.

반면에 위기철의 『무기 팔지 마세요!』(2002)에서는 최근 몇 년을 통틀어 가장 바쁘게 활동한 아이들을 만날 수 있다. 양극단을 대표하는 두 작품 속의 아이들을 함께 놓고 보면 동시대의 산물이라는 것이 좀처럼 믿기질 않는다. '보는' 것과 '하는' 것은 정말 하늘과 땅 차이인 것이다.

2

최근 어린이책은 디자인이며 그림이 눈에 띄게 두드러지고, 이야기는 상대적으로 약화되는 경향이 있어서 책에서 글을 따로 떼어 평가하는 것은 오히려 본질을 외면할 수도 있다. 책을 만드는 쪽에서도, 책을 읽는 쪽에서도 책 한 권이 통째로 이야기 한 편이라는 감각이 생겨 버린 것이다. 『늑대왕 핫산』(2003)이 그러하다. 이 책은 그림책이 아님에도 글보다 그림의 비중이 훨씬 높고, 두세 번 읽다 보면 글은 대충 스쳐 보고 그림만 보게 된다. 그림이 월등히 훌륭하고 글이 그만 못하다는 것이 아니다. 이 작품은 자기 동력을 가진 이야기라기보다 작가의 머릿속에 떠오르는 이미지들을 최대한 간결하게 글로 표현해서 연속 배치한 것이다. 그것이 다시 그림이 되었을 때 글의 존재감이 사라지는 것은 어쩌면 예견된 결과일 것이다.

글이 그림에 묻혀 버렸으니 우리는 더더욱 이 이야기를 '보는' 수밖에 도리가 없다. 그런데 '보는' 것은 비단 독자인 우리들만이 아니다. 등장인물들도 자기 운명과 삶에 대해 수동적인 구경꾼으로 일관한다. 과로사로 갑자기 세상을 뜬 아버지와, 어린 두 남매를 혼자 거두느라 수심이 가득한 어머니는 어쩔 수 없다고 하자. 어른들은 배경으로 멀찍이 물러나도 그다지 큰 문제가 되지 않는다. 하지만 명목상의 주인공인 산하와 강산이까지 배경으로 밀어냈어야 했을까? 그 아이들이 하는 일은 방에서 울다가 그림에서 튀어나온 늑대 등을 타고 야근하는 어머니와 아버지 산소를 보고 오는 것뿐이다. 아버지가 과로로 죽었다는 상황 설정, 재봉 공장에서 철야 작업하던 어머니가 감독에게 수모를 당하는 장면은 가난한 사람을 힘들게 만드는 사회에 대한 원망의 표시이거나, 우리 아동문학의 오랜 리얼리즘 전통을 의식한 일종의 포즈일 수 있다. 그러나 그것은 이 동화가 최종으로 도달해야 할 아이들 쪽으로 열려 있지 않고 작가 자신 또는 일부 '동화 읽는 어른'들의 부채의식을 자극하는 데 그친다.

우리는 지나가면서 공장 창문을 들여다보았다. 공장 안은 여전했다. 환한 불빛, 기계들, 사람들…….

엄마가 보였다. 엄마 옆에 전에 본 그 아저씨가 서 있었다.

그런데 아저씨 얼굴 표정이 무섭다. 아저씨가 엄마한테 막 뭐라고 한다. 고개를 숙인 엄마는 아무 말도 못 한다.

빨개진 엄마 얼굴이 보인다.

"엄마!"

강산이가 엄마를 불렀다. 나는 얼른 강산이 입을 막았다.

엄마는 저런 모습을 우리한테 보이고 싶지 않을 거다.

그 사이에 핫산은 공장 창문을 지나쳐 버렸다. (44면)

아이들이 주인공으로 등장하지만 결국 마지막에 가면 책 안팎에 있어야 할 아이들은 어른들 정서에 매몰되어 버리고 결국 적당히 슬프고 아름다운 영상만이 남아 버린다. 시적인 상징동화, 판타지의 질감을 지키면서 시대와 삶을 담되 보수적 교훈주의나 혁명적 낭만주의가 범한 실수를 경계하려는 의도와 심정은 이해가 된다. 하지만 그 때문에 이야기와 인물을 포기한다면 책 안팎에서 아이들을 몽땅 잃어버리기 십상일 것이다.

위기철의 『무기 팔지 마세요!』는 올해 초 미국이 이라크를 침공하면서 요즘 아이들 눈높이에 꼭 맞는 반전 평화 동화로 크게 주목받았다. 뚜렷하고 논리적인 메시지를 전면에 내세운 탓에 그저 재미나게 쓰인 '정치적으로 올바른 동화' 정도로 평가받기 쉽지만, 설사 전 세계에서 무기가 사라지는 날이 오더라도 이 작품의 이야기 기법과 생기발랄한 아동상은 한동안 되풀이해서 다루어질 만한 것이다.

한국의 여자아이가 콩알만 한 비비탄을 맞은 사건이 구르고 굴러서 미국의 선거 판도까지 바꿔 놓는다. 계란이 황소로 둔갑하는 황당한 발상의 묘미도 있지만, 이 이야기를 진실로 둔갑시키는 비결은 바로 인물들의 구체적 행동에 있다. 항의하고, 고민하고, 대자보를 붙이고, 동감하는 사람들이 모이고, 장난감 무기를 모으고, 평화

행진을 하고, 인터넷 홈페이지를 만들고, 그 사진을 본 미국 여자아이는 또……. 해서 결국 미국의 총기 규제 법안을 통과시키기에 이른다. 아이들의 행동을 차근차근 이끌어 내고 그것이 바로 이야기가 되어 흘러가는 논리 전개가 놀랍다. 이야기 자체에 활기가 넘치는 것은 문체가 재치 있고 빠른 탓도 있겠지만, 등장인물들이 계속 갈림길에 놓이고 무언가 결정을 내리고 그것을 바로 행동에 옮기기 때문이다. 뒤로 갈수록 처음 말을 꺼낸 아이들이 당황할 정도로 일이 커지고 이야기의 스케일도 거대해지는데, 작가가 처음부터 던져 놓은 큰 이야기가 아니라 자그마한 과정들, 모래알처럼 작은 사람 하나하나가 모여들어 그리된 것이기 때문에 읽는 사람조차 이 이야기의 스케일 키우기에 동참했다는 느낌이 든다.

물론 이 작품에도 일정한 한계는 있다. 활동적인 아이들과 재미난 이야기로 당면한 이슈를 포착하는 데 모범 답안을 제시했지만, 여기에는 인생이 결여되어 있다. 『오즈의 마법사』처럼 이야기가 앞으로 뚜벅뚜벅 걸어가기만 하고, 실제로 현실과 인생에서 만날 수 있는 장애와 시련이 빠져 있다는 점도 마음에 걸린다. 예컨대 장난감 무기를 모으고 평화 행진을 기획할 때 후원자로 나서는 보미네 담임 선생님과 교장 선생님의 설정도 비현실적이고, 미국으로 넘어가서는 총기 소지 옹호자인 방송인이 유일한 악역으로 나서지만 아이의 순진함 앞에 철저히 패배한다. 『무기 팔지 마세요!』는 기본적으로 무갈등의 세계이고, 이야기의 진행을 위해 개별 인간과 인생에 대한 탐구를 다소 유보한 면도 없지 않다.

그렇더라도 『무기 팔지 마세요!』는 최근 동화들의 나태함·협소함을 경계할 비평 준거가 되는 데 충분하다. 비비탄 한 발에서 출발해 미국 선거 판도까지 바꿔 놓는 이야기를 보면, 일상의 잡담만으로 채워진 책들이 바로 눈에 거슬린다. 세상을 향한 아이의 작은 실천 속에 몇백만 명을 움직일 씨앗이 있다며 격려하는 이야기를 읽고 나면, 아이를 좀처럼 방 밖에 내놓지 않는 생활동화들에 숨이 막힐 것이다. 아이들은 말할 것도 없고 아이들에게 책을 건네주는 어른과 동화작가들까지도 이런 답답증을 실감하면 좋겠다. 이야기 안에서 아이의 가능성을 열어 주지 못하는 어른들은 결국 자기 자신의 닫힌 세계관을 보여 주는 것이다. 이야기 속에서 부지런히 손발을 놀리고 일상을 박차고 나와 성장해야 하는 것은 비단 아이들만의 문제가 아니다.

3

특별히 글을 쓰고 평가할 일이 없다면 한 번 읽고 난 동화책들은 재미있다/재미없다는 결과로 나누어져 기억의 창고에 저장된다. 이번 기회에 지난 3년 동안 읽은 동화책들을 국내 창작, 외국 동화 가릴 것 없이 '보는' 이야기와 '하는' 이야기로 양분해 보니, 재미있게 본 책들은 대부분 '하는' 이야기였고, 무슨 내용이었는지 기억도 희미하거나 답답한 느낌이 들었던 작품들은 거의 '보는' 이야기였다. 뚜렷한 이야기성을 선호하는 내 취향도 어느 정도 반영되었겠지만, 함께 공부하는 모임에서 같은 작품을 토론할 때도 최종 평가는 거의 비슷했다. '하는' 이야기는 당연히 잘 '보는' 것을 전제로 한다. 자기 앞에 주어진 문제와 상황을 잘 보지 않고서야 올바른 선택·행동으로 나아갈 수가 없기 때문이다. 문제는 '문학'이라는 허울 뒤에 숨어서 자기의 삶과 세상을 그냥 보기만 하거나 말과 생각으로 모든 것을 때우려 드는 작품들이다. 이런 작품들이 재미없고 답답한 것은 우리가 대부분 실제로 눈과 입과 머리에 치우쳐서 살고 있기 때문이다. 우리에게 새로운 감각과 경험을 선사하는 이야기는 평소에 게을러진 손과 발을 움직이게 하면서 우리 안에 잠들어 있던 가능성과 영혼을 일깨운다. 그때부터는 이전에 못 보던 것을 보고, 자기도 감탄할 말을 하고, 미처 상상도 못 했던 것을 진지하게 생각하고, 그다음 행동의 방향과 성격을 결정하는 것이다. 그렇게 이야기는 지속된다. 책의 마지막 장까지, 그리고 책 바깥을 나와서까지도.

〈『내일을 여는 작가』, 2003년 가을〉

작지만 중요한 변별점
어린이의 일상을 그린 세 권의 책

1. 아이를 일상의 창조자·연출자로

일상이란 말을 들으면 두 가지 상반된 느낌이 든다. '일상으로부터 탈출하여 여행을 떠나자!'라고 할 때의 일상은 따분하고 지겨운 다람쥐 쳇바퀴 같은 느낌이고, '잔잔한 일상이 주는 행복' 운운하면 큰 걱정 없이 평온하고 아늑한 기분이다. 전자 없이 후자 없고, 후자 없이 전자 없는 것이 바로 일상의 양면성이다. 대부분의 사람들은 반복된 일상이 주는 안정감과 그 안정감이 지겨워 깨고 싶은 마음 사이를 오락가락하다 점점 시간이 갈수록 별 감정도 생각도 없이 그냥 일상에 파묻혀 버리고 만다. 이쯤 되면 남들 다 돌리는 쳇바퀴에서 혼자 떨어져 나올까 봐 전전긍긍하는 마음만 남는다. 그런데 주위를 보면 참 사는 게 재미있어 보이는 사람이 가끔 있다. 그런 이들이 날마다 좋은 곳으로 여행을 다니거나 일을 안 해도 될 만큼 경제적으로 풍족하여 재미있어 보이는 게 아니다. 남들보다 더 인생을 생기 있게 꾸리는 사람은 바로 일상의 틈새, 또는 일상의 이면을 찾는 데 적극적인 의지를 갖고 있다. 인간에게 중요한 것은 영원한 삶이 아니라 영원한 생기라 했다. 아흔 살 노인이라도 날마다 벌어지는 일에 기대와 호기심을 갖는다면 그는 진정 어린이로 사는 것이고, 다섯 살 어린이라도 아침부터 등 떠밀려 멍하니 시간표대로 움직인다면 찌든 40대 직장인과 진배없다. 세 살 버릇 여든 살까지 간다는 속담은 어릴 때 좋은 습관을 들여야 평생을 잘 산다는 말인데, 세 살까지는 몰라도 적어도 예닐곱 살 때까지 몸에 익혀야 할 습관 중 하나는 아이 스스로 일상의 창조자·연출자가 되게 하는 것이 아닐까. 세상의 일원으로 충실히 일상을 꾸리되 그 일상에 생기를 불어넣는 비일상도 자유로이 넘나들고, 그 과정에서 삶의 맛과 의미를 음미하도록 독려하는 것이야말로 아이를 행복한 인간으로 키우는 진짜 교육일 터다.

이 지점에서 아동문학, 그중에서도 저학년이나 그보다 더 어린 아이 대상의 이야기를 다시 생각해 본다. 나만 해도 어린 아이일수록 현실과 공상의 경계를 넘나드는 게 일반이고, 그렇다면 그들에게는 자유분방한 공상성과 모험심이 발휘된 이야기가 더 어울리고 더 환영받으리라 믿는 편이었다. 사실 여기에는 국내 창작동화에 공상성과 모험심은 영 모자란 것만 같은 불만이, 똑같은 집안 풍경 한 토막을 툭 잘라 놓은 듯한 '생활동화'가 넘치도록 많은 것만 같은 불만이 깔려 있다. 그러나 나의 불만과는 별개로 공상이라 해서 값을 더 쳐주고 평범한 일상이라 해서 값을 더 깎을 이유는 어디에도 없다. 외려 무의미하고 수동적인 반복처럼 보이는 일상 속에서 적극적으로 재미와 의미를 발견하고 창조하는 일은 번뜩이는 공상의 영감을 붙드는 것만큼, 아니 그보다 더 어려운 일일지 모른다. 이전과 달리 어린 아이 대상의 일상 이야기에 대해 호감을 갖게 된 데에는 올해 (2010) 만난 작품 세 편의 영향이 있었다. 과연 이 작품들의 어떤 요소가 내 마음을 끌었는지 그 작지만 의미 있는 변별점에 대해 생각해 보고 싶어진 것이다.

2. 동네를 휘젓고 놀다_안미란 『내일 또 만나』

안미란이 그린 어린 아이를 처음 만난 것은 단편동화 「시추야 힘내!」(『창비어린이』, 2008년 가을호)에서였다. 이 작품을 읽자마자 "아 맞다, 동네!"라는 말이 절로 터졌다. 근래 아동문학에서도, 지금 내가 사는 일상에서도 지워져 있던 동네라는 공간을 새삼 환기해 준 것이다. 1990년대 후반 이후 저학년 대상 아동문학이 가족 간의 관계, 또는 어린이가 받는 일상의 스트레스를 이해하고 달래 주는 데 주로 관심을 기울이다 보니 어느덧 동네는 시야에서 사라지게 되었다. 대단위 아파트 단지 위주로 거리가 재편되니 동네마다의 개별성이 흐려지고, 아이들은 학원 버스나 자가용으로 딱 가야 할 곳만 가고, 현관문 열어 놓는 게 두려운 아파트 생활이 도시의 주된 주거 형태가 되었다. 이러한 변화된 시대상이 자연스레 동화에 반영되었다. 그러나 누구나 그런 삶이 '자연스럽다'거나 '별 문제 없지 않느냐'고 여기고 아동문학 작가마저 그런 습관에 젖는다면 오히려 위기는 심각하다. 아이들은 비록 과거와는 형태가 다를지라도 아파트 틈새에서 자신들만의 동네를 이루며 지내고 있을지 모른다. 하지만 정작 아동문학이 세상에는 학교와 집과 가족만 있는 것처럼 다룬다면 그건 기정사실이 되어 실제 아이들의 생활 범위와 감각을 좁혀 버린다. 시대가 바뀌면서 동네가 사라지거나 변화하는 것은 개인의 힘으로 막을 수는 없다. 하지만 이야기 안에서 끊임없이 동네를 불러내고 사람은 그 안에서 살아갈 때 제일 자연스럽고 행복할 수 있다고 최면이라도 걸어야 한다. 현대의 동네는 없어진 것이 아니라 수면 아래로 가라앉은 것이어서 찾는 이의 의지에 따라 얼마든지 살아날 수 있다.

『내일 또 만나』(2010)는 작은 아파트 단지와 다세대 주택, 상점가, 뒷산 약수터 따위가 옹기종기 모여 있는 변두리 동네를 무대로 삼고 있다. 일단 동네가 있으면 아이들의 일상은 저절로 풍요롭고 변화무쌍해진다. 아파트긴 해도 친구와 함께 놀려고 그 집 초인종을 누르고, 친구가 과외 공부를 하고 있다면 끝날 때까지 기다리며 뭐 하고 놀까 궁리하고, 유모차를 모는 아줌마를 만나 유모차도 한번 밀어 보고, 아줌마 소개로 동네 비둘기와도 안면을 튼다.(「내일 또 만나」) 약수터에 가서 물 한번 떠오는 것도 어찌나 요란한지 휴대 전화 하나 들고 실시간 생중계하며 동네 사람들과 길바닥 개미까지 샅샅이 살피느라 오늘도 하루를 충실히 보낸다.(「전화해 줘」) 이글이글 불볕더위에 엄마는 "뭐 하러 밖에 나가니? 가만히 있으면 시원할 것을."이라고 하지만 애들은 기어코 밖에 나가서는 사서 고생을 한다.(「어느 여름날」) 비록 아파트와 휴대 전화가 등장하지만 이 아이들을 보면 일제 시대 현덕의 유년동화가 연상되기도 하고, 소가 풀 뜯는 시골이 아님에도 어쩐지 목가적이라는 단어마저 떠오른다. 하루가 다르게 세상이 바뀌는 것도 진실이지만 아이들이 놀고 자라는 것은 예나 지금이나 근본적으로 다르지 않다고 믿는 것 또한 진실이다. '요즘 아이들은 글렀다.'는 말은 고대 동굴 벽에도 새겨져 있었다지 않는가. 획일화된 도시와 현대 문명 때문에 아이들이 건강함을 잃어 간다고 탄식하기 전에, 이야기 안에서라도 작은 동네를 마련해 주는 것은 아이들의 건강한 삶을 위한 작지만 중요한 첫걸음일 수 있다.

　이렇듯 이 연작 동화집에는 동네를 휘젓고 노는 어린 아이들의 천진하고 건강한 면이 한껏 고조되어 있다. 그래서인지 동심주의까지는 아니어도 동심을 철저히 믿는 이야기라서 어린이를 사랑스럽게 보는 시선이 포착되기도 한다. 아무리 평화롭고 소박한 삶에 대한 찬가라고는 하지만 이야기에 완급을 줄 만한 갈등이 없고 아이가 잠시라도 화를 내거나 슬퍼하는 대목도 없다. 포도알과 구슬을 긴장감 넘치게 거래하는 현덕 동화의 아이들이나 소매가 봉긋한 블라우스를 입지 못해 좌절하는 빨간 머리 앤 이야기에서처럼 지극히 일상적이면서도 아이들 마음에 쏙 들어오는 갈등과 좌절이 첨가되었다면 더 매력적인 이야기가 되었을 텐데 그 점은 좀 아쉽다. 그렇다고 이 작품이 아이들의 현실을 그리는 데 있어 근본적인 한계가 있다는 것은 아니다. 요즘 아이들의 문제적 일상이나 현실을 신문 기자 같은 리얼리스트의 눈으로 그린 이야기는 그것대로 소중한 보고서가 되고 문학적 감동을 준다. 그러나 이 작품집에서 작가가 구현하고자 한 것은 지금 어린이의 현실이기보다 어린이 삶의 원형, 그들의 놀이 본능에 가깝다. 그리고 친구와 이웃, 뛰어다닐 골목이 있는 단순 소박한 삶으로의 귀환일 터다.

3. 일상과 비일상의 선순환 _박효미 『학교 가는 길을 개척할 거야』

　무엇이든 낭비를 허용하지 않는 세상이다. 아주 어린 아이도 걸음마 떼고 어린이집 버스를 타기 시작하면 그때부터 이미 세상의 컨베

이어 벨트에 올라탄 것이다. 누가 그 컨베이어 벨트를 만들고 운전하는지는 잘 모르겠지만 다른 사람이 그 위에 올라타고 어디론가 가니까 나도, 내 아이도 일단 올라타고 본다. 남들 하는 대로 하면 중간은 가니까, 따로 생각을 안 해도 되니까 몸은 피곤해도 정신은 오히려 푹 쉬고 있는 상태가 된다. 그러면서 늘 막연히 넉넉한 시간과 자유를 꿈꾼다. 그러면 어디 먼 곳에 가서 마음껏 놀다 올 텐데. 하지만 아이건 어른이건 많은 시간과 자유가 주어진다 한들 이미 컨베이어 벨트 위의 삶에 익숙해진 이상, 노는 것도 남들 다 하는 것 이상을 하지 못한다. 기껏 여행을 떠나도 숙소에서 텔레비전을 보고 노래방을 가고 피시방에 가서 게임을 한다. 현대인들은 일상도 획일화되어 있거니와 큰맘 먹고 그 일상으로부터 벗어나 비일상을 감행해도 결국은 획일화되고 수동적인 또 다른 일상을 반복하기 십상인 것이다. 개중에는 아예 컨베이어 벨트를 멈추거나 그로부터 뛰어내리면 된다고 생각하는 사람도 있고, 그것을 실행에 옮기는 사람도 적지 않다. 그러나 모두가 남들 하는 대로 살고 싶지 않다며 아침에 안 일어나고, 학교에 안 가고, 일터에 안 가고, 저녁에 집에 안 들어온다면 그건 또 그것대로 혼란스러울 것이다. 문제는 현대 사회라고 하는 시스템 안에서도 내 의지와 정체성을 잃지 않는 개인으로 남을 수 있는가이다.

이런 점에서 박효미의 『학교 가는 길을 개척할 거야』(2010)를 눈여겨보게 된다. 표제작 「학교 가는 길을 개척할 거야」는 제목부터 마음을 움직이게 만든다. '학교 가는 길'과 '개척'은 평소라면 도무지 조합될 것 같지 않은 말이기 때문이다. 100명이면 99명 이상이 학교 가는 길에 대해 의문이나 호기심을 품지 않을 테지만, 민구라는 주인공은 '딱 하나 있는 그 길은 심심하고 따분'해서 오늘은 한번 새 길을 개척해 보기로 마음먹는다. 남들은 시간과 자유가 있어야만 감행할 수 있을 것만 같은 일상으로부터의 탈출이 민구에게는 스위치를 올리듯 퍽 자연스럽게 이뤄진다. 그러나 이 간단한 전환은 바로 민구가 '요즘 아이들'이라는 몰개성한 대중으로부터 빠져나와 자유 의지를 가진 한 개인으로 다시 서는 순간에 이루어진다. 물론 딴 길로 새서 지각을 한 탓에 선생님과 엄마로부터 한 소리 듣지만 그래도 민구의 의지는 꺾이지 않고 오히려 친구 한 명을 더 꼬드겨 함께 길을 개척하자 한다. 적어도 이 이야기에서만큼은 교사와 부모는 아이의 관리자이고, 진정한 교육자는 아이 자신의 본성이다. 학교 가는 길에 잠시 샛길로 빠진 10, 20분은 일상의 고인 물을 신선한 물로 바꿔 주는 비일상의 시간이다. 이 시간은 꼭 길 필요도 없고, 그곳을 먼 데서 찾을 필요도 없다. 그리고 무엇보다 중요한 것은 비일상의 시간과 공간을 아이 스스로 찾고 마련했다는 데 있다. 현대의 어른들이 가장 하기 어려운 일 중 하나는 아이에게 아무것도 해 주지 않는 것이다. 아주 잠시라도 어른들이 아이에게 아무것도 해 주지 않는다면, 그것은 역설적으로 아이에게 스스로 무언가를 할 수 있는 시간을 선물하는 것과 같다. 무엇이든 좋은 것을 넘치도록 주고자 하는 것이 현대 교육의 주류라면, 아이에게 혼자만의 시간을 주고 그 안에서 자기 의지를 찾는 모습을 제시하는 것은 아동문학이 해야 할 작은 몫일지 모른다. 일상 속에 숨어 있는 비일상적 가능성을 찾고, 그 가능성이 생명력 있는 일상의 삶에 보탬이 되도록 노력하라는 것. 쉽게 말해 '딴짓'과 '샛길'은 어린이의 권리이자 의무임을 환기한 것만으로도 이 작품은 큰 의미가 있다.

4. 생활의 발견 _김양미 『여름이와 가을이』

스무 살 남짓 이후로는 그냥 어른이라는 동질성으로 묶일 수 있고, 일반문학은 그런 어른 일반을 향해 열려 있다. 그러나 어린이의 1년은 어른의 10년 이상 차이가 있기 때문에 아동문학은 필시 그 안에서도 연령대별로 특성을 달리할 수밖에 없다. 내 개인적인 견해이긴 하나 대상 독자의 연령이 아래로 내려갈수록 작가의 타고난 자질과 철학, 지성의 중요성이 커진다고 본다. 흔히 어린 아이를 위한 동화일수록 쓰기 어렵다는 말을 하곤 하는데, 현실을 보면 그런 말과는 달리 너무 쉽게 쓴 듯한 어린 아이용 동화가 많은 것도 사실이다. 백이면 백 집 모두 똑같은 것 같은 일상생활 한 토막을 단순 모사한 뒤 우리 가족 만세나 도덕적 교훈 한 줄 넣는 걸로 임무 완수했다는 듯 시침 떼는 동화가 얼마나 많은가. 모든 작가의 선의를 의심하는 것은 아니지만 시중에 나온 유년동화가 대개 이러니까 이 정도면 괜찮지 않느냐는 식의 태도는 유년동화의 가능성과 입지를 더 좁게 만든다.

그런 가운데 올해 만난 김양미의 『여름이와 가을이』(2010)는 몰개성이 주류를 이루는 유년동화 가운데에서 이 작가만의 개성과 철학을 잘 담고 있어 눈길을 끈다. 여름이와 가을이 남매를 주인공으로 한 이 연작 동화는 아마도 우연일 테지만 일본의 쓰보타 조지(坪田讓治)의 센타와 센페이 형제 연작을 연상시킨다. (쓰보타 조지는 우리나라에서도 '생활동화' 논의가 벌어질 때 종종 언급되었던 작가로 어린이의 천진한 일상과 심리를 세밀하게 그린 것으로 유명하다.) 동생은 자신이 마음먹기에 따라 고양이도 개미도 화초도 된다고 믿는 주관적 관념의 세계에서 놀며 지낸다. 누나는 동생의 세계를 이해하기도 하고 짐짓 놀리기도 하면서 자연스레 동생과 손을 잡고 사람들이 살고 있는 바깥세상으로 산책을 나간다. 인간의 바람직한 성장은 어린이의 내면을 간직한 채 그 위에 살과 옷을 덧입는 것이지 어린 시절을 졸업하거나 버리는 것은 아니다. 만일 어린 시절의 마음과 행동을 '유치하다'며 부정해 버린다면 제대로 된 어른이 될 수도 없다. 자칫 이런 이야기는 어린이의 천진난만함을 대상화하거나 귀엽게 내려다보는 동심주의로 빠지기 십상이지만, 이 작품은 누나의 존재로 인해 어린이의 본질을 유지한 채 한 단계 더 올라설 수 있었다. 그리고 이 지점은 앞서 언급한 쓰보타 조지와 다른 부분이기도 하다.

이 작품집에서 개인적으로 제일 마음이 갔던 것은 예전부터 늘 바라 오던 저학년(혹은 유년) 동화의 한 가능성을 엿볼 수 있었다는 점이다. 그것은 지극히 일상적인 소재로부터 무언가 인생의 본질, 혹은 철학적 발견으로까지 확장되는 이야기다. 「불공평」이 그 예인데 '나는 여기서 널 보는데 왜 너는 날 못 보는 걸까?'라는 작은 의문이 결코 관념으로 흐르지 않고 생활의 영역에서 점차 확대되어 가는 걸 보는 게 즐겁고 흥미롭다. 아이가 놀이터에서 노는 친구를 베란다에서 부르고, 그 친구가 처음에는 못 알아채지만 나중에 알아채고는 갈래머리를 들어 올리며 반가워하는 장면, 여자 친구한테 신경 쓰느라 엄마가 아래쪽에서 목이 쉬어라 외친 것을 못 들었다는 상큼한 반전까지. 책을 덮은 뒤에도 한참 흐뭇한 여운이 남는 작품인 데다 주관과 객관에 대해 이런저런 생각거리가 꼬리를 무는 것도 즐겁다. 그리고 「달과 호빵」에서 미용실이지만 호빵을 파는 가게는 이 작가만의 에스프리가 반짝이면서도 어쩐지 평온함과 아름다움을 느끼게 한다. 설사 나중에 이 작품의 전체 내용은 생각나지 않더라도 그 가게만큼은 좀처럼 잊히지 않는 풍경으로 남을 듯하다. 어떤 시집에 독자의 마음에 새겨지는 시가 딱 한 편만 있어도 그 시집의 존재 가치가 충분하듯, 얇은 동화책 한 권에서 이런 이미지 하나만 마음에 새겨도 가치는 충분할 것이다. 뚜렷한 스토리의 기승전결이 있는 것은 아니지만 이 책에 실린 이야기들을 읽노라면 어쩐지 생활에서 즐거움을 찾아내는 이 작가의 심미안이 읽는 사람 쪽으로도 옮겨 오는 듯하다. 예전에 베스트셀러였던 임어당의 『생활의 발견』이 그랬듯 작가는 유년동화 버전으로 '세상은 이래저래 살아 볼 만하고 재미가 있다.'며 조곤조곤 일러 준다. 일상을 긍정한다는 것은 '남들 다 그렇게 사니까.' 하며 일상에 안주하는 것이 아니라, 이렇듯 일상의 온갖 맛에 감각을 활짝 열어 놓고 작은 재미들을 찾는 것임을 작가는 지극히 쉽고 단순한 이야기로 역설하고 있다.

5. 일상 이야기 중에서도 옥석을

이 세 권의 책을 만나기 전까지 나는 우리 아동문학에 좀 더 드라마틱하고 일상의 지루함을 잊을 만큼 모험과 흥분이 가득한 이야기들이 많아져야 한다고 소리 높이곤 했다. 밋밋한 '생활동화' 류에 대해 주로 비판하기에 여념이 없었다. 그런데 올해 들어 내 신변에 변화가 생긴 것인지 아니면 이 세 권의 영향이 컸던 것인지 짜릿하고 재미있는 이야기만 요구했던 나 자신을 조금은 다시 생각하게 되었다. 당장 내가 어렸을 때만 떠올려 봐도, 황당하고 비현실적인 모험담도 즐기면서 한편으로는 그날이 그날인 듯 평범한 일상에서 날마다 미묘하게 다른 이야기를 펼쳐 내던 『작은 아씨들』이나 『초원의 집』 같은 잔잔한 이야기도 동시에 즐겼던 듯하다. 남성적인 모험 이야기의 시공간이 더 너른 세상이나 세상 밖으로 일직선으로 뻗어간다면, 여성적인 일상 이야기의 시공간은 원형을 이룬다. 어쩌면 나는 남성적인 서사에 대해 무의식적으로 '아이들은 이런 이야기를 좋아한다.', '이런 이야기가 재미있다.'라고 반쪽짜리 주장을 해 왔는지도 모르겠다. 물론 여전히 심장을 두근거리게 하는 이야기에 대한 갈망은 채워지지 않았지만, 그와 동시에 잔잔한 일상이야기 중에서도 옥석을 가리는 데 이전보다 좀 더 주의를 기울여야겠다는 생각이 든다.

그런데 주변 지인들과 앞의 작품들을 두고 이야기를 나눌 기회가 있었는데, '요즘 아이들이 얼마나 우악스러운데 이런 걸 참고 읽어 낼 아이가 많겠는가.', '이런 이야기를 좋아하는 건 어쩌면 어른의 향수나 자기 위안일지 모른다.', '어린이를 위한 이야기라기보다 어린이에 대한 이야기.'라는 의견이 적지 않았다. 이런 의견도 일리가 있다고 본다. 나야 이런저런 장점을 발견하며 읽었지만 어쩌면 해몽을 다소 침소봉대했을지 모른다는 의구심도 남겨 둘 필요는 있어 보이기 때문이다. 그보다 더 큰 이유는, 그간 비판해 오던 밋밋한 '생활동화'와 이 세 권의 이야기가 결정적으로 다른 점은 무엇이냐고 누가 묻는다면 뚜렷한 대답을 하기 어렵기 때문이다. 차이가 있기는 한데 그것이 미묘해서 과연 아이들이 내 마음 같을까 걱정스럽긴 하다. 그래도 그나마 확신을 갖는 것은 세 작가들이 요즘 아이들의 일상이 어때야 하는가에 대해 뚜렷한 의견을 내놓았다는 점이다. 그 의견에 대해 반응을 보이고 자기 일상에 변화를 꾀하는 아이들이 몇 명이라도 존재하기를 바라고, 또 그러리라 믿고 싶다.

〈『어린이와 문학』, 2010년 12월호〉

다시 읽는 한국 아동문학[*]

단 한번의 사랑, 단 하나의 동화_마해송「바위나리와 아기 별」

인어공주는 끝내 왕자님의 사랑을 얻지 못해 물거품이 되었고, 외다리 놋쇠병정은 춤추는 인형에게 말도 못 건넨 채 불에 녹아 놋쇠 심장을 재 속에 남겼다. 안데르센 동화들을 읽은 뒤 너무 슬프고 아름다워서 힘들기조차 했던 예닐곱 살 때의 기억은 여전히 위력을 발휘한다. 지금은 그때보다 동화에 대해 이것저것 아는 게 많아졌는데도 무심코「인어공주」같은 이야기에 가장 '동화답다'는 수식어를 붙이는 것이다. 아무리 안데르센이 위대하더라도 그의 작품은 작가 개인의 섬세한 기질과 19세기 유럽의 낭만주의가 한데 어우러져 만들어 낸 특수한 산물이고 그것이 동화 자체일 리 없는데도 번번이

* 이 글은『국민일보』에 2003년 2월부터 9월까지 '다시 읽는 아동문학'이라는 제목으로 매주 1회 연재한 것을 선별하여 엮은 것이다.

그 사실을 잊어버린다.

그렇게 보면 우리 아동문학사 첫머리에서 가장 '동화다운' 것은 「바위나리와 아기 별」(1926)이 될 것이다. 외로운 바위나리와 착한 아기 별은 연애니 사랑 같은 말조차 어색할 만큼 순진무구하게 서로를 아끼지만 별나라 임금님은 이들을 억지로 떼어 놓는다. 바위나리는 시름시름 앓다가 바다에 휩쓸려 들어가고, 아기 별도 "빛 없는 별은 쓸 데가 없다!"는 임금님 호령에 쫓겨나 같은 바다로 떨어진다. 지상과 천상에서 쫓겨난 이들이 갈 곳은 어디에도 없었다. 그러나 작품은 단순한 비극으로 떨어지지 않아서, 인어공주가 물거품이 된 것이 죽음인 동시에 또 다른 생명과 사랑의 연장이듯, 바위 나리는 같은 자리에서 다시 피어나고 아기 별도 바닷속에서 다시 빛을 낸다. 좀 소박한 감은 있어도 이 정도면 안데르센의 인어공주에 별로 빠질 것 없는 동화처럼 보인다.

하지만 100여 년 동안 안데르센의 슬픈 사랑 이야기들을 흉내 내는 사람이 아무리 많았어도 「인어공주」와 「놋쇠병정」은 19세기 유럽에 살던 안데르센만 쓸 수 있는 작품인 것처럼, 「바위나리와 아기 별」 역시 딱 그 시기의 조선 청년 마해송만이 쓸 수 있는 유일무이한 작품이었다. 이 작품을 말할 때마다 빼놓을 수 없는 이야기지만, 조혼 제도의 폐습 때문에 사랑하는 여인과 헤어져야만 했던 작가의 불행한 이력이 없었다면 작품은 첫 줄도 시작되지 못했을 것이 분명하다. 또한 작가가 옥황상제가 등장하는 '선녀와 나뭇꾼' 같은 옛이야기밖에 몰랐거나, 거꾸로 일본 유학 중 잡지 『빨간 새(赤い鳥)』로 대표되는 서구적이고 예술지상적인 동화들에 온통 정신을 팔았다면 작품은 오늘날 우리가 보는 것처럼 절묘한 균형을 얻지 못했을 것이다. 우리 근대 동화를 처음 만들어 가던 1920년대 초엽이라는 시기,

일본 유학으로 낭만주의 세례는 받았지만 무작정 현실 도피하기에 제약이 많았던 식민지 청년의 고민, 봉건적인 유습으로 인한 뼈저린 실연, 아버지의 명령으로 집안에 발이 묶여 괴로워한 시간들, 이 모든 것 중 하나만 빠졌더라도 「바위나리와 아기 별」 같은 놀라운 화학 반응이 나올 수 있었을까.

결과적으로 1926년에 발표된 「바위나리와 아기 별」은 이후 아동문학사에서나 마해송의 작가적 인생에서 극히 예외적인 작품이 되었다. 지극히 개인적인 사랑의 아픔과 시대의 공기가 어우러진 동화가 이 낭만적인 시기에 몇 편쯤 더 있었어도 좋았을 테지만, 사실 딱 한 편이어도 모자란 것은 아니다. 낭만주의 시인은 평생 단 한 편의 사랑 노래를 남긴다는데, 우리 아동문학사도 짧은 낭만주의 시기에 단 한 편의 슬픈 사랑 이야기를 남긴 셈이다.

소설가와 동화_이태준, 현덕, 채만식, 박태원, 이상의 동화

어린이책 시장은 나날이 규모가 커지고 있지만 좋은 창작동화를 쓰는 작가는 늘 부족하다. 이럴 때 출판사가 유용한 대안으로 떠올리는 것이 유명 소설가이다. 그런데 정작 그들이 쓴 동화를 보면 짧은 길이에 많은 것을 담으려고 관념어를 남발하거나, 철저히 비타협적인 소설과 달리 해피엔딩에 쉽게 무너지고, 알 듯 모를 듯한 상징과 분위기에 먼저 취할 때가 자주 있다. 뜻깊은 동화를 쓰고 싶은 마음만 앞서고 실제로 좋은 동화가 어떻게 아이들의 마음을 움직이고 즐겁게 하는지에 대해서는 체득하지 못한 까닭이다. 해방 전에 소설가들이 틈틈이 써낸 동화들이 적지 않았다. 오늘날과 다른 점이 있다면 일류 소설가일수록 동화를 쓸 때는 철저히 동화작가로 변신했고, 소설과 동화의 자리를 분명히 구별하면서도 작가의 개성은 하나로 이어졌다는 사실이다.

이태준은 우리 단편문학의 최고봉답게 원고지 서너 장짜리 유년동화를 혼자 개척하고 완성했다. 대답하기 어려운 것만 골라 묻는 아이와 엄마의 대화를 담은 「몰라쟁이 엄마」(1931), 새알을 노리다 공연히 새만 쫓아 버린 아이가 나무에게 핀잔을 듣는 「슬퍼하는 나무」(1932), 추운 정거장에서 아기가 "우리 엄마 안 오?" 하고 몇 번이나 묻는 「엄마 마중」(1938) 등은 동화가 시적인 산문이라는 정의에 꼭 들어맞는 수작들이다. 이보다 조금 긴 소년소설 「어린 수문장」(1929), 「불쌍한 삼 형제」(1929)도 단지 어린이부터 읽을 수 있다는 특징이 있을 뿐 엄연한 이태준 단편 문학의 정수이기도 하다.

현덕 역시 1930년대 문학에서 빼놓을 수 없는 개성적인 소설가이다. 그는 어른이 아이를 데리고 살아가야 하는 각박한 세상과, 아이들끼리 싸우고 화해하며 노는 세계를 가려내고 각각에 어울리는 문학 형식에 담아냈다. 그 결과 전자는 아이의 시선을 빌리되 마음이 괴로우리만큼 리얼한 소설 「남생이」(1938)와 「경칩」(1938)으로, 후자는 부잣집 아이와 가난한 집 아이가 티격태격하면서도 함께 어울리는 유년동화(『포도와 구슬』, 1946; 『토끼 삼 형제』, 1947)로 남았던 것이다. 그의 소설과 동화는 음영이 낱낱이 드러나는 사진과 맑은 수채화처럼 분위기가 사뭇 다르지만 어린이라는 공통분모 때문인지 서로가 서로의 속편처럼 느껴진다.

그 밖에도 채만식은 특유의 입담과 풍자 정신이 녹아든 동화를 썼고, 모던보이 박태원은 외상값 떼어먹는 손님들 때문에 속 썩는 우동집 아이를 「영수증」(1933)에 남겨 놓았다. 신경증의 소설가 이상도 「황소와 도깨비」(1937)를 쓸 때는 그저 능청맞은 이야기꾼이었다. 아무리 심각한 소설가도 신문과 잡지에 동화 한 편 써 달라 부탁받으면 '작가' 아닌 '이야기꾼'이 되어 아이들 앞에 앉았다. 소설가들이 늘 신문에서 동화를 보고 아동문학계 사람들과도 너나없이 지내던 그 시절에는 동화에 대해 특별한 환상이나 부담감을 가질 필요가 없었을 것이다. 지금 소설가들도 편한 마음으로 아이들에게 직접 다가갈 수 있는 이야기 몇 편쯤 써 보고 싶지 않을까? 그러려면 소설가 자신이 훌륭한 동화와 이야기를 즐길 줄 알아야 하고, 출판 시장의 논리에서 벗어나 누구나 자유롭게 동화를 읽고 쓰는 사회적 분위기도 마련되어야 할 것이다. 하지만 지금 수없이 쏟아지는 어린이책 단행본들을 보면 그것도 영 쉽지만은 않은 노릇이다.

숲 속 친구들아 같이 놀자_임홍은 「동무 동무」

자칫 동물 우화는 단순한 교훈담일 뿐이고, 정교한 예술동화나 리얼한 소년소설보다 한 등급 아래로 보이기 쉽다. 어린아이들이 워낙 동물을 좋아하니까 효용성을 인정할 뿐이지 사실 주입식 교육의 수단에 불과하지 않나 싶은 것이다. 하지만 동물 우화 역시 급수가 있어서 저열한 작품들은 정말 지루한 교훈담에 그치지만 일급 작품들은 아이들 자신이 동물이 되어 그 세계를 활보하게 만드는 법이다. 이야기 속에서 실컷 뛰어다니고 말하면서 무언가를 배웠다면 그것은 단순한 교훈이라 할 수 없을 것이다.

임홍은의 「동무 동무」(1937)는 정말 신나는 동물 우화이다. '우정'이라는 분명한 주제도 있다. 그런데 이 작품은 우정이라는 관념이 소중하다는 결론을 가르치는 것이 아니라, 그렇게 소중한 우정은 어떤 과정을 통해 얻어지는가를 이야기로 보여 준다. 자기 잘난 맛에 혼자 놀던 까마귀는 사냥꾼의 그물에 걸린 비둘기가 생쥐의 도움을 받는 것을 보고 친구의 소중함을 깨닫는다. 까마귀가 생쥐에게 동무가 되어 달라고 간절히 청하고, 생쥐는 거북이와 의논하여 무리에 넣어 주기로 하고, 때마침 사냥꾼에 쫓기던 사슴까지 합세한다. 친구가 생기길 간절하게 바라고, 맘에 드는 친구에게 같이 놀자고 말을 걸고, 상대방은 잠시 머뭇거리다가 받아 주면서 친구의 친구가 또 내 친구가 되는 과정들을 산속 동물들도 그대로 밟았던 것이다.

하지만 아직 우정이 싹튼 단계는 아니다. 어느 날 나무꾼이 파 놓은 함정에 사슴이 빠지고 까마귀와 생쥐가 힘을 모아 사슴을 구해 내지만 덩달아 나선 거북이가 도리어 나무꾼에게 잡힌다. 다시 까마귀, 생쥐, 사슴의 구출작전이 벌어진다. 사슴은 죽은 척하고 누워 나무꾼을 꼬여 내고, 까마귀는 나무꾼이 가까이 올 때마다 소리를 내서 사슴이 몇 걸음씩 계속 도망치게 하고, 그동안 생쥐는 거북이한테 다가가 묶인 줄을 끊어 준다. 이 이야기를 읽노라면 처음에는 죽을까 봐 조마조마하다가 점점 어리석은 나무꾼을 골려 먹는 데 덩달아 신이 나는데 이쯤 되면 읽는 이와 산속 동물의 경계도 사라지면서 서로 '동무 동무'가 되는 것이다. 보잘것없는 미물들이 힘과 꾀를 모아 강자를 물리치는 옛이야기의 재미와 정신이 온전히 흐르면서도, 등장인물, 아니 동물들의 성격이 개성 넘치고, 머릿속에서 그림책 넘어가듯 인상이 또렷한 동화는 그 이전에도 이후에도 결코 흔하지 않다.

「동무 동무」를 읽으면 굳이 삽화의 도움을 빌리지 않아도 자기만의 애니메이션이 눈앞에서 움직이는 느낌을 받는다. 당시 촉망받는 삽화가·만화가이기도 했던 임홍은의 특이한 이력이 한껏 발휘된 결과였을 테다. 해방 이후 월북한 것으로 추정되었지만 문학 쪽에서 이름이 보이지 않아 다른 월북 문인들처럼 허무하게 사라졌나 했는데, 최근 인터넷을 검색하다가 '북한의 영화인'에서 그 이름을 찾았다. 경력을 보고는 나도 모르게 흥분했는데, 하나는 1994년 인민예술가 칭호를 받았다니 어쩌면 지금 생존해 있을지 모른다는 기대 때문이었고, 또 하나는 '조선예술영화촬영소'의 아동영화 미술가로서 업적을 쌓았다는 사실 때문이었다. 즉 그는 북한 애니메이션계의 원로였던 것이다.

촌스럽지만 진실한 맹세_이원수 「눈 뜨는 시절」

이원수 소년소설 「눈 뜨는 시절」(1949)은 남한 단독 정부 수립 직후를 시대적 배경으로 삼고 있다. 하지만 그 시기를 너무 생생하고 구체적으로 담았기 때문에 요즘 아이들에게 마음 편하게 권하기에는 망설여질 때가 많다. 반민족 행위 처벌법, 전재민(戰災民), 적산가옥 같은 말들에 하나하나 주를 달아 주어야 하고, 친일파니 공산당이니 하면서 어른들끼리 모함하고 험악하게 싸우는 장면을 대하면 읽는 재미가 떨어지지나 않을까 걱정되는 것이다. 해방 정국에 관해 따로 공부라도 시켜야 하나? 아니야, 차라리 이 작품을 읽고 해방기가 어떤 시기였는지 알게 된다면 역사 공부도 되고 좋겠지.

나 또한 이 작품을 처음에 반쯤 읽었을 때는 '해방 정국을 어린이 눈높이에서 잘 잡아 낸 리얼리즘 소년소설'이라 생각해서였는지 그저 그런 역사적 의미만 눈에 들어올 뿐이었다. 사실 「눈 뜨는 시절」

의 기본 구도는 해방 정국의 축약도라 해도 될 정도다. 주인공인 정길이네 집안은 아버지가 뒷거래 무역으로 많은 돈을 모았지만 집안의 친일 행적 때문에 전전긍긍하고, 정길이네에 세 들어 살던 혜영이네는 아버지가 친일파 청산에 대해 입바른 소리를 했다가 빨갱이로 몰리고 셋집에서 쫓겨나는 처지가 된다. 단짝인 혜영이를 떠나보낸 뒤 정길이는 아버지에 대해 비판적인 생각을 갖고, 많은 사람들이 집과 먹을 것이 없어 힘들어하는 이 세상에 왜 자신만 걱정 근심 없이 사는 사람이 되었는지 고민하기 시작한다. 그때부터 우리는 정길이의 눈을 통해 해방기 전재민의 퀭한 얼굴과 그들이 살던 거적때기 토막집, 혜영이네가 이사 간 갑갑한 적산가옥을 구경하게 되는 것이다. 이야기가 이쯤에서 끝났어도 역사적으로 의미 있는 작품임에는 틀림없을 것이다.

그런데 마지막 두어 장에서 정길이, 아니 읽는 이의 눈이 결정적으로 확 뜨인다. 정길이가 "나는 자라서 돈벌이 많이 하면 가난한 사람들을 위해 나누어 줄 테다."라며 제 딴에는 장한 생각을 말하자, 혜영이는 "너도 돈벌이할 궁리부터 하니? 너는 학자가 되겠다고 그러지 않았니? 나비 학자."라며 대꾸한 것이다. 허를 찔린 정길이 얼굴이 화끈 달아오르고, 혜영이는 그걸 아는지 모르는지 너 주려고 잡아 놓은 나비들을 가져오겠다며 집에 달려가는 이 짧은 장면은 가슴을 뭉클하게 한다. 갖은 핑계를 대며 잇속은 있는 대로 차리는 어른들, 혹은 자신도 모르게 그런 어른이 되려는 문턱에 서 있는 친구들을 조용히, 그러나 엄하게 꾸짖는 한마디이다.

'우리는 학문과 인정을 위해서 사는 사람이 되자.'는 정길이와 혜영이의 마지막 맹세는 따로 떼어 놓고 보면 좀 촌스러운 감도 있지만, 작품에 감동을 받은 탓인지 이미 어른이 된 나도 한번쯤 흉내를 내 보고 싶을 만큼 진실해 보인다. 하지만 이런 맹세는 이 작품의 제목처럼 세상에 막 '눈 뜨는' 그 나이, 그 시절에 정말 어울리는 것이 아닐까.

몇 세대가 공유한 상상의 친구_조흔파『얄개전』

조흔파 소년소설『얄개전』(1956)은 1950년대의 대표적 베스트셀러 중 하나로, 70년대에는 영화로도 제작되어 큰 인기를 끌었다. 80, 90년대의 청소년들도 책에서였는지, 명절 때 본 영화에서였는지, 어른들로부터 들은 이야기에서였는지 출처는 정확치 않아도 얄개가 어떤 아이인지 대충 알고 있다. 몇십 년 사이에 낙제 제도가 없어지고, 교복과 두발 단속이 없어졌다 다시 생기고, 과외가 금지되었다가 풀렸지만『얄개전』의 본질은 별로 훼손되지 않았다. 학교와 가정이라는 공간이 본질적으로는 변한 것이 없고, 그 안에서 아이들의 작은 일탈의 욕구 역시 변함이 없기 때문일 것이다.

그러나 50년대 청소년들은 얄개에게 지금과는 좀 다른 감정을 품었을 것이다. 지금 '추억의 한국 영화'나 '헌책'으로 만나는『얄개전』은 촌스러워서 더 재미나게 읽히지만, 50년대에 얄개의 성격이나 집안 분위기, 그가 다니는 학교는 아주 세련된 것으로 받아들여졌다.『얄개전』이 잡지『학원』에 연재되던 1954~1955년은 전쟁 직후였고 너나없이 힘든 때였지만, 전후(戰後) 복구에 대한 국민적 열망이 상급학교 진학의 열망으로 표출되는 시기이기도 했다. 당시 소년소설에는 상급학교에 진학하지 못해 절망하는 아이, 입학금을 벌기 위해 동분서주하는 고학생 이야기가 자주 보인다. 그나마 형편이 좋은 아이들도 낙제 걱정이나, 좀 더 나은 상급 학교에 진학해야 한다는 부담감으로 전전긍긍하고 있었다. 이런 시대 분위기 속에서 세 번째 낙제만은 면해야 하지만 하루라도 말썽을 피우지 않고는 배기지 못하는 주인공 얄개는 성적과 입시에 주눅 든 아이들에게는 일탈의 욕구를 만족시켜 주고, 가난 때문에 학교에 다니지 못하는 아이들에게는 동경의 대상이 될 수 있었다. 더욱 부러운 것은 얄개가 전후 유입된 미국식 자유주의의 축복 속에 있었다는 사실이다. 대학의 영문과 교수인 아버지는 아들이 낙제를 하건 말썽을 피우건 허허 웃어넘기고, "학생을 때리는 일, 민주주의 아닐뿐더러 하나님 도리에 맞지 않습니다. 뺨을 때리는 선생님 악마요."라고 주장하는 미국인 교장은 그 신념 때문에 번번이 얄개에게 골탕을 먹는다. 얄개라 하면 늘 선생님과 부모님의 권위에 도전하는 이미지가 강하지만, 작품을 읽어 보면 얄개는 전근대적 권위가 아예 존재하지 않는 공간에서 살고 있다. 참 부럽고 먼 이야기인데도 당시 학생들은 얄개의 구김살 없는 성격, 걱정거리 하나 없는 그의 환경에 쉽게 마음을 빼앗겼다. 자신이 그렇게 살지는 못해도 얄개 같은 상상의 친구 한 명쯤 두면 주머니에 든 복권처럼 잠시 흐뭇했던 모양이다.

『얄개전』은 통속적이고 위안을 주는 정도의 작품이지만 얄개는 오랜 세월 청소년들이 공유하는 상상의 친구 노릇을 톡톡히 해 주었다. 요즘 청소년들도 문학에서 얄개 같은 친구 한 명 건지면 좋을 텐데, 작가들은 좀처럼 그런 친구를 만들어 주지 않고 청소년들은 문학으로 친구 사귈 여유가 없어 보이니 그것도 문제다.

우리 아동문학의 두 저작물 _ 이원수『아동문학입문』, 이재철『한국현대아동문학사』

내가 활동하는 모임의 온라인 게시판에는 아동문학에 대한 질문들이 자주 올라온다. 동화는 왜 시적인 산문인가, 동화와 소년소설은 무엇이 다른가 등의 질문에 적당한 내용과 길이로 답하는 것은 쉬운 일이 아니다. 요즘은 리포트 작성을 걱정하는 대학생들까지 가세했다. 이럴 때는 이원수의『아동문학입문』(1965), 이재철의『한국현대아동문학사』(1978)에서 본 기억을 끄집어내거나, 아예 책상에 펴 놓고 커닝을 한다. 우리 아동문학에 대해 궁금한 것이 생기면 일단 이 두 권을 뒤지면서 출발한다. 즉 이 책들은 우리 아동문학의 존재를 지탱해 주는 가장 중요한 참고 서적인 것이다.

동시인·동화작가로 유명한 이원수는 평론가로서도 우리 아동문학의 큰산이다. 그의『아동문학입문』은 말 그대로 입문서이고 이론서이지만, 지금 읽어도 힘과 철학에 압도되는 평론 '작품'이기도 하다. 또한 애초에 라디오 방송용 원고였다는 것은 누구나 쉽고 정확하게 이해할 수 있는 논거를 내는 데 도움을 주었다. "아동문학의 사회적 가치란 아동의 미의식을 높이고 감동으로써 인간성을 아름답게 가꾸어 나갈 수 있으며 미지의 세계에 대한 인식을 갖게 하고 사람이 살아가는 길을 배우게 하는 것."이라 정의 내린 대목은 더 이상 빼고 더할 것이 없을 만큼 핵심적이다. "아동문학의 교육성은 대승적인 것이요, 어느 시점에서의 특정된 이상을 옹호·찬양하는 교육성이 아니다."는 말에서는 이원수의 평생이 엿보인다. 한동안 전집 안에 묶여 쉽게 접할 수 없었는데, 최근 다른 비평문들과 함께 편집

되어 동일한 제목의 단행본으로 발간되었다. 아동문학에 관계하는 사람이라면 마음과 머리가 흐트러질 때마다 성경처럼 읽으며 어린이·문학·세상을 비춰 보는 거울로 삼아도 좋을 것이다.

유일무이한 아동문학 통사인 이재철의 『한국현대아동문학사』는 우리 아동문학을 공부하기로 마음먹었다면 피해 갈 수 없는 산이다. 앞으로 다른 시각의 한국아동문학사가 나오더라도 『한국현대아동문학사』에서 다루어진 방대한 자료의 힘은 부정할 수 없을 것이다. 식민지 지배와 6·25 전쟁, 분단 속에서 제 몸 하나도 보전하기 힘들던 때에 구석진 분야인 아동문학 자료를 모으고 체계화하는 일에 수십 년간 매달렸으니 주위로부터 지독하다는 말도 숱하게 들었음 직하다. 그러나 그의 지독함 덕분에 후학들은 일제 시대부터 60년대까지 우리 아동문학사에 벽돌 한 장씩 쌓아 올린 분들을 잊지 않을 수 있게 되었다. 다소 편협한 순수문학의 관점에서 정리되었고, 냉전시대의 한계를 여실히 드러낸 문학사이기는 하지만, 아동문학 연구자들에게는 늘 옆에 두고 열심히 뒤적거려야 할 사전 같은 책이다. 그러나 절판된 지 너무 오래되어서 연구자들조차 도서관에서 책을 빌려 보거나 복사본으로 보는 형편이다. 수요가 많지는 않겠지만 뜻있는 출판사가 나서서 적은 수량이라도 다시 출판해 주었으면 하는 바람이다.

바보 온달 설화의 비극적 패러디_이현주 『바보 온달』

『바보 온달』(1973)은 바보 온달과 평강 공주 설화를 개작한 것이다. 하지만 표면의 이야기 구도는 우리가 알고 있는 것과 거의 다를 바 없다. 평강 공주는 바보 온달에게 시집와서, 그를 잘 훈련시켜 용 맹스러운 장수로 탈바꿈시켰다. 사냥 대회에서 임금님 눈에 든 온달 은 장군이 되어 전쟁에 나가 적도 많이 물리치고 땅도 많이 뺏는다. 그런데 온달이 승승장구할수록 온달 자신도, 평강 공주도 불안해한 다는 것이 설화와 가장 다른 점이다. 작가가 온달과 평강 공주에게 자신의 정체성을 의심할 수 있는 내면을 불어넣은 까닭이다. 의심할 나위 없는 발전의 상징인 온달, 현명한 아내의 상징인 평강 공주가 이렇게 흔들리니 독자들도 흔들리지 않을 수 없다. 별 볼 일 없는 지 금의 나를 버리고 훌륭한 사람으로 탈바꿈하면 분명 행복하리라 믿 었는데 그게 아니란 말인가?

옛이야기 속 온달은 평강 공주를 만나기 전에는 동냥이나 일삼던 한심한 바보에 불과했지만, 『바보 온달』에서는 누구보다도 고귀한 인격체로 그려진다. 단지 순수하다는 칭찬만이 아니다. 산 속을 떠 돌던 바보 온달은 누구보다 자연의 이치에 밝았고, 동물 친구들을 사귀며 생명의 소중함을 온몸으로 알고 있었다. 남을 미워하거나 함 부로 화내지 않음으로써 채찍 든 권력자를 무너뜨릴 만큼 도덕적으 로도 월등했다. 평강 공주가 온달에게 시집오기로 마음먹었던 것도 남들이 못 본 온달의 장점을 보았기 때문이다. 하지만 평강 공주가 온달을 있는 그대로 사랑하지 못하고 그에게서 '바보'라는 호칭을 떼어 내려 갖은 애를 쓴 것이 비극의 시작이었다. 온달은 '바보'에서 멀어질수록 소중한 것들을 하나씩 잃어 가고, 세속적으로는 성공하 지만 내면으로는 점점 불행의 나락에 빠진다. 남과 싸워 이기는 승 리감은 잠시일 뿐, 자존심 때문에 상처받아 아무에게나 적의를 드러 내고, 빼앗긴 영토를 찾아야 한다는 강박 관념에 쫓겨 명분도 없는 전쟁터로 달려간다. 그제야 평강 공주는 자신이 바보 온달을 외려 불행으로 내몰았음을 깨닫고 용서를 빌지만, 온달에게 그 말이 들릴 리 없다. 작품은 온달이 어릴 적 단짝 친구인 곰 바우를 죽이는 장면에서 비장미의 절정을 이룬다. 바우는 오직 한 가닥 남은 온달의 순수함이자 양심의 상징이었는데 공포에 떤 온달은 칼을 휘둘러 바우를, 아니 자기 자신을 죽이고 만다. 바우의 시체 앞에서 넋이 나간 그가 화살을 맞고 쓰러졌을 때는 이미 껍데기뿐인 육신이었다. 바보 온달은 원래 사람이라기보다 착한 곰 한 마리에 가까웠던 것이다.

『바보 온달』은 1973년 대한기독교서회에서 처음 출간되었다가 1987년 새벗사에서 재출간되고, 최근에도 개정판이 나왔다. 작품의 본질을 삽화로 잘 담아낸 1987년 판은 순수한 시절의 온달은 곰으로, 이후의 온달은 사람으로 그린 것이 묘한 슬픔을 더해 준다. 헌책방에서 눈에 띄면 꼭 사서 소장하기를 권한다.

동화의 옷을 입은 겨레의 서사시_권정생 「무명저고리와 엄마」

정채봉 동화 「오세암」(1985)이 최근 극장용 애니메이션으로 제작되었고, 권정생의 「강아지똥」(1969)은 단편 애니메이션으로 만들어져 해외 영화제에서 호평을 받았다. 누가 나한테 애니메이션으로 보고 싶은 동화 한 편을 물어 온다면, 나는 1초도 머뭇거리지 않고 권정생의 「무명저고리와 엄마」(1973)를 말할 것이다. 남한테 보여 줄 수 없어서 그렇지, 내 마음속에는 이미 애니메이션 「무명저고리와 엄마」가 있다. 그것은 내가 이 작품을 읽을 때마다 눈앞에서 아름답고 슬프게, 그리고 조용히 움직인다.

엄마는 아기 복이 많았는지 일곱 남매를 두었다. 가난한 엄마는 일을 많이 해야 했기 때문에 아기들은 엄마 대신 무명저고리에 볼을 비비며 자란다. 막내 무돌이가 어느 정도 자랐을 때에는 저고리가 너무 낡아 입을 수 없게 되었다. 이제 아이들을 다 키웠으니 엄마와 무명저고리도 편안해져야 하건만, 곡절 많은 우리 근대사는 엄마에게서 자식들을 하나하나 뺏어 간다. 아기를 함께 키워야 할 아빠는 새끼 밴 암소에 소작료인 나락 가마니를 싣고 떠난 뒤 슬픈 소식이 되어 돌아왔고, 첫째 복돌이는 수수팥 단자를 싼 보자기를 허리춤에 동이고 독립운동의 길을 떠난다. 까막눈의 설움을 떨쳐 버리려 도쿄 유학을 떠난 차돌이는 의젓한 신사가 되었다지만 집에는 등을 돌리고, 셋째 삼돌이는 일제의 전쟁에 억지로 끌려갔다가 전사 통지서 한 장이 되어 돌아온다. 시집간 딸 큰분이는 만삭이 된 몸으로 전쟁 통에 피난을 못 가 북녘 땅에 끌려가고, 그 밑에 막돌이는 피난길에 두고 온 밀가루를 찾으려고 또분이 누나보다 먼저 달려가다 폭격에 다리를 잃는다. 자기 때문에 다리 잃은 동생을 먹여 살리려고 양공주가 된 또분이는 검둥이 아기를 낳고는 종적을 감추고, 막내 무돌이는 베트남전에 나갔다가 역시 목숨을 잃는다. 자식들을 가슴에 품은 채 늙어 세상을 떠난 엄마의 한(恨)을 대체 어찌해야 할까. 작가는 엄마와 아기들 냄새를 묻힌 채 낡아 버린 무명저고리를 하늘로 올려 무지개를 띄우고, 엄마 곁에 사랑스러운 아기들을 앉혀 주었다. 엄마의 한, 아니 우리 겨레의 한이 잠시나마 풀리고 위로받는 순간이다. 그러나 하늘 위의 엄마는 유일하게 세상에 남아 "한 쪽 다리로 반 조각 땅을 딛고 선 막돌이"를 조용히 내려다본다. 작품이 발표된 지 30년이 지났지만 '반 조각 땅'은 여전하고 슬픔도 아직 끝난 것이 아니다.

사실 이 작품을 가장 권하고 싶은 대상은 청소년과 어른들인데,

겉모습이 짧은 동화이다 보니 어린이책에 다른 작품들과 함께 묶여 있어서 좀처럼 그들 손에 닿기 힘든 형편이다. 정말 누가 맘먹고 애니메이션이나 그림책으로 정성스럽게 만들면 좋겠다. 아이부터 어른까지 연령을 초월하여 감동받을 수 있는 겨레의 서사시를 이렇게 내버려 두는 건 너무 안타까운 일이다.

지지리 못난이의 힘_윤기현 「서울로 간 허수아비」

농부의 해진 옷을 입고 다 떨어진 모자를 쓴 허수아비도 누런 가을 들판에 서 있으면 전혀 초라하지 않고 듬직해 보인다. 자기가 있어야 할 자리에서 열심히 일하는 모습이 당당하고 아름다운 건 허수아비도 마찬가지다. 이런 허수아비가 어쩌다 서울에 갔을까. 서울에는 일자리도 없을 텐데.

하지만 일거리가 마땅찮은 건 농촌도 마찬가지였다. 예전 같으면 농촌 사람들이 보리 농사를 짓는 기간 동안 허수아비를 곳간에 들여놓았겠지만, 수지가 맞지 않는다고 봄보리도 갈지 않아 허수아비는 겨울 내내 들판에서 떨어야만 했다. 마침 멋진 승용차를 타고 근처를 지나던 아이의 눈에 들어 함께 서울에 올라온 허수아비는 이제야 고생이 끝났다며 기뻐한다. 그러나 서울 부잣집 마나님은 더럽다며 질색을 하고, 순종 불독이라며 뻐기는 그 집 개는 허수아비를 죄다 물어뜯어 놓는다. 허수아비는 자기를 데려온 아이에게 통사정을 해도 소용이 없고, 결국 도시 변두리 쓰레기 하치장으로 버려지는 신세가 된다. 그러나 허수아비의 고달픈 서울 생활은 다행히 비극으로 끝나지는 않았다. 찢긴 몸과 마음을 판자촌 아이에게서 위로받은 허수아비는 기꺼이 그 집의 땔감이 되어 준다. 허수아비 자신도 들판에 일없이 서 있는 것보다, 부잣집에서 천대받는 것보다 이렇게 고향을 잃어버린 사람들을 위해 밥도 지어 주고 방도 덥혀 줄 수 있는 것을 다행스럽게 여기고 생을 마감한다. 썩지도 않고 사방에 넘쳐 나는 도시의 쓰레기보다 얼마나 떳떳한 최후인가.

「서울로 간 허수아비」(1982)는 세련되고 완결성 높은 동화와 비교하면 약간 엉성한 구석이 없지 않다. 예를 들어, 초반에는 입을 꾹 다물고 있던 허수아비가 갑자기 아이한테 말을 걸고, 아이는 아무런 의심 없이 대꾸하는 장면이 그렇다. 동물이나 물건들끼리만 이야기하는 우화도 아니고, 일정한 약속 하에 현실과 비현실이 겹쳐지는 공상동화도 아니니, 작가가 얼른 무언가를 말하고 싶어서 무작정 이야기를 밀어붙인 결과라고밖에 할 수 없다. 하지만 이런 실수가 작품의 매력에 결정적인 상처를 입히는 것은 아니다. 눈·코·입이 삐뚤빼뚤한 허수아비에게 나름대로의 멋이 있듯, 세련된 동화가 갖기 힘든 이 작품만의 에너지와 매력이 그러한 실수를 상쇄하고도 남는다.

80년대에는 대학생들도 애독했을 만큼 이 작품은 사회 비판의 목소리를 강하게 내고 있다. 그러나 그 이면에서 어린이 독자의 마음을 건드리는 것은 인간에게 버림받은 물건·장난감의 슬픔일 것이다. 최근 우리 장편 판타지의 수작인 황선미의 『샘마을 몽당깨비』(1999)에는 변덕스러운 주인에게 버림받았다가 되살아나는 인형 미미가 나오는데, 이것을 보고 「서울로 간 허수아비」를 떠올린 독자가 나 한 명이었을까? 황선미가 의도한 것이든 아니든, 매력적인 캐릭터가 늘 모자란 우리 아동문학에서 이렇게 서로 소통·발전하는 인물을 발견하는 것은 무척 기쁜 일이 아닐 수 없다.

소설가 이문구, 시인 이문구_『개구쟁이 산복이』

올해(2003) 2월 별세한 소설가 이문구가 마지막으로 남긴 글은 한 뭉치의 동시 원고*였다. 그를 소설가로만 아끼던 사람들한테는 뜻밖이었겠지만, 이문구가 아이들에게 노래를 들려준 것은 오래전부터다. 동시집 『개구쟁이 산복이』(1988)의 아빠가 얼마 전에 돌아가셨음을 알게 된다면 뒤늦게 슬퍼할 아이들도 적지 않을 것이다. 하지만 소설가가 쓴 동시라서 그럴까. 정작 아동문학계에서는 냉담한 편이다.

이문구의 동시가 훌륭한 것을 서너 편만 소리 내어 읽어 보면 금방 알 수 있다. "이마에 땀방울/송알송알/손에는 땟국이/반질반질/(…)/멍멍이가 보고/엉아야 하겠네/까마귀가 보고/아찌야 하겠네." (「개구쟁이 산복이」) 아이들은 신나게 노래하며 '땟국이 반질반질'하다든지, '까마귀가 아찌야 하겠다' 같은 토박이말의 자기 자리를 익힌다. "은이네 샘골논/허수아비/막걸리 얻어먹고/취했나 봐./논두렁 베고 잠들었구나.//옥이네 비탈밭/허수아비/고수레 얻어먹고/배부른가 봐/밭둑에 누워/쉬고 있구나." (「허수아비」) 시골에 간 적이 없는 아이도 이 시가 제공하는 그림을 쫓아가다 보면 샘골논, 논두렁, 비탈밭, 고수레 등을 저절로 배운다. 백과사전으로 익히면 잘 들어오지 않는 것들도 좋은 시 한 편을 감상하면 그 뜻을 직감할 수 있는 것이다.

도시에서는 절대 얻을 수 없는 지혜와 발견도 눈부시다. "아빠를 따라서/산에 가면/먹는 풀 먹는 열매/아주 많아요./아빠는 하나하

---

* 이 원고는 2003년 10월에 『산에는 산새 물에는 물새』(창비)라는 동시집으로 간행되었다.

나/가르쳐 주셔요./이담에/산에 가서/길 잃고 배고플 때/울지 않고 참는/방법이래요."(「산에 가면」) 아버지의 속 깊은 사랑과 너그러운 자연 속에서 크는 아이란 얼마나 단단하고 깊은 존재인가. "눈 덮은 들에/파란 보리싹아,/너는 돌 틈에서 꽃피는/난초 같구나. // 봄바람에 흙내음/기다리면서,/눈보라를 이긴 것은/너뿐이구나."(「보리싹에게」 전문) 어른의 목소리로 전하는 인생의 가치이되 닳고 닳은 교훈으로 들리지 않으니, 자연 앞에 겸허하게 고개 숙인 아버지를 따라 아이도 덩달아 고개를 숙이게 된다. 그렇다고 이 농촌 아이가 일찍 철이 들어 어른이 되는 것도 아니다. "산 너머 저쪽엔/별똥이 많겠지/밤마다 서너 개씩/떨어졌으니.//산 너머 저쪽엔/바다가 있겠지/여름내 은하수가/흘러갔으니."(「산 너머 저쪽」) 상식적으로 완전히 틀려서 더욱 아름답고 소중한 공상이다. 이런 공상은 나중에 상식을 얻더라도 깨지고 수정되는 것이 아니라 그 무엇과도 바꿀 수 없는 마음의 경험으로 남는 것이다.

농촌은 훌륭한 동시와 동요를 가능하게 하는 터전이다. 일제 시대부터 윤복진 시인이 노래한 똘똘한 개구쟁이, 권태응 시인 자신이기도 한 속 여문 아이들은 모두 우리 농촌이 낳아서 건강하게 키운 자식들이고 이문구가 빚어낸 아이들이 그 대를 이었다. 또한, 정지용이나 이태준 같은 최고 경지의 일반문학가가 아동문학을 남긴 전례역시 이문구로 이어졌다고 할 수 있다. 표 나게 드러내지는 않아도 그 누구보다 전통을 소중히 여기던 이답게 아동문학의 자리에서도 그는 아름다운 전통의 계승자이다.

최초의, 어쩌면 최후의 신세대 동화작가_위기철 『생명이 들려준 이야기』

10년, 100년 단위의 시대는 달력이 넘어가자마자 시작되는 것이 아니다. 내 기억으로 1991년은 정서적으로 '80년대'의 연장이었지 진짜 90년대는 아니었다. 아직 최루탄 냄새가 진했고, 대학생 언니 오빠들은 늘 심각했고, '신세대'라는 일군의 사람들도 등장하지 않았다.

그래서인지 위기철 동화집 『생명이 들려준 이야기』(1991)도 80년대 동화의 소산처럼 보인다. 아버지는 공장 기계에 손가락이 잘려 일자리를 잃고, 자식들은 길거리에서 주운 연탄재를 방 안에 들여놓았다가 목숨을 잃는다.(「하늘나라에 가지 마」) 산동네 아이들은 점점 밀려드는 도시 개발 때문에 철거민으로 전락하고, 동네에는 '딱지'를 사고파는 투기꾼들이 몰려와 갖은 행세를 한다.(「일곱 번째의 기적」) 큰아들의 사과밭, 둘째 아들의 사과나무, 셋째 아들의 노동으로 사과가 풍작이 되었다면 사과는 누가 가져야 할까? 작가는 주저없이 노동의 신성함에 손을 들어 주었다.(「사과는 누가 가져야 옳은가」) 나는 문득 위기철이 왜 동화를 쓰기 시작했을까 궁금해진다. 80년대 학번으로서 고민했음직한 사회 모순, 이상향을 아이들에게 동화로 전달하기 위해서?

80년대는 위기철을 자기 시대의 작가로 갖고 싶어 할지 모른다. 하지만 그는 언제 어디에 있어도 늘 당대를 대변할 이야기꾼이지, 결코 한 시대에 갇힐 작가가 아니다. 이는 그가 시대의 변화에 따라 변덕스럽게 배를 옮겨 탔다는 것이 아니다. 오히려 그는 『생명이 들려준 이야기』 이후 끊임없이 변해 왔지만, 한편으로는 하나도 변한 것이 없기도 하다. 이야기 소재와 문제의식은 시대와 긴밀히 호흡하기에 늘 새롭지만, 그것을 푸는 그의 방식은 의외로 고전적이기 때문이다. 아이의 자살이라는 민감한 현안은 검은 악마와 하얀 천사가 생명을 두고 벌이는 싸움으로 대치되고, 산재 노동자 가족의 비극은 이 시대의 「성냥팔이 소녀」로 변주된다. 빈부 갈등, 도시 개발로 인한 철거와 부동산 투기, 심지어 민감하기 짝이 없는 교회 권위에 대한 도전조차도 개구쟁이 꼬마 예수의 형상을 통과하면 문제의식은 그대로이되 한결 착한 얼굴의 동화로 변모한다. 비닐 때문에 도깨비가 천년 넘게 바깥나들이를 못 하고, 냇물이 더러워져 선녀가 목욕을 못 하고, 용궁의 별주부는 폐수 오염으로 인한 기형 물고기들을 만난다. 요즘은 비슷한 환경동화도 흔하디흔해졌다지만 『생명이 들려준 이야기』는 지금 읽어도 초라하지 않은 원조로서의 품격을 지니고 있다.

시대에 따라 변하는 것과 변하지 말아야 할 것을 늘 염두에 두면서 이야기 찾기에 골몰하는 위기철의 작가 정신은 최근의 『무기 팔지 마세요!』(2002)로까지 이어진다. 일상의 폭력, 자본의 논리, 페미니즘, 인터넷 문화, 반전 평화 같은 2000년대의 현안 역시 온전히 그의 몫이었다. 계속 이렇게 간다면 위기철은 최초의 신세대 동화작가일 뿐 아니라, 어쩌면 일흔이 넘고 여든이 넘어서까지 최후의 신세대 동화작가로 남을지도 모른다.

가난과 생기발랄_이상락『누가 호루라기를 불어 줄까』

우리 아동문학에 매력적인 주인공이 늘 아쉽다고는 해도 방정환의 「만년샤쓰」 주인공 창남이만큼은 언제 어디에 내놓아도 자랑스러운 캐릭터이다. 새끼로 둘둘 감싼 신발을 신고, '만년샤쓰'인 맨몸을 내놓고도 누구보다 열심히 뛰는 창남이의 낙천성은 이 세상에 가난이 사라지지 않는 한 동화작가들이 끊임없이 참조하고 되살려야 할 대상이다.

이상락 장편동화 『누가 호루라기를 불어 줄까』(1993)의 주인공 동수는 창남이의 먼 후손이다. 가파른 달동네에 살지만 '우리 동네에 놀러 오면 겨울에 끝내주는 미끄럼 놀이를 가르쳐 주겠다.'고 자랑하는 개구쟁이면서, 초등학교 4학년이면 '불혹'의 나이이기 때문에 가난한 부모님 형편을 헤아릴 줄 알아야 한다는 의젓함도 지녔다. 이런 주인공이기 때문에 자기만의 방을 갖고 싶은 소원을 푸는 방식도 남다르다. 집안 형편을 무시하고 떼를 쓰는 것도 아니고, 애늙은이처럼 기가 죽어 지레 포기하지도 않는다. 자신의 소원을 부모님을 통해서만 푸는 건 사다릿골 사나이가 아니다! 동수는 신문 배달을 해서 10만 원짜리 월세방 보증금을 벌기로 작정한다. 100여 곳의 집을 순서대로 외우고 커다란 신문 뭉치를 옆에 끼고 뛰어다니는 일은 분명 고되기 짝이 없는데도 동수가 하는 짓을 보면 절로 웃음이 난다. 숙제를 못 해 간 날 의자를 들고 벌을 서면서도 동수는 속으로 배달 구역 복습을 한다. "맨 처음 홍국 복덕방 밀창 사이에 한 부를 넣고, 나와서 길모퉁이를 비잉 돌아 삼일 페인트 가게, 길을 건너 건물 2층의 제일상사, 3층 동일무역, 그리고 짜장면 집 만주옥……. 이제 주택가로 올라가 볼까?" 처음에는 신문 뭉치가 하도 무거워서 골목에 놔두었다가 고물상 아저씨가 들고 가 버리는 바람에 몽땅 잃기도 하고, 어떤 집은 불독이 무서워서 배달 갈 때마다 조마조마했지만 점점 동수는 신문 배달에 도사가 되어 간다. 신문 100부를 옆에 끼고 뛰는 시간은 일하는 시간이기보다 가을 운동회 때 '오래달리기' 대표 선수가 되기 위한 연습 시간인 셈이다. 동수는 불독이 짖으면 신문으로 뺨을 툭 칠 정도로 점점 여유가 생긴다. 동네 형들도 제 몫을 단단히 하는 동수를 '달배'(신문 배달원들끼리 서로를 부르는 말) 동지로 동등하게 대해 주고, 동수는 초등학교 4학년다운 동심을 잃지 않으면서도 세상과 사람을 보는 눈이 한결 깊고 단단해진다. 이쯤 되면 월급 4만 원은 동수의 성장에 덤으로 따라오는 보너스인 셈이다.

그러나 동수의 열 살 인생에 보너스는 그렇게 쉽게 찾아오지 않는다. 그토록 기대하던 첫 월급은 동생이 갑자기 폐렴에 걸려 병원비로 들어가고, 주인 할머니가 월세를 싸게 주겠다며 약속한 창고 방에는 다른 사람이 이사를 오게 된 것이다. 하지만 이러한 결말은 우리의 발랄한 주인공 동수의 기운을 빼려는 작가의 심술이 아니다. 한 달 동안 열심히 일한 것이 수포로 돌아갔구나 싶을 때, 아버지의 배려로 수리수리 마수리 같은 요술 방이 탄생한다. 궁금하신 분들은 직접 책을 읽어 볼 일이다. 동수의 진짜 월급은 마지막에 준비되어 있다.

길들여진다는 것에 대해_김우경 『머피와 두칠이』, 『수일이와 수일이』

아이들을 돌보고 걱정하는 데 익숙한 우리 아동문학에서 김우경의 신념은 특이한 면이 있다. 그는 자기가 사람이면서 주인공인 개가 "절대 사람을 믿지 말라!"는 말을 하게 하고, 자기가 어른이면서 "어른들은 (아이들 이야기를) 안 믿는다."는 것을 거듭 강조한다. 다른 동화작가들은 아이와 세상 사이에 화해의 다리를 놓아 주기 바쁜데, 김우경은 거꾸로 그 다리를 끊는 데 열중한다. 그렇다고 읽는 아이들이 금세 세상을 불신하지는 않겠지만, 좀 불안하고 외롭기는 할 것이다. 그 정도면 충분하다. '과연 나는 누구인가?' 하는 절실한 질문은 그렇게 불안하고 외로울 때 던져져야 하기 때문이다.

『머피와 두칠이』(1996)의 초반부에서 개들의 정체성은 곧 주인으로부터 비롯된다. 사장집 개는 사장 노릇을 하려 들고, 갈빗집 개는 주인을 닮아 먹을 것만 밝히고, 부잣집 애완견은 귀부인처럼 행동하고, 주눅 든 샐러리맨 집 개도 딱 그만큼이다. 이렇듯 자기가 주인 식구의 일원인 듯 여길 때는 아무런 걱정이 없다. 주인이 자기를 속이지 않았음에도 스스로 기꺼이 속고 만족해하는 것이다. 하지만 진실은 훨씬 쓰라리다. 사장집 개는 억지로 개 싸움터에 내몰리고서야 자기는 원래 싸움개가 아님을 고백하고, 훈련 학교에 갇히는 애완견은 자신이 장난감에 불과하다는 것을 뼈저리게 인정한다.

『수일이와 수일이』(2001)에서는 쥐에게 손톱을 먹여 사람으로 만든 뒤 노예를 삼았던 수일이가 오히려 가짜한테 쫓겨나는 수모를 당한다. 그런데 이는 부모님 말씀을 안 들은 탕아를 단죄하는 것이 아니라, 어른들이 자기를 억압했던 방식 그대로 가짜를 길들인 데 대해 죗값을 치르는 것이니 사실 벌을 받아야 할 이는 자식에게 억압의 기술을 전수한 부모였다. 아니, 부모 역시 수일이를 길들이려다가 자기 욕심에 눈이 어두워 진짜 아들을 잃어버리니 결국 벌을 받은 셈이다. 그나마 이득을 본 건 상대적인 악역인 쥐, 즉 가짜 수일이인데 그 역시 자기 의지와는 상관없이 사람이 되는 바람에 가족과 생이별을 했고, 수일이와 그 부모에게 길들여지면서 쥐로서의 자기 정체성과 자유를 포기했으니 몸은 편할지언정 마음까지 행복한 것은 아니다. 부모는 아이를 길들이고, 아이는 쥐를 길들이고, 그렇게 길들여진 쥐는 다시 거꾸로 아이를 공격하고 부모를 길들인다. 즉,

이 모든 소란과 불행의 근원은 길들임에 있었던 것이다.

하지만 김우경은 이 두 편을 통해 길들임의 메커니즘을 밝히는 데에는 성공했지만 아직 제3의 길은 열지 못한 상태이다. 보신탕집에서 도망친 두칠이가 떠돌이 개들의 대장이 되는 결말은 작품에 적잖은 파탄을 가져왔고, 진짜 가짜 논쟁에 시간을 허비한 수일이는 주인공다운 여행 한번 떠나 보지 못한 채 이야기를 접어야 했다. 길들여지는 것에 대한 뿌리 깊은 반발심은 그대로 이어가되, 좀 더 통쾌하고 설득력 있는 세 번째 이야기가 나오기를 진심으로 고대한다.

엄마 동화작가의 직업윤리 _채인선 『아이와 함께 행복해지기』

동화가 마지막에 도달할 지점은 아이들이지만, 아이들 손에 책이 들어가기까지는 작가, 편집자, 교사, 학부모, 평론가 등 많은 어른들이 관여하기 마련이다. 최근 10년 동안 어린이책 주변의 어른들을 가장 당황하게 만든 작가를 꼽는다면 채인선이 선두에 설 것이다. 그의 동화는 정말 낯설어서 매력적이고, 똑같은 이유 때문에 불편하기도 했다. 잔소리꾼 할머니한테 한마디도 지지 않는 손녀, 아픈 아이 대신 학교에 가서 수업받는 할머니, 엄마는 아빠, 언니는 엄마, 아빠는 내가 되는 뒤죽박죽 상황극, 방을 어지럽힌 아이들을 싹 쓸어서 쓰레기통에 버리는 엄마, 남태평양 외딴섬에서 뜨개질을 하는 도마뱀…… 지금 여기가 배경임에도 마치 옛이야기처럼 껑충껑충 뛰어다니는 상상력은 '기발하다' 혹은 '가볍다'는 찬사와 걱정을 동시에 불러왔다. 그런데 찬사이건 걱정이건 채인선을 때 묻은 생활과는 별로 상관없는, 특별한 재능과 감성의 소유자로 바라보는 점은 분명해 보인다.

채인선의 에세이집 『아이와 함께 행복해지기』(1996)는 그의 이야기의 입구를 찾지 못한 어른 독자를 위한 설명서 겸 초대장이다. 그는 한창 열심히 일해야 할 30대 후반의 엄마고, 서울의 넓지 않은 전세집에 살며, 시어머니가 집안 살림과 두 딸을 돌본다. 퇴근하면 아이들이 앞에서 싸워대고, 구식 시어머니에게 어쩔 수 없는 스트레스를 받고, 마음은 있어도 몸이 안 따라 주는 남편에게 화가 난다. 다른 식구들 역시 각자의 스트레스를 안은 채 왜 자기 말을 안 듣느냐며 화를 내고, 한번 언짢아진 마음을 풀기도 전에 일상은 다시 악순환을 반복한다. 이럴 때일수록 엄마가 정신을 바짝 차려야 한다. 그래서 이 식구의 엄마이자 작가 채인선은 식구들의 방향 없는 화가 폭발하기 직전에 '그만!' 하고 호루라기를 분다. 할머니를 학교에 보내고, 식구들이 다른 사람 노릇을 하고, 엄마도 화가 나면 아이를 갖다 버리고 싶다는 진실한 거짓말은 바로 이 지점에서 탄생한다. 이 작가의 기발한 상상력은 하느님이 점지해 준 것이 아니라, 가족의 위기를 극복하려는 엄마의 용단과 기지의 결과였던 것이다. "창문을 여는 것은 아주 간단한 동작이다. 하지만 이 간단한 동작도 상상력이 없으면 손가락 하나 움직여지지 않는다. (…) 상상력은 창문을 여는 힘이다. 그것은 서로를 이해할 수 있게 하고 용서할 수 있게 한다. 상상력이 없다면 아이 키우기도 즐겁지 않다."는 이 엄마 동화작가의 발언은 스스로에 대한 작가 작품론이고, 짧디짧은 아동문학 원론이며, 동시대의 부모 동지들에게 진심으로 호소하는 교육 철학이다.

채인선의 동화를 읽다가 이 에세이로 돌아가도 좋고, 거꾸로 이 에세이로부터 출발해 그의 동화로 나아가도 좋다. 아이들은 그의 이야기 놀이터에서 마음껏 놀라고 하고, 작가와 어른 독자들은 놀이터

옆 벤치에서 함께 이야기를 나누면 좋지 않겠는가.

누군가를 알고 사랑하게 되는 속도_이상교『롤러블레이드를 타는 의사 선생님』

참 편하고도 부산한 세상이다. 리모컨을 눌러 대느라 텔레비전 프로 하나 제대로 보는 경우가 드물고, 인터넷에서는 마우스를 누르며 이곳저곳 획획 옮겨 다닌다. 이러니 인간관계도 실속 없고 부산스럽기 십상이다. 잘 생기거나, 집안이 좋거나, 공부를 잘하거나, 그도 저도 아니면 톡톡 튀는 말재간이라도 있어야 눈길 한 번 더 주고 더 받는다. 세상이고 사람이고 모두 과속 운전이고, 리모컨을 쥔 채 서로를 대한다. 이래서야 수많은 사람과 스쳐도 진짜 만남은 요원해진다.

이상교 동화집『롤러블레이드를 타는 의사 선생님』(2000)을 읽는 동안만큼은 시곗바늘이 천천히 움직인다. 지겨울 정도로 늦은 것도 아니고 누군가를 제대로 알기에 딱 적당한 속도다. 3배속으로 빨리 돌려 봤더라면 자기 이름밖에 못 써서 바보 소리를 듣는 복진이는 화면에 1초도 안 비쳤을 테고, 경태는 첫인상 그대로 못생기고 공부 못하는 아이로 결정이 났을 것이다. 하지만 한 박자 느린 시간 속에서 이 아이들을 제대로 알아보는 다른 친구들이 있다. 향이는 남들이 모르는 복진이의 따뜻한 손을 찾아내고, 정은이는 병아리를 훌륭하게 키우고 할미꽃에 절을 하는 경태가 어쩐지 멋있다고 생각한다.(「복진이의 손」, 「민경태와 병아리」) 집에 거울을 놓고 와서 안절부절못하는 '거울 공주'에게 친구가 "거울 안 봐도 돼. 오늘이 가장 예뻐 보여." 하면서 손을 잡아 주면 마음이 놓이고(「거울 공주 미단이」) 전학 와 약간 얕봤던 짝꿍이 학교 밖에서 진심으로 반갑게 맞아 주니 예쁘고 공부 잘하는 친구를 사귀려던 일말의 허영심이 스르르 사라진다.(「새 짝」) 천천히 편견 없이 마음을 여는 것이야말로 누군가를 사귀는 데 가장 중요한 태도임을 새삼 깨닫는다. 꼭 사람끼리의 관계에만 적용 되는 원칙일까. 보름치 용돈으로 산 새 모자를 소풍 길에 과자 그릇 으로 내놓고, 그것으로 잠자리도 잡고 코스모스도 담고 맨머리 허수 아비한테 선심도 쓰면서 친구 같은 '내 모자'로 만드는 데 시간과 애 정이 쏠쏠히 들어간다.(「참 좋은 모자」) 심지어 썩은 호박도 쓰레기통 에 넣지 않고 양지 바른 곳에 묻어 주고 겨우내 느긋하게 잊고 있으 면 따뜻한 봄날 수많은 싹을 틔워 새로운 만남을 시작한다.(「아주 많은 아기」)

내용도 내용이지만 이 동화집의 문장들은 여유롭기 그지없다. 기 본 어휘를 벗어나지 않으면서도 할 말은 다 하고, 조급하지 않은 문 장들이 차곡차곡 쌓여서 복진이와 경태, 새 짝 예미, 겨울 동안 많은 아기를 낳은 호박의 됨됨이까지 천천히 부각시킨다. 다른 이들이 흉 내 내기 힘든 작가의 개성이겠지만 읽을 때마다 바람직한 동화 문장 으로 내보이고 싶은 생각이 간절하다. 이 책은 글과 그림이 행복하 게 만난 훌륭한 예이기도 하다. 초등학생의 순박한 그림 체를 쏙 빼 닮은 화가 김유대의 삽화 없이 이 착한 아이들을 모두 기억하기란 적어도 나한테는 너무 힘든 일이다.

〈『국민일보』, 2003년 2월~9월〉

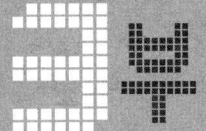

밤의 이야기, '가족주의'에 쫓겨나다

차보금 『진짜 내 친구가 되어 줘』

예전에 '폴터가이스트'(poltergeist) 현상에 대한 기사를 재미있게 읽은 적이 있다.(같은 제목의 공포영화도 있는 것으로 알고 있다.) 집안에서 이상한 소리가 들리고, 물건이 저절로 움직이거나 떨어져서 깨지는 현상인데, 이런 집들을 조사해 보면 대개 욕구 불만에 쌓인 어린이나 청소년이 있다고 한다. 그들의 억눌린 욕구와 기운이 몸을 뚫고 나와 무서운 '염력(念力)'으로 작용하는 거라나. 사실 과학의 영역에서 보면 좀 사이비 같은 구석이 없지 않지만, 그래도 내 스스로 어렸을 때의 기분을 떠올려 보면 꽤 그럴듯하다는 생각이 든다. 아무리 어려도 분노와 좌절이 심심찮게 찾아오곤 하는데, 그때마다 그 감정을 어떻게 다뤄야 할지 몰라 안절부절못했다. 손에 잡히는 대로 막 집어 던지고 심술을 부리면 기분이 좀 나아질까 싶지만, 그걸 정말 실행에 옮겼다가는 그야말로 매만 벌 뿐이다. 이럴 때 정말 내 몸에서 염력이 분출되어서 물건을 들썩이게 하거나, 내 기분대로 심술을 부려 주는 영물(靈物)이 있다면 얼마나 좋을까. 그러면 내 분도 풀리거니와 어차피 내가 직접 한 일이 아니니까 부모님한테 혼날 일도 없을 텐데. '폴터가이스트'라는 개념을 전혀 모르더라도 어린아이라면 이런 바람을 어느 정도는 막연하게나마 가졌음 직하다.

아이들이 늘 밝게 웃고 활기차게 뛰어노는 모습만 보여 줬으면 하는 것이 어른의 바람이지만, 아이들도 인간인 이상 어쩔 수 없이 겪어야 할 마음의 상처와 그늘이 있다. 그렇다고 그 상처와 그늘을 일일이 햇볕에 꺼내 말리고, 약을 바르고, 소독할 수는 없는 노릇이다. 이럴 때 옛날옛적부터 유용하게 써 오던 민간 대체 요법이 있으니, 그것이 바로 '이야기'이다. 아이의 작은 몸 안에서, 혹은 머릿속에서 터질 듯 소용돌이치는 감정은 아동문학이 놓쳐서는 안 될 이야깃거리가 된다. 아이가 아침에 일어나서 학교에 가고 놀고 혼나는 낮 생활은 리얼한 이야기가 다뤄 줄 영역이지만, 그 낮 시간 동안 쌓인 감정의 응어리는 '밤'의 이야기로 처리해야 할 것이다. 밤은 죽은 듯이 자면서 내다 버리는 시간이 아니라 낮에 생긴 일들을 재처리하고 가공하는 시간이다. 합리성이 지배하는 낮과는 달리, 밤은 엉뚱하고 말도 안 되는 일들이 벌어져도 조금도 이상할 것이 없는 시간이기도 하다.

가끔 어떤 동화는 낮의 세계와 밤의 세계가 충돌하는 지점을 그리곤 한다. 바로 이 지점에 공상이 있고 소동이 있고, 그 와중에서 우리는 아이의 마음을 미루어 짐작해 볼 실마리를 얻곤 한다. 이렇게 밤의 영역을 적극 끌어들인 이야기를 우리 창작동화에서는 자주 만나지 못했는데, 최근에 나온 차보금의 『진짜 내 친구가 되어 줘』(2005)가 이 영역에 도전하고 있어 눈길을 끈다. 과연 한밤중에 무슨 일이 벌어진 걸까?

초등학교 1학년쯤으로 보이는 주인공 열이는 집안에서 완전히 풀이 죽어 있다. 형은 자기를 아기 취급하면서 물건도 못 만지게 하고, 동생은 기저귀를 찬 아기라 같이 놀 수도 없고 괜한 심부름거리만 만든다. 맞벌이를 하는 부모님은 집에 돌아오면 밀린 일 하랴, 갓난아기 동생 돌보랴 눈코 뜰 새 없이 바쁘다. 하루는 열이가 형한테서 찰흙을 조금 얻어 공룡을 만드는데, 식구들한테 자랑하고 싶었지만 아무도 관심을 보이지 않고 자기 할 말들만 한다. 속이 상한 열이는 그날 밤 일기에 "찰흙공룡은 나랑 말은 못 하지만 내 얘기를 들어 줄 수는 있다. (…) 키 커지는 잎사귀를 먹으면 키가 거인만 해지고, 힘세지는 잎사귀를 먹으면 힘이 장사가 된다. 또 사라지는 잎사귀를 먹으면 언제든지 투명 공룡이 되고, 어디든지 가는 잎사귀를 먹으면 우주 여행도 떠날 수 있다. 찰흙공룡은 내 맘을 잘 알아줄 거다. 우리는 좋은 친구가 될 거다."(19면)라고 쓴다.

일기장에 쓴 소원이 주문(呪文)이 된 걸까? 그날 밤 찰흙공룡은 기지개를 켜며 일어나는데 처음에는 자기가 대체 무엇이 되었는지 영문을 모른다. 그때 역시 밤이 되자 활동을 시작한 장난감 친구들이 도와줘서 자신이 용감하고 힘센 공룡으로 태어났다는 사실을 알게 된다. 근데 누가 날 만든 거지? 장난감 친구들은 열이가 찰흙공룡을 만들어 줬다는 것도 알려 준다. "이 집에는 야단치는 사람과 야단맞는 사람이 사는데 열이는 늘 야단맞는 애야."(26면)라는 정보와 함께 말이다. 열이를 위해서 무엇이든 해 주고 싶다는 소망을 가진 찰흙공룡은 낮 동안 열이가 식구들 때문에 속상해하는 것을 보고는, "내가 뭘 해야 되는지 이제 알았어. 아빠도 엄마도 관이 형도 열매도 모두 열이를 괴롭히고 있어. 열이를 괴롭히는 사람은 내가 혼내 줘야 해."(65면)라며 결심한다.

소동은 이때부터 시작된다. '사람과 함께 살려면 들킬 만한 소란을 피워서는 안 된다.'는 밤 세계의 규칙이 있지만, 찰흙공룡은 아랑곳하지 않고 식구들을 상대로 작은 테러를 벌인다. 열이를 무시하는 형한테는 색종이에 풀칠을 해서 얼굴에 다닥다닥 붙이고, 잔소리만 하고 열이를 안아 주지도 않는 엄마의 화장품을 몽땅 쓸어다 세탁기에 넣어 버린다. 집에서 밥만 먹고 잠만 자는 아빠의 구두는 화분 뒤에 숨기고, 찡찡거리기만 하고 열이가 오빠인 줄도 모르는 갓난아기 열매의 분유는 장난감 친구들과 함께 다 먹어 버린다. 이야기도 이야기지만, 작고 못생긴 찰흙공룡이 알사탕통, 곰인형과 함께 신나게 벌이는 놀이 겸 복수극이 삽화와 어우러지면서 다음 날 뒷감당이야 어떻게 되건 읽는 사람도 우선은 덩달아 신이 난다.

그런데 잠깐, 이상한 생각이 든다. 이게 정말 찰흙공룡이 장난감 친구들과 벌인 일이라고 100퍼센트 확신할 수 있을까? 다음 날 아침 깨어난 식구들은 밤새 벌어진 복수극 때문에 난리 법석을 피우며, 혼자 멀쩡한 열이에게 의심의 화살을 돌린다. 찰흙공룡은 그저 열이를 도와주고 싶어서 벌인 일인데 오히려 열이가 의심을 받게 된 것이다. 식구들은 열이의 마음도 헤아릴 줄 모르고, 밤 시간 동안 물건들이 살아 움직이는 것도 모르기 때문에 열이를 의심하는 것 말고는 다른 선택이 없다. 그렇다면 독자인 우리는 어떨까? 우리는 열이의 마음도 읽었고, 사물이 생명을 얻어 돌아다니는 밤의 이야기 공간도 목격했다. 그럼에도 우리 마음 한구석에는 혹시 열이가 이 모든 소동을 일으킨 장본인은 아닐까 하는 의문이 자리 잡는다. 열이가 밤중에 몰래 저지르고 나서 찰흙공룡에게 책임을 돌렸을 가능성도, 혹은 몽유병처럼 꿈결에 돌아다니며 심술을 부렸을 가능성도 완전히 배제할 수 없다. 열이의 진짜 친구인 찰흙공룡이 벌인 귀여운 소동으로 볼 것인가, 아니면 열이의 억눌린 자아가 찰흙공룡이라는 계기를 통해 분출된 것으로 볼 것인가. 열이와 찰흙공룡이 둘인지 하나인지 도무지 알다가도 모를 애매함(ambiguity)이 바로 이 작품을 읽는 묘미이다.

　이야기를 어떤 방향으로 읽건 재미있다. 낮에는 잠자던 사물이 밤에는 꿈틀꿈틀 깨어나는 걸 믿는 것도 재미있고, 주인에게 사랑받는 장난감이 가끔은 이렇게 주인을 위해 한바탕 소동을 벌일 수도 있다는 걸 믿어도 좋다. 원래 이야기가 아이를 위로하는 고전적 방식이기도 하니까. 하지만 이와 다른 방향, 즉 열이의 마음을 울퉁불퉁하게 비춰 주는 거울로서 이야기를 읽어도 아주 흥미롭다. 식구들이 밉지만 자기가 직접 응징에 나서자니 여러 한계가 있어 열이가 찰흙공룡을 만들었고, 그 속에 자신의 어두운 마음을 투사했다고 보는 것이다. 그렇다고 열이가 무슨 심리적 장애를 안고 있다고 말할 것까지는 없겠다. 원래 인형 놀이라는 게 자아와 초자아를 나눔으로써 마음의 안위를 꾀하는 것이니까. 하여간 지난밤에 벌어진 소동이 찰흙공룡의 짓이건 열이의 짓이건 상관없이 작품의 후반부는 한 지점에서 만난다. 식구들은 모두 열이를 의심하고 열이는 이전보다 더 곤경에 빠지게 되는 것이다.

　그러나 흥미진진하게 굴러 오던 이야기는 후반부에 가서 못내 아쉬움을 남긴다. 식구들 중 누구도 열이의 마음을 읽지 못해 이렇게까지 열이가 곤경에 처한 것인데, 정작 이야기의 후반에서는 열이가 찰흙공룡과 함께 다른 식구들의 꿈에 들어가 그들을 이해하고 돕는 식으로 처리된다. 엄마는 가시 괴물, 아빠는 줄무늬 괴물, 형은 배꼽으로 알밤을 발사하는 괴물, 갓난아기 동생은 오줌과 똥을 발사하는 엉덩이 괴물이다. 하지만 그들 모두 괴물이 되고 싶지는 않다며 눈물을 글썽거리고, 열이와 찰흙공룡의 도움으로 괴물 나라를 벗어나 환한 세상으로 나아간다. 아침에 꿈에서 깨어난 식구들이 하늘을 나는 열이와 찰흙공룡을 보며 너도나도 "열이야, 나도 태워 줘. 나도 공룡 탈 거야."(126면) 외치고, 찰흙공룡이 사뿐히 내려와 가족들을 모두 태우고 하늘로 날아 올라간다. 그리고 장난감 친구들이 "저것 봐. 잘됐다. 다들 행복해 보여.", "가족이잖아.", "다들 처음부터 열이를 미워한 게 아니었을 거야."(127면) 한마디씩 거드는 것으로 이야기는 끝이 난다.

도전적으로 밤의 세계, 아이의 어두운 마음을 들여다보던 초반의 활기는 온데간데없고, 막판에는 뜬금없는 '가족의 사랑'만 남아 버렸다. 물론 작가가 봉착한 딜레마는 충분히 이해가 된다. 한 번의 소동으로 다른 식구들이 모두 열이를 이해하고 끌어안는다고 하면 아무래도 닭살 돋았을 테고, 열이가 찰흙공룡하고만 친하게 지내며 가족들과 소통할 길을 찾지 못한다고 하면 답답했을 것이다. 하지만 이렇게 복잡한 문제에 직면했다고 해서 온 식구들을 묶어 하늘로 날려 보내는 것은, 고대 그리스 연극에서 결론 맺기가 난감하면 신이나 영웅을 줄에 묶어 내려보냈던 '데우스 엑스 마키나'(deus ex machina)와 다를 바가 없다. 역시 우리 동화의 데우스 엑스 마키나는 가족주의였던 것이다.

『진짜 내 친구가 되어 줘』는 아이의 심성을 꼭 빼닮은 데다가, 사랑으로 생명을 얻은 장난감이라는 마법의 매력까지 더한 찰흙공룡 캐릭터를 충분히 활용하고 있다. 이 캐릭터를 통해 이야기는 독특한 질감과 깊이를 확보하는 데 성공했다. 그러나 낮과 밤을 적절히 대립·교차시키며 잘 진행해 나가던 이야기에 갑자기 작가가 항복의 의미인 흰 수건을 던진 것은 못내 아쉬움으로 남는다. 무의식과 어두움에 관대한 이야기는 여전히 고전동화와 외국책에서나 찾아야 할 것인가? 우리 동화도 방 안의 불을 끄고, 어둠이 들려주는 이야기를 참을성 있게 들어 주었으면 좋겠다. 아이는 낮에 실컷 뛰어놀고 밤에 푹 자야 키가 큰다고 하는 것처럼, 우리 이야기도 밤에 실컷 꿈을 꿀 시간을 얻어야 한다. 그 무엇에도 방해받지 말고 말이다.

〈사이버아동문학관, 2005년 9월〉

표준어 사용자를 주눅 들게 하는 사투리

고재은 『강마을에 한번 와 볼라요?』

나는 수도권에서 나고 자랐다. 이런 내가 지방에서 태어나지 않은 것, 사투리를 구사하지 못하는 것에 열등감을 느낄 때가 있다. 이문구 작품을 읽을 때가 그랬고, 여기 소개할 고재은의 『강마을에 한번 와 볼라요?』(2004)를 읽을 때가 그랬다.

이 작품을 읽다가 한번은 너무 따라 해 보고 싶어서 크게 소리 내어 읽어 본 적이 있다. 하지만 마음으로는 분명히 맞출 수 있었던 사투리 음정이, 내 입에서는 완전히 찌그러지는 소리가 되어 나오는 바람에 몇 마디 하다 입을 다물고 말았다. 그렇다고 내가 사투리로 쓴 작품을 모두 좋아하는가? 오히려 '이거 뭐 사투리 안다고 자랑하는 건가?' 하는 기분이 들어 읽다 만 작품이 더 많았다. 그렇게 읽다 만 작품들과 내가 좋아하는 이문구의 작품이나 고재은의 작품의 차이점이 대체 어디에 있는지 나도 꼭 집어서 말하기는 어렵다. 하지만 경험상 확실히 느끼는 것은 전자는 눈으로만 읽었던 기억이 나고, 후자는 귀에 간질간질 들리니 재미있었다는 것이다. 문학 작품 안에서 사투리를 잘 복원하는 것은 산 말, 죽은 말 다 주워다 문장을 길게 늘이는 것이 아니라, 짧으면서도 인상적으로 그 음악성을 잘 살리는 것이다. 그리고 사투리의 음악성은 명창·명가수에 의해 보장되는 것이기도 하다. 그 사투리를 정말 맛깔나게 구사해 줄 인물들, 마음을 내줄 수밖에 없는 인물들이 필요한 것이다.

『강마을에 한번 와 볼라요?』를 처음 손에 들 때는 표지에 나온 아이들이 다 그 얼굴에 그 얼굴로 보였는데, 작품을 다 읽고 나면 한 명 한 명이 각자의 이야기 주인공으로 새롭게 보인다. 이 정도면 표준어로 씌었어도 완성도가 기준선을 넘은 셈인데, 거기에 구성진 사투리까지 아낌없이 들려주니 금상첨화다. 아니, 사투리 때문에 인물들이 오히려 더 잘 살아 있는지도 모른다. 무엇이 먼저고 나중인지 모르게, 이 작품에서 인물과 사투리와 사건은 하나로 단단히 묶여 있다.

『강마을에 한번 와 볼라요?』의 매력 중 하나는 어른과 아이의 경계가 모호한 사투리에 있기도 하다. 표준어에서는 아이와 어른이 쓰는 말이 아무래도 차이가 난다. 단지 존댓말 어미 때문에 그런 것 같지는 않고, 아이와 어른의 생활 영역이 분리되어 있다 보니 사용하는 단어에서도 차이가 나고, 아이는 아이대로 찡얼거리고 어른은 그런 아이를 달래고 훈계하는 분위기로 대화의 위계가 잡히기 십상이다. 그런데 이 작품에서는 그런 위계가 별로 느껴지지 않는다.

　　"성실아, 늦겄어야! 뭣 허냐?"
　　"야, 다 됐어라." (…)
　　"저것이, 그려도. 후딱 밥 묵고 학교 안 가냐!"
　　"아따, 아침부텀 우째 그랴요? 엄니 성질도 벼락 같당게." (…)
　　"엄니, 오늘 핵교서 용의 검사를 헌다 안 허요. 그래 어제 손톱도 자르고, 목도 씻겄소."

"오메, 손톱만 자르믄 뭣 허냐? 때가 덩얼덩얼허구먼. 빤스나 갈아 입고 가라이." (95면)

오가는 대화의 내용이야 오늘날 서울 한복판에서도 있을 만하지만, 모자가 주고받는 말 품새에서는 표준어로 옮길 수 없는 인격적인 대등함이 풍긴다. 표준어 사용자가 듣기에, 사투리를 쓰면 애가 어른 같아 보이기도 하고, 어른이 애 같아 보이기도 한다. 그래서 이 작품은 성실이 엄마가 화자이고, 광필이 아배, 매식 어매, 김씨 아저씨 같은 어른들이 주인공인데도 아이들이 충분히 이해하고 공감할 만한 아동문학이라는 데에는 의심이 들지 않는다. 아이와 어른의 생활 공간이 딱 분리되지 않았던 그 시절, 거기에 전라도 사투리라는 걸쭉한 양념으로 강마을에 살던 아이와 어른들의 삶을 잘 버무려 놓았다. 특히 이 작품에서 어른들은 아이와 마찬가지로, 아니 오히려 더하다면 더하게 철없거나 엉뚱한 짓을 하기도 하고, 또 그 때문에 속상해서 어쩔 줄 모르는 모습들이 자주 비춰지는데, 어른들 안에 웅크리고 있는 어린이를 발견하는 즐거움과 애틋함이 쏠쏠하다.

〈『소금밭』, 2006년 11월호〉

전쟁을 모르는 이들에게

권정생 『곰이와 오푼돌이 아저씨』

6·25 전쟁을 잘 모르는 초중고생이 상당수 있다고 한다. 올해(2007) 어느 일간지가 조사한 바에 따르면 20대의 약 절반도 6·25가 정확히 몇 년에 일어났는지 모른다니, 이제 겨우 30대 중반인 나도 격세지감이 들 정도다. '다이나믹 코리아' 운운하며 빨리빨리 과거 따위 버리고 새것을 받아들이라 외치는 사회 풍조 때문이니 그들의 잘못만은 아니다. 사실 100퍼센트 잘못이기만 할까? 6·25 전쟁을 잘 모르거나 아예 관심 없다는 세대들은 한편으로 반공주의 교육의 폐해로부터 자유로운 세대이기도 할 것이다. '6·25의 비극을 잊지 말자!'는 외침은 한때 '북한 공산당을 때려 부수자!'라는 말과 일맥상통하지 않았던가. 우리 민족이 겪은 전쟁의 비극을 생판 없던 일 취급하는 어린 세대도 문제지만, 알아도 완전 잘못 알고 있는 기성세대도 문제다. 전쟁의 원인과 참상에 대해 제대로 알고 다시는 그 과오를 되풀이하지 않도록 마음을 다잡는 일은 어린 세대나 나이 든 세대에게나 모두 필요한 일이다.

가까운 일본만 해도 '전쟁아동문학'이라는 장르가 형성될 만큼 반전 메시지를 담은 아동문학 작품이 많고, 그 가운데에는 일본 아동문학의 대표작에 해당되는 작품도 꽤 있다. 물론 이웃 나라 처지에서 보면 가해자로서의 반성보다 핵 피해자의 입장을 강조하는 경향이 짙어 문제지만, 그래도 어린이들에게 전쟁의 참상을 알리고 전쟁으로 피해 보는 건 무고한 민중뿐이라는 사실을 다양한 이야기로써 끊임없이 재생산하고 있다. 그것이 현대 아동문학의 책무라고 여기는 것이다. 그렇다면 우리의 경우는 어떨까? 우리도 전쟁을 남 못지않게 겪었고 그 아픔은 현재까지도 남아 있건만, 냉전 체제 하의 군사 독재 때문에 그 경험을 똑바로 되새기지 못하고 '반공'이라는 굴절된 안경을 아이들에게 씌우곤 했다. 나와 같은 1970년대생만 해도 어릴 때 반공 독후감깨나 써 봤을 것이다.

어른이 된 뒤 권정생이란 작가를 알게 되었을 때 그 시절이 얼마나 원망스러웠는지 모른다. 내가 초등학교, 중학교 다닐 때에 이미 반전 아동문학이 버젓이 있었는데, 왜 그때는 그걸 알려 준 어른이 없었을까. 어른이 되고 나서 읽은 『사과나무 밭 달님』(1978), 『몽실 언니』(1984), 『초가집이 있던 마을』(1985), 『바닷가 아이들』(1988) 모두 감동적이었지만, 이 동화들을 내가 아이였을 때 읽었다면 어떤 느낌이었을지 궁금하다. 부모님과 선생님을 포함해 내 주변의 어른들로부터 귀가 닳게 들어 온 반공의 세계가 와르르 무너지는 느낌이란 어떤 것이었을까. "국군이나 인민군이 서로 만나면 적이기 때문에 죽이려 하지만 사람으로 만나면 죽일 수 없단다."(『몽실 언니』) 같은 말을, 다 자란 어른의 머리가 아니라 아이의 가슴으로 받아들였다면 지금보다는 조금 더 나은 어른이 되었을지도 모르겠다.

1937년생인 권정생은 소년 시절에 두 번의 전쟁을 겪었다. 첫 번째는 일본에서 겪은 태평양 전쟁, 두 번째는 귀국 동포로 한국에 돌아오자마자 겪은 6·25 전쟁이다. 그 두 전쟁 때문에 권정생은 두 형님과 생이별을 했고, 자신의 의사와 상관없이 남북으로, 좌우로 나뉘어 한민족끼리 죽이는 세상 속에서 큰 정신적 혼란을 겪는다. 작가는 뒷날 "두 번씩이나 겪은 전쟁의 상처는 평생을 두고 아물지 않았다."(『우리들의 하느님』, 1996)고 밝히기도 했는데, 그의 반전 아동문학 작품은 결국 자신의 상처를 치유하기 위한 방편이기도 했을 것이다.

그림책 『곰이와 오푼돌이 아저씨』(2007)는 전쟁터에서 억울하게 죽어 간 두 영혼을 위무하는 일종의 진혼곡이다. 바람기 없이 고요한 달밤, 치악산 골짜기에서 어린 소년 곰이와 인민군 오푼돌이 아저씨가 부스스 일어난다. 두 사람은 둥근 달을 쳐다보며 이야기를 나눈다. 30년쯤 전에 떠나온 고향 이야기도 하고, 치악산 골짜기에서 죽어 간 이야기도 한다. 아홉 살에 죽어 더 이상 나이를 먹지 않은 곰이는 그 전쟁이 대체 왜 일어났는지 궁금해한다. 이때 어두운 응달에서 호랑이 울음소리가 들리고 가난한 할머니가 나타난다. 호랑이가 떡장수 할머니를 잡아먹은 것까지는 우리가 알고 있는 '해와 달이 된 오누이' 이야기와 비슷하다. 그러나 그 이후 부분의 변용에서 6·25 전쟁을 보는 작가만의 시각이 오롯이 보인다. 호랑이는 원래 두 마리였고, 각기 앞문과 뒷문에 가서 자기가 엄마라며 보드라운 목소리로 속삭인다. 서로 부둥켜안고 있어야 할 오누이는 앞문이 엄마다, 뒷문이 엄마다 서로 싸우다 결국 누나는 앞문을, 동생은 뒷문을 열어 준다. 이야기를 듣던 곰이가 "안 돼!" 하고 외치지만, 결국 두 오누이는 호랑이들에게 물려 간다. 둘은 서로의 이름을 애타게 부르지만 이미 때는 늦었다. 익숙하던 옛이야기가 불현듯 현실의 본질을 꿰뚫는 슬픈 우화로 변모하는 순간이다. 물론 이전에도 마해송의 「토끼와 원숭이」(1950) 같은 작품이 우화로서 6·25 전쟁의 본질을 간파한 바 있지만, 그 작품은 아쉽게도 슬픔과 연민보다는 냉소가 앞선 느낌이었다. 권정생의 작품은 사태의 본질을 간과하지 않으면서도 거기에 인간에 대한 연민과 슬픔, 위로가 스며 있다. 흔히 죽은 자는 말이 없다고 하지만, 이 작품에서는 전쟁으로 죽은 자들이 스스로 겪은 일을 이야기한다. 곰이도 오푼돌이 아저씨도 몸은 죽었으되 영혼은 죽지 않고 진실을 알고자 한다. 작가 권정생은 죽은 자들의 입을 열어 주고 그들에게 말을 걸어 준 사람이다. 이제 살아 있는 우리가 해야 할 일은 죽은 자들의 이야기에 진지하게 귀 기울여 더 이상 억울한 죽음이 되풀이되지 않도록 스스로를 돕는 일이 아닐까.

그림책으로 다시 나온 『곰이와 오푼돌이 아저씨』는 원래 권정생 동화집 『바닷가 아이들』에 실렸던 단편이다. 예전에는 꼭 그렇지만도 않았는데, 요즘 여러 편의 단편동화를 묶은 동화집은 글이 많은 고학년물 취급을 받기 십상이라, 그 안에 저학년도 읽을 수 있는 좋은 작품이 있더라도 정작 아이들이 잘 접근하지 않는 경향이 있다. 요즘 어린이들의 독서 경향을 생각하면 이렇게 따로 뽑아 그림책으로 선보이는 것도 좋은 시도인 것 같다. 화가 이담의 그림은 전체적으로 무거운 흙빛을 띠고 있다. 왁스를 화면 전체에 두껍게 녹여 바른 다음 그것을 섬세하게 긁어내 이미지를 만들고, 다시 유화 스프레이를 뿌려 마감을 하는 '왁스페인팅' 기법을 썼다고 한다. 그 덕분인지 깊이 있는 입체감이 느껴지고, 죽은 자의 기억이 이런 것일까 싶게 아련한 거리감도 전해진다. 그림책 『곰이와 오푼돌이 아저씨』는 수십 년 전에 죽은 영혼들이 일어나 자신의 죽음과 고향의 기억을 이야기하고, '해와 달이 된 오누이'라는 이야기도 삽입되어 다소 복잡한 얼개를 지니고 있는데, 매우 사실적인 그림 덕분에 한결 이해가 용이해졌다. 무거운 이야기니만큼 그림도 상당한 무게감을 갖는데, 이것은 보는 사람의 취향에 따라 좋게 생각될 수도 그렇지 않을 수도 있을 것이다. 이 그림책을 본 한 편집자의 이야기를 들었는데, 그도 마침 이 원작을 좋아해서 그림책으로 만들어 보고 싶은 마음을 품고 있었다 한다. 그런데 이번에 그림책이 나와서 선수를 뺏긴 것 아닌가 싶어 책을 구해서 살펴보니 자신의 마음속 그림과는 분위기가 달라 아직은 그 꿈을 포기하지 않기로 했단다. 권정생의 동화는 이제 우리의 클래식이다. 클래식을 다양하게 해석하고 표현하는 그림책 작업들이 앞으로도 계속 이어지길 기대해 본다.

마지막으로 덧붙이고 싶은 것은, 이 책을 비롯해 권정생의 반전 동화들을 단지 6·25 시절의 이야기로만 국한하지 않았으면 하는 것이다. 지극히 사실적인 소년소설이라면 몰라도 동화는 소설에 비해 시대와 지역을 비교적 자유로이 넘나드는 보편적 힘을 지니기 때문이다. 우리의 6·25처럼 강대국의 이해관계에 휘말려 한 형제끼리, 이웃끼리 영문을 모른 채 서로가 서로를 죽이는 전쟁이 세계 도처에서 끊이지 않고 있다. 권정생은 평생 지병에 시달리며 안동 시골 마을을 벗어나지 못했지만, 세상을 뜨기 직전까지도 저 멀리 중동, 아프리카의 전쟁을 자신의 아픔처럼 여기며 이야기와 산문을 써 왔다. 방에 앉아서도 세계를 내다보는 작가였던 것이다. 그런 의미에서 『곰이와 오푼돌이 아저씨』를 필두로 첫걸음을 뗀 '평화발걸음' 시리즈에 거는 기대도 크다. 부디 평화의 땅을 일구는 데 씨앗이 되는 책들이 앞으로도 이어지길 바란다.

〈『서평문화』, 2007년 겨울호〉

친근함이 무기다

정은숙 『봉봉 초콜릿의 비밀』

텔레비전이나 인터넷만 켜면 흥미진진하고 때로 엽기적이기까지 한 추리물이 넘실댄다. 영상보다 책을 선호하는 이들은 일본이나 영미 추리소설에 먼저 손이 갈 뿐 한국은 아직 멀었다며 입을 모은다. 그런데 하물며 한국 아동문학의 추리물이라니. 'C.S.I 시리즈'를 거의 실시간으로 보고, 셜록 홈즈 이야기며 애거서 크리스티 작품을 즐겨 읽는 아이들에게 어린이용 창작 추리소설이란 십중팔구 업신여김이나 받기 쉬운 영역이다. 과연 추리로는 외국의 날고 기는 선수들을 당해 낼 재간이 없을지 모른다. 그러나 이 분야의 묘미가 오로지 주도면밀한 추리와 반전에만 있던가? 셜록 홈즈가 어떻게 사건을 해결했는지는 기억이 뒤죽박죽 엉켜 있지만, 그의 버릇과 차림새, 인간미 넘치는 동료 왓슨과의 에피소드는 오히려 기억에 오래 남는다. 성공한 추리물에는 늘 매력적인 해결사, 친근한 동료 캐릭터가 있고, 주인공은 그와 함께 사건이 벌어지고 해결되는 지역 곳곳을 샅샅이 누비고 다닌다. 그러니 아무리 날고 기는 추리물이 세상에 많다 해도 국산의 어린이용 추리소설이 설 자리는 분명히 있다. 매력적인 캐릭터와 우리만의 지역성을 잘 살리는 것에 승부수를 둔다면 말이다.

지난 몇 년간 이따금 창작 어린이용 추리소설 분야에 도전이 있어 왔지만 존재감이 분명한 캐릭터는 통 무소식이라 아쉬웠다. 그런데 최근 나온 『봉봉 초콜릿의 비밀』(2008)은 주요 캐릭터에 대한 분명한 방향성이 보여 우선 반갑다. 해결사의 이름은 설홍주. 경찰인 아버지가 셜록 홈즈의 이름을 따서 딸 이름을 지었다나. 명탐정의 이름을 한국식으로 물려받은 홍주는 자기 동네 '다행동'의 '다행스러운 평화'를 싫어하는 탐정 지망생이고, 그 옆에는 홍주를 짝사랑하며 조력을 아끼지 않는 슈퍼마켓집 아들 완식이가 있다. 평온한 동네에서 벌어지는 유괴범 소동과 보석가게 도난 사건, 엎었다 뒤집었다 연속되는 반전 추리, 어린 탐정들을 우습게 보다 기어코 덜미를 잡히는 범인 따위는 지극히 눈에 익은 것이고 이야기도 익숙하고 무난하게 전개된다. 작가는 스토리보다는 주역, 조역, 단역까지 캐릭터를 빚어내는 데 좀 더 공을 들인 듯하다. 홍주는 이름부터 비범한 탐정 지망생이지만, 단짝 남친의 마음을 알면서도 모르는 척하는 새침떼기에 초콜릿을 좋아하는 평범한 여자아이기도 하다. 특히 초콜릿에 대한 애착은 사건이 반전하는 계기가 되니 단지 장식적인 성격 만들기에만 머물지 않는다. 그런 홍주에게 하트를 연발하는 완식이 캐릭터는 익숙하지만 그래서 안정감 있는 조역이고, 모처럼 큰 사건을 만나 어딘가 나사가 빠져 버린 시골 경찰도 정겹다. 황실주얼리, 별난슈퍼, 독일안경원, 세방한방병원처럼 어느 동네나 있을 법한 가게며 공간이 사건의 무대로 조명을 받는 것도 흥미진진하다. 일회용으로 쓰고 버리기에는 아까우리만큼 인물의 모양이 뚜렷이 잡혀 있고, 놀이판도 좋다. 이 정도의 세팅이면 몇 번 더 게임을 하고 싶은데, 심지어 삽화 도움 하나 없이 이런 마음이 들게 하는 작품이니 분명 반가운 진일보임에 틀림이 없다.

우리 주변에서 발생하는 사회 문제며 사건·사고는 넘치도록 많고 그만큼 캐릭터들이 활약할 여지도 많다. 아직은 완벽하지 않지만 회를 거듭하며 봉봉 탐정사무소의 주역이 성장하고 그 동네가 풍성해지는 과정을 한번 지켜보고 싶다. 꼭 무시무시한 유괴범, 보석탈취범 잡기가 아니어도 된다. 에리히 캐스트너의 『에밀과 탐정들』처럼 단 10, 20만 원의 행방이어도, 그것을 어떻게 다루는가에 따라서 연쇄살인범 잡기보다 더 짜릿하고 조마조마하고 후련한 감동을 줄 수도 있다. 어린이용 추리소설은 어른용 추리물이 범접할 수 없는, 무언가 다른 매력과 목표가 있는 법이다.

〈『창비어린이』, 2009년 여름호〉

슬프고 답답한 공포

안미란 외 『하얀 얼굴』
방미진 『손톱이 자라날 때』

극장에도 텔레비전에도 온갖 공포물이 걸리는 여름, 무서운 이야기를 모은 창작집 두 권이 나왔다. 아이들 눈에 띈다면 아이스크림 집어 들듯 가벼운 호기심으로 접근할 법하고, 또 그랬으면 좋겠다. 어른들이 먼저 읽고 권하는 작품들 위주인 이 동네에서 직접 아이들을 유혹하는 책이라니, 그것만으로도 일단 반갑다.

『하얀 얼굴』(2010)은 『창비어린이』 2009년 가을호 '호러 특집'에 실렸던 동화 다섯 편에 신작 두 편을 더한 책이다. 어른이건 아이건 몸서리치면서도 자꾸 흘깃거리게 되는 것이 무서운 이야기의 매력인데 이제야 아동문학이 맘먹고 이 영역에 나섰다는 게 만시지탄이다. 우리가 잊어버려서 그렇지 현실과 비현실 사이의 어슴푸레한 경계는 근대 초 '동화'라고도 불린 '기이하고 신비한 이야기'를 낳던 곳이다.

『하얀 얼굴』의 성과와 한계는 분명해 보인다. 모범생처럼 당위만 반복하던 리얼리즘 아동문학이 공포 코드를 입으면서 평소의 문제의식을 더 날카롭게 벼리고, 독자의 불감증도 일순 깨웠다는 건 분명 소득이다. 그러나 기획자가 강조하듯이 "믿을 만한 동화작가들이 쓴 것이라서 쓸데없이 자극을 남발하는 엉터리 괴담들과는 확실히 다르"(140면)다는 것이 꼭 장점이기만 할까 싶다. 상처 입은 약자를 보듬는 것은 아동문학으로서 소중한 가치지만, 엇비슷한 주제가 반복되고 이야기의 풍경과 설정도 어디서 본 듯한 기시감이 드는 것은 재미와 의미를 반감시킨다. 공포영화를 만드는 사람이라면 기성의 규칙을 지키면서도 그것을 일부 전복하고, 자신의 개성을 악착같이 새기면서 조금이라도 새로운 시각, 다른 이야기를 보여 주려 용을 쓸 것이다. 물론 그게 대부분 자극적이고 잔인한 쪽으로 치달아서 문제지만, 아동문학이니 미리 한계를 긋고 이야기꾼으로서의 도전을 끝까지 밀어붙이지 않는다면 그 또한 섭섭한 일이다. 개인적으로 김종렬의 「수업」과 방미진의 「귀신 단지」는 이름을 가리고 읽어도 작가가 누군지 알아채거나, 혹은 그가 누군지 궁금할 만큼 개성이 돋보이지만 나머지 작품은 개성보다 공통점으로 묶일 만한 성격의 것들이었다.

『하얀 얼굴』이 아슬아슬하게 초등 고학년 대상의 '호러 동화'로 아동문학의 영역에 머문다면 방미진의 『손톱이 자라날 때』(2010)는 청소년소설이라 좀 더 운신의 여유가 있다. 이번 신작은 작가의 전작 『금이 간 거울』(2006)보다 훨씬 더 괴이한 이미지로 그득하다. 『하얀 얼굴』의 각 편들이 의식적으로 공포 분위기를 조성하려 애썼다면, 방미진은 저절로 불길한 상상을 떠올리고 마는 체질인 듯하다. 머릿속에 아무리 상상이 요동친다 해도 그것을 문장으로 그려내 남들과 공유한다는 것은 또 다른 과제일 텐데 그런 점에서 방미진은 문장을 득했다. 문장을 읽는 건지 영상을 보는 건지 헷갈릴 만큼 문장이 시각적 이미지로 자동 전환되어, 망조가 든 집안에 걷잡을 수 없이 곰팡이 꽃이 번지고, 친구의 머리칼에 기다란 손톱이 감기고, 친구 목에 있던 혹이 사람 얼굴로 변하는 등 비현실적 장면이 눈앞에서 꿈틀댄다. 문장으로 이미지를 본다는 것은 분명 영화를 보는 것과는 다른 매력적 경험이다. 그러나 이미지가 너무 폭주하면 과유불급이다. 기이한 일일수록 담담하고 지극히 일상적으로 처리하고, 평범한 일일수록 과장하고 세상 무너질 듯 기술하는 것은 모든 이야기꾼의 기본 테크닉이고 공포소설 또한 이와 다르지 않다. 이제는 많은 것을 보여 주기보다 덜 보여 줌으로써 독자의 체감 온도를 낮추는 공포로 방향 전환을 고려할 시점이 아닐까 싶다.

한편, 두 창작집의 작가들은 약속이나 한 듯 슬프고 갑갑한 정조를 벗어나지 못하고 있다. "소용없어. 도망갈 수 없어"(방미진, 「붉은 곰팡이」), "졸업할 때까지 수업은 계속될 테니까……."(김종렬, 「수업」) 같은 대사는 어른인 작가가 생각하기에도 이 세상이 사방이 꽉 막히고 무섭기만 하다는 외마디 비명이다. 그러나 이것은 세상에 대해서도, 공포에 대해서도 너무 한 면에만 몰두했기에 나온 결론 아닐까. 왜 무서운 이야기로 한바탕 신나게 세상을 조롱하고 놀아 볼 생각을 단한 작가도 하지 않았을까? 가까이는 독자를 놀려 대고, 나아가서 이세상을 깜짝 놀려 주는 것이야말로 우월한 공포물이 성취해야 할 몫이다. 냉담하게 시침 뚝 떼고 무서운 이야기하기. 우리 아동청소년문학의 공포물이 다음 단계의 목표로 삼아야 할 점이다.

〈『창비어린이』, 2010년 가을호〉

'3과 2분의 1층 실험실'에 가고 싶다

박효미 『노란 상자』

유명한 과학자건 남들 보기에 하찮은 것들을 모으는 수집가건, 그들에게 공통된 것은 열중, 즉 한 가지 일에 온 정신을 쏟는 것이다. 열중은 어린이의 마음이기도 하다. 남들이 뭐라건 자기만의 세계에 푹 빠진 이들은 나이가 많든 적든 어린아이와 똑같고, 그 때문에 철없고 세상 물정 모른다는 말을 듣곤 한다. 자칫 고정 관념으로 이어질지 모르겠지만 「순간 포착, 세상에 이런 일이」 같은 텔레비전 프로그램만 봐도 그런 이들은 대개 남자가 많은 듯하다. 그러다 보니 그들의 아내나 어머니는 속 터져 미치겠다며, 그 열정을 돈 버는 데 혹은 공부하는 데 쏟았다면 얼마나 좋았겠느냐는 말을 입에 달고 사는 상대적인 악역을 맡기 일쑤다. 그런데 점점 경쟁이 치열해지고 사는 게 다 똑같아 보여 재미도 보람도 없어져 가니 자기만의 작은 세계에 대한 사람들의 욕구가 점점 커지는 것 같다. 문제는 그 욕구를 실행에 옮길까 말까 하는 것인데, 적어도 문학 특히 아동문학은 그런 괴짜들을 은근히 혹은 노골적으로 응원하는 편에 서 있는 게 옳을 터이다.

박효미 장편동화 『노란 상자』(2011)에는 한 소년이 만든 '작은 나만의 세계'가 등장한다. 이름도 멋지게 '3과 2분의 1층 실험실'이다. 3층짜리 낡은 연립의 옥상으로 올라가는 계단참에 주인공인 남궁대희(지독히도 싫은 별명은 '남궁뎅이')는 아무도 모르는 작은 곤충 실험실을 2년째 운영하고 있다. 그곳은 1층에 사는 같은 반 선규가 호기심을 드러내도 절대 보여 주기 싫은 곳이고, 거기서 키워 낸 곤충들은 학교에서 선생님이 저마다 탐구하고 싶은 대상을 담아 오라며 나눠 준 '노란 상자'에조차 넣어 가기 꺼려지는 자기만의 비밀이고 자랑거리다. 작품 첫머리에서 이 공간을 보자마자 '바로 여기다!'라고 소리치고 싶은 심정이었다. 몰개성이 판치는 도시에서 어린이 스스로 만들어 낸 둥지 혹은 낙원의 한 예를 보았기 때문이다. 이런 공간이야말로 늘 우리 아동문학에 바라마지 않던 것 아닌가! 물론 한동안 주인공은 그곳에서 천국 같은 즐거움을 혼자 맛보겠지만 세상이 그곳을 가만두지 않겠지, 그 와중에 자신을 지지하는 친구 또는 동지를 뜻밖에 만나고 연대를 이루겠지, 과연 '3과 2분의 1층 실험실'을 잘 지킬 수 있을까 없을까? 곤충들은 어떻게 될까?

그런데 주책 맞게 앞서 나간 내 기대는 반쯤은 충족되었고 반쯤은 어긋났다. 작가는 대희의 곤충 실험실도 좋아했지만 그보다는 제목처럼 '노란 상자'에 초점을 맞추고 유정란을 부화시키려는 또 다른 실험으로 이야기를 옮기며 친구, 선생님, 부모님과의 관계 회복에 더 무게를 두었다. 이럴 때 내가 아이라면 작가 선생님에게 편지를 써서 "선생님, 3과 2분의 1층 실험실 이야기 좀 더 해 주시지 그랬어요!"라고 떼를 썼을지도 모르는데, 이제 그럴 수도 없고.

삶은 멀리서 보면 희극이고 가까이서 보면 비극이라고 했던가.

『노란 상자』는 둘 중 딱 어느 한쪽이라고 말할 수는 없지만, 스스로 소외된 아이와 가족의 소통 부재에 카메라를 들이댄 탓인지 분위기가 사뭇 무겁다. 앞으로 같은 작가에게서 또는 우리 아동문학에서 이 '3과 2분의 1층 실험실' 같은 곳이 다시 등장하게 될까? 그때는 괴짜이고 혼자 있고 싶어 하는 주인공과는 별개로 자꾸 사랑스러운 적들, 참견꾼들이 끼어들어 어이없지만 웃지 않을 수 없는 이야기가 탄생되길 바란다. 또 처음에는 '나만의 세계'였지만 결국 어쩌다 보니 '나와 남이 함께 즐거움을 공유하는' 그런 사랑스러운 공간으로 변신하길 바란다. 그것이 이 삭막한 도시에서 아이와 어른이 위로받을 수 있는 하나의 길이므로.

〈『창비어린이』, 2011년 가을호〉

누구나 그리고 이야기할 수 있다

김양미 『풍선 세 개』

그림책 작가를 친구로 둔 사람은 그리 흔치 않겠지만, 편지를 쓰거나 메모를 할 때 간단하고 귀여운 그림을 곁들이는 친구를 둔 사람은 많을 것이다. 어쩌면 자신이 그런 사람일 수도 있다. 나처럼 미술 과목에서 중간 이상의 점수를 받아 본 적도 없고 그래서 열등감과 상처만 있는 사람도, 이메일이나 문자 메시지를 보낼 때면 웃거나 울거나 눈이 똥그래지거나 미안해서 땀 흘리는 이모티콘을 곁들이곤 한다. 그림이 뭐 별건가. 쓱쓱 그은 선과 동그라미 몇 개로 졸라맨 비슷한 그림밖에 못 그린다 하더라도, 말이나 글로 못다 한 마음을 표현할 수 있으면 그만 아닌가.

나만 해도 그림책 일러스트는 미대를 졸업하거나 그에 준하는 재능과 훈련을 갖춘 사람들만 하는 전문 분야로 여겨 왔다. 어린이책 창작 수업을 받는 작가 지망생 중에도 그림책을 짓고 싶어 하지만 자기는 그림을 못 그리니 그림은 다른 전문가에게 맡기면 될 거라며 글만 써 오는 분들이 종종 있다. 그 심정이야 충분히 알지만, 자기 머리와 마음속에 있는 그림을 남이 대신 이해해 주고 표현해 준다는 건 거의 불가능에 가깝다. 그런 이들에게 이 책을 권한다.

『풍선 세 개』(2011)는 동화작가 김양미의 첫 그림책이라고 할까, 아니면 그가 처음으로 삽화를 직접 그린 이야기책이라고 할까. 어쨌든 『어린 왕자』의 생텍쥐페리와 『아낌없이 주는 나무』의 셸 실버스타인 같은 이가 했던 '그림 있는 이야기책'의 계보를 잇는다는 점에서 눈길을 끈다. 이 책의 이야기는 간단하다면 간단하다. 부모의 이혼으로 떨어져 살게 된 세 자매가 있다. 앞으로 '나'는 아빠와 살고, 언니와 동생은 엄마와 살아야 한다. 저마다 손때와 정이 깃든 방에서 떠나야 하고, 추억을 함께한 물건들도 나눠 가져야 한다. '나'와 언니는 그림책이며 꽃병 등 아끼는 물건을 서로 가져가겠다 옥신각신하는데, 막내 동생은 오히려 그런 언니들에게 풍선을 하나씩 나눠 준다. 긴 말 대신 건넨 그 풍선에는, '나는 그래도 언니를 사랑해, 이제 서로 떨어져 살지만 이거 보면서 내 생각해……' 같은, 말로 다 하지 못한 마음이 담겨 있을 테다. 헤어져 살게 된 세 자매의 표정은 단순하지만 많은 생각을 하게 한다. 여기서 『만화의 이해』(스콧 맥클라우드)에서 본 그림에 대한 재미있는 분석이 떠오른다. 누구든 동그라미 안에 점만 세 개 찍은 걸 보면 그걸 자기 자신을 포함한 모든 사람의 얼굴로 인식하지만, 아주 세밀하고 '잘' 그린 인물화를 보면 자기 아닌 다른 사람으로 인식한다고 한다. 단순 소박한 그림이 생각보다 훨씬 더 보편적인 흡인력을 갖고 있음을 새삼 느끼게 하는 대목이다.

비슷한 내용의 아동문학이었다면 인물들 사이에 오간 수많은 대화나 장면에 묻혀 곧 잊힐 수도 있었을 이야기, 대화, 마음이 『풍선 세 개』에서는 아이의 그림일기, 그림 편지처럼 한데 녹아 있다. 그래서 글과 그림을 천천히 들여다보게 되고, 읽은 뒤에도 여운이 오래 남는다.

　이 책의 지은이는 명함이나 메모를 전할 때마다 작은 그림을 덧붙여서 받는 사람을 늘 씩 웃게 만들곤 했다. 시인이자 동화작가인 이상교도 그런 취미가 있어서 전시회도 열고, 당신의 시집에 손수 일러스트를 그리기까지 했다. 세상에는 분야마다 전문가가 있지만, 꼭 전문가가 아니더라도 누구나 자기 감성과 뜻을 어떤 방식으로든 표현할 수 있다. 그것이 반드시 출판으로 이어지지는 않더라도 말이다. 눈 돌아갈 정도로 화려한 색채의 일러스트, 더 나아가 3D동영상이 나오는 어린이 전자책에도 결코 뒤지지 않을 소박한 손 그림의 힘을 지지한다.

〈『창비어린이』, 2011년 겨울호〉

어린이 인간관계의 생리학자

최나미 『천사를 미워해도 되나요?』

　　최나미 동화집 『천사를 미워해도 되나요?』(2012)는 제목부터 참 미묘한 질문이다. 그러나 제목만 딱 봐도 100명이면 100명 모두 각자의 경험에서 비슷한 장면을 떠올릴 수 있을 것이다.

　　단짝 친구며 영원할 것만 같은 우정은 아동문학의 정답처럼 어린이들에게 곧잘 제시하는 소재나 주제이다. 하지만 최나미는 「리모컨」에서 '단짝 친구'의 허상을 해체한다. 남들은 전혀 모를 말을 해도 둘은 약속한 듯이 까르르 웃고, 언제 어디서건 나타나 나를 도와주는 단짝 친구가 있다. 한데 이 둘 사이에 미세한 틈이 생긴다. 이전에는 생각지도 못했던 불만과 불안이 그 틈을 비집으며 커져 간다. 내 단짝 친구가 저 멀리에서 다른 아이들과 까르르 웃고 있는 것을 보며 '내가 아는 친구가 쟤인가?' 하는 아득함을 느낀다. 사실 걔가 달라진 게 아니라, 내가 그 아이를 오직 나만의 것이라 믿었고, 다른 아이들로부터 자신을 고립시켰다는 사실을 알게 된다. 스스로 진실을 깨닫는 순간처럼 공포스러울 때가 있을까? 표제작 「천사를 미워해도 되나요?」는 착한 아이가 친절을 베풀수록 나는 불편한 상황에 처하고, 화가 부글부글 끓지만 화를 내지도 못하고, 그럼 내가 못돼 먹어서 그런가 하는 생각에 더 울화통이 터지는 악순환을 그린다. '내가 대접받고 싶으면 먼저 그를 대접하라.'는 성경 말씀도 이 경우에는 도움이 안 된다. 이 책에는 '천사를 미워해도 되는가?'라는 질문에 대한 답이 나와 있지는 않다. 그러나 아무리 천사표 친구라 하더라도 나를 죄책감에 빠지게 하고 불편하게 한다면, 나는 그냥 이기적이고 못돼 먹은 채로 남겠다는 선언만큼은 짐짓 후련하다. 「양팔 저울」의 무대는 산동네와 신축 아파트촌 아이들이 공존하는 교실. 이런 경우 흔히 아동문학에 등장할 법한 이야기는 아파트촌 아이들이 산동네 아이들을 직접적으로 경시하거나, '은따'를 시키는 것이다. 그런데 이 작품에서는 거꾸로 산동네 아이들이 주도권을 쥐고 스스로 벽을 쌓아 버린다. 가난한 친구를 이해하라는, 또 착한 아이는 대부분 가난한 집 아이라는 아동문학의 정답 또는 공식이 무색해진다. 앞선 이야기에서 '천사는 천사가 사는 곳에서 살아야 한다.'는 결론에 도달했다면, 이번에는 "공평? 진짜 공평하게 지내고 싶으면 우리랑 한번 바꿔서 살아 보든지."(135면)라고 말하는 '산동네 여신' 앞에서 말문이 막힌다.

최나미는 어린이의 인간관계를 그리는 데 있어 냉철한 생리학자다. 이 분야는 정상과 비정상의 구분이 없고, '그렇게 되어야만 한다.'라든가, '이게 옳다.'라는 정답도 없다. 인간관계는 노력을 해도 잘 맺어지지 안는 경우가 있고, 또 억지로 노력해서 만든 관계는 그만큼 깨질 위험이 많다. 따라서 인간관계에서 그나마 정답이 있다면 '억지로 되는 것은 하나도 없다.' 정도가 될 것이다. 그러나 어린이들에게 이렇게 솔직하게 대답하는 작가나 어른은 거의 없다시피 하다. 이 작가가 어린이들과 통할 수 있다면 바로 이 지점일 것이다.

우디 앨런의 영화 「애니 홀」에 이런 말이 나온다. 어떤 이가 정신과 의사를 찾아갔다. "선생님, 내 동생이 자기를 닭이라고 해요." "아니 그럼 입원을 시키셔야죠." "그럴 수 없어요. 저는 달걀이 필요하거든요." 인간관계도 마찬가지일 때가 많다. 서로 상처 주고 상처받고, 엉망진창이고 부조리하기 이를 데 없지만 그래도 대부분의 사람은 관계를 유지하거나 또 다른 관계를 맺기 시작한다. 왜냐면 우리 대부분은 달걀이 필요하기 때문에. 그러나 이번 책에서 그 '달걀'의 필요성에 대한 대답을 얻을 수 없었다. 하기야 생리학에서 감동을 찾는 것은 애당초 잘못된 일일지도 모르겠다. 그나마 수록작 중 유독 훈훈한 「장대비」가 있지만 어딘가 어색하고 밋밋하다. 적어도 이 작품집의 가치와 기능은 생리학 쪽에 있는 듯하다.

〈『창비어린이』, 2012년 가을호〉

가끔은, 함께하는 이야기

김이정 외 『그 순간 너는』

흔히 창작의 길은 외롭고 고통스럽다 한다. 책이 가득한 골방에 홀로 앉아 원고지와 사투를 벌이는 작가의 모습이 떠오른다. 이야깃 감이나 인물은 시끌벅적한 세상에서 얻어 오는 것일 수 있으나 그걸 작품으로 만드는 과정은 철저히 혼자서 해낼 수밖에 없는 것이다. 그런데 꼭 그렇기만 한 것도 아니다. 물론 '문학'은 작가가 고군분투 하는 모습과 잘 어울리는 것이 사실이다. 그러나 문학보다 더 근본 적인 이야기의 세계는 외롭거나 고통스러운 것과는 거리가 있다. 이 야기는 친하면 친한 대로 낯설면 낯선 대로 두루두루 어울릴 수 있 는 장이고, 심심하거나 일이 힘들 때 한 자락씩 해 가며 울고 웃는 놀 이이기도 했다. 이야기는 원래 남들과 함께하고 나누는 것이지만, 그것이 문학 작품이 되고 책이 되면 쓰는 작가나 읽는 독자나 고독 한 개인이 되어 버리곤 한다. 문학, 특히 소설을 읽는다는 것은 지극 히 고독한 두 개인이 마주하는 행위라 하지 않는가.

『그 순간 너는』(2009)은 작가 여덟 명의 청소년소설집이다. 여러 작가들이 모인 신작 단편선집이야 시중에도 드물지 않지만, 이 책은 아주 독특하고 매력적인 기획을 보여 준다. 청소년들의 생명선이라 할 수 있는 MP3와 라디오가 그 핵심이다. 머리말에서 보듯, 기획자는 참여하는 작가들이 각기 독립된 단편을 쓰되 전체적으로는 유기적인 연관이 있었으면 했고, 그렇다면 대부분의 청소년들은 무엇을 하는가 고민하다 MP3에 생각이 미쳤다 한다. 늘 음악을 듣는 아이들, 같은 시간대에 라디오를 들으면서 서로 상관없는 삶을 사는 전혀 다른 아이들의 이야기를 여러 편의 단편으로 풀어 낸 것이 이 책의 특징이고 매력이다. 한 작가가 총대를 메고 가상의 라디오 스크립트를 쓰고, 그것을 다른 작가들이 적절히 인용하고 수정하면서 이야기를 썼다고 한다. 여러 가지로 번거롭고 까다로운 작업이었음이 분명한데 결과물은 그 수고에 충분히 값하는 듯하다. 읽는 것 같기도 하고 듣는 것 같기도 하고, 누군가에게 말을 걸기도 하고 누군가의 말을 듣기도 하는 것 같은 신기한 느낌이 책 전체를 감돈다. "생각해 보면 참 신기한 일 아니에요? 우리는 모두 각자 다른 곳에서 다른 일들을 하고 사는 모르는 사람들인데 하필 오늘 이 시간에 이 라디오 방송을 함께 듣고 있잖아요?"(11면, 가상 라디오 프로그램 「내게 주파수를 맞춰 봐」 스크립트 중) 그러게 말이다. 소설책을 읽으면서 작가가 아닌 복수의 청취자들과 연결되어 있다고 느낀 적은 없었던 것 같다.

매일 저녁 8시. 1814MHz의 주파수를 타고 「내게 주파수를 맞춰 봐」라는 라디오 방송이 흐른다. 디제이 지민과 은파랑이 진행하는 이 프로그램의 주 청취자는 청소년이다. 교실이나 독서실에서 시험 공부하는 아이들이 대부분일 것 같지만 그게 꼭 그렇지만은 않다. 「17번째 계단과 18번째 계단 사이」(박형숙), 「여느 날과 그다지 다르지 않았지만 조금은 다를 뻔했던 날」(부희령)의 아이들은 잔뜩 꼬여 버린 이성 문제로 심사가 복잡하다. 아름다운 사랑과 연애를 꿈꾸지만 현실은 시궁창이고, 외사랑과 짝사랑은 왜 만날 어긋나는지. 하긴 누구든 맘먹은 대로 연애와 사랑이 술술 풀린다면 세상에는 노래도 없고 그걸 들려주는 라디오 방송도 없었을 테지. 「질문의 시간」(김혜진)과 「네 얘길 들려줘」(임태희)에는 야간 자율학습 시간에 독서실에서 땡땡이치는 아이들이 나온다. 그러나 원래 세상살이, 인간관계에서 중요한 것은 문제집에 있는 것이 아니라 이렇게 땡땡이치는 시간 안에 있다. 디제이와 청취자가 긴밀히 연결되어 있는 듯해도 진정한 소통은 또 다른 별개의 문제이듯, 우리 인간관계도 그러하다. 아이들은 라디오를 들으며, 친구와 소소한 언쟁을 벌이고 화해를 하면서 그것을 배운다. 한편, 세상의 어느 한쪽에서는 늦은 저녁 경찰차 뒷자리에서, 혹은 자살 미수 뒤 병원 침대에서 라디오 방송을 듣는 친구도 있다. 대부분 사람들은 라디오를 수동적으로 듣는 데 머물지만, 때로는 당장 옥상에서 떨어져 자살하겠다는 이를 디제이와 청취자들이 만류하는 극적인 상황도 펼쳐진다. 인간은 각기 떨어진 섬이되 바다 아래로 연결된 섬이라 한다. 적어도 이 책에서만큼은 여덟 명의 작가와 독자들이 그러한 섬과 같은 관계를 이룬다. 그래서 각 작품들을 읽다 보면 친구나 가족과 함께 있어도 어쩐지 나 홀로 있는 듯한 느낌과, 반대로 사방이 온통 깜깜해도 어디선가 가느다란 한 줄기의 빛이 비치는 것 같은 느낌이 묘하게 공존한다.

이 책에 수록된 작품들은 그간 우리 청소년문학이 다뤄 온 소재와 주제를 크게 벗어나지 않아 개별 작품의 인상은 그리 강한 편이 아니다. 역시 이 책은 개별 작품보다 '독립적이면서도 유기적으로 연결된 이야기 세계'라는 기획이 가장 빛나는데, 이 아이디어가 우리 아동청소년문학 창작에 작은 활기를 가져다 주면 좋겠다는 생각이 든다. 꼭 전문 작가들이 모여 출간을 목표로 하지 않아도(유사한 콘셉트의 책이 연이어 나온다면 끔찍할 것이다), 창작 지망생들이 하나의 세계관을 느슨하게 공유하며 각자 이야기를 펼쳐 보는 것은 즐거운 습작 훈련이 될 수도 있을 테고, 이 책의 독자인 10대들도 반쯤은 놀이하는 기분으로 자기들의 이야기를 공유해 볼 수도 있을 것이다. 지금은 컴퓨터 게임 쪽에서 익숙한 용어인 TRPG(Table-talk Roll Playing Game)나 판타지, SF 쪽에서 종종 볼 수 있는 세계관 공유(shared world) 같은 것도 처음에는 여러 사람들이 한자리에 모여 맨입으로 하던 놀이였다. 이는 작가와 독자의 고독·고립을 당연시하는 근대 문학에 대한 대중의 무의식적 반기이기도 하고, 이야기에 대한 인간의 원초적 본능이기도 하다. 옛날 옛적 동굴에 살던 시절부터 인간에게 이야기라는 것은 고립과 두려움, 삶의 고통을 함께 이겨내는 데 필요한 버팀목이었다. 지금의 청소년들에게는 라디오가 그 몫을 전담하는 셈이지만, 그래도 가끔은 문학도 청소년들과 함께 이야기를 공유하는 장으로 변모할 수 있음을 환기할 필요가 있다. 그런 점에서 『그 순간 너는』은 참신한 기획력이 돋보이지만 그보다는 이야기라는 것의 근본을 진지하게 되묻는 문제 '책'이라 말하고 싶다.

〈『기획회의』, 2010년 3월호〉

이 아이에게 기대를 건다

조경숙 『나는야, 늙은 5학년』

몇 년 전부터 다문화주의나 탈북인과 관련된 어린이책이 많이 간행되었고, 이와 관련한 평론도 속속 발표되고 세미나도 잦아졌다. 문화의 차이를 존중하며 평화로운 상생·발전을 꾀하자는 다문화주의의 중요성이야 두말할 것도 없지만, 그 가치가 문학 안에서 감동적으로 구현되는 것은 이와 별개의 문제다. 이른바 다문화주의 동화들은 교육 현장이나 각종 추천 도서 목록에 곧잘 오르지만, 어린이 독자들이 다문화주의와 탈북인의 문제를 식상한 과제나 당위의 문제로 정리해 버릴까 봐 걱정스러울 때가 많다. 문학이 할 몫은 머리로 정리하게 해 주는 것이 아니라, 독자들의 마음에 애정과 연민을 새겨 주는 것이어야 하는 데 말이다.

조경숙의 『나는야, 늙은 5학년』(2009)을 처음 대했을 때 나는 이 작가와 책에 대해서 아무 정보가 없었다. 심지어 뒤표지에 적힌 몇 줄짜리 줄거리 요약도 보지 않은 채 무작정 본문부터 들춰 봤다. 그러다 탈북 소년 이야기인 것을 알고는 '아, 이걸 끝까지 읽어야 해, 말아야 해. 십중팔구 뻔한 내용일 텐데……' 하는 마음이 들었던 것을 고백한다. 어린이 독자 핑계 댈 것도 없이 당장 나부터가 이런 문제에 대해 머리로는 아는 척했지만 마음은 닫혀 있었던 것이다. 어쨌건 일단 반 정도까지는 읽어 보고 그때까지 느낌이 없으면 미련 없이 덮을 심산이었다. 그런데 끝까지 다 읽은 것은 물론이고, 책을 덮은 뒤에도 여운이 한참 남아 한 시간여를 뒤척이다 잠이 들 정도였다. 내 손을 작품 안으로 뻗을 수 있다면 주인공인 명우의 머리를 한 번 쓰다듬어 주고 싶었다. 이 아이가 불쌍하고 측은해 보여서가 아니라, 반대로 그 아이의 머리를 쓰다듬으며 내 자신이 위로받고 기운을 얻고 싶어서인지도 모르겠다. 이 아이, 정말 맘에 들었다.

탈북 소년 명우의 남한 생활기는 크게 세 축으로 나뉜다. 첫 번째는 학교생활, 두 번째는 집과 동네에서 생활하며 적응해야 하는 남한의 낯선 문화, 세 번째는 고향을 두고 온 허탈함과 그리움, 중국과 북한에 남은 어머니와 누나에 대한 걱정이다. 지금까지 탈북 어린이에 대한 동화 중 대표적이었던 문선이의 『딱친구 강만기』(2003)만 해도 주인공은 자신이 탈북자인 것을 숨기고 남한 학교 적응에 전전긍긍하곤 했다. 그와 달리 『나는야, 늦은 5학년』의 명우는 자신이 탈북자인 것을 굳이 숨기지도 않고 지극히 그답게 생활해 간다. 이럴 수 있었던 것은 제목 그대로 명우가 '늦은 5학년', 즉 짧지 않은 탈북 과정 때문에 열다섯 살을 먹고서야 초등학교 5학년에 편입했기 때문이다. "나는 북에서 온 이명우라구 한다. 니네들보다 아마 두세 살 우일 거다. 내가 나이는 더 많지만 공부는 잘 못한다. 니네두 알제? 북에서 남으루 오자문 쉬운 일이 아니다. 그래서 공부를 한참 못 했다. 이제부터 열심히 할 거다."(37면) 같은 반 아이들에게 하는 이 첫인사에서 명우의 성격이 고스란히 드러난다. 처음에 명우는 나이 차이가 많이 나는 반 아이들과 친해질 생각이 없었고, 그저 내 일이나 하면 된다는 식으로 쿨하게(?) 학교생활을 시작하지만 점차 사람들과 얽혀 간다. 친구가 생기고, 사사건건 시비 거는 아이도 나타나고, 호의를 갖고 다가오는 선생님도 있고, 사무적으로 대하는 선생님도 있다. 영어를 몰라 괴로워하던 끝에 원어민 영어 선생님을 찾아가 다짜고짜 도와 달라 하고, 자기를 놀리는 아이를 두고 참다 참다 한판 붙어 버리기도 한다. 조용히 쿨하게 지내려 했던 원래 계획과는 멀어졌지만 이렇게 사람들과 얽히고 섥히며 명우는 새로운 삶의 터전에 적응해 간다.

명우는 자기보다 일찍 남한에 와서 얼른 자리 잡으려 애쓰는 형과 좋은 대비를 이루는데, 형은 타고난 생활력의 소유자로 북한에 있을 때부터 밀주 장사를 하던, 북쪽 처지에서는 이른바 반골이었던 사람이다. 형은 의식적으로라도 '탈향(脫鄕)'을 하려 한다. 자기 안에 있는 북한을 버리고 남한에서 하루 빨리 돈을 모아 성공하고 싶어 한다. 그러나 명우는 형과 좀 다르다. 명우에게 북한은 어쩔 수 없이 남기고 온 고향이다. 물론 죽을 만치 배를 곯고 괴로웠기에 더 이상 그곳에서 살 수는 없었다. 그렇지만 버려야 할 곳은 아니고 마음 한구석에 내내 그리움으로 남아 있는 곳이다. 남한 아이들은 상상도 못할 광경을 보고 겪었음에도 열다섯 살 명우에게서 티 없고 씩씩한 마음이 보이는 것은 북에서 보낸 그의 유년 시절이 결코 불행하지만은 않았고, 어머니와 누나의 사랑 속에서 마음만은 행복하게 자란 덕분이다. 북한에서의 삶과 남한에서의 삶이 하나로 이어져 있다고 보는 명우는 정말 앞으로 남들보다 두 배는 더 성숙해지고 큰사람이 될 것만 같은 기대와 믿음을 안겨 준다. 「만년샤쓰」의 창남이나 『몽실 언니』의 몽실이의 뒤를 잇는 주인공을 현대 아동문학에서 만나리라고는 기대하지 않았는데, 명우에게서 설핏 그 잔영을 본다. 전쟁에 버금가는 역경을 통과했기에 인간과 세상을 보는 눈을 얻었지만, 그럼에도 속이 곯은 애늙은이가 아니라 낯선 세계에 부딪치며 늘 새로 태어나는 어린이로 살아가는 명우는, 문학적으로 다시금 눈여겨보아야 할 인간성의 보고임을 새삼 느끼게 한다.

그만큼 이 작품의 주인공은 그간의 다문화주의나 탈북자 관련 아동문학 속에서 그 존재감이 우뚝하다. 그러나 탈북자 인터뷰에 너무 기댄 탓인지 '취재 동화'의 한계가 없지는 않다. 북한의 인권 상황에 대한 비판적인 태도는 좋지만 남한과의 대비 속에서 혹 반북 이데올로기를 강화하는 데 활용되지는 않을지 우려되기도 한다. 그러나 주인공의 매력적인 면이나 독자의 가슴을 직접 두드리는 감동 면에서 중요한 한 걸음을 내디딘 것만은 분명하다. 아동문학에서의 다문화주의, 디아스포라 문학에 관한 진지한 논의를 감당해 낼 만한 작품이 비로소 등장한 것이다. 이제부터는 일차적인 취재를 딛고 넘어서는 작가의 상상력과 철학이 뒤를 이어 주길 바랄 뿐이다.

과거에는 고국을 등지고 타지에 정착한 이민족들이 온갖 박해와 무시를 받으며 힘들게 살아왔지만, 이제는 그들의 복합적인 정체성, 고난을 이겨 온 저력과 창조력이 각광받는 시대가 도래하고 있다. 명우의 30년 후, 또 한국의 30년 후가 궁금해진다. 명우는 어떻게 자라서 어떤 사람이 되어 우리 사회에서 자기 목소리를 낼까. 그리고 그 목소리가 반영된 우리 사회는 어떻게 변해 갈까. 바람직한 방향으로의 변화가 결코 쉽지는 않겠지만, 적어도 지금은 이 아이에게 기대를 걸어 보고 싶다.

〈『기획회의』, 2010년 4월호〉

세련된 SF물, 그러나 남은 숙제

이현 『로봇의 별』

이현의 『로봇의 별』(2010)은 무려 세 권짜리 장편 SF물이다. 분량이 적은 저학년 동화 위주로 재편되는 최근 어린이책 흐름에서 볼때 작가도 출판사도 어지간한 자신감이 아니고서야 이런 도전장을 내밀 리 없다. 그렇다고 세 권이라는 분량에 미리 압도당할 필요는 없다. 1권의 맨 처음 몇 페이지만 넘기면, 이후에는 생각할 겨를도 없이 어느새 주인공들과 함께 달리고 도망치고 싸우는 자신을 발견하게 될 테니 말이다.

인공 지능 로봇이 상용화되어 있는 22세기를 배경으로 삼은 이 소설의 주인공은 세 명의 어린이 안드로이드 로봇이다. 나로, 아라, 네다는 세계 최고의 로봇 회사 로보타가 동북아시아계 어린이의 외모와 두뇌를 꼭 닮게 해서 만든 명품 로봇으로 딱 세 대만 생산한 모델이다. 이들은 만들어진 뒤 똑같은 기초 훈련을 마치고 각기 다른 곳에 입양되는데, 생활 조건에서 각기 차이가 난다. 이것은 작가가 추정하는 미래 사회의 모습과 일치한다. 즉, 작가가 추정하는 것은 과학의 발전으로 아무리 물자가 풍부해지고 문명이 발달한다고 해도 현재의 계층적·인종적 차별이 22세기까지 여전하다면 약자들에게는 오히려 더 힘겹고 부당한 미래가 되리라는 것, 즉 디스토피아적 전망이다.

1권의 주인공인 나로는 자유주의자 엘리트 부모에게 입양되어 전형적인 중산층 아이로 자라나지만, 사랑하는 아빠가 잠들어 있는 우주 묘지에 가지 못하고 로봇 보관소에서 강제로 전원이 꺼지는 수모를 당한다. 이후 로봇이라는 자신의 정체성에 대해 고민하던 중, 이웃의 가사도우미 로봇이 공장에 헐값으로 팔려 가면서 기억조차 사라질 위기에 처했다는 것을 알고는, 로봇의 인권과 자유가 보장되는 별이 있다는 공룡 로봇 루피의 말에 따라 '로봇의 3원칙'을 제거하고 떠날 결심을 한다. 자기 인식 핀을 제거하기 위해 오른팔까지 잘라 내고, 하늘 도시와는 대조되는 퇴락한 도시와 피폐한 사람들이 사는 아래 도시를 지나, 시시때때로 조여 오는 경찰 로봇의 감시를 피하며 로봇의 별을 향해 한 발 한 발 다가가는 과정은 마치 과거 미국 흑인 노예들의 대탈출극을 연상케 한다.

2권의 주인공은 나로의 쌍둥이 모델 아라인데, 로봇 회사 회장 손에서 인형처럼 자라다가 우연히 탈출해 로봇의 별로 가게 된다. 아라는 로봇과 인간의 공존을 바라는 지도자 '체'(사이보그)와 인간을 멸망시키고 지구를 로봇의 나라로 만들고 싶은 슈퍼컴퓨터 '노란 잠수함', 이 세상의 모든 부와 권력을 움켜쥐려는 피에르 회장 사이의 얽히고설키는 음모전 한가운데 놓인다. '소닉 핸드'라는 무시무시한 무기를 장착했지만 아직 객관적 상황을 판단할 만한 자아를 갖지 못한 아라는 자신도 모르는 사이 '노란 잠수함'의 충성스러운 스파이 노릇을 하며 평화주의자인 '체'를 죽음으로 몰아넣는다. 2차 세계 대전 중 히틀러와 일본 천황에게 영혼과 목숨을 내바친 소년병들이 어쩌면 이와 같았을까? 다행히 아로는 완전히 망가지기 전에 자신의 쌍둥이 나로의 도움을 받아 자신을 조정하던 슈퍼컴퓨터 '노란 잠수함'에 포맷 키를 꽂는다.

숨 가쁜 추격전과 음모를 뚫고 3권을 펼쳐 들면 마지막 주인공 네다가 있다. 지금까지는 디스토피아적 전망으로 일관할 수밖에 없었지만, 어쩌면 네다는 작가가 마지막까지 어린이들에게 바라는 희망의 모습일 것이다. 앞선 나로와 아라가 일부러 '로봇의 3원칙 프로그램' 제거 바이러스를 다운받아 자신의 노예성을 지웠다면, 네다는 자신의 의지로 폐허가 된 아래 도시에서 병들고 굶주린 아이들을 돌보고 있었던 것이다. 세 명의 로봇 아이들은 로봇의 자유와 권리를 보장해 준다는, 로봇의 이상향인 '로봇의 별'을 찾아 길을 떠났지만 사실 전체적인 이야기에서 그런 이상향은 없었거나, 있었더라도 아주 깨지기 쉬운 것이었음을 보여 준다. 그러나 이상향이란 이미 완성되어 이주해 가는 곳이 아니라, 나와 친구들이 함께 꿈꾸고 만들어 가는 곳임을 작가는 역설하고 있다. 겨우 여덟 살짜리 외양을 한 세 명의 어린이 로봇이 자신의 정체성과 자유를 찾아가면서 겪는 온갖 고난과 시행착오, 깨달음은 인간이 밟아 온 근현대사를 되짚는 과정이기도 하다. 인간은 과연 역사를 통해 얼마나 중요한 것을 배우고 더 나은 미래를 위해 지금까지의 과오를 수정할 수 있을까? 상징적으로나마 차별을 없애고 약자의 권익을 살려 온 역사도 있었지만, 어쩐지 날이 갈수록 새로운 차별거리를 만들어 내고 또 다른 약자를 기어코 만들어 내서 짓밟는 속도는 점점 무시무시해지는 듯하다. 정말 22세기쯤 되면 자신의 정체성을 진지하게 고민하고, 그 정체성의 발견과 새 세계에 대한 전망을 일치시키는 로봇 아이들이 과거의 부르주아 계급처럼 새 시대를 이끄는 선봉장이 되는 건 아닐까, 참으로 SF적인 공상을 다 해 보게 된다.

『로봇의 별』은 아동문학 쪽으로부터 '준비된 작가가 썼다.'는 말을 들을 만한 작품이다. 작가 이현은 그동안 SF 방면에 남다른 애정을 갖고 간간이 단편을 발표하며 워밍업을 해 왔다. 1권의 몇 페이지만 봐도 독자가 미래 사회 속으로 쑤욱 들어가 활보하기에 아무 불편함이 없을 만큼 온갖 하이테크한 공간 디자인이며 소도구, 사회 시스템에 대한 설명이 매끄럽다. 영화나 애니메이션에 익숙한 독자들을 매료시킬 만큼 숨 가쁜 추격전, 심리전 등 볼거리도 풍성하다.

그런데 이렇듯 세련되고 하이테크한 로봇물 앞에서 왜 괜히 피노키오나 깡통로봇처럼 허름하고 부족한 인조인간이 그리워지는지 모르겠다. 나로, 아라, 네다는 너끈히 이 대작을 이끌 만한 어린 전사들이지만, 아쉽게도 독자들이 동정심이나 연민을 품고 마음으로 응원할 만한 주인공과는 거리가 있다. 작가는 아동문학 쪽에서 손꼽힐 만큼 저널리스틱한 열정을 가져서인지 지금 당장의 현실에 대해서도 날선 비판의 말을 아끼지 않는다. 그 때문인지 후반부로 갈수록 작가의 생각과 주장을 말로 전하는 비중이 많아진다.

스필버그의 「A.I」는 여러 한계에도 불구하고 많은 이들을 울먹였는데 그것은 피노키오의 비극이었기 때문이다. 드디어 우리 아동문학에도 어른용 못지않은 SF물이 생겼다고 자랑하고 싶다가도, 과연 이것이 어린이용 축소판 SF가 아니라 정말 아동문학다운 울림을 가진 작품인가 하는 점에서는 좀 망설여진다. 분명히 역작이고 놀라운 성취이되, 이 점에서는 또 다른 숙제가 남았다.

〈『기획회의』, 2010년 5월호〉

유쾌한 의인동화가 돌아왔다

권영품 『꼬리 잘린 생쥐』

    최근 몇 년간 저학년 동화 쪽에서 이렇다 할 동물 의인동화가 눈에 띄지 않아 기회만 되면 제발 재미난 의인 동화 좀 써 달라고 사방팔방 읍소를 하고 다닐 정도였다. 예전에는 동화작가라 하면 누구나 그럭저럭 의인동화를 쓸 줄 알았다. 맛이야 천양지차겠으나 주부라면 누구나 김치 담그고 된장찌개 끓여 내던 시절처럼 말이다. 그런데 언제부터인지 누구나 쓸 것 같았던 의인동화를 무리 없이 써내는 작가가 줄어들기 시작했다. 우연인지 모르겠으나 아동문학계에서 판타지에 대한 관심이 증폭되던 시기와 궤를 같이하는 듯하다. 물론 본격 판타지도 우리가 끊임없이 도전하고 빈 곳을 채워야 할 영역이지만, 그에 대한 관심이 의인동화를 등한시할 이유는 못 된다. 솔직히 복잡하고 세련된 판타지를 안 읽으면 안 읽었지, 단순명쾌한 동물 의인동화를 못 만나거나 외국 것으로 대체해야 한다면 나로서는 그게 더 절망적이다.

    그렇다고 아무 의인동화나 보고 싶은 건 아니다. 고루한 훈계에 동물 탈만 씌운 의인동화도 얼마나 많은가. 어쩌면 그 때문에 젊은 작가들이 의인동화에 그다지 매력을 못 느끼고 외려 무의식적인 반감을 가졌을지도 모른다. 당장 내가 읽고 싶은, 그리고 아마 아이들도 바라 마지않는 것은 인간 아닌 다른 존재의 세계관과 감각으로 살아 보는 이야기가 아닐까. 불 꺼진 한밤중에 물건이 달그락거리며 깨어나고, 구석에 숨어 있던 것들이 활개를 펴고 분주히 일상을 꾸리는 세계란 아무리 퍼다 써도 마르지 않는 동화의 원천이다. 진정 자기를 이해할 주인을 찾거나 기다리는 개, 고양이, 장난감 이야기는 최근에도 간간이 등장했고 재미있는 것들도 없지 않았다. 하지만 그보다 더 읽고 싶은 건 사람이 등장하지 않거나 멀찌감치 배경으로 물러나 순전히 의인화된 대상에만 집중할 수 있는 이야기였다.

권영품의 『꼬리 잘린 생쥐』(2010)는 이런 오랜 갈증을 단숨에 해소해 주는 쥐 이야기다. 고양이와 싸우다 꼬리를 잘린 것을 영광의 상처로 자랑스레 여기는 '빠른발'은 고양이 없는 평화로운 거처를 마련하는 게 소원이다. 아이들이 집으로 돌아간 한밤중의 학교는 쥐들의 세상이라는 노인 쥐의 말을 듣고는 랄라루루 노래하며 당장 학교로 거처를 옮긴다. 그런데 그곳도 영 녹록지 않다. 덩치 크고 포악한 잘난 쥐들은 학교법이라는 것을 내세워 자기들은 교실에서, 못난 쥐는 화장실에서 살아야 한다며 으름장을 놓고 새로 이사 오는 빠른발을 내쫓으려 한다. 하나 고양이하고도 목숨 걸고 싸웠는데 이런 것들한테 주눅 들 빠른발이 아니다. 잘난 쥐들을 냉큼 따돌리고 2층의 한 교실에 입성한 빠른발은 그만 다음 날 아침 일찍 등교한 아이들에게 발각되지만, 엉뚱하게도 햄스터로 오인받아 교실의 애완동물로 눌러앉는다. 무엇보다 이 작품은 동물 이야기에서 사람을 배경으로 밀어 버리고 사람과 동물의 세계를 어느 정도 분리해 놓은 데에 큰 장점이 있다. 아이들이 햄스터로 오인한 꼬리 잘린 쥐를 키우고, 어딘지 미심쩍어하면서도 아이들이 쥐에 열중하니 내심 잘됐다며 뒤로 물러서는 담임 선생님도 적절한 만큼 자기 몫을 한다. 빠른발은 자기가 예쁘다고 호들갑을 떠는 애들을 보며 처음에는 한심스러워하다가 그럭저럭 아이들 장단에 맞춰 주면 편안한 잠자리가 보장된다는 것을 알고 햄스터인 척한다.

이 작품이 자아내는 유머는 우스꽝스러운 몸짓과 말에 있는 것이 아니라 이렇듯 사람과 쥐의 동상이몽, 이상한 동거로부터 나온다. 일단 사람을 원경으로 밀어 놓으니 쥐로서 살아가는 이야기를 하기가 바쁘다. 쥐건 사람이건 새 동네에 자리 잡으려 하면 텃세 부리는 세력이 있는데, 그 탓에 스스로 자괴감에 빠져 구석으로 밀려나기도 한다. 비록 굴러 들어온 돌이지만 자기 긍정의 에너지를 가진 빠른발은 '내 참, 그런 법이 어디 있나!'며 못난 쥐들의 꺼져 가는 자존심에 불을 붙이고, 잘난 쥐들과 한판 전쟁을 벌여 학교 쥐들 사이에 새로운 질서를 재편한다. 그런데 혁명이 완성된 뒤 빠른발은 마루 밑에서 함께 살자는 못난 쥐들의 제안을 쿨하게 거절한다. 자기는 교실이 마음에 들고 좀 더 햄스터로 살아 보고 싶다나. 사실 어쩌다 혁명의 한가운데 섰을 뿐 빠른발은 정의롭고 희생심 강한 영웅과는 거리가 있다. 그저 자기 멋대로 살고픈 자유로운 영혼, 허허실실 사는 것 같아도 자신의 자유를 훼방하는 불합리한 권위는 죽어도 못 참는 건달쥐랄까. 쥐의 세계에서는 허클베리 핀이 부럽지 않은 어엿한 피카레스크 주인공의 명맥을 잇는 셈이다. 저학년 동화답게 한 인물을 복잡한 내면이나 입체적인 성격의 소유자로 만들기보다 한 캐릭터에 한 성격씩 나눠 주고, 선악을 또렷하게 갈라놓은 것도 장점이다. 주인공 빠른발은 절대 주눅 들지 않는 씩씩한 캐릭터라 어린이들이 동경할 만한 친구이고, 내내 기죽어 살아왔지만 빠른발을 친구로 둔 덕에 조금씩 용기를 회복하는 '회색눈'은 많은 독자들이 감정 이입을 하는 대상일 것이다.「톰과 제리」의 톰처럼 센 줄 알았더니 완전 허당인 잘난 쥐 무리들이나, 비굴함이 몸에 배어 있지만 마지막에는 옳은 결정을 하는 못난 쥐 무리들도 다 그럴싸하고 머리에 쏙쏙 들어온다. 앞서 말했듯 교실 아이들이나 담임 선생님도 작지만 이야기에 꼭 필요한 몫을 해 준다.

한편, 잘난 쥐들과 못난 쥐들의 전쟁도 나름으로 화려하고 흥미진진한 스펙터클을 제공하고 쥐다운 발상, 쥐다운 규모에 충실하다. 무조건 크고 화려하고 한 번도 본 적 없는 것만이 판타지, 볼거리가 되리라는 건 오산이다. 익숙한 공간인 교실이 쥐들의 전쟁터와 요새로, 아이들이 늘 만지작거리는 연필·압정·지우개·스카치테이프의 용도가 학용품이 아닌 무기로 변신하는 걸 보며 흥분하지 않을 어린이 독자는 드물 것이다. 어린이들에게 친숙한, 그렇기 때문에 더 지루하게 느껴지는 공간일수록 숨겨진 이면을 상상할 수 있게 해 주는 이야기, 판타지가 절실하다. 잘 아는 공간을 백분 활용할수록 독자가 홀딱 넘어가게 되어 있음은 물론이다.

아주 특별한 재료와 레시피와 기구도 없이 정말 기본에 충실한 맛을 내는 저학년 의인동화를 만나기까지 너무 먼 길을 돌아온 것만 같다. 이 작품이 작지만 분명한 계기가 되어 인간 본위가 아닌 동물의 세계관과 눈높이로 살아가고, 인간의 번거로운 족쇄들을 떨쳐 내고 단순히 삶 자체를 되돌아보게 하는 동물 의인동화들이 연이어 나와 주기를 기대해 본다.

『기획회의』, 2010년 6월호

동화의 거인, 8년 만에 기지개를 켜다

위기철『우리 아빠, 숲의 거인』

위기철이『무기 팔지 마세요!』(2002) 이후 8년 만에 신작을 냈다. 이 작품이 워낙 대작이자 수작이었기 때문에 이후 8년 동안이나 후속작 소식이 없어 무척이나 안타까웠다. 이라크 전쟁이 터지자마자 순발력 좋게 만들어 낸 것처럼 보였던『무기 팔지 마세요!』는 사실 몇 년에 걸친 구상과 고쳐 쓰기의 결과물이었다고 한다. 세상에 전쟁이 없어지지 않는 한에야 이 작품의 효용과 감동은 뒤처지지 않고 늘 새롭다. 시시콜콜 사실에 천착하는 소설이라면 금방 과거형이 되었겠지만 오랜 이야기, 동화의 지혜를 꼭 붙들었기에 가능한 일이었다.

어느 분야에서건 세대가 분명히 갈라지는 우리나라에서 작가 위기철은 특이하게도 어느 세대에도 속하지 않고 늘 생생한 신세대로 느껴진다. 실제로 그가 문단에 나와 열정적으로 활동했던 때는 20대 중반이었고, 1980년대 중반인 그 시기는 지금은 고인이 된 이오덕, 권정생 등의 활동 시기와 겹친다. 위기철은 소설과 아동극과 동화를 두루 소화했다. 그리고 체질적으로 동화가 가장 맞았는지 같은 세대의 어떤 작가보다 세상의 변화에 잘 적응한 것으로 보인다. 대중음악계건 영화계건 아무리 훌륭한 아티스트도 10년 단위를 넘어 세상을 풍미하기 어렵다는데, 위기철은 적어도 그 단위를 두 번 통과한 셈이다. 어쩌면 지금 시기는 위기철이 맞이하는 세 번째 10년이 될지도 모르겠다. 몇 년 간 침묵을 지켜 오다 2009년부터 계간 『창비어린이』에 어지간한 이야기보다 열 배는 웃기고 재미있는 동화 창작론을 연재하기 시작했고,* 이와 직접 상관이 있는지 없는지는 몰라도 이번에 『우리 아빠, 숲의 거인』(2010)을 냈기 때문이다.

이 작품은 꼭 어린이를 위한 이야기라기보다는 어린이부터 어른까지 두루 읽고 각자 필요한 것을 얻어 갈 수 있는 동화다. 사실 이 작품을 가장 읽었으면 하는 아빠들이 동화를 접할 기회가 워낙 없으니 안타깝다. 예전에는 아동문학이건 일반문학이건 여성이 문학을 한다고 하면 '여류 소설가', '여류 시인'이란 딱지를 붙일 만큼 여성의 목소리는 드물었다. 그런데 요즘은 상황이 정반대다. '남류 소설가', '남류 동화작가'란 말이 필요하리만큼 문학의 자리에서 남성의 목소리, 남성의 눈이 줄어들고 있다. 단지 생물학적 성으로서의 남성의 숫자가 아니라, 남성들이 문학의 자리에서 자기 목소리를 내지 않거나 잃어 가고 있다는 게 문제다. 악의는 없겠지만 아빠의 자리는 공석으로 비워 둔 채 이야기를 시작하고 끝맺는 동화가 늘어나는 것도 정말 아빠가 밖에서 뭘 하고 사는지 엄마도 아이도 모르기 때문일 것이다. 요즘 아동문학에 등장하는 아빠는 사정 모르는 헛소리

---

* 이 동화 창작론은 연재가 끝난 후 2013년 4월 『이야기가 노는 법—동화를 쓰려는 분들께』(창비)로 간행되었다.

나 하거나, 옳은 소리는 씨알도 안 먹히는 악역으로 전락했고, 중산층 가정 아빠는 돈 버는 기계, 서민이나 빈민층의 아빠는 폭력적인 알코올 중독자 같은 몇 가지 유형으로 고착되었고, 실제 현실도 이와 비슷해 보인다. 그러나 꼭 그럴까. 무심한 눈으로 보면 다 그게 그거 같아 보이는 아이들도 관심을 갖고 속내를 들여다보면 머릿수만큼 다채로운 마음과 사연이 있듯, 아빠를 다시 아동문학 안에 불러들여 세상에는 아빠나 남성의 삶의 유형은 두세 가지만 있는 것이 아니라 수만 가지가 있음을 아이들에게 알려 줄 필요가 있다.

『우리 아빠, 숲의 거인』은 현대의 쪼그라든, 아니 남성들 스스로 쪼그라들었다고 느끼는 남성성의 위기와 그 극복에 대해 신화적인 어법으로 풀고 있다. 아빠는 숲 속에 살던 거대한 거인이었지만 평범한 인간인 엄마와 사랑에 빠진다. 외할아버지와 외할머니의 결사반대를 무릅쓰고 결혼한 거인 아빠는 좁은 아파트에 몸을 구겨 넣고, 적성에도 맞지 않는 여러 직업을 전전한다. 엄마의 삶에 맞추다 보니 아빠는 점점 왜소해지고 한때 거인이었다는 사실이 믿기지 않을 정도가 되는데, 이를 보다 못한 엄마가 아빠를 끌어안고 야성의 숲 속에 들어가 남편의 정체성을 되살리고 가정의 행복을 되찾는다. 거인 아빠가 해적을 물리치고, 엄마는 코끼리를 깡통에 넣는 공장에 다니고, 피자집에 취직한 아빠가 뗏목만 한 피자를 만드는 등 허풍이 한가득이지만 희한하게도 엔간한 가족이라면 다 자기네 이야기처럼 느낄 법하다. 원래 모든 아빠들은 '내가 왕년에……' 레퍼토리 하나쯤은 있기 마련이니.

소설은 세계를 객관적으로 그리지만 동화는 세계를 주관적으로 해석하고 이야기를 만들어 낸다. 그런데 그것이 또 객관적 진실과 이어진다. 누구나 어린 시절에는 아빠가 무엇이든 다 해낼 것 같은 거인처럼 느껴지다가, 시간이 흐를수록 내가 커지는지 아빠가 작아지는지 서로 비슷한 키와 눈높이가 되면서 주관적인 유년의 시간과 안녕을 고한다. 더구나 요즘은 그런 유년의 시간도 점점 짧아져 간다. 그때 이 동화가 주문(呪文)을 속삭인다. '지금 별 볼 일 없어 보이는 너희 아빠가 사실은…… 숲 속의 거인이었대!' 이 주문 하나로 평소 볼품없고 아무 스토리도 없는 것 같은 현대 가정에 마법의 가루가 뿌려진다. 일이 잘 안 풀리는 아빠는 과거 숲 속에 살던 거대한 거인, 엄마는 거인과 이종(異種)의 사랑을 이룬 아름다운 인간 여성, 나는 이종 결합으로 태어난 사랑의 결실. 그러나 현실적인 문제로 아빠는 왕자가 개구리로 변하듯 한없이 작아지고, 엄마는 사랑의 힘으로 불끈 일어난 여전사가 되어 아빠를 마법에서 구해 낸다. 지극히 현대적인 이야기를 하면서도 이야기의 어법이며 뼈대는 개구리 왕자, 구렁이 새신랑의 그것과 멀리 떨어져 있지 않다. 옛것으로부터 소스를 취하되 늘 저널리스틱한 문제를 제기하고 대안을 제시하는 위기철답다. 옛이야기로부터 지혜를 얻지 않았다면 한없이 작아진 아빠를 어떻게 살려 낼 것인가에 대한 대답도 나올 수 없었을 것이다. 하지만 이건 이야기니까, 시작부터 아빠는 거인이라고 했으니 아빠의 본모습을 되돌려 놓을 방도도 그 안에 들어 있다. 하여간 (옛)이야기 안에서는 안 되는 게 없구나 싶다. 그리고 이야기의 본질을 현대 아동문학에 잘 살리는 작가는 여전히 위기철이 아닌가 싶다.

만화가 이희재와의 파트너십도 훌륭하다. 이 책은 과연 동화책인가, 그림책인가, 만화책인가. 이건 그냥 위기철과 이희재의 공동 창작물이라 해야겠다. 동화와 만화를 갈라 놓을 수 없을 정도로 온전한 통짜 이야기 한 편이다.

〈『기획회의』, 2010년 7월호〉

사람을 만나는 동시

박혜선 『위풍당당 박한별』

　나는 어렸을 때부터 들락날락 엉덩이가 가벼운 편이었다. 그래서 인지 지금까지도 시를 즐겨 읽는 편은 아니다. 확실히 산문에 비해 시는 한 박자, 두 박자 이상 느리게 세상과 사람을 바라볼 때 나오고, 또 읽는 사람을 그렇게 만든다. 시인은 남들이 다 자리에서 일어나 분주히 다른 장소로 옮겨 갈 때 제일 굼뜨게 일어서는 사람이라고 한다. 그러니 요즘처럼 분주한 세상에서 시는 비주류의 길을 걸을 수밖에 없고, 그렇기에 역설적으로 점점 더 귀한 가치를 갖는다. 아이들에게 좋은 동시를 주고 싶은 마음도 그렇다. 텔레비전을 보다가 조금만 자기 흥미를 끌지 못하면 채널을 돌려 버리고, 원하는 것이 곧장 주어지지 않으면 비명을 질러 대는 아이들을 한 박자, 두 박자 느리게 진정시킬 수 있는 동시에 대한 바람은 더욱 커져 간다.

　그런데 문제는 나 같은 어른도 잘 안 읽는 시, 하물며 동시를 아이들이 자발적으로 읽겠느냐는 것이다. 아무리 어린이에게 좋은 말을 들려주고 싶어도 그들에게 외면받는 동시란 쓸쓸하기 그지없다. 그래서일까. 요즘은 과거와 비교해 볼 때 훨씬 발랄하고 어린이들의 톡톡 튀는 감성을 적극 반영하는 동시들이 늘어나는 추세다. 말놀이의 즐거움, 교실이나 가정에서의 작은 경이와 엉뚱한 상상 등이 넘친다. 화사하게 혹은 만화풍으로 그려진 전면 컬러 삽화까지 풍성히 곁들여지는 건 동화책 못지않다. 내용으로나 책의 외형으로나 아이들이 가벼운 마음으로 집어 들고 즐겨 주기를 바라는 동시집이 많아지는 것에 불만은 없다. 동시단의 이러한 자기 갱신으로 아이들이 동시를 바로 옆자리 친구처럼 가까이한다면 그 또한 감사한 일이다. 하지만 한편으로는 이렇게 세상 속도에 잘 적응하는 시가 늘어나더라도 여전히 느림보 같은 미덕을 지닌 시도 꾸준히 나와 아이들 곁에 머물기를 바란다. 대도시 아파트촌에 살며 교실과 학원을 오가는 아이들과 정서를 공유하는 시만큼이나, 내가 잘 모르는 곳에서 사는 친구와 사람을 만나게 해 주는 시에 대한 갈망도 커진다.

이러던 차에 박혜선 동시집 『위풍당당 박한별』(2010)을 만났다. 이 시집은 부모의 이혼으로 시골 조부모 집에 맡겨진 한별이와 그 동네 사람들을 조용히 소개하는 연작시들로 채워져 있다. 요즘은 동화책을 읽어도 다음 날은커녕 두어 시간만 지나면 주인공이고 뭐고 기억이 안 나기 일쑤인데, 이 시집을 읽고 나서 며칠이 지나도 주인공(시적 화자)과 할머니, 할아버지, 동네 사람들이 기억에 남는다. 아마 머리가 아니라 마음에 들어온 것 같다. 하긴 시라는 게 원래 그렇다.

한별이는 집안에서 웃음을 잃은 부모 사이에서 어쩔 줄 몰라 하다 "엄마랑 살 거야?/아빠랑 살 거야?/선택해!"(「세상에서 젤 무서운 말」)라는 기로에 놓이고 결국 시골 할머니댁에 맡겨진다. 처음에는 당연히 슬픈 아이였다.

엄마, 내 머릿속에 의자가 있었나 봐/동그랗게 둘러앉은 얼굴들/내 친구 연진이/내가 자주 가던 편의점 아저씨/문방구 아줌마/나만 보면 사탕 하나씩 건네주던/마음 좋은 경비 아저씨까지/그 의자에 둘러 앉아 소곤소곤 내게 말을 걸고 있어. (「서울 생각」 부분)

올 때마다 냉장고를 가득 채워 놓고/내 숙제를 봐 주는 작은엄마/(…)/내 머리를 빗겨 주며 가끔 우는 작은엄마/우리 엄마였으면 좋을 작은엄마/성익이네 엄마인 작은엄마. (「작은엄마는 작은엄마다」 부분)

가는 길만 있고/오는 길은 없었으면 좋겠어. (「엄마 만나러 가는 길」 전문)

하지만 사람은 엎어졌을 때 땅도 보고, 하늘도 보고, 사람도 볼 시간을 얻는 법. 서울에서 내쳐졌지만 그 덕분에 할머니 할아버지의 숨결을 지긋이 느끼고, 마을 사람과 동네 개까지 돌아볼 만큼 눈이 넓어지고 마음이 익어 간다.

소같이 우직한 사람이 최고래요/풀같이 끈질긴 사람이 최고래요/뿌린 대로 거둬 주는 땅 같은 사람이/최고래요 우리 할머닌.//할머니가 말하는 사람/위인전에는 없지만/우리 집엔 살지요/(…)//"한별아, 물 좀 떠 와라."/"네, 할아버지." (「훌륭한 사람」 부분)

호박잎처럼 둥글넓적한 애./수빈이?/그래그래.//(…)//수숫대처럼 경중한 애./은주?/그래그래//우리 할머니만의 기억법. (「할머니의 기억법」 부분)

엄마랑 헤어져 살아도 내가 끝까지 엄마 딸인 것처럼/한 번 미영이네 집은 아무도 안 사는 빈집이라도 미영이네 집이래요/이 동네 사람들은 다 그렇게 알고 있대요. (「할아버지 동네에서는」 부분)

낚시터로 가던 까만 자동차가/상덕이네 개 복순이를 치었다/복순이가 봄에 낳은 새끼/(…)/이 집 저 집 다 나눠 줬는데/그 강아지들 엄마, 복순이가 죽었다//(…) 옆에 앉아 있던 희섭이네 할머니/"쯧쯧, 동네 강아지 다 상복 입어야겠군."/혼잣말처럼 중얼거린다. (「엄마 개」 부분)

동시집 한 권을 읽다 보면 잔잔한 농촌 드라마 한 시즌을 보는 기분도 들고, 노래극 한 편을 뿌듯하게 감상한 느낌도 든다. 아이건 어른이건 내 손톱 밑의 가시만 아프다고 비관하는 게 보통이지만 한별이는 조용히 눈물을 닦고 일어나 할머니 할아버지를 돕고, 그분들의 친구인 동네 어른의 삶과 죽음에까지 자연스레 관심을 넓혀 간다. 자신의 슬픔만 들여다보지 않고 오히려 자기가 슬퍼 봤기에 남의 슬픔을 돌아볼 마음을 얻은 아이가 대견하다. 그렇다고 애늙은이가 된 것은 아니다. 자기를 놀리는 같은 반 남자애 등짝을 멋지게 후려갈기는 말괄량이의 모습도 남아 있다. 동시집 전체로 보면 말괄량이의 모습이나 또래 친구와 노는 모습이 다소 적은 게 아쉽지만 그저 한별이의 눈높이, 마음 높이로 시골에서 살아 본 것만으로도 됐다 싶다.

이 동시집은 시다운 방식으로 이야기를 담고 인물을 정감 있게 그려, 좋은 서정시를 몇 편 읽는 것과는 또 다른 감동과 재미를 준다. 이는 톡톡 튀는 재치나 말놀이와는 거리가 멀지만 요즘 아이들에게 동시가 한 발짝 더 가까이 다가가는 또 다른 길일 테다. 동화보다 동시가 사람을 진심으로 만나게 하는 데 이점이 더 많을 수도 있다는 것, 새삼스럽지만 그것은 몇 박자 느린 시의 속도에서 비롯한다는 사실이다.

〈『기획회의』, 2010년 9월호〉

소년, 아니 남자의 이야기

김남중 『미소의 여왕』

어린이들은 어떨지 모르겠는데 나에게 김남중이란 작가는 아주 편하지만은 않다. 나는 김남중의 작품을 늘 유심히 보는 편이고 장점을 적극 찾으려 하고, 그것이 눈에 잘 띄기도 하지만 5~10퍼센트 정도는 납득이 안 되거나 동의하지 못하는 구석이 있다. 그렇다고 그 점을 모르는 체하기도 어렵다. 그것이야말로 김남중의 고집스러운 신조, 삶의 철학일지 모른다는 생각이 든다. 가령 이전 단편집 『자존심』(2006)에 실린 「나를 싫어한 진돗개」에서는 무작정 중풍 맞은 개를 데려다 집에 부려 놓고 아들을 시험대에 오르게 하는 아버지가 있다. 작가가 이런 아버지를 미화하지는 않았지만 이런 마초적인 아버지가 있어 주인공이 무언가 깨달을 수 있었다는 전제는 분명 있다. 장편 『기찻길 옆 동네』(2004), 『붕어 낚시 삼총사』(2006)를 읽으면 마치 선 굵은 남성 드라마를 보는 듯하다. 소년과 형, 아버지가 중심에 딱 서 있고 소녀와 누나, 어머니는 조용히 측면 지원을 한다. 그런데 여성 독자인 나로서는 시대착오적이라거나 부당함을 지적하고 싶기보다 지금은 없어지거나 잘 보이지 않는 남성적 서사에 대한 향수를 느끼곤 한다. 그러고 보니 최근 그가 온몸으로 쓴 『불량한 자전거 여행』(2009)도 훌륭한 이야기인데, 군대 조교 같은 카리스마를 발산하는 삼촌이 조금 불편하기도 했다.

요즘 아동문학에서 작가의 생물학적 성이 남성이건 여성이건 친절한 목소리, 설득하는 어조와 내용에 워낙 익숙하다 보니 김남중처럼 에두르지 않고 곧바로 지르는 이야기 앞에서는 좀 긴장하게 된다. 그럼에도 김남중은 우리 아동문학에 소중한 존재다. 그도 가끔은 남들 못지않게 소녀 화자의 이야기도 잘 쓰지만, 그래도 역시 김남중이라 하면 아버지와 소년의 이야기에 남다른 강점과 고집이 있다. 2000년대 이후 현실의 가정에서 아버지는 점점 투명 인간이 되고, 아들은 엄마 치마폭을 벗어나고 싶어 하지만 이러지도 저러지도 못하는 족쇄에 매여 있어 소년의, 소년에 대한, 소년을 위한 '소년소설'을 기대하기란 점점 힘들어졌다. 『빨간 머리 앤』을 읽으며 '소녀상'을, 『톰 소여의 모험』이나 『허클베리 핀의 모험』을 읽으며 '소년상'을 그려 보는 것은 고전 아동문학에서나 가능하지 현대에 와서 스테레오타입화된 소년과 소녀의 상을 그리거나 역설하는 것은 시대착오적이라는 말을 듣기 십상일 테다. 그러나 과연 그럴까? 여전히 여자가 주변의 남자들을 보면, 또 남자가 여자들을 보면 참 다른 종족이라고 생각할 만큼 남녀는 사고방식, 삶의 방식이 다르다. 그러나 과거에 비해 여성으로 문학의 주도권이 넘어오면서(특히 아동문학이 그럴 터) 우리는 점점 남자가 어떤 생각을 하고 어떻게 사는지에 대한 정보를 얻기 어려워졌다. 여자도 남자가 아닌 한에야 접근 불가능한 영역도 있지 않겠는가. 김남중이 스스로 의식을 하건 그렇지 않건 그의 가장 큰 개성과 강점은 여기에 있다고 본다.

이번에 나온 동화집 『미소의 여왕』(2010)에는 네 편의 단편이 실렸다. 표제작인 「미소의 여왕」은 부모를 잃고, 가난하고, 소심해서 왕따를 당하는 여자아이가 '미소의 여왕'이라는 교실 이벤트로 더 심란한 지경에 처하는 이야기다. 보통 우리가 생각하는 아동문학의 범주를 훌쩍 넘어설 만큼 정서적 충격이 만만치 않지만 조금은 자학적이고, 박기범의 「독후감 숙제」 같은 울컥한 슬픔과 감동으로 이어지지 못한 것이 아쉽다. 그래도 이토록 읽는 이의 마음에 오래 상흔이 남는 찜찜한 결말을 향해 차곡차곡 단계를 밟아 가는 작가의 내공에는 일단 탄복했고 어떤 결론이 나와도 작가의 선택을 존중하고 싶다. 밤마다 시끄러운 길고양이를 쫓아내려다 점점 유희적 동물 학대로 변질되는 「어둠 속의 푸른 눈」은 이전 단편집 『자존심』에 있었더라면 더 좋았을 것 같고, 새것 같은 옛 엄마와 헌것 같은 새 엄마 사이에서 잠시 혼란을 겪는 「그 사람」은 언제고 김남중의 소녀 화자 이야기를 묶어 따로 생각할 기회가 있을 때 꼭 다루고 싶은 작품이다.

『미소의 여왕』은 이전 단편집 『자존심』, 『하늘을 날다』(2007)에 비해서 작품집 전체를 관통하는 일정한 분위기가 없고 좀 들쭉날쭉한 편이다. 이 작품집에서 제일 눈길을 끌고 지금 시점에서 김남중만 가능하다 싶은 이야기는 역시 「64 대 36」이다. 동네에 딱 한 개 있는 농구 골대를 두고 대학생 형들과 초등학생들이 신경전을 벌이고, 거기에 농구에 나름 일가견이 있는 할아버지가 끼어들어 주도권이 초등학생 쪽으로 넘어오고, 한동안 잘 지내다가 처음과 달리 조금씩 꼰대 기미를 보이는 할아버지에게 초등학생들이 반발하고 또 우여곡절 끝에 멋쩍은 타협점을 찾아가는 과정에서 나이를 불문한 수컷들 간의 다툼과 승복이 이어지며 새로운 질서가 정립된다. 할아버지, 대학생, 고등학생, 초등학생은 나이 차가 있지만, 이 사안에서는 나이가 본질은 아니지 않느냐며 고개를 빳빳이 드는 소년들을 본다. 이건 그의 이전 단편집 『하늘을 날다』에 수록된 「나를 잊지 마세요」에서도 느꼈던 것이다. 그 작품에서는 한 소년이 자기가 사랑하는 원어민 영어 교사를 두고 연적과 팽팽한 신경전을 벌이다 결국 자신의 패배를 인정한다. 그 이유는 나이 차이 때문이 아니라 그 둘이 정말 사랑하고 있음을 알았기 때문이다. 존댓말 없는 영어로 의사소통을 하며 연상녀를 사랑하고 결과에 깨끗이 승복했던 소년은, 나이와 상관없이 농구에 대한 열정을 갖고 동등한 관계를 이루고자 하는 「64 대 36」의 소년들로 이어진다. 이런 건 나 같은 소녀 출신은 미처 알 수 없었던 신기한 세계다. 말로 잘 설명할 수는 없어도 말 아닌 몸짓과 틱틱거림으로 의사소통하고 자신들의 문화를 이루는 소년들의 이야기는 아직도 한참 더 듣고 싶다. 사족이지만 우리와 비슷하게 여성성이 주류를 이루는 일본 아동문학에서도 소년과 아버지의 목소리를 꿋꿋이 내는 작가가 있다. 바로 『보이지 않는 적』, 『달려라, 바람처럼』으로 한국에도 소개된 아베 나쓰마루(阿部夏丸)이다. 언제고 좋은 기회가 생겨 아베 나쓰마루와 김남중이 서로의 존재를 알고 한일 양국의 소년과 아버지의 현재·미래에 대해 속 깊은 이야기를 나누어도 재미있겠다 싶다.

그나저나 이렇게 소년 또는 남자의 이야기를 대변하기 위해 애쓰는 아동문학 작가가 있는데 정작 소년이나 남자들은 자신들의 이야기를 문학으로 읽는 데 시큰둥하니 안타깝다. 그러니 소년들이여, 부디 김남중 작가에게 메아리를 들려주시길.

〈『기획회의』, 2010년 10월호〉

프랑스 한복판에서 한국을 만나다

한윤섭『봉주르, 뚜르』

지금 생각하면 정말 창피한 기억이 하나 있다. 1999년 일본에서 1년 동안 살았을 때 북한 국적의 재일 교포와 만나며 나도 모르게 긴장했던 것이 그것이다. 겉으로 티를 안 내려 노력했지만 그들을 어떻게 대해야 할지, 내가 하는 말에 실수는 없을지, 만에 하나 무슨 곤혹스러운 일에 얽히는 건 아닐지 오만 가지 생각이 꼬리에 꼬리를 물었다. 물론 얼마 되지 않아 많은 재일 교포들이 원래는 하나였던 '조선' 국적을 바꾸지 않아 북한 국적을 얻게 된 것이고, 그 때문에 불편하고 괴로운 일도 감수해야 하지만 그만큼 단단한 소수자로 남는다는 사실을 알게 되었다. 그때 만난 재일 교포 지인들의 존재 자체가 지금까지도 나한테는 좋은 선생이고 자극이 된다. 지금의 나는 1년에 360일 이상은 분단 현실이나 나의 민족적 정체성 따위는 의식하지 않고 살지만, 가끔 축구 선수 정대세를 볼 때나 재일 교포 지인을 떠올릴 때, 또『봉주르, 뚜르』같은 책을 읽을 때면 문득 그것에 대해 생각해 보게 된다. 자의건 타의건, 현실에서건 가상에서건 한국이라는 무리에서 뚝 떨어져 나와 외국에서 한번 살아 보는 건 괜찮은 일이다. 우리가 보통 외국 생활을 하다 온 사람을 보면 외국어를 잘하겠다며 부러워하곤 한다. 그런데 외국 생활에서 외국어에 능숙해지는 건 보너스일 뿐 그보다 훨씬 가치 있는 일은 이방인으로서의 시간을 갖는 것, 그리고 또 다른 이방인과 조우하고 교감하는 것이다.

한윤섭의 『봉주르, 뚜르』(2010)는 제목에서부터 프랑스의 향취를 물씬 풍긴다. 제목만 보고는 나도 모르게 '파리바게트'니 '뚜레쥬르' 같은 빵집 간판이 떠올랐다. 제목만 보고서 어쩐지 이국, 그것도 프랑스에 대한 동경으로 책을 집어 든 사람도 있을 테고, 나처럼 프랑스에 딱히 취미가 없어 이걸 읽을까 말까 시큰둥해하는 사람도 있을 테다. 하지만 막상 책장을 넘기다 보면 둘 다 예상과는 조금 다른 경험을 하게 될 것이다.

아버지의 파견 근무로 몇 년 간 파리에서 살다가 뚜르에 이사 온 주인공 봉주는 그곳만의 한적하고 오래된 정취가 마음에 든다. 이방인 가족을 친절히 맞아 주는 주인집 할아버지와 대화하고, 시내의 고가구점에서 물건을 고르고, 사람 좋은 아랍인이 경영하는 잡화점을 들락거리는 일상은 아무것도 아닌 듯 자연스럽기만 하다. 그렇기에 더 독자로 하여금 관광객 아닌 체류자로 프랑스에서 살아 보는 것 같은 만족감을 준다. 한국과는 공기도 다르고 시간도 다르게 흘러가는 것 같은 그곳에서 봉주는 이상한 흔적을 발견한다. 침대 옆 책상에 희미하게 한글로 '사랑하는 나의 조국, 사랑하는 나의 가족', 그리고 '살아야 한다'는 말이 새겨져 있었던 것. 외국에서는 한국 라면 봉지만 봐도 반가운데 미스터리한 한글 낙서라니, 봉주는 소년다운 상상력과 호기심을 마구 발동시킨다. 이 집에 한국 사람이 살았는지, 혹시 살았다면 왜 그토록 애절하고 비장한 말을 써야 했는지 궁금해하다가 집 주인과 이웃들에게 혹시 이 집에서 한국인이 살았는지 수소문을 하지만 만족스러운 대답을 듣지 못한다. 이와는 별개로 학교에서 봉주는 토시라는 일본인 아이 때문에 신경이 쓰인다. 동양인이니 잘 지내자는 봉주의 첫 인사에도 쌀쌀맞게 굴고, 봉주가 한국에 대해 발표하면 북한 이야기를 꺼내 곤란하게 만들고, 묘한 경쟁심을 발동시키기도 한다. 뭔가 좀 이상하게 구는 이 일본인 아이 역시 봉주에게는 수수께끼다.

집과 학교에서 따로따로 만난 이 두 개의 수수께끼는 결국 하나의 퍼즐로 맞춰진다. 지금 봉주가 사는 집에 한때 토시네 가족이 살았고 토시의 아버지와 삼촌은 북한을 위해 일하던 재일 조선인이었는데 말 못 할 사연으로 프랑스로 망명해 지금은 일본인 신분으로 살아간다는 것, 그리고 낙서는 아직 조국을 잊지 못하는 삼촌이 남겨 놓았다는 것. 서울에 살았다면 북한을 지척에 두고서도 전혀 감지하지 못했을 분단 상황이 엉뚱하게도, 어쩌면 필연적으로 프랑스 뚜르 한복판에서 재현된 것이다. 자칫 이 지점에서 민족과 조국, 남북 분단의 비극 운운하며 작가가 흥분했다면 이야기의 분위기가 망가졌을지도 모른다. 그러나 작가는 뚜르라는 프랑스 소도시의 분위기가 그러한 것처럼 차분히 두 소년의 만남을 지켜본다. 여기에는 반공 교육 세대의 공포심도 없고, 우리의 소원은 통일이라는 민족주의도 없다. 이끌림과 밀어냄을 반복하면서 조금씩 깊어 가는 연민과 이해가 그 자리를 대신 채운다. 우리의 남북 관계도 이 두 소년처럼 서로의 존재를 인정하면서 인간적인 이해의 다리를 놓는다면 오죽 좋으랴. 그러나 제3국인 프랑스가 작품의 배경이기에 아직까지는 이런 이야기가 가능하지 않겠느냐는 생각에 좀 쓸쓸해진다.

만날 방구석이나 교실만 오가며 가족이나 같은 반 아이들끼리 티격태격 말싸움하는 동화를 주로 보다가 이렇게 외국 정취를 한껏 느끼며 살아 보는 이야기를 만나니 일단 시야가 훤히 트이는 느낌이 든다. 게다가 한국에 살았다면 좀처럼 만나기 어려운 심각하고 복잡한 사연과 맞닥뜨리고 그 일로 인해 세상과 인간을 보는 눈이 한결 성숙해지는 이야기라니 뜻밖의 값진 선물을 받아 든 기분이다. 프랑스를 무대로 하다 보니 그야말로 프랑스적인 공기로 채워진 것은 분명 장점인데, 한편으로는 너무 '프랑스적'이지 않나 하는 거리감도 조금은 있다. '프랑스적'인 것이 뭐냐고 묻는다면 딱히 할 말은 없지만 어쩐지 태어날 때부터 지적인 토론을 즐길 것 같고, 톨레랑스, 세련미……. 이런 게 떠오르지 않나? 평범한 한국 아이가 마치 내 일인 양 푹 빠져들기에 주인공 봉주는 좀 애어른이랄까, 작가의 분신처럼 보인다. 주제와 미스터리의 실마리를 쥔 토시도 마찬가지다. 집 안에서의 대화, 교실에서의 토론 등 일상적인 대화 전반이 지적이고 차분해서 읽는 사람도 덩달아 차분해지는데, 진실이 밝혀지는 순간조차도 마음이 고양되거나 아프기보다 그저 쓸쓸함을 맛보는 정도여서 2퍼센트 아쉽다. 혹 봉주나 토시 중 한 명이 소녀였다면 긴장감과 애틋함이 배가되지 않았을까? 이 작품이 가져온 신선한 바람이 계기가 되어 언제고 외국 한복판에서 남한과 북한의 소년 소녀들이 좌충우돌 난리법석을 피우는 이야기도 한번 등장하면 좋겠다는 바람을 품어 보았다.

〈『기획회의』, 2010년 11월호〉

아이는 무조건 자전거를 타야 한다

김남중 『바람처럼 달렸다』

이 책이 나올 줄 알았다면 앞에서 『미소의 여왕』을 다루지 않았을 것이다. 그러나 어쩔 수 없다. 이 작품집은 이 작가의 이력상에도, 우리 아동문학사에도 뚜렷한 점 하나를 찍을 정도의 성취를 보여 주기 때문이다. 『바람처럼 달렸다』(2010)는 동주라는 한 소년과 자전거에 얽힌 이런저런 이야기를 엮은 연작 소년소설집이다. 작가에 대해 아무런 정보 없이 읽어도 충분히 재미있지만 김남중이라는 작가의 색깔이랄까, 전력을 조금 알아 두면 훨씬 더 음미할 여지가 있다. 그는 누구보다 출중한 소년 전문가이고, 자전거 타고 국토순례를 할 만큼 자전거에 푹 빠진 사나이, 그리고 단편집을 훌륭히 연출하는 능력을 갖춘 작가다. 2006년에 펴낸 첫 단편집 『자존심』의 경우, 개별 작품의 완성도도 훌륭했지만 그보다 더 인상적인 것은 그 한 권의 책이 통째로 전하는 감동과 짜임새였다. 사람의 자존심이 아니라 동물의 자존심에 관한 각각의 이야기들은 묘하게도 한 권 안에서 음악적인 흐름, 혹은 묘한 기승전결을 타고 있었다. 음악으로 치면 명반이 전할 법한 충족감을 우리 아동문학에서 얻는다는 건 흥분되는 일이 아닐 수 없다. 그때 그 느낌이 이번 작품집 『바람처럼 달렸다』에서 재현되었다. 김남중은 『자존심』 이후 4년 만에 단편집으로 또 하나의 정점을 찍을 만한 앨범 하나를 완성했다.

한 아이가 어쩌다 자전거에 쏙 빠져들었고, 아이와 자전거는 단짝이 되어 멀리멀리 바람처럼 달렸단다. 하지만 둘 사이를 질투한 자전거 신이 도둑을 보내 자꾸자꾸 자전거를 잃어버리게 했다. 열네 대째 자전거를 잃어버린 뒤 아이는 어른이 되어 스스로 돈을 벌어 자전거를 샀고, 지금은 열일곱 번째 자전거를 타고 있단다. 그리고 이 책은 그 아이의 첫 번째 자전거부터 아홉 번째 자전거에 관한 이야기라고. 필시 작가의 분신일 터인 주인공 동주는 외양 선원인 삼촌이 선물한 첫 번째 자전거를 보란 듯이 도둑맞으며 작품집의 포문을 연다. "엄마, 자전거 잃어버렸어요." "엄마, 자전거 도둑맞았어요." 둘 다 옳은 것 같기도 하고 둘 다 아닌 것 같기도 하다. 자물쇠를 채우지 않은 것도 잘못이지만 자전거를 훔쳐 간 것이 더 큰 잘못이다. 하지만 큰 잘못을 한 사람보다 작은 잘못을 한 사람이 왜 더 힘들어야 하는지 억울하다. 자전거를 사랑한 소년이 처음으로 맛보는 쓰디쓴 진실이다.(「도둑맞은 자전거」) 두 번째 자전거를 탈 때쯤이면 실력이 일취월장하여 자전거 타고 구름다리를 내려오는 객기를 부리다 죽을 고비를 넘긴다. 산산조각 난 자전거를 용접해 주는 아저씨가 "자전거는 용접이라도 하지만 사람 목은 용접도 못 해."라고 하지만 동주는 이미 구름다리보다 더 재미있는 곳에 관심이 가 있다.(「목이 부러지다」) 동네에서 제일 잘생긴 막걸리 배달부 아저씨의 자전거와 비싼 자동차가 부딪쳐서 막걸리가 다 쏟아졌는데 자동차 주인은 큰소리치고 막걸리 아저씨는 엉엉 우는 장면도 목격한다. 아저씨 잘못도,

자전거 잘못도 아닌데 세상이 왜 이럴까.(「막걸리 아저씨」) 중고로 산 다섯 번째 자전거는 동주만 운전하는 비법을 아는 덜컥 자전거다. 이 자전거마저 도둑맞자 동주는 억울한 한편으로 이 덜컥 자전거를 몰다 필시 호되게 넘어질 도둑을 떠올리며 한바탕 웃는다. 그때부터 다친 사람만 보면 다가가 이유를 묻기도 한다.(「새 중고 덜컥 자전거」) 자전거 타고 먼 데를 가 보는 것은 자연스레 동주의 정신적 성장, 경험과 시야의 확대로도 이어진다. 소박하게는 친구와 함께 동네를 벗어나 낚시질도 하고, 미국에 있다는 '거꾸로 자전거'를 텔레비전에서 보고서는 어른이 되면 태평양을 넘어 꼭 그 자전거를 타 보겠다고 마음먹는다.(「거꾸로 자전거」) 어릴 때는 친했지만 언제부턴가 서먹해진 사촌 형과 자전거를 타고 한적한 곳에 간 뒤 동주는 형에게 길에서 주운 담배 한 갑을 멋쩍게 선물한다.(「담배 한 갑」) 그리고 동주는 자기를 모르는 다른 동네에 갔다가 구멍가게에서 물건을 슬쩍한 뒤 양심의 가책에 시달리기도 한다.(「캘리포니아 건포도」) 어른들이 알면 기함하겠지만 이 작은 악행은 오히려 동주가 진짜로 성장하는 계기가 된다. 그리고 자전거는 다른 사람을 보는 눈도 깊게 해 준다. 예쁘지만 자전거 바퀴 하나 제 힘으로 굴릴 생각을 않는 여자애보다 스스로 씩씩하게 바퀴를 굴리는 여자애가 훨씬 멋지다는 것도 알게 되고(「이인용 자전거」), 7천 원을 받고 타이어 펑크 때우는 법을 가르쳐 준 이상한 아저씨가 자신에게 평생 써먹을 귀한 기술을 전수했다는 사실도 뒤늦게 깨닫는다.(「네가 하면 천 원, 내가 하면 만 원」)

처음에는 자전거를 도둑맞고 울상 짓던 아이가 점점 자전거를 타고 곡예를 부리는 악동이 되고, 어른의 쓰디쓴 인생을 엿보고, 부모의 눈길이 닿지 않는 곳에 가서 작은 악행을 저지르고 반성하며 스스로를 가르치고, 오로지 희한한 자전거를 타겠다는 일념으로 태평양 너머까지 꿈을 넓히고, 사람을 진실로 헤아리는 눈을 갖는다. 그저 자전거 하나만 죽어라 탔을 뿐인데 길은 점점 더 넓어지고 이야기는 사방팔방으로 뻗어 나간다. 자전거를 타지 않았다면 이 모든 것들은 보거나 경험하지 못했을 것이다. 인생을 배우는 곳은 어쩌면 길 위일 수 있음을 새삼 깨닫는다. 그리고 성장은 아이에서 어른이 되는 순간에 끝나는 것이 아니라 작가 자신이 그러하듯 자전거 바퀴를 열심히 굴리는 지금도 계속되는 것이다. 자전거와 한 인간의 성장을 훌륭히 직조해 낸 작가 김남중도 멋지지만, 자전거라는 물건 자체가 역시 위대하다는 생각이 든다. 그러니 아이를 키우는 부모가 있다면 당장 자전거를 사 주고 타는 법을 가르쳐 줄 일이다. 그리고 아무리 자전거를 잃어버려도 꾹 참고 최소 아홉 대까지는 중고라도 사 주며 응원해 달라 부탁하고 싶다. 왜냐하면 이 책에서 보듯, 아이는 자전거를 타야 알찬 인간이 될 수 있기 때문이다. 순전히 내 본위로 아동문학의 그래미 상 같은 것을 줄 수 있다면 기꺼이 이 작품집에 최고 영예인 '앨범 오브 더 이어'를 수여하겠다.

〈『기획회의』, 2010년 12월호〉

세상은 사는 것이 아니라 사는 곳

더작가 『박순미 미용실』

'더 나은 세상을 꿈꾸는 어린이책 작가 모임'(더작가)은 2008년 12월 일제고사로 해직된 교사를 지지하는 모임으로 시작하였다. 2009년 1월 용산 참사를 전후하여 더 똘똘 뭉친 '더작가'는 시국 선언뿐 아니라 직접 참사 현장을 지키기도 하고, 우리 사회의 당면 현안에 대한 토론회도 부지런히 열어 왔다. 그렇지만 작가라면 작품으로 말해야 가장 어울리는 법이니, 『박순미 미용실』(2010)은 바로 그 결실이다. 자고로 작가는 문단에서 뜻 맞는 동지들과 즐겨 어울리더라도 작품을 준비하고 쓰는 것은 오로지 혼자 할 수밖에 없다. 이런 개별자인 작가들 속을 부글부글 끓게 만들어 기어코 작업실 밖으로 나와 집단 행동을 할 수밖에 없게 만드는 게 요즘 시국이다. 그러나 한편으로는 세상이 어지럽고 정의가 파탄 날 때 결코 침묵하지 않았던 한국 아동문학의 전통이 다시금 이어지는 것이기도 하니 반갑기도 하다. '더작가'는 '더 나은 세상을 꿈꾸는 어린이책 작가 모임'의 약칭이니 이 세상에서 자기 존재를 분명히 밝히는 'The 작가'이기도 하다. 나아가 가난한 사람이건 못난 사람이건 이 세상에서 쫓겨나지 않고 자기 자리를 갖고 살 권리가 있음을 대변하는 이들이다.

"세상은 사는 것이 아니라 사는 곳입니다." '더작가'의 시국 선언문 첫머리이다. 그런데 요즘처럼 '사는 곳'을 위협당하는 시절이 있었을까 싶다. 30대 후반인 내가 초등학교를 다닐 때만 해도 한 동네에는 큰 마당이 딸린 부잣집도 있고, 그보다 못한 집이나 연립주택도 있었다. 당연히 한 교실에도 부잣집 아이부터 단칸방살이 하는 아이까지 여러 계층의 아이들이 오종종 모여 지냈다. 예나 지금이나 빈부 격차는 늘 있었지만 적어도 한 지역에서 형편이 각기 다른 이들의 삶이 공존했던 시절은 그리 오래되지 않았다. 내가 사는 동네가 삶의 터전이 아니라 개발이 되느냐 마느냐, 땅값이 오르느냐 아니냐의 대상으로 바뀌어 버린 것은 불과 몇 년 사이의 일이다. '더작가'를 불끈 일어나게 만들었던 2009년 용산 대참사는 그 가장 극단적인 예가 될 터이고, 4대강 사업 또한 멀쩡한 삶의 터전을 갈아엎은 꼴이다. 인간답다는 것은 자신에게 의미 있는 장소, 자신이 잘 아는 장소에서 산다는 것이다. 그곳을 순전히 타의로 잃는다면 그건 살아도 사는 게 아니다. 그래서일까. 『박순미 미용실』을 읽으며 유독 '장소'에 주목하게 된다. 물론 '더작가'도 이 책도 용산 참사뿐만 아니라 평화와 민주주의, 이주민, 전쟁, 한일 간의 화해 등을 두루 이야기한다. 그러나 아무래도 '더작가'의 에너지가 응축된 계기가 용산이기도 하고, 표제작 「박순미 미용실」(박효미)만 해도 삶과 장소에 대한 가슴 아픈 이야기이기 때문에 '장소'라는 키워드로 이 작품집을 읽어 보는 것도 나름의 독법이 될 것 같다.

「박순미 미용실」이라는 간판은 변두리 동네에 가면 한두 군데는 있을 법하다. 그런데 이렇게 당연히 언제 어디라도 있을 것 같은 미용실이 현재 멸종 위기에 처해 있다. 박순미 미용실은 주인공인 희용이 엄마가 자기 이름 석 자를 내걸고 파마 2만 원, 염색 1만 원에 서비스를 하는 동네 미용실이다. 주로 동네 할머니들이 애용하며 미용도 미용이지만 동네 빨래터나 우물가처럼 이런저런 사는 이야기와 정을 주고받는 곳이기도 하다. 그런데 재개발의 손길이 변두리 동네까지 뻗쳐 오며 엄마의 미용실, 미용실에 오는 할머니들의 거처마저 위협받는 처지가 된다. 아이들은 '재개발'이 뭔지 갸웃거린다. 가훈도 정하고 가족 신문도 만들어 오라는 숙제를 받아 온 희용이는 사람들이 먼저 이사 가서 텅 빈 골목을 깨끗이 청소한 뒤 가족 신문에 이렇게 쓴다. "봉숭아 골목에 쓰레기가 많다. 그래서 재개발을 한다. 재개발은, 그러니까 더러운 데를 깨끗이 하는 것이다. 나는 봉숭아 골목을 청소했다. 개똥도 치우고, 쓰레기도 주웠다. (…) 내가 노력해서 그렇게 된 거다. 우리 집 가훈을 노력으로 하기 참 잘했다. 이제 우리 동네는 깨끗해졌다. 재개발 안 해도 된다. 박순미 미용실도 이사 안 가도 된다."(112~113면) 딸이 만들어 온 가족 신문을 보고 박순미 미용실 원장인 엄마는 딸을 꼭 끌어안는다. 노력하면 뭐든 될 수 있다던 씩씩한 엄마가 "생각해 보니 노력해도 안 되는 것이 있어……. 노력도 중요한데 꿋꿋하게 사는 것도 중요해."(114~115면)라고 말하는 것을 보며 읽는 사람의 억장이 무너진다. 물론 세상에는 노력해도 안 되는 것이 있지만 이런 식은 아니지 않나. 삶의 터전에서 누구보다 건강하고 멀쩡하게 살아가는 사람들을 내쫓고 거기에다 새로 짓는 세상은 과연 얼마나 좋기에? 하는 의문이 강렬하게 제기된다. 아이가 가족 신문을 찢어 버리는 것으로 작품은 끝나지만 결말의 슬픔과는 별개로 박순미 미용실이 이 세상에서 사라지리라는 생각은 들지 않는다. 어디에서건 손바닥만 한 장소만 있으면 또 악착같이 뿌리내리리라는 건강한 서민성에 대한 믿음은 여전하지만, 나 또한 그 엄마처럼 아이에게 '희망을 가져라.', '노력하면 된다.'고 차마 말로는 할 수 없는 억울함과 슬픔이 남는다. 재개발될 처지에 놓인 동네에서 사는 아이건, 재개발되어 새로 들어선 동네에 사는 아이건 각자 살고 있는 장소의 의미에 대해 되돌아볼 수 있는 복잡 미묘한 이야기다. 나로서는 이 한 편만으로도 이 책이 세상에 나온 의미는 충분히 있다고 본다.

이 밖에도 역시 개발의 손길로부터 자유롭지 못한 외딴섬에서 방학을 보낸 소년의 이야기 「그 여름의 천국, 그 여름의 유배지」(최나미)도 '장소'의 의미를 되새기게 한다는 점에서 눈길을 끈다. 이 작품에서는 단지 외부의 재개발 세력만이 문제가 아니라, 섬 내부에도 개발을 반기는 쪽과 그렇지 않은 쪽으로 나뉘어 있고 삶과 터전의 관계가 결코 단순하지만은 않음을 보여 준다. 더 나은 곳에 살고 싶어 하는 사람들과 지금 사는 곳을 잃고 싶지 않은 사람들은 과연 공존할 수 없는 것일까?

<『기획회의』, 2011년 1월호〉

사랑에 대한 진솔한 조언

박관희 외 『선생님도 첫사랑이 있었나요?』

요즘 교실 풍경도 그럴까? 내가 중고등학생일 때만 해도 각 과목 선생님들에게 한 번씩은 "선생니임~ 첫사랑 얘기 좀 해 주세요!" 하고 졸랐던 기억이 있는데 말이다. 지루한 수업 시간을 때우자는 목적이 컸지만 그때만큼 사랑이니 연애니 하는 것에 대한 동경이 컸던 적도 없다. 이성 친구를 대놓고 사귀는 시절도 아니었으니 그럴 수밖에. 하지만 요즘은 마트에 물건이 넘치듯 사랑도 연애도 넘치는 세상이니(물론 빈익빈 부익부는 여전할 터!) 굳이 교실에서 선생님을 조르지 않아도 아이들은 그딴 거 다 안다는 포즈를 취할 것 같다.

드라마, 대중가요, 인터넷 게시판, 로맨스소설 같은 온갖 매체는 아이들에게도 열려 있다. 이런 데에서 얻는 정보는 사실 사랑이라기보다 연애 쪽이다. 질투도 적당히 필요하고, 밀고 당기기가 중요하고, 관리도 적당히, 커플링이니 기념일, 이벤트도 중요하고…….. 부모들은 초등학생들이 벌써부터 어른들 연애나 흉내 낸다며 걱정을 앞세우기 일쑤다. 하지만 이성에 대한 관심이 싹트고, 누군가에게 특별한 사람이 되고 싶고, 좋아하는 사람에게 잘해 주고 싶은 마음이야 옛날이나 지금이나, 아이나 어른이나 모두 마찬가지다. 그러나 그 감정, 그 표현 방식이 획일화되다 보니 아이들은 고백이니 커플링이니 하는 겉치레에 매달리고, 어른들은 이럴 때 아이들에게 들려줄 만한 조언도 딱히 떠오르지 않으니 그저 '요즘 아이들이란 쯧쯧……' 하는 악순환이 반복되는 건 아닐까.

『선생님도 첫사랑이 있었나요?』(2010)는 7인의 작가가 아이들에게 들려주는 첫사랑에 관한 이야기를 모은 신작 단편집이다. 학창 시절 선생님들에게 졸라 대면 못 이기는 척 첫사랑 이야기를 들려주던 풍경이 떠오른다. 사실 선생님들의 첫사랑 이야기는 거기서 거기였던 것 같고 내용도 곧 잊었지만, 선생님들이 자신의 감정을 되짚어 보며 무언가 진실하고 애틋한 분위기를 만들던 것은 기억난다. 이 책에도 그런 훈훈한 공기와 미소가 있다. 그리고 책 제목과 표지에서 예상되는 정도보다 훨씬 더 재미있고 생각해 볼 만한 내용이 담겨 있다.

가끔 이렇게 한 주제로 여러 작가들의 신작 단편을 모은 책들을 보곤 하는데, 주제야 다들 좋아도 최종 결과물은 탐탁지 않을 때가 많다. 그런데 역시나 어린 시절의 첫사랑이란 쓰는 이의 마음을 진솔하게 착하게 웃음 짓게 만드는 마법의 주제였던가 보다. 어렸을 때는 자신의 감정도 모르고 엉뚱한 행동과 실수를 연발했지만, 어른이 된 지금 생각해 보니 그게 누군가를 남보다 특별히 생각하고 아끼는 첫사랑 비슷한 것이 아니었을까 싶다. 어린이는 얼른 어른이 되어 드라마에서 보는 것처럼 폼 나는 연애를 해 보고 싶겠지만, 솔직히 어른인 나는 이 책 속의 아이들처럼 그냥 나도 모르게 누군가에게 마음이 가서 잘해 주었으면 좋겠다. 그걸 첫사랑이라 불러도 안 될 것은 없지만, 사랑이라는 수입된 단어 안에는 모두 담을 수 없는 마음 씀씀이, 몸짓이 이 책 안에 있다.

사과 하나를 골라도 잘나고 큰 것을 고르는 게 당연하지만 어릴 때는 못난이와도 얽히고설킬 일이 생긴다. 박정애의 「삼손과 데릴라」가 그렇다. 1학년 때 자기 이름을 '10종철'이라고 써서 그게 별명이 되어 버린 이종철은 공부도 못하고 장난꾸러기라 모두 짝하기 싫어하는 아이인데 하필이면 '나'의 짝이 되어 버린다. 초등학교 4학년 즈음이면 여자애들은 몸도 마음도 꽤나 성숙해져 있는데 남자애들은 하는 짓이 어쩌면 그렇게 철없는 꼬마 같은지, 종철이가 못된 장난을 치자 열이 뻗친 나는 머리끄덩이를 잡고 복도를 도는 소동을 벌인다. 그 덕분에 삼손의 머리카락을 잘라 힘을 못 쓰게 만든 '데릴라'라는 별명을 얻는다. 그렇게 팔팔하던 나는 엄마의 병환으로 시름이 깊어지고, 그런 나에게 기운을 북돋아 주기 위해 종철이는 '삼손 머리털'이라며 자기 머리카락을 선물해 준다. 다시 자기 머리끄덩이를 잡아당길 만큼 기운찬 데릴라가 되라며 말이다.

김나연의 「나는 너를 응원할 거야」는 느려 터지고 공부도 운동도 못하는 운형이라는 아이로부터 제발 자기를 짝으로 골라 달라는 쪽지를 받아 고민하는 여자아이 이야기다. 사실은 인기 많고 듬직한 남자애와 짝이 되고 싶었지만, 매사 서툴고 남들 다 하는 줄넘기도 잘 못하는 운형이에게 마음이 쓰여 나중에는 진심으로 응원한다. 세속적 기준에서 그건 동정이지 사랑이 아니라 하겠지만, 누군가를 불쌍히 여기고 마음속으로나 행동으로 응원과 지지를 보내는 것은 사랑이거나, 혹은 그 이상이다.

섬 소년이 서울에서 온 새침한 여자애를 좋아하는 김해등의 「칼새를 위하여」는 바다 냄새가 물씬 풍긴다. 부모의 이혼 때문에 낯선 섬에 전학 온 세미에게 소년은 무언가 특별한 걸 주고 싶어 전복껍질을 건넨다. 섬에서는 슬픔을 나눌 때 전복껍질을 건네는데, 거기서 가끔 발견되는 진주처럼 슬픔도 참고 견디면 좋은 결과를 얻는다는 위로라나. 여동생의 심술 때문에 오해도 사지만 결국 '나는 너를 위로하고 싶다.'는 진심이 전해져 사랑이라기보다 특별한 우정과 추억을 만든다는 이 이야기에도 요즘 맛보기 힘든 호젓함이 있다.

김혜정의 「아껴 둔 첫사랑」은 이 책에 실린 작품 중에서 제일 속상하면서도 키득키득 웃음이 나오는, 새콤쌉싸름한 첫 고백 실패담이다. 아빠가 출장길에 사 온 예쁜 화과자를 빌미로 좋아하는 남자애에게 고백하려고 마음의 준비를 했건만, 정작 실전에서는 '내 손이 허락도 맡지 않고' 엉뚱한 옆자리 남자애에게 화과자를 건네고 만다. 내가 찜한 남자애는 다른 애가 채 가고, 집에서 동생들이 남은 화과자를 누가 다 먹었네 어쩌네 싸우는 걸 보곤 "그러게 왜 바보같이 아껴 둔 거야! 뺏긴 네가 잘못이라고!"(132면) 소리치며 자기 설움에 복받쳐 엉엉 우는 주인공 아이는 안쓰러우면서도 사랑스럽기 그지없다.

각 작품마다에는 작가가 전하는 메시지가 있다. 보통은 군소리 같아 좋아하지 않는데, 이 책에서는 작가의 말도 귀담아들을 가치가 있다. "누군가를 좋아한다면 그 친구의 아픈 곳이 있나 없나 잘 살펴보세요. 보이지 않는 마음을 어떻게 보느냐고요? 그런 걱정은 마세요. 좋아하면 저절로 보이는 게 '마음'이랍니다."(85면) 사랑은 영어 love의 번역어라기보다 우리말 '생각하다'에서 비롯됐음을 아이들이 되새긴다면, 그것만으로도 족하다.

〈『기획회의』, 2011년 2월호〉

뜻밖의 선물

김선정 『최기봉을 찾아라!』

2005년인가, 어떤 뒷풀이 모임에서 시인이자 아동문학가인 김진경을 멀찍이서 뵌 적이 있다. 그 당시에 그는 청와대 교육문화비서관으로 임명된 지 얼마 안되었다. 그때 김진경 주변에서 교원 평가제를 두고 젊은 교사들의 반대 목소리가 높았는데, 그가 이런 말을 한 것이 어렴풋이 기억난다. "우리 아버지도 시골에서 교사를 하셨는데 그때는 마을 사람들이 선생이 어떤 사람인지, 어떻게 살고 있는지, 학교에서 어떻게 아이들을 가르치는지 훤히 다 알고 있었고, 아버지 역시 아이들 사정을 훤히 다 꿰고 있었다. 그런데 요즘은 그런 세상이 아니지 않느냐. 학생이나 학부모가 교사에 대해 더 알고 싶은 욕구가 있는데 그걸 마냥 막을 수만도 없다면 어떤 방법이 있을지 찾아볼 필요가 있다." 나는 교사도 아니고, 학교에 아이를 보내는 처지도 아니라 그저 강 건너 불구경하듯 했지만, 교사와 아이, 학부모가 마을 공동체 안에서 서로 경외하면서도 이웃으로서 잘 알고 지냈던 과거가 좋았는지, 아니면 프라이버시를 최우선으로 여기고 쓸데없이 춘지나 잡스러운 소음을 미연에 방지하고자 가정 방문이나 스승의 날도 없애 버리다시피 한 요즘이 나은 건지 잠깐 생각해 보기는 했었다. 물론 결론은 내릴 수 없었지만.

김진경의 아버지 세대와 비교해 보면 현재로 올수록 아이들과 선생님이 서로에 대해 시시콜콜 알고 소통할 수 있는 기회가 원천 봉쇄되다시피 한 것은 사실이다. 그렇다고 과거의 공동체를 당장 회복할 수도 없고, 여전히 뜨거운 감자인 교원 평가제가 교사–학생–학부모 사이의 골을 채워 줄 것 같지도 않다. 남들보다 더 많은 사랑을 품고 교사 생활을 시작한 이가 있더라도 몇 년, 몇십 년 반복되는 일과에 지치고 관리자로서의 역할을 더 강요받는 이 시대에는 아이들과 선생님의 허니문 기간은 너무나 짧고 이후에는 서로 멀뚱멀뚱하고 권태로운 나날만 이어지기 십상이다. 그러나 아무리 냉정한 선생님이라도 한때는 아이들을 무조건 사랑해 주기로 마음먹었던 초심이 없었을 리 없고, 자신이 아이였을 적 선생님이 이렇게 대해 주기를 바랐던 마음이 없었을 리 없다.

선생 대 아이, 인간 대 인간의 관계를 되돌아보게 해 주는 것은 이야기 한 편일 수도 있다. 불감증과 권태감을 부채질하는 현재의 교실에 작은 균열을 내서 선생님과 아이들을 서로 통하게 하는 이야기는 우리 아동문학이 절실히 바라는 바이기도 하다.

『최기봉을 찾아라!』(2011)는 제목만 보면 '최기봉'이라는 사람을 찾는 이야기인가 싶다. 그러나 '도둑맞은 도장', '도장 특공대 결성', '새로운 용의자 등장', '도장이 발견되다!' 등으로 채워진 차례를 보고 스토리를 짐작해 보면 '잃어버린 도장을 찾아라!' 같은 제목이 더 어울리지 않나 싶다. 그러나 마지막까지 책을 다 읽고 보면 역시 '최기봉을 찾아라!'라는 제목이 딱 맞다.

최기봉 선생님은 정년이 얼마 남지 않은 완고한 초등학교 교사다. 그는 어느 날 기억도 잘 안 나는 15년 전 제자로부터 엄지 손가락을 높이 든 '엄지 도장', 우는 얼굴을 한 '울보 도장'을 선물받고 좋아하는데, 얼마 지나지 않아 이 도장을 잃어버리고 만다. 문제는 그 다음부터다. 어떤 녀석인지 도장을 가져가서는 학교 사방팔방에 찍고 다니는 것이다. 새하얀 복도 벽, 화장실, 심지어 교장 선생님 결제 서류판과 상장에까지 엄지 도장 자국 천지가 된다. 최기봉 선생님은 울보 도장을 제일 많이 받은 말썽쟁이 세 녀석이 의심되지만 딱히 물증이 없어 아예 그 아이들을 '도장 특공대'로 임명한 뒤 책임지고 범인을 잡아 오라 명한다. 아이들이 나름대로 특공대 노릇을 하며 보고를 하네, 어쩌네 하며 선생님과 더 친해지고, 선생님도 이 아이들의 사정에 대해 더 자세히 알게 된다. 말 못 할 사연이 있는 아이와 그 아버지를 보며 조실부모하고 고아원과 친척집을 전전했던 자신의 어린 시절을 떠올린다. 툭하면 아이들에게 화를 내고 누구와도 정을 쌓기 싫어한 것은 어릴 때부터 무시당하고 싶지 않았던 자신의 약한 일면이었던 것이다. 스토리는 반전에 반전을 거듭하며 그 도장을 보낸 제자가 누구였는지, 그 도장을 훔쳐 가서 찍어 댄 범인이 누구였는지도 결국 밝혀지지만 이때쯤 되면 최기봉 선생님도, 독자도 범인이 누구인가는 처음처럼 중요하지 않다는 걸 깨닫는다. 범인이 누구인지 알면서 왜 가만두냐며 도장 특공대 중 한 명이 따지듯 묻자 최기봉 선생님은 "선생님이 똑같은 잘못을 두 번 할 수는 없어서 그래. 내가 너희한테 잘못한 게 많아서 그렇다. 너한테 다 이야기할 수는 없어. 그냥 그러려니 해라. 넌 마음이 넓은 녀석이니 그냥 모른 척해 주면 선생님이 참 고맙겠다. 알겠지?"(83면) 한다. 그리곤 제자의 머리를 쓰다듬으며 "○○는 그동안 계속 벌을 받아 온 셈이고, 너희랑 선생님은 도장 찾는다면서 친해졌으니 고생만 한 건 아니잖아. 떡볶이도 나눠 먹으며 이야기도 했고, 그럼 됐지."(84면) 하며 진심으로 웃는다. 그러니 제목이 '도장을 찾아라!'가 아니라 '최기봉을 찾아라!'가 딱 맞는 것이다. 되찾은 것은 바로 최기봉 선생님의 자아이고, 아이들을 사랑하고 이해하는 마음이며, 이로써 곧 정년을 앞둔 나이지만 새로운 최기봉 선생님은 다시 아이들과 만나는 출발선에 설 수 있게 된다.

추리물이나 탐정물은 어른 아이 할 것 없이 유혹적인 읽을거리다. 읽는 동안만 재미를 채워 주고 쿨하게 헤어지는 게 보통이지만,『최기봉을 찾아라!』는 추리물의 쫄깃함을 마지막까지 잘 끌고 가면서도 중간중간 연민 어린 웃음, 감동의 여운까지 안겨 준다. 이 작품의 첫 번째 중간 제목은 '뜻밖의 선물'이다. 15년 전 자신이 가르쳤던 제자가 준 '뜻밖의 선물'인 도장이 난리 법석의 시초가 될지, 또 그런 소란 끝에 교사로서, 한 인간으로서 자아를 되찾을지 최기봉 선생님은 전혀 예상치 못했을 것이다. 그냥 제목만큼만 시간을 때워 줄 추리물인 줄 알고 부담 없이 집어 든 어린이들에게나, 혹은 그저 그런 어린이용 추리물이겠거니 하고 별 기대도 없이 책장을 넘겼던 나 같은 어른 독자에게 이 작품이야말로 '뜻밖의 선물'이다.

〈『기획회의』, 2011년 3월호〉